（壯年至晚年）

司馬遷

潛心修史，遺世巨作，

史聖終歸寧靜的生命續篇！

「我沒有成龍，至少成了一個人，問心無愧的人！

留下暗夜裡最富於人性美人情味的長詩！」

即使歷經苦難，盡受折磨，人事全非，他仍不忘天職。

最終巨著完成，回歸寧靜……

柯文輝 著

目錄

目錄

鐵窗詩夢

造物的雕塑大師啊，你是陷入了失戀的孤獨，是德智高絕、久久找不到對話者而陷入失望的狂怒，還是悟到了作品靈魂的貧乏，江郎才盡？還是遭到其他星球的譏諷，在酩酊大醉中揑傷宇宙，竟然失去了自信和自制力？

為什麼你對低能的配角雕蟲者，沒有理智的打手，都那樣寬厚，甚至縱容，而對千年難遇的臺柱子那樣冷酷？

一場酷刑在你來說不過是瞬間，為什麼把自己用良知良能為泥，浪漫主義精神為水，歷史的教訓為膽汁，人的命運為經絡，名山大川銀漢叢林為起伏，哲學家的深邃、兒童的天真、凡夫的人情味搓出的眼睛，塑造成岸然偉丈夫形體，又突然拔去他漆黑生光的長鬚，在岩石般的前額扯去大片青絲，在他的全身用利斧砍上那麼多的傷痕？除了破壞、毀滅的煉獄，就無法昇華你的傑作？難道是火山海嘯地震的啟示，你用莊嚴畸形的醜陋，去治煉更高的美，而故意讓芸芸眾生瞠目結舌？

肌肉，精煉了；

筋骨，濃縮了；

皮髮，枯焦了；

健筆被閹刀切斷；

舊日的司馬遷，到哪裡去了？

司馬遷還半睡在暮春情緒馨潤壯麗的懷抱中，不曾全部意識到高爽、充盈的中年業已到來，不曾看清它的音容笑貌時，就匆忙地飄逝了。一個飛躍，他降落在全然不習慣的老年邊境。無論他多麼桀驁，用嚴詞痛斥，老年仍舊伸出枯瘦冰涼的手，拉住他並肩而行。

老年對他慷慨，提前在他心中栽上一株禿頂躬腰的瘦松，作為收編禮物。把犀利的目光，豐富的知識，澄明的哲理，澆在松根。使它在人的森林中成為喬木，立於文明高峰。樹蔭便是一片絕無塵埃的冰雪世界，他人難以攀越。

也許是看在歷史的金面，允許他保留內在小園的一角，用意志、憧憬、責任感、自我憐憫、才智、純潔，挽留住殘春，撒下詩夢的天葩，結出壯妍沉逸的形象碩果，滿林連枝，用以象徵東方文明猶如日月經天江河行地般的創造力！暴君們，酷吏們，侏儒們，寵妃們，舔痔吮癰的奴才們，黃臉乾兒們，會合成包圍著詩人八千層的寒流，也無法使之凋萎。他注定跨越時空，進入無極！

……

死亡——墨面而失去生育力的石女！

多謝死神接受一雙睪丸作為賄賂，允許司馬遷和你擦面而過。

當你伸出烏黑的嘴唇要吻司馬遷腑臟的時刻，虧你那對情慾無與倫比的克制力，又後退一步。就在一縮頭的瞬間，你那冰針般的蛇髮，在他堅毅的面龐上掃了一下，留下那麼多的裂紋，我們怎敢對你苛求？你的仁慈總是那樣慳吝，小氣得超過放高利貸的老太婆對待她叮叮噹噹數過幾千遍的小銅錢。

假若把人臉比作大地，五官當成海洋山岳，皺紋便是江河澗溪。它們的出現與鑿深，記載著人類在肉與靈上的爝火電光，是思維的靈車橫衝直撞縱情耕犁出的轍印，日趨稠廣。可惜我們和千年後的人們一樣，不懂它們的歌詞。司馬遷臉上的「無字天書」啊，我怎能破譯？

其實，宮刑的傷口好癒合，不可癒合的是心理上的巨創，它將不斷流出悲憤的血，隱形的淚，無涯的火。燃燒著、消耗著生命，提前迎來最後一息。甚至透過扭曲的教育方式，把負面遺產，傳給下幾代人，溶入民族氣質。

在生的階梯上，是前進一步還是退後幾層，司馬遷心口相問，無法回答。

他很怕睡到四更天驚覺，胸口餓得像貓掏似的，鋪頭上有乾糧和水，就是沒有興味吃下一點定定心。頭痛如劈，亂糟糟的塵世百味，倒在腦海裡，升起白煙，終於湧成一塊白布——無邊的茫茫渺渺。

太史公血氣不旺，一點微小的音響便將他觸醒。躺在地鋪上仰望天窗，忽而覺得出奇的高，碗口大的亮光上，布著嚴嚴實實的蜘蛛網。昏花的眼睛看不清那些八卦般的橫豎道道。一隻逃避西風的哀蟬，因為千載一時的機緣撞在網上，愈是掙扎，被捆得愈牢靠。大約過了烙熟半張薄餅的時光，在暗中窺伺已久的大蜘蛛沉著地登上了寶座，這猙獰的蟲比蟬小得多，牠的頭兩次襲擊，受到蟬的抗爭時，嚇得倒退老遠。但過不了一會，貪婪又驅使牠重整旗鼓俯衝過來。幾個回合，襲擊的間歇逐漸縮短。末了，蟬不動，任惡蟲宰割。

蟬宿命的故事和司馬遷的經歷有不似之似。他正看得出神，竟失口叫出：「放掉牠，牠太無辜！」但轉眼便清醒：呼號無助於蟬。

良久，耳邊響起熟悉得有點陌生的笑聲。他迅速意識到這自我諷刺的笑聲出於心底。

「睡吧！」太史公端起女兒送來的酒壺，一口氣喝掉大半，連連告誡自己：「你醉了！」

「酒醉心裡明白，你能禁止我思想嗎？」朦朧間另一個年輕的司馬遷，或者是往昔的幻影站在他面前，身高三丈有餘，青髯飛動，腰橫巨闕劍，寒光閃閃，柳眉橫揚，目光似秋水澄潭，皂巾褐衣，繫著白絲腰帶，有鐵樹臨風的氣概。

「你有何能，不能全家保身，發揚家學，還在我面前盛氣凌人？」

「我會寫出左丘明以來最好的文章！」巨人毫不示弱。

「呸！不為那該死的文章，我願受這最侮辱人格的腐刑嗎？我在劇痛中呻吟，恨得七竅生煙的時候，你在哪？」

「我活著就要想！禁止人思想是最愚蠢的！你還沒有被皇上、李廣利、杜周之流欺侮夠，又來欺壓我嗎？我不聽你的！」

「呸！思想那是一支無底的空桶，它誘惑人從血管中抽出希望的繩子拴著桶梁，一次一次沉入命運的井裡，想撈起一些未知的數和律。可是繩子以老牛的速度在延長，井水下陷的速度超過大宛名馬。罷休，不可能；不甘罷休，能得到什麼？兄弟，你被思想害苦了，還打算蘸在筆端去害人……」

「能不想嗎，我的兄弟！」巨人跪倒在床前，熱淚盈眶，緊緊抓著他的雙手。

「別想那麼多，那麼幽冥邈遠。長夜漫漫，還是一醉糊糊塗塗為好！我愛護你，太史公老弟！」

「謝謝！思想的痛苦是人類的享受。大丈夫不羨慕棺材中的寧靜，石的沉默，蛆的苟活，羞於和弄臣倭僕為伍！五百年必有聖人出，孔子辭世已經五百年，你雖然有名利凡心，有齊家治國平天下之類不切實際幻想，有自視過高的迂闊，有難以生存的大半個赤子之心，還有小半個愛弄聰明帶幾分廉正又庸俗的官心，不用遮掩，我瞭如指掌。可以當一位開山的史學聖手。歷史找不到人記載而急白了拖在地上幾千丈長的鬍鬚。好好活著，寫下去！為當今，為過去，為未來！我將常常到夢鄉來勉慰你，你是司馬氏家族的驕傲，承擔著無人代替的重大使命。振作啊！」

「你一片好心，我懂得為什麼活下來，活得比死還不幸。我也喜歡你春秋義士般的俠氣。剛才的話，別跟任何人說。把蛛網上的蟬救出去，這不過舉手之勞。」

巨人拭淚起立，扯破了絲網，蜘蛛逃開了，蟬得到解脫，伸開翅膀，在牢房裡飛了兩圈。巨人縮小了，最後不到一寸高，騎在蟬背上，衝出天窗，飛入無際的自由……

突然，司馬遷聽到啪的一聲，那是他自己從枕頭的土坯上掰下一塊土，投向天空發出的音響，土坷垃碰碎在蛛網邊的瓦椽上，細灰落下來，迷了他的左眼，剛才的夢幻飛逝，蟬還在網上悠晃，蜘蛛正在志得意滿地吞噬這位過時的歌者。

司馬遷不願看到蜘蛛肆虐的景象，揉揉眼球，抹淨額間汗珠，側過身子，伸手將溼漉漉的內衣稍稍掀起，不叫它貼近脊梁。正要集中思維去摘夢之花，頃刻間便被遺忘的冰杖攪得凌亂、顛倒、重疊，無始無終，花瓣落在他的眼皮上，迅即成為黑蝶，四隻翅膀扇動一次，便延長一寸，越扇越快。他在喉間斥道：「滾開，我要採花！」蝴蝶卻充耳不聞，霎時間詩的光圈沉入不斷擴大的黑暗。

一連三天，眼睜睜看著蟬被惡蟲一口一口吃光。抖動的網，向他吐出大串貧血的嘆息。

※　※　※

前幾天，書兒提著一壺酒、一碗狗肉來探監。

「爹，我攙你坐起來吃。」

「不。」

「怎麼啦？」

「坐著，胯骨被自己的腳跟硌得生疼，勉強坐住還會倒下，應了『席不暇暖』這句古話。」

「那，您還是躺下，我餵爹。」

「不。」

「怎麼啦？」

「躺著讓自己背後的骨頭硌得痛……」他又連喘幾口大氣。

「爹，您身上一點肉也沒有！」女兒捏住父親腕子一撇下唇，睫毛水盈盈的。

「傻孩子，有骨頭就好。你看這茫茫人海，幾個人有自己的骨頭？」他得意地大笑，右手習慣地伸近下巴，要摸摸自己的美髯，鬍鬚已經陸續落去，殘存無幾。想到早落的牙齒，心中浮現出一個變形的幽靈，下唇內陷，使光禿禿的下巴向前翹出，那不男不女的老太婆就是他太史公司馬遷，笑聲戛然而止，黑雲繞過眼前，吐出串串的金星，猶如元宵節之夜放出的煙火。宮刑的苦痛，從酸脹的咽喉湧上舌尖，冷癯的臉上只剩下幾條機械的笑紋，沒有內容，似乎是笨拙的刀，刻在乾屍蠟黃的臉上。

女兒的筷子一顫，兩滴淚珠落到父親的鼻頭和唇邊，他下意識地伸出蒼白的舌頭舔了兩下，又熱又鮮，立刻變做潤滑油沁入腑臟，給了他一種難以言喻的滿足。

「哈哈！」他猛地坐起，接過筷子，笑得很溫馨，三伏涼風，三九暖日，進入孩子的意識。「你娘好嗎？」

「她……挺好。」

「怎麼她沒來？」

「事情太多，楊敞陪伴她老人家去見老丞相，正在操辦爹出去後的生計，也真費周章！」

「爹或許能挺過去，也說不定殘年有限。我們都沒有弟兄姐妹，這個風雨飄搖的家，靠她這根鐵柱子頂著，厄運都能化險為夷。倘若柱子倒下，你就太苦……千萬照顧好娘，我早已將生死榮辱置之度外。」

「嗯，爹快吃，涼了。」

他興沖沖地喝了兩杯：「媽沒讓你捎話來？」

「她要您別急，賣老宅的錢分文未花，等著買補藥和好東西給爹吃。往後別入公門，全家守在一塊，喝口涼水也甜！」

「快到霜降，屋太破舊，你娘經不起寒風冷雨……」

「不要緊，少卿伯伯送來半車麵粉和穀子，又送來修屋的銀子。可太公捨不得讓匠人們賺去，只請幾位鄰居吃了頓酒，大夥搭把手就拾掇得風不透雨不漏。瞧兒手上的繭子，揣泥遞磚，也出了一份力氣呢！」

「太公，言必信，行必果，不顧身家安危，來去飄然，是見首不見尾的神龍。可惜這樣的人越來越少，得遇此老，應該知足。要多多孝敬，像侍奉親曾祖父一樣。」

「兒牢記心中。」

「一千一百八十一天，咱家經歷了非人所堪的苦難。重返往年那樣貧苦相依的平靜韶光很渺茫。可還記得十年前你娘過生日那天我教你唱過的謠曲嗎？」

女兒點點頭，再扭過臉龐，肩頭微微地抽搐兩下，又迅速恢復了常態。

沉湎在回憶中的司馬遷，沒有注意到這個細節。他輕輕地哼起了民謠，細若一縷遊絲，從地心抽出，又彷彿是從遠方飄過來，低啞中略帶一點尖音，飽含著炙熱和對美好事物一去不返的哀愁。

父親停止吟唱，女兒厚樸輕柔的餘音還在他的心頭迴旋。

孩子強顏一笑，提壺又給他倒了一杯：「乾吧，爹，酒都涼透了！」說罷抖抖袖子，擦了擦那早熟的明眸，輕咳一聲，收拾著食具。

「吃下去會生熱的！」正當爺倆依依惜別，四目無聲對射的時刻，鐵視窗立著邴吉頎長乾瘦的身影，用右手食指彈彈送牢飯的竹籃說：「司馬小姐回去吧，杜大人要來查監。王命在身，非同兒戲！」

乾燥平直的語音，不帶任何感情色彩。父女倆都討厭這張用斧頭也劈不出一絲笑容的板臉。

書兒騰身立起，拉個長臉，噘著小嘴，急匆匆地走出小牢房，路過邴吉身邊時，還故意跺了兩腳。那細長的幽靈踏著沉重的步伐，消失在狹長的甬道中。

酒入愁腸，只因身子骨太弱，對牢房裡的溫度太敏感，外來的熱力一消散，背脊和兩腕都冒出了雞皮疙瘩。他搖動雙肩，將身下的褥子弄平，緊緊地裹著被條，呆看著屋頂上那個小天窗。高不可攀，一條灰黃色的光投射在幽森的牆壁上，不知為什麼使他聯想到杜周、邴吉的臉部表情，想到在溫良恭儉讓背後你死我活的官場，雖然他也明白，這一線光明也是對欽犯的「優待」。其他牢房像只土罐覆蓋在地上，內裡沒有亮色。

一連四天，過得十分單調、乏味。

傍晚，女兒送來酒食之外，還遞給父親一棵人參。

「反正我死不了，何必買這麼貴重的東西？帶給你娘服用。」

「不，娘也有一棵，比這一棵還粗呢。」

「吃完粗的再用這一棵。」

「爹不吃，她不肯吃。」

「她在家幹麼？」

「剛織成新布，向鄰居討了些羊毛，正在給您套製被褥，趕明天爹回到家裡好用。」

「唔！下回不許買補藥。」

「好！不過……」

「什麼？」

「爹呀，有件事挺怪！」

「說。」

「上次送酒肉回到家裡，在食盒底下，保暖用的麥糠當中，不曉得是誰在裡面放上了一塊金子。」書兒把嗓子壓得特別低。

「哪來的？」司馬遷也很驚奇。

「真不知道。我拿給太公掂了，太公說：『銅苦金甜。』我咬一咬，說不出滋味。又送到首飾店一看，是真東西！」

「你來回的路上沒遇到過什麼人？」

書兒的頭搖得像貨郎鼓。

「那就應該帶到這裡來問個水落石出。」

「我也這麼說。可太公不讓拿，說聲張出去，善人遭殃，只能牢記這位無名恩公，等你出去之後，加倍償還，才是正理。」

「你娘怎麼說？」

「她……」

「她的主張和太公差不離？」

「嗯！」

「還有誰見了落難者而解囊，可貴的不是物，是比赤金貴重萬倍的心！」

「今天帶的東西多點，明後天幫娘捻線，來不成。請爹別老惦記。」

「哈哈，小小年紀學會絮叨，不經老！」司馬遷用食指抬起女兒下顎，久久凝視著。

書兒略帶羞澀地白了父親一眼，就告辭轉身。剛剛跨出鐵柵門，甬道另一頭又響起沉重的腳步聲，細高黝黑的影搖曳著。她憎惡地啐了一口唾沫，加快了步伐。

司馬遷自斟自飲，沒有多久便興味索然，妻子拿手的焦片肉、滷狗腿都做得太草率，菜餚的味是小事，就怕她累壞了身子骨。

他推開杯盤，半躺地倚在牆上，瞇著眼睛，設法讓心靜下來。

鐘鼓樓傳來初更的鐸聲，涼氣從腳底和背後朝刑餘的病弱之身侵襲。他蒙上頭，一會就睡著了。

鐵鎖「噹」一聲，敲斷了殘夢，他睜眼一看，兩支燭火，點在牆洞裡，裊裊黑煙飄忽不定地上升。牢房很少這樣明亮過。

牛大眼抱來一大捆穀草，撒在司馬遷對面的一角，外沿用一個未解捆的秫稭攔住。

「莫非又有一位很有來歷的犯人要進蠶室？」燭光使司馬遷有點炫目。

門外，邴吉的黑影閃現了片刻，又隨著他那笨重的腳步消失了。

「什麼時候才能沒有監獄，沒有活獄神邴吉呢？唉！」

一位身長玉立的少女，矯健活潑，毫不費力地挾著行李走進牢房。

牛大眼抬起右手向地鋪上一指，少女斂衽為禮，一步一瘸地走過去，輕輕放下了鋪蓋，環顧四周，風流的眼睛，受到淚水的沖刷，集中了惶惑、恐懼、焦灼、期待、哀怨而變得穩重，使人同情。

司馬遷畢竟未到耄耋[01]之年，男性的審美觀念很頑強。從幽壑村姑，樸雅凝重的學者妻女，有暴發戶味的名公巨卿家眷，銅臭氣很濃的商人親屬，當爐市井的街道西施，雍容華貴的後宮嬪妃，他見過數以百計的女性。今天看女人更加客觀，猶如觀賞一尊塑像，一張帛畫，添了藝術色彩。他從來沒有見過這樣漂亮的女孩家，她還不足二十歲，如果說烏長的修眉剃得太細，有些人工痕跡而露出俗氣，那白裡透紅的腮上，朝太史公淒然一笑時的天然風韻便足以抵消。無論是粉紅汗衣領口上一串小小的牡丹，翠綠坎肩上的梅枝喜鵲，猩紅長裙邊上的幾層蓮瓣繡得那麼巧、豔，也難看出輕佻冶容的跡象，猶如一闋天籟合成的音樂。和步態相呼應的是額上青絲有點蓬亂，告訴同鐵窗的難友，她受過刑，雖然打得不算太狠。對荳蔻年華的妙齡小妞何必那麼凶殘？她顯然不是殺人越貨的江洋大盜，那閃亮的碧玉簪，銜在釵頭珠鳳嘴裡一粒手指甲般大的明珠，都展示出她和顯爵富豪有不尋常的關係。

[01] 耄耋（音茂跌），八九十歲的老年人，百歲稱期頤。

「這位小娘子……」素有辯才的太史公怕傷害了對方，竟不知如何措辭。

「大伯，您老人家好！」她文靜地行過禮，便攤開大花被子側著臉伏臥在枕上嗚咽。

「大眼，你怎麼這樣糊塗，竟然把婦人送到這裡來，這不是……」司馬遷的唇上泛出紫紅，他敏感到自己宮刑後竟可以與女性同處，人格上受到了奇辱。

「是廷尉右監邴大人叫送來的。」

「呸！他怎敢……」

「太史公別生氣，是這麼回事。喂……」

窗上又出現邴吉瘦細的剪影，屋裡一片沉默。過了大約可以吃完半張餅的時光，影子又流逝於黑暗之中。

「大眼是官命難違，太史公，我這拙嘴笨舌的說不清，還是明天讓她自個表白，你們好生歇著。」獄卒向司馬遷拱拱手，出去鎖好門，輕手輕腳地離開。

「大伯是冒犯過龍顏的太史公大人，失敬得很！」那女子雙手一按褥子，忍痛爬起來，走到司馬遷床前深深一揖。六成男聲，和那身豔服風馬牛不相及。

「你……」司馬遷捻著殘存的髫鬚，茫然地沉吟著。

「您是朝野欽敬的大忠良，皇上被權臣、娘娘、太監們欺矇，大人忠而見疑，長此下去，國將不國，臣民何以為家？」

「小娘子你……」

「小侄非女流，是跟大伯一樣的男子。借一榻之地，煩擾長者，叩請寬宥！」囚徒再次作揖。

「這真叫人糊塗……」司馬遷為之語塞。

「小侄原籍姑蘇，長於帝京，父母雙亡，家境窘困，賴八旬祖母撫養成人。可嘆命運多舛，未報大恩，遭不白之冤，只怕奶奶性命難保……」

「不知你有何冤屈？某雖無力解爾倒懸之苦，願聞其詳！」司馬遷穿上袍子，手指不斷撫摸著大襟。

「老伯請安坐，圍上被條，免得著涼。小侄生來女相，曾投師學藝，在茶樓酒肆賣唱為生。師父見我容顏姣好，十五歲起改著紅裝，強顏歡笑，操此賤業，奉養師父與祖母。」

「你也請坐！」

「剛用過刑，只能站立。」

「小女送來酒菜尚有微溫，先飲幾杯驅驅冷氣。」司馬遷遞過狗腿與酒杯。

新囚徒顧不得體面，吃得又快又饞，令人憐憫。

「再啃一塊，老夫已吃飽了。」

「這……」

「我家夫人烹調有術，甚受親友讚許。有此機會，請吃個痛快！」

「先敬大伯三杯，所剩酒食，歸小侄愧領了。」

「好！老夫自己來。」司馬遷沒有城府，自篩自飲三盅之後，把菜罐酒壺全推給歌郎。未曾消散的舊酒力又得到生力軍相援，太史公眼圈頓時變紅，心頭像放了一只烈焰飄忽的火盆。

新囚犯受到酒力的鼓勵，舉動更加男性化，老成的風度，與那妖姬的外形全然相反。

羞惡之心的甦醒，還是要維持尊嚴。他拔去首飾，三把兩把就將長髮在頭頂挽成個大髻，折下幾寸長的秫稭細棒，插在其中，耳環和裙子也被扯去，胡亂扔在床頭，了無赧顏之態。

太史公更加動了惻隱之心，乾脆從枕頭的土坯外面解下包袱，取出一襲布袍，原打算是出獄之日蒙在外面穿著它回家，而今他很愉快地施捨給了新難友。

「大伯如此慷慨，小侄沒齒不忘。只是伯母千針萬線，披在我這微賤之人身上，實在不配。盛情心領，萬萬不能遵命！」

「衣服本是禦寒之物，以我有餘奉君不足，天經地義。推推諉諉，多此一舉。你以悅人的女裝為羞，我幫你恢復丈夫故態！」

「小侄惜玉香枉生塵世，從未聽到這樣熱忱關切的話，可惜不夠資格拜大伯為師，原不甘苟活偷生，貽羞祖宗。所以遲遲不決者，是祖母和師父……」歌童泫然。

※　※　※

杜周的哲學來自漢天子的身教：外寬內猛。殺人是立威存身之本。得罪杜周的人，一輩子別想抬頭，能活命就算造化。

被酒色耗虛體魄的人都怕冷，加上要擺譜，管家秉承杜周的鼻息，四支鑄著闢邪頭像的紫銅火盆，被放置在牆角，黑炭藍火白灰，客廳裡的氣溫接近初夏時分。明明是白天，四面繡幕低垂，茶杯粗的巨燭臺上堆著半透明的蠟淚，為室內平添了幽邃的氛圍。

從西域買來的樂工，配上聰明伶俐的家生子（家奴兒女們的古稱），仿照上林離宮的派頭，用西域傳過來的琵琶、胡笳、箜篌、觱篥（讀作必利）和一些古老的樂器，演奏著富於異國情調的強音，悲涼、粗豪、激越，比內地衝和平淡的曲子節奏更強烈。幾位姨太太接受過惜玉香的訓練，跳起胡旋舞，姿態雖然稍嫌柔熟，也別具風情。大條臺上、几案上陳列著從絲綢之路流過來的水晶盤，和田美玉、玳瑁、瑪瑙、翡翠、貓眼、海西布。連丞相家也無此豪華。

就在尋歡作樂的場景中，杜周不動聲色地靜觀，從寶氣珠光、衣香鬢影裡找出蛛絲馬跡，很快發現玉香成了夫人們垂涎的禁果，那桃腮比他黃中夾著紅色的鬍子，瓦灰色的蟹殼臉要好看一百倍。名利場中是一官遮百醜，在閨房中卻不盡然如此。漢文帝寵鄧通，武帝寵韓嫣，在杜周看來是傻瓜。一箭多雕的陰謀想好之後，玩得點滴不漏。

一排如夫人做出媚眼，掩飾著心頭的忐忑不安，嬌聲嫩氣地為他把盞。他半攏雙睛，對最受寵愛的玩物，不過是鼻孔裡哼上一聲，那些錦衣玉食的奴隸們便雙股發顫。

此刻，歌郎登場，簡直是一位凌波仙女，幾層舞衫，衣袖的顏色五彩繽紛，投素手，伸皓腕，花的圖案便變個不停。旋轉的舞裙先像支喇叭花，當速度加快時，第二層的裙子拖在地上，外面的罩裙平腰飛起，成為一隻絢麗的盆子，更加狂放、奔騰，帶著一絲兒歇斯底里的情緒，反過來又把舞蹈家們的狂熱煽動起來。這樣循環反覆，杜周、家奴們，甚至是舞俑們也不知身在何處，今「夜」何夕，成了仙鄉瓊島飛來的肉陀螺！

從玉香櫻桃小口裡，唱出略帶甜沙音的歌：

繁弦湯湯，鼓聲橐橐。有美一人，香魂索寞。
杏林融融，寒雲漠漠。有美一人，芳心何託？
乘風飛雲，恨無仙藥。酒河滔滔，誰澄誰濁？

歌聲響遏流雲，當妖姬美女們醉痴的妙目，都彙集在歌郎身上時，杜周也似乎受到了情緒的感染，他拉了個豪放的架勢，抓起犀牛壺，將葡萄美酒倒入皇帝賜給他的玉爵中，這只酒具是張騫從安息國買得的，乳黃底色周圍浮動著一層嫩碧的瓊漿。他站起身來，樂聲突然變弱，飄渺如煙。

「哈哈哈！氣得妞兒們半死的小子，你真比妖姬還有女人味，來，賞你一杯，別忸怩，乾了！」

「謝大人！」歌郎在急遽的旋轉之後，氣雖不喘，頰間泛出紅暈說話仍是鶯囀燕唱。

「好！再來兩杯！」

「啟稟大人：奴家不敢！」

「喝吧，酒是從樓蘭運過來的，誰有你這麼大福氣？」杜周從來沒有這樣溫和過。

歌郎不敢過多推讓，飲下之後，眼珠直勾勾地發亮。

「停樂！」

樂師們如同死囚遇赦，忍住笑容，走出大廳，聽不到一絲腳步聲。

冷場。

燭焰在杜周臉上抖動，神祕難測。

「眾姬人，」他的目光掃過玉香，意思是將後者包羅在女眷之內的。「老爺對你們如何？」

「恩重如山！」歌郎跪倒奉承了一句，學舌的小妾們模仿一遍。

「老夫食朝廷之祿，忠君之事，一向執法森嚴，不敢徇私舞弊。天理昭彰，人神共見！今日巳時，有管家二人告密：說玉香路過前堂，看到案上所供皇帝詔書，面有怨色。按大漢刑律，就犯了腹誹之罪。想不到意外之事竟出在老夫忠烈之門，出在你身上！」杜周的手向歌郎一指。

「廷尉大人，」歌郎叩頭如同雞啄米一樣，一支珠鳳從雲鬢滾落地毯上也顧不得拾起。「奴家從來不敢出後院一步，是管家喊到前廳給老爺捶腿的。對於聖駕，怎敢腹誹？無中生有，老爺做主呀……」

「人非草木，誰叫你身犯逆天大罪，為大臣者豈敢枉法以徇私情？只能忍痛割愛！可憐你上有八旬祖母、六旬恩師，剛到弱冠之年，尚未完婚，一下大獄，難免要受腰斬之刑，豈不是人間慘事集於一身？一經邴吉之手，老夫也不便開脫你呀……」說到傷心處，杜周竟然流下淚花。

歌郎膝行幾步，抱著杜周的雙腳：「大人救我一命，願變成犬馬，以報大恩……」

美女們如臥針氈，哭，怕杜周吃醋，「腹誹」是看不到摸不到的罪名，殺人易如反掌；不哭，捨不得這個八面玲瓏珠顏玉貌的孌童。小妾們對俏哥寄以幻想是嚴刑峻法不能消除的。

一位恃寵的小妾跪下了：「老爺向來鐵面慈心，今朝為他落淚不止，妾身看了也受感動。我們都是侍奉大人的奴僕，全靠大人栽培，只求大人法外施恩，吩咐上上下下不必聲張，天無絕人之路！」

「好，你能為他講情，也是共事一主之義，我並不妒忌！」

「妾身不敢。」

「嗯，你們倒是挺合適的一對，看今晚讓你們成婚，明天送他入獄，死後或許有個祭祀之人，老爺一手玉成。避法求全，杜某無此斗膽，寧肯以名姬相贈，也不能上負聖恩，下負庶民！」杜周狠狠嚥下一口唾沫。

「大人，救我狗命吧！我怎敢做對不住大人之事呢？」歌郎又感謝又害怕得六神無主，除了叩頭別的全忘了。

「烈女不事二夫，賤妾求情，是怕小人藉此事洩私憤，攻訐大人治家不嚴。若是懷疑妾身有私情，情願一死以明心跡！」這位姨太太看看歌郎，猛然起立，做了個誇張的動作，一頭向粗大的漢白玉柱子上撞去，一群小妾把她緊緊拉住，她失聲大哭。

「扶到後堂好生勸慰，她一片貞心，杜某收回成命。」他知道，送孌童去繩之以法，會給他帶來政聲。只要皇帝賞識，任何人指責都不怕。

一大窩女人嘰嘰喳喳地擁著揚言要尋死的小妾離開了大廳。小妾懂得適可而止，哭過一陣便風平浪靜。

「我送你去見邴吉，看看你的運氣吧！」

「多謝老爺！」玉香止不住淚水。

「來人哪，備馬套車！」

「是。」簾外臺階下面的家丁狼嗥一聲。

「老爺！」歌郎渾身發抖。

「老夫也捨不得你這個乖乖！」堂內無人，杜周一把抱住歌郎。「只有聽從謀劃，有了活路，這廷尉府還照舊容納你。」

歌郎聽完杜周一段耳語，又趴在地上叩了幾個響頭：「老爺綁上我吧，長安城內都說大人嚴厲，想不到您老人家是世上最好的人！能侍候老爺，也不枉小人一世。」

「乖兒，你看小夫人又哭又鬧，其實，她的眼神告訴了大家：喜歡你。如果邴吉那一關能闖過去，我把她賞給你，絕不食言。今日不是時候，要水到渠成。你要體諒到老夫的憐愛就行。想什麼心事也瞞不過老爺！」

歌郎心中怦然，主子的眼力非凡。死亡的威脅，正義的偽裝，依稀可見的希望，奴才職業的諂媚與警覺，幫他找出一大串冠冕堂皇的推脫藉口。

杜周用絲絳鬆鬆地綁上玉香，打結的當下，雙手抖抖索索，給歌郎的心中加重分量。

※　※　※

當假女人向太史公敘述入獄的原因時，子長道：「廣蓄歌郎孌童，窮奢極欲，穢亂宮闈與鐘鳴鼎食之家，自古而然，於今更烈。賢者聞之而作三日嘔。杜周之心可誅！」

「主人恩德匪淺，縱或有不是處，小子不敢譏評！」

「杜周嗜殺、貪功成性，逢迎皇上，冤獄罄竹難書，不意如此放肆。若你被赦出監，就該自立門戶，勤儉奉養長輩。再投入豪門，色衰年長，定遭摒棄。我若重見杜周，一定會忠告他潔身改過，否則身敗名裂，為期不遠。酷吏張湯、王溫舒自盡，義縱被斬，有朝一日要給這些惡賊立傳，昭戒百代！」

「謝大伯教誨，飲刑之前，懂得許多道理，請受我再拜！但杜周非省油燈，大伯忠言於他無益，反受其害。還是息事寧人，小侄千刀萬剮，理得心安。連累大伯，於理不公！」

「不必多禮，君子自重。杜周就是虎狼，也不足畏。還是喝幾杯！」談到苛政、酷吏、天災、人道、立身、修德之類題目，司馬遷天真得像個頑童。古人說：「君子可以欺其方。」他也跳不過這門檻。

蠟燭的殘火跳了兩下，一支先滅了，芯子上冒出一絲焦糊味。

譙樓上更敲四鼓，遠遠傳來荒雞的啼聲。

司馬遷凍得連打了幾個冷顫。

鐵鎖被開啟，牛大眼睡眼惺忪地提著燈籠，在牢房門口叫道：

「男小妞，提審！」

「大伯請歇息，多多保重！看來小侄是活不成了。這件新袍子弄髒了太可惜……」

「天亮之前最冷，穿著可以禦寒，再罩上我這件舊的，要是捱打，可以減點皮肉之苦。去吧！」司馬遷脫去袍子擲給歌郎，自己朝被筒裡一鑽。

牛大眼晃著鵝步走到兩張地鋪之間，伸出右手抓起歌郎的花被，蓋在司馬遷身上。

另一支燭光熄去，房裡特別黯淡。

「出來帶上門。」牛大眼打了個呵欠，伸伸懶腰，走入甬道。

歌郎回過頭來側目看看司馬遷，一聳雙肩，兩件袍子都卸到了地上，眼光中帶著厭惡和嘲弄的成分，帶牢房門，拔掉簪髮的小秫稭，草草挽成個墜馬髻。整整雙鬢和衣衫，用尖嗓子輕咳一聲，幾步便趕上了獄卒。

「屁精賊，肚臍冒煙——腰(妖)氣！早晚老子要閹你的狗蛋……」

「大叔，您這模樣真是福相……」

「少拍馬屁，滾開點！」牛大眼雙目瞪得像酒杯。

「嚇煞奴家！……天這麼晚，您要奴家去侍候哪位爺……」

啪的一聲，牛大眼反手一個耳光，打得玉香差點沒摔倒：「畜生！」

歌郎沒有再吭聲。

司馬遷傾聽著屋外，沒發現受刑者的呼號。過分的緊張，反而加重疲勞。歌郎、杜周、皇帝，還有自己的明天，占據了他的思想空間。連翻幾個身，總是心神不寧。後來找出了部分原因，是歌郎花被所燻過的異國香味所引起的。便將這床富貴淫氣十足的被子捲起來，扔到了新地鋪上。

在昏暗的燈光之下，他看到了自己的兩件袍子堆放在地上，心頭猛地一暖和，覺得人有良知，今夜的放談並沒有落空。歌郎雖然沾上一些自賤的劣習，還知道向善和惜物，正是為了不把袍子打壞，寧肯受凍，其中有點美好的成分。微笑浮上太史公的唇邊，他忍凍跳出被窩，拾起袍子蓋在被條上。

「有教無類。」孔子的箴言被適才的事實所驗證。司馬遷在內心向玉香道歉：「我太瞌睡，不是不關心你啊……」他睡得沒有噩夢。

一陣清涼的窒息感把他喚醒，是一方涼水搓過的面巾蓋在臉上。他以為是歌郎開玩笑，獄卒是不敢這樣做的。帶著微惱的感覺拿去潮布，遲到的晨光剛進牢房，豆大燈光還在掙扎，油快燒完了。

他披衣坐起，就看到歌郎的床鋪空著，邴吉的黑臉沒有表情，全身像根竹竿似的兀立在房子中間。

「子長先生！」顯然面巾是邴吉所放，這種近於惡作劇的行為有什麼意思？

「太史公！」

「大人！」語氣的降溫比賽正在進行。

「沒睡好可以再睡，天也剛亮。」

「睡夠了。」

「不用這樣沒好氣。告訴先生：皇恩浩蕩，下了赦詔，您可以出獄回家。」

「真的？」司馬遷揭開被子跳了起來，可惜身體太虛弱，不是扶著牆就跌倒了。

邴吉默然點頭。

「少卿先生，那男孩子呢？」

「管他幹什麼？你先空著手回去，東西丟下，停會叫牛大眼送到府上。」

「多承關照，只是那歌郎……」

「叫你少問就別再管閒事，不然吃五穀也會讓石子硌牙扎舌頭。」

「他很年輕，惡習可以改正，對微賤者不能蔑視。」

「他這輩子改不了啦。」

「那未免武斷！」

「他死了。」

「啊？」司馬遷無法相信自己的耳朵。

「是死了，屍首停在對面蠶室，你看不看一眼都行。」

「是被殺的還是自盡的？」

「這跟先生沒關係。他對您感激莫名，臨死之前還給您寫了封長信，要我轉呈給您。」

「是嗎？」太史公很受震撼，「我們是一面萍水之交……」

「看。」邴吉遞來一卷白綾。

「孺子非不可教，無人施教，過失不盡在他！」

「看來你也有一份過失。」

「當然，若早些認識他，可以領上正路，他並不愚笨，字寫得很可觀。」司馬遷看著卷末的手印和畫押，更增添了歉意。

「可惜他太聰明，就像你太天真一般！」

小天窗投下的光比剛才又強點，司馬遷攤開帛卷一看，原來是份供詞，寫著他十惡大罪，頭一條就是大不敬，誹謗皇上，含沙射影，指桑罵槐……冷汗冒出了背脊和額頭，十個指頭像發瘧疾一樣顫抖。

太史公連連搖頭說：「是可怕！不是怕死，我死過一回了……」

「你怕杜周？」邴吉昂著頭，那象徵法律和公正的獬豸冠第一回在司馬遷的眼裡有了重量感。供詞又捲上了。

「他，小人不足畏，怕的是世道人心，天理何存，正義安在？我炎黃子孫生聚教訓，積成的美德良知，像地動，像海嘯，像山倒雪崩。人慾橫流，只剩下貪鄙、狡詐、欺騙、出賣、專橫、諂媚的奴性。九九歸一，邪惡用華山當磨刀石，正在磨他的獠牙。他的猙笑比赤地萬里和滅頂之災更難抗禦。要荼毒生靈，使子子孫孫中的鼠目寸光之輩，成為偷生的皮囊，沒有頭腦的活屍……」

「子長兄，這是皇帝陛下的詔獄。就憑你這番大論，又該砍下一個腦瓜！」

「你……出首去吧，原來叫回家是戲耍我，心裡想殺我，叫美女其面蛇蠍其心的狡童來套我的由衷之言誣告我！好哇，殺吧，這樣的脖子值得砍一刀，哈哈哈哈！」一串狂笑之後，司馬遷拍著頸項。

「子長兄，鎮靜！你的眼光只能看歷史，看不清身邊的橋和陷阱，別笑，笑下去您會發狂。發狂不難，於人於己於事於將來何益？瘋子一半最清醒，另半最糊塗。屈原就是個會作賦的大瘋子兼大哲人！你要有瘋子的清醒，避開糊塗，在瘋狂的邊緣建樹精神！不用急，死會來拜訪你。如何死，有時可以選擇。若有一股勢力要置你死地，你甘心聽這些小人的話，憂愁傷身，去為小事而死，為助不該助者而死嗎？子長兄，上有令尊大人和眾位碩儒，熔冶教誨，百年難遇；下有嬌女，中有諍友，期待於兄者。匹夫之勇，婦人之仁，使拔山扛鼎如項羽死無葬身之地，賢如箕子比干，功如伍子胥文種二大夫，學如屈原，你比他們若何？天降大任於子長兄，出獄之後，深自韜晦，謹言慎行，毀譽一笑置之，成敗默然受之，是非以史家冷眼視之。無所為而後大有所為。兄德才高於弟百倍，本不敢以一得之愚奉獻吾兄，無奈時光迫人，故而一反故態，慨然陳詞。知我罪我，花落花開。詔獄之內，有弟周旋，出此方丈之地，無忌等鷹犬未曾酣睡，請兄明察！今朝一別，或相見或不相見，見如路人，以疏為親，各行其是。」這陣疾風驟雨般的快語，從一個緘默的獄吏口中吐出，司馬遷一向善於知人論事的自信，頓時變做沙灘上的大廈，巨浪連襲，下有地震，左搖右晃。

新的命題像一座大山攔著他的去路：如何做個活人？

智者遠在天邊，近在眼前。梟獍蛇蠍，也是如此。怎麼去辨明？

非獨善其身不能修史，不兼善他人，白來世上一遭。為一身一家而生，豈是大丈夫素願？他知道，修史即兼善天下，遠惠來者。能否摒除一切親朋，如蘭居空谷，鶴翔九皋！

是是非非，不應去尋找。找上門來如何拒絕？

身在籠中，難以奮飛。一朝籠碎，羽毛萎縮，能鵬摶鷹揚嗎？何況籠堅似鐵，自己很快霜染殘鬢，餘年幾何？身裹巨創，心流血潤，能再換一種為人處世之道？

數不清的質問急待回答。他需要推開這一切，有片刻安寧。

「子長庸愚，不識少卿人中潛龍，卓識大義，感愧不已！兄面無喜色，為國為君為系獄萬千囚徒而憂，不給讒臣酷吏以把柄而失去仗義助人的良機，步履沉重，使人未到而聲先至，給人以避過空隙，外冰內火。可見人不必擇地，皆可以學為聖賢。兄用意良苦而不欲人知，乃無名高士。子長每每視為奸險之輩，當面謝罪！」司馬遷整衣一拜。

「相知不在顏色禮法。」邴吉連忙扶起司馬遷。地獄中的坦誠相示，使友情得到奇特的飛躍。

「子長不才，損人利己之事不敢做。歌郎一案未了，我便遽然離去，生怕有累少卿兄！」

「此案可以了結，兄好自為之！」邴吉奪過供詞放在殘燈上點著。

「這……兄是代子長受過嗎？不妥！」司馬遷伸手就抓火苗。

邴吉左手將他扶住，右手上的火還在燒，良久才擲到牆角，看著它變成灰燼，又把熱灰捧起投入便桶。

「杜周不是好惹的。」

「他做事自己明白，不敢啃我一口。沒有這些護身符，我早死在他的手上。但我並不想除掉這個酷吏，因為皇上喜愛這幫人，換一個新的，只會更壞。他對我有幾分相信，三分懷疑，又找不著疑點，就這樣較量幾年，早晚皇上也會處死他，或者逼他自己去死。張湯、王溫舒的明鏡掛在那裡，就是杜周不願也不敢去照一照。你看穿杜周的毒計嗎？」

「這……」

「他沒有你的才華與好名聲，就要仇恨你，連皇帝也不例外。你要知道這才是危險所在！」

「噓——」

「不要緊，牛大眼回家去了，不會害我們。這小院裡就我們兩個人。我比你小心！」邴吉把燈吹滅，屋裡已經大亮。

「少卿兄說說杜周……」

「他怕你出獄再做官，要報舊仇，喜歡惜玉香又怕男寵和媵妾們做出風流韻事，才故意加他腹誹之罪，讓他做證誣告你，再對歌郎用宮刑——請子長兄不必多心——在皇帝與同僚面前享得無私美名，使那些小妾們不敢妄生他念，弟是瞭如指掌。」邴少卿從鼻孔裡冷笑兩聲。

司馬遷聽了，心頭突突亂跳，這件事他沒有見過，聞所未聞。

「像變童這等玩物，貪生怕死，留下還有好些人要被他告密，就用點計策，防患於未然。」

※　※　※

從午後到黎明前，邴吉的表演做到了無懈可擊。無論杜周多麼奸詐，他只能欣賞邴吉的木訥與刻板，卻無法探測出邴吉的高深。事情壞在自命不凡這條人類難以擺脫的痼疾上，又何限於杜周？

案情的敘述和幾句自我表白的讚美詩很快告一段落。歌郎嚶嚶抽泣，直挺挺地跪在階下，主位上杜周昂頭高視，手撫虯髯，意氣自得。邴吉一向洗耳恭聽，唯唯諾諾。任何上峰見了也會在嘲弄和自我滿足的狀態中，信賴賞識類似的部屬。

「牛大眼！」邴吉平板的聲調不乏官氣。

「侍候大人們！」獄卒彷彿是無所不在的地只，突然從側邊走出，哈腰垂手待命。

「這是廷尉大人賞你的酒錢。」邴吉摸出一錠銀子朝獄卒扔去。

「叩謝大人！」獄卒用胖子當中罕見的麻利接在右手，眼光一亮，例行公事的叩頭也熟練得有如大畫家筆不到意到的做派。不愧是個衙門裡混事由的老行家！

「這是身犯律條的罪人，又是廷尉大人身邊的童兒。不打沒有王法，打傷了有揹人情。拉下去重打十板。輕了要打你三十，重了打你六十，絕不殉情。」邴吉的表情很嚴厲。

「遵命！」牛大眼把歌郎牽走。

杜周皺眉立起，邴吉也陪著他走進耳房，為他沏上一杯熱茶。

「司馬遷在牢房裡還安生嗎？」

「沒有異常舉動，成天不說話，看來很消沉。」

「老弟，恕愚兄直言，此人一代名士，心懷叵測，不能掉以輕心。成天汪汪亂叫的狗只會騙主人幾塊骨頭，在方丈之地擺擺威風，嚇唬貧賤百姓，並不咬人。獵狗靈，從來不叫，咬住一樣東西就不鬆口。看看打圍，便悟得此道。」

「大人獨存慧眼！」

「我等為朝廷效死，上報明君，下答庶黎，若是被膽大心細的書生弄出意外之事來，毀了前程，愧對父母妻妾兒女，小心為是！」

「多謝大人指教！久聞大人神箭從無虛發，可惜沒有親眼受教……」

「哈哈！」提起圍獵，杜周的話就多了。他繪形繪聲地講到當年在狩獵場上邂逅當今萬歲陛下的機遇，又誇自己三天之前射倒一隻母鹿一對黃羊的經過，笑得合不攏嘴。

「大人是地仙，凡人難比！」邴吉傻乎乎地笑著，眼神很豔羨。

「下次圍獵，願在鞍前馬後一睹風采！」

「一定請老弟賞光，那才是人生一樂呢！」

「聽老丞相說，大人家藏西域美酒，其味甘醇雍和，玉液仙漿，都是皇上所賜吧？」

「聖主隆恩，愚兄受之有愧！今晚有請老弟到舍下小酌幾杯，共謀一醉如何？」

「大人美意心領，只是皇命在身，不敢疏忽。加上不會吃酒，怎敢與海量大人共席，謝謝……」

「出不了差錯，這種謹小慎微，愚兄佩服，可惜做不到。皇上也稱讚你剛正無私，將來前程無量！」

「大人乃擒蛟伏虎大才，何必與卑賤碌碌鄉愚並論？多蒙栽培，位居大夫，已不能勝任，時常想辭職還鄉躬耕奉養祖母與家慈，從無升遷妄想。前路寬宏者大人是也。」

「哈哈！長安城內都說你不善於應對，其實是誤會，老弟有口才、文才。愚兄馬齒徒增，早該退隱林泉，代愚兄者吾弟也！」

「朽木豈可支大廈？」

「同僚之誼猶如手足。『肥馬輕裘與朋友共』，酒也一樣。」

「不便叨擾大人！」

「莫非看不起愚兄？」

「不敢，卑職從命！」

杜周在花園中的小軒裡待客，這裡只有一堆帛書，幾大架竹簡。侍酒者僅有一名老蒼頭，給來客的印象是簡樸、懇切、舒適，沒有威勢。主人懂得自奉與示人的形象是兩碼事。在不同的空間舒卷自如。

邴吉的酒喝得憨直，上來就和主人互敬三杯，來勢洶洶，不到十杯，話也多了，眼紅耳熱。杜周見他不是善於藏量的老將，像個初出茅廬的嫩苗苗，便有幾分貓玩老鼠的優越感，沒費半個時辰就把邴吉灌醉。

「廷尉，您真是個好人啊！您的心眼實實在在……那司馬遷乃貪生怕死之輩，跑不出您的手心……誰說大人不好，我剝他的狗皮……抽他的筋……好人……我沒醉……再來兩壺……沒……醉……」酒後真言使杜周心花怒放，家丁將邴吉送回府，他和衣倒在床上便鼾聲雷動。邴夫人對來人與車夫，出手不菲。他們謝過賞，喜滋滋地辭去。

邴吉關上門，在屋裡徘徊良久，輕得沒有聲息。彈去燭花，翻開竹簡，看了片刻《易經》，不能全懂，只覺胸廓間有些燥悶，他開啟窗子，竹枝披月搖風，似在娓娓對語，人的內心能否也像星座一樣互相照徹呢？說有所思又無所思，講有所憶又不知憶的是什麼。一股淡淡的熱流，不太清晰的暗示，浮上腦海，召喚著他去做一件不凡的事情。便從枕下摸出匕首插在靴筒裡。

把夜間要查詔獄的事告知了夫人，她為他披上一件黑色斗篷，送他到長廊盡頭。他未帶僮僕，緊緊腰帶，騎上紫鬃烈馬飛馳到詔獄，月亮才爬上柳枝，青光熠熠，柔和溫暖，並未減弱星星的金芒。

歌郎業已進入了第三間單身牢房，屋裡這位老犯官被無忌收監之前是光祿大夫，他面壁枯坐，無論歌郎如何飲泣呼冤，他始終守口如瓶，達到泥塑木雕的境地。這位老於世故明哲保身的人不知何故獲得的罪名與歌郎同樣為「腹誹」。

另外的兩位受到優待的欽犯，一名是掌管長安市政的左內史，曾顯赫一時，只因新蓋的貳師將軍官邸達不到李夫人母親的要求而身陷縲紲[02]。他對杜周破口大罵，暴跳如雷。另一位郡守是收過杜周在渭南的莊園所應繳的田賦，此公像隻鬥敗的小公雞，耷拉著頭，說話吞吞吐吐，囉囉唆唆，不知所云。這

[02] 紲，拴牲畜的長繩；縲：大繩子。《論語·公冶長》：「子謂公冶長，可妻（去聲，娶）也，雖在縲紲之中，非其罪也。」縲紲指監獄。

種誤國的寶貝為丞相所看中，從衣著的陳舊來看不是贓官，但也不是幹練的循吏。

儘管對歌郎的反應強弱有別，邴吉慢慢地悟得：被皇帝討厭的犯官，除去貪贓枉法的虎狼之輩，也有清廉自守，上無大臣提攜，又想有點作為的清官。這些人若能重返朝廷，對杜周肯定是反對力量，至少可以牽制酷吏們，也是好事。

看完第四份供詞，邴吉仍然和顏悅色地對歌郎說：「腹誹之罪當斬。你能出首以證實四名要犯的大罪，死罪可免，要改為宮刑。你這麼年輕美貌，走這條路太可憐！」

「大人救命！宮刑不就成了第二個太史公嗎？小人不願意呀，大老爺！給我留下一條根，我情願……」歌郎下意識地整整雲鬢，將領口朝下一拉。

「我知道你很委屈，就怕沒有能耐救你！」

「救救小人吧，願意侍候大人……」

「廷尉大人才喜歡這些！」

「老爺，小人不會告訴廷尉大人！」

「往下站，只有廷尉能救你，牛大眼刀都磨得鋒快要閹你這孽種！」

「廷尉大人若能搭救小人，就不會送到這裡來。」

「他也怕人告發而丟官。」

「那怎麼好？」

「而今有了這些供詞，廷尉從寬發落，責任輕得多。」

「請大人指點！」

「廷尉也不想你死，就是怕你勾引他的美妾。他的為人你也明瞭，閹了你對他無害。依我之見，可以給他寫封遺書，誓死不受宮刑，裝作自殺，他怎捨得你這位龍陽君？一急之下，宮刑自然免除，倒不失為萬全上策！」

「謝謝大人再造之恩！」

「快寫，天將破曉，有幾句話就行。」

「遵命！」歌郎給杜周寫了一封動情的遺書，還說自己有負大恩，只好一死。

郉吉看後，叫他畫了押。

「大人，這不是還沒死嗎？廷尉精明，怕要生疑……」

「我就對他說，你正要服毒，讓人搜出了砒霜，怕你尋死，特地將你捆在床上，不容廷尉不信。等他來時，要放聲大哭，牽動他的舊情，把他的心弄軟。」

「小人會這些，就怕廷尉大人的心軟不了。」

「他也是血肉之軀！」

「請大人上綁。」

「這是不得已而為之，我也捨不得綁你這樣水靈的美人！」

「綁緊些，大人，為了不殺頭挨閹，小人心甘情願哪！」

「好嫩的纖手！」郉吉抱起歌郎，把他橫放在刑床上，蓋上被條，然後用繩子一道將人和床捆在一起。

「差不多吧？」

「再來兩道。」

「好，你掙扎兩下，看看能動嗎？」

「不能動彈。」

邴吉脫去袍子，跳到了床上。

「大人，您這是……」

「放心，我不鬧你。」

「大人是救命恩人！您……」

邴吉坐在歌郎的胸口，雙腿牢牢夾住他的頭，左手捏住他的鼻頭，右手從窗簾外邊摸過一把銅壺，猛地插入歌郎嘴中，他來不及出聲，又吐不出來，渾身跳動一陣。邴吉只怕他不死，等到砒霜灌完，又用枕頭壓在他臉上，雙手按著枕頭。

一朵罌粟花就這樣凋殘。

過了烙熟一張餅的工夫，邴吉一試鼻息，才解開繩子，將枕頭墊在屍體的頭下面，血從七孔流出來，淌到枕頭和刑床上。

邴吉將遺書疊好放在歌郎懷裡，然後鎖上蠶室來看太史公。

聽完邴少卿的介紹，用不著再到天南海北去狂搜，司馬遷對面的新知己就是奇男子。大丈夫灼臉的淚水很珍貴，為自己的命運，為人心的美麗醜惡，為世路的崎嶇，為無數無辜者的悲憤而傷心嗎？不完全是。成分是如此複雜，以致無法去做精神化驗。只能用卓絕的行為來作答。

邴吉匆匆收拾起歌郎的遺物，準備放在他的身旁。

「我也有罪，殺人者死，為臣者讓陛下繞開千年後罵名，不計後果。歌郎與兄不能並存，舍糞土而留璧玉，事非得已，是殘忍了些，誰教我們生在這年月？可以告慰的是離家之前，我對照《易》卜了兩卦，都很吉利。子長兄應轉機了。」

「子長不知道該怎麼說，如果出了事就全推到小弟身上，好去抵命。」

「抵命？為一個歌郎不去寫史書？此事希望老兄永莫提起，你知我知便了結。死者的祖母師父，我將出資養老，別了，兄長！」邴吉鼻腔發酸，不覺涕下。

「不，我不走！等杜周來放我出去，幾年都熬過來了，還怕什麼？快把蠶室收拾乾淨，別給杜周找到疑點。」

「是，兄長保重啊！」邴吉去了。

「如何來解釋這個世界的昨天與今天？擾攘歲華，從何而來，流向何方？」他垂頭注視腳尖，向內心和四面發出永恆的疑問。

也許是蒼天不願過分難堪，便從碗口大的天窗裡投射下神祕的光之井，向司馬遷的前額微笑。似乎在計算著一夜秋風後，詩人又添了幾莖霜髮。

地上白色的亮點又擴大了幾圈。群星小如芝麻，從他的太陽穴裡迸射出來，愈放愈多，愈遠愈密，一陣陣噁心，頭天夜間所吃的白酒牛脯，想吐又吐不出來。兩耳和腦後有十多支破鑼在狂敲亂嚷。他倒在鋪上，冷汗從天靈蓋四周和背脊冒出來。

「太史公，給您老送熱茶來啦，剛沏上的，香著哪！」大眼一見司馬遷倒了身架，急忙放下茶壺，把他的雙腿盤好，一手撫背，一手扶頸，讓他坐起，再掐人中，推太陽穴、捶背，好久才緩過氣來。

茶香很提氣，熱流入腹，司馬遷向大眼拱手為謝。

「今天是怎麼啦？小人妖喝砒霜，這屋倒下了大人。啊喲，又是龍燈又是會，又趕上爺爺九十歲，真夠熱鬧的！再喝兩口定定心，您老福大命大，大眼又碰上啦，要不真玄！」

「不要緊。邴少卿大人呢？」

「剛陪廷尉大人給小人妖驗過屍，詔獄倒楣賠一副十二圓的大棺材，往年是大臣賜死才給用的，也給小人妖睡上了。杜府來的家丁，正在套車拉出去下葬，丁點大個人也真能作怪，荒年多蹊蹺事！活著忸忸怩怩，死了人家連看也不肯多看一眼，日裡白死，夜裡黑死。能死也算有點血性，託生個好人家去……」

「看牢的不會受牽連嗎？」。

「腿瘸哪能怨路不平？那邊院子裡關了六萬多口人，一天死幾十，像劈柴一樣橫橫豎豎摞起來，全成了人乾，小院裡好多天沒人守夜，忙不過來，老貓也有打盹時。童兒不是三條腿的蟾，買得著，官大了有人送男妾，不稀罕。」

司馬遷平時怕大眼嘮叨，今天聽來一點不煩，反而想多問他幾句。

邴吉腳步聲咚咚地走到門外，漠然叫道：「請太史公更衣，少時廷尉大人有請！」

「大人，太史公是……」

「幫太史公洗頭整裝，廷尉大人要派人送他回府！恭賀恭賀，子長先生，再會了！」邴吉的眼角閃過一剎那喜色，又恢復舊態。

司馬遷無言地一揖。

邴吉又咚咚地走開。

「大眼賢弟！」司馬遷的嗓音很溫和。

「不敢，折殺小人了。」大眼被這意外的稱呼弄愣了，「您是一年六百石的下大夫之位，哪能和俺這草木同朽之人稱兄道弟？」

「我什麼官也不是，算老百姓，刑餘殘生，連引車賣漿者流都羞與為伍！我天天都盼著出這座鐵屋子，想到腐刑，哎，又怕出去了。兄弟，你這件袍子舊了，照顧我一千來天，無以為報，書兒娘剛剛送我一套新袍子，稍長一點，改一下，你湊合著穿。」

「太史公，而今這年頭只看衣冠不看人，您應該穿體面點，少遭狗眼小看幾回也好。俺是前世不修，今生才當了個專做腐刑的獄卒，真是罪該萬死，冒犯過您這響噹噹的文曲星！」大眼淚如雨下，跪在司馬遷面前，狠狠地捶打自己胸腔：「您到這步田地還想到小人，甚至是您的仇人，怎能再奪您的衣服來遮掩俺這身橫肉？受刑的該是大眼！俺有眼無珠，恨過所有的贓官們，閹起他們打起他們心裡太痛快。心裡說當老爺的天下烏鴉一般黑，當著面又哈腰，叩頭問安，裝他媽的孫子。出了大院人人罵我、恨我，看不起俺，不敢傷人一根汗毛，回到天牢光挑選無錢無勢的軟人欺侮。十幾年來，良心霉了、臭了，黑透爛光。是您開導俺，讓朽成蜂窩渾身淌膿的心尖上又冒出小肉芽，眼睛慢慢有了寸把光，嘴裡有了人情味。您老一走，俺怕這堆肉裡從前剩下的壞水，又要淹掉一星一點的好東西。要那樣還活個什麼滋味？您想不到我從前多差火呀，先生！」

在現實中推醒一個人，比在紙上創造幾個人更難。太史公更懂得以熱贈蛆蟲使之化作蚯蚓的價值。只要暴力不去踐踏，一朵人性復活之花便會盛開於美德的曠野上。譴責一個人太容易，道德家倫理學家犯罪學家奮鬥幾千年，都沒有使人類變得完美。只有去創造、去更新人的素養，才能縮小惡德的陣地。推讓一氣，還是大眼提出接受太史公的舊袍子，穿在身上，不忘訓誡。

「過年我請您到舍下喝幾杯。」

「一言為定。」

「想留您歇幾天再走，聽聽您說話，也知道歸心似箭！過幾天到府上去看望！您走道腳不扎根，還是讓大人派輛車送送！」

「用不著，走走看看，也很新鮮。老弟，後會有期！立志處處行方便，仍不失為好心人。」

※　　※　　※

皇帝結束早朝之前，沒頭沒腦地說：「看了近年一些詔書，無文采可言。司馬相如、枚乘、枚臯等文學之臣先後去世，後繼無人！」

貳師將軍李廣利手捧笏板道：「陛下求賢若渴，何不再次詔告天下薦賢？臣弟延年侍奉陛下有年……」

武帝將袖子一擺：「延年長於制曲，為朕協樂律，創新聲，頗能辨詩。文辭非其所長，論才遜於司馬遷遠矣！」

李廣利恭順地跪下說：「臣弟延年享祿兩千石，恩寵甚隆。臣雖愚鈍，豈敢薦弟謀私，為天下人所不齒？臣想的是延年弟子多人，採風於郡縣，若遇長於辭賦者，可選其佳作恭呈御覽。」

皇帝捋鬚一笑：「辭賦詩謠，汗牛充棟，大多出手巧麗，未必有大手筆，得山川奇氣而有卓識。比如封禪大典，就要大塊文章。你們看司馬遷如何？」

杜周眼巴巴地看著李廣利。

「封禪大典，載之青史，司馬遷雖有文才，只怕刑餘之人，委加重職，先皇無此例。」草包將軍馬上為杜周代言。

皇帝冷笑一聲：「朕用人素來不拘常格。聽話者大多不能肩承重任，有識之士多主見，恃才傲物，不肯俯首帖耳。為人主者用其長而知其短，求全則無。拘於繩墨者多是忌才之輩，只見人短，不見人長者，小家子氣！」

李廣利擦擦頭上的熱汗，不知所措。

杜周的眼睛突然一亮：「臣冒死啟奏：非凡之才如千里馬，必得善騎者方能建功於絕塞。司馬遷學貫古今，下筆千言，瞬息可待。其人難得，沒於草野，有負吾主愛才雅意。臣意特薦司馬遷為中書令，出入內廷，審閱表章，轉奏要事。司馬遷感主隆恩，樂於效命！」這番話使李廣利聽後茫然墜入彌天大霧中，忍不住白了杜周一眼。杜長孺的笑紋被絡腮虯髯遮住，顯得矜重。他為這步棋下得如此高明而沾沾自喜，迎合了皇上的意圖，撈了個愛才的好印象，顯得寬宏大量，他怕司馬遷要寫〈酷吏列傳〉，心裡很不踏實，書呆子是三分可厭，二分可怕，二分可笑，二分可恨，還有一分可敬。對他們彬彬有禮，可以沖淡前嫌，至少穩住對方，不唱妨害自己前程的反調。再者他深知中書令一職雖然有實權，接近至尊，但過去都由太監擔任，頗以身有幾根傲骨自許的太史公不可能與宦官們為伍。縱然不敢公然抗命，也會力辭。這樣肯定觸怒皇帝，後果難測。

「有理，容朕三思！」皇帝不住點頭。

杜周心裡美滋滋的。

「陛下！」李廣利還要多口。

「貳師將軍，要薦賢不避仇、不避親，還是讓陛下聖裁吧！」杜周低聲阻止草包將軍，也有意叫皇帝聽到。

「杜卿，你不怕司馬遷身居高位對你不利嗎？」皇帝一臉高深莫測的微笑，欣賞著自己的詞鋒。

「臣啟奏萬歲，封禪大典，千秋盛舉。臣不敢以一身得失害天下大公！古有明訓：聰明不過天子，不會選中洩私憤圖報復的小人。退一萬步講，司馬遷若敢冒天下之大不韙，陛下有三尺法在。臣信陛下如慈父，事事坦然。」杜周說得很激昂。

「哼，會說話！哈哈哈哈！」皇帝情緒良好。

下朝之後在宮門外，杜周悄悄向李廣利做了解釋，然後來到詔獄。

後院很深，客廳裡僅有司馬遷一人在漫步，眉宇間忐忑不定。杜周進門，行過常禮，說出一大串討好的話。

「皇恩浩蕩，子長刻骨銘心，請廷尉大人代奏陛下。」司馬遷回答一句官話。

「遵命！」杜周笑得更謙遜，他慶幸自己長於縱橫捭闔而一著領先，原來太史公也有意為官。「陛下很快會召見太史公。推賢薦才，長孺不甘居人後。我等有幸同朝，聖上面前，幾次為太史公求情，權貴作梗，慚愧之至。多次冒犯，恭請恕罪！」

「先王約法，見之三尺竹簡。願大人據以斷獄，能抑止天下邪惡之心，使獄中少囚犯，富民安國，路不拾遺，夜不閉戶，定能名垂青史。大人炙手可熱，然人言可畏。子長刑餘之囚，隨時可死，今日直剖胸臆，以報盛情，何計毀譽安危？」

彷彿高峽蓄水已久，忽而閘門洞開，勢必飛流傾瀉。念及女兒的哀求，頓時冷卻。

杜周越聽越氣，心似火燎。只靠長期積聚的官場經驗，提供靈感，要把戲做得出眾。他滿面含春，居然撩袍端帶在司馬遷面前跪倒：「先生錦言，父兄想說而說不出，能以此理相教者想說而不敢言。何況長孺不孝，先父棄養十年，又無兄弟，喜聞黃鐘大呂之聲，能不感激涕零，由衷下拜？」這廝的內心獨白是：「好個不識抬舉的閹狗！老子先裝夏禹王聞善言則拜，給你一點甜頭，揚我美名於天下。我拜的不是你，是早朝時在我左邊的相位。不就差那麼二尺遠嗎？假如遇到皇上呢？不也要下拜嗎？別人想拜還沒這份榮幸。杜某也不是好騎的馬，這三拜要砍下你腦袋來當利息，辦不到就枉做男兒！」

血湧上太史公的雙頤，焦茶色皮膚塗上烙鐵般暗紫。是為杜周的壯舉所感動，還是對自己的卓識過分陶醉？司馬遷無法分別，或許兼有二種情緒。他一甩袖子做出攙扶的架勢，家丁們手一拉，杜周輕捷地站起。

「聽說先生官邸變賣有年，眼前急需靜休之地，小弟寒舍甚偏窄，若蒙不棄，歡迎先生舉家來住，蓬華生輝，內子也掃榻以待！長孺年過半百，早歲讀書甚少，也曾發願學為仁義，然此路極端清苦，無人賞識，便不以為然。弱冠而後，無緣得侍良師，見識淺陋，失誤很多，又怕沒世無聞。眼見了張湯、義縱飛黃騰達，功名誘人，一反初衷，學而為吏，執法過嚴，怨聲不少。先生提耳面教，自當迷途知返。當朝賢能濟濟一堂，駑鈍之材，不久即辭官讓賢，晨昏得與先生過從，讓犬子延年以師禮事太史公，為通家之好，此生諸願已足。先生憐我愚誠，幸勿推卻！」杜周聲音有點哽咽，他能口吐雅言，心中悲悼美媚絕倫的孌童，雖然傷悼也是一剎那的閃念，任何真情感都排出思維，方能青雲有路。實踐業已多次對他展現碩果，用不著懷疑。

「子長命薄無福，少無鄉里之譽，今又受極刑，不祥之人，深負雅意！」司馬遷不亢不卑地一揖。

「先生不耐塵擾，未便強人所難，願以百金贈予先生另置新宅，聊表微忱！將來在陛下面前，還請美言幾句，長孺不會恩將仇報！」

杜周還禮，峨冠巍巍顫動，把送金封口的卑劣勾當，做得仁至義盡，無可指責。

杜周躬身時，朝上飛了個眼白，寒光閃閃，陰氣森森。一陣冰雹，砸碎司馬遷頃刻之前的幻想，邴吉的忠告在耳旁獅吼：「兩腳虎比四腳虎更凶殘、危險！小心，朋友！你妄想化虎為人，愚不可及。杜周，每年捕兩千石以上大員上百名，郡守縣令上千，百姓數萬，小案動輒殺百十人，大案株連千計。比此賊為虎，虎亦含羞。」

「子長將埋名隱姓於市井之外，不會有報效機遇。」司馬遷恢復了初見面時的冷峻，「多謝大人，安身有一榻之地，不勞多慮！」

邴吉怕太史公言多有失，特地命牛大眼來請杜周，說有事情要請示。

「你們備車送太史公。」杜周不想多費口舌，便發出命令。

「多謝大人，子長不需人車相送，可以安步當車。」

對一個人了解最深的，常常不是配偶、父母、兒女、親友、師生，而是政敵。

大眼的勤俐，不能掃除牢房裡的血汗氣息，作為酷吏，詔獄的氣味足以使杜周躊躇滿志，就像戰馬聽到了號角，演員聽到金鼓絲竹，蒼蠅嗅到惡臭一樣興奮。他向太史公道了歉，喚來兩名皁隸，逕自去找邴吉。

「這兩個狗才是不是奉命要盯著我的細作？」廷尉下面用的人手超過上萬之眾，囚徒職業的敏感不是無的放矢。

「太史公請！我們在大門口恭候大人！」胖獄卒柔順地請求，不能掩蓋睫毛下面、嘴唇外圍的冷蔑。

「請！」不胖的獄卒沒有表情地附和著同伴，雙雙而去。

司馬遷穿過前院大監房直奔小院蠶室。甬道狹長，牢房門洞對面呈現出幾塊灰白的光點，不是獄神廟裡那盞長明燈，就深遠得望不到盡頭。即使在白天，習慣於在黑夜中從種種罪惡勾當裡榨取餘瀝的獄卒，沒有燈火也寸步難行。火苗蒼白，下半邊圍著慘綠色的圈，上面冒出一縷黑煙，似乎隨時都可以死滅，其實燈盞裡的油還能維持漫長的韶光。司馬遷走到獄神祠木柵欄跟前，那裡有幾支香，是家屬們認領剛剛死去的囚徒遺體後，點在一支陶盆中的。獄神的三角眼很凶暴，鬚髯戟張，威風凜凜。司馬遷的額頭和顴骨上面披著一綹跳動的光，其他部位，都與浩茫無涯的黑暗合成一體。

黑暗，向太史公提出疑問：監獄展現法律與公正嗎？

監獄的存在不是人類的光榮。父母師長從不教人為惡。吹牛、拍馬、盜賊、妓女、竊人榮譽道貌岸然的偽君子，都沒有專門的學校去培育，這類人物同樣也不希望後代危害黎民。為什麼不能斷種？

取消監獄並不難，用什麼來代替它？

法律只是道德補充。教化得法，大部邪惡者從善；教化不當，善即走向反面。

當然，教化也非萬能，對杜周、李廣利以至公孫弘、無忌之流何用？

人類最後會消滅監獄，否則世界便成了個大監獄……

司馬遷回答得不全。他僅知自己已立身於黑暗的邊緣，一線光明的起點。

光明，那是一座插天的高峰，愈高處，光線便愈強勁，攀登的險徑沒有止境。

出獄一步，只是來到峰下。對於監獄而言是光明，比之稍高層次則仍是黑暗。寫出史家絕唱的大詩人沒有僥倖心理，知道現實的冷峻，渴望光明就是抗拒醜惡虛偽的動力。愛的光源，即使虛幻，也是思想家大詩人們為撫慰千百代億萬生靈冶煉出來的暗夜囚糧。有可化無，無能生有，遠遠勝過漆黑一團。

偉大民族的歷史是為消除漆黑一團而攀緣的腳印。

司馬遷佇立不久，就聽到了垂死者被濃痰堵塞的喘息……

死的聯想掠過腦中，使他記起任安昔日贈送的禮物，至今還插在牆縫中，以後不可能再來尋找，牛大眼也不會捎去。他猛然一驚，似乎聽到牢房在埋怨：「朋友，數載相聚，晨昏相依，苦樂與共，一朝離去，竟不看我一眼，未免薄情吧？你笑話張耳陳餘刎頸之交，為權利而相攻擊，自己又如何？」

房門洞開，沒有加鎖，司馬遷呼吸迫促地回到屋內，從牆縫中摸出小竹筒，輕輕地放進口袋，然後才從容地看看牆壁、泥土地、草鋪、天窗、蛛網、瓦椽、瓦片深深淺淺斑斑駁駁的色調，一切和昨天一樣，和三年前一樣。十年之後也許還是如此，它們比人老得緩慢。

他的心頭湧上一絲苦澀的甜味，對於離之唯恐不早不遠的牢房，有些戀戀不捨。其實他錯了，難捨難分的不是這裡的物質環境，而是出生入死的大波瀾。恥辱加重歲月的分量。筆雖停下，心還在寫，不是大片空白。當然，如果再能回到三十多歲去就太好了。他整整衣領，向四面牆壁，向厚土與天窗分別一揖，周圍的一切，剎那間都人格化了。

他走到門口，用手摸摸柵門，還有那黑沉沉的大鎖，多少救民水火的宏願，多少在學術上可以實現的夢想，多少蕩氣迴腸的摯愛，多少渺小的人物，在你的神鏡面前照出原形，多少想不到的靈光被你塗抹在普通人的身上。也不過是轉瞬之間，從皇帝到朋友，排成長隊被司馬遷推到大鎖的面前，人的精神身高與道德體重畢現，毫髮不爽。

「走吧，大人！」久坐在旗杆下的胖獄卒有些等急了。

「請吧！」不胖的獄卒也在催促。

司馬遷閉上眼睛，讓自己平靜一下。他希望醜惡虛偽的事和人都鎖在牢裡，只帶走人們閃亮的面影。大院子裡亂糟糟的，棺材、囚車，釘鐐的錘聲，囚人及其親屬朋友的哭泣聲，在高牆鐵青的暗影籠罩之下暴露無遺。這正是大漢國土的縮影，冤獄的怨恨在冒煙，罪惡的癰疽在流膿，瘴氣與膿血把張湯、杜周之流的座席浮上高層。說不盡的同情和厭惡，催策司馬遷急於要走出詔獄，去吸幾口來自祁連山北的西風。有獄卒們答話，荷戟守門的大兵們並沒有刁難。

行行重行行，幾條大街和詔獄中不是一個季節。城門走過熙熙攘攘的人流，誰是脅肩媚笑的商家，誰是碧眼黃髮的異邦絲綢掮客，誰是走卒販夫，誰是騎馬的豪奴惡僕，誰是乞食的盲嫗，司馬遷覺得又陳舊，又新奇。他似乎只是漫不經心地一瞥，又都認真地加以辨識。護城河水面，碧影弄波，久不下雨，新裸出的河灘上，覆蓋著幾層落葉，老的灰黑，新的橙黃，清香中夾著一絲令人欣悅的霉腐味。跪在石頭上的婦人正在搗衣，砧杵聲聲，單調而清脆。也還有白髮盈耳的老漢，未冠的黃口少年，赤著雙腿，站在河水裡，清漂床單。

度日如年，一千多天來，死亡和出獄構成一部宏偉的二重唱。起初，死亡以絕對壓倒的優勢，占據了主旋律，猶如一塊千丈巨石，壓著一粒先天不足的松子。出獄與其說是一種可能性，不如說是自欺的杜撰。松子充分猜想到巨石的重量，並沒有與它爭雄雌的妄想，只是吸著責任的熱氣與親人的愛，準備萌芽。宮刑之後，那塊巨石逐漸酥鬆，生之幼芽和對明天的幻想攜手成長。而今松樹已經錯節盤根吞吐著信念的歌，死亡的巨石下部崩碎，留點空隙，向松樹做了短暫的讓步。

一千多天來的牢房像個石盒子，底朝天扣在地上，裡頭烏黑。希望躺在上面做馬拉松式的冬眠。他晝夜在盒中亂闖瞎撞，虛耗了精力。大眼用過刑，把閹刀之魂交給了乍醒的希望，希望開始鑿擊房頂，終於鑿開了一個洞，他跳出了牢房。希望用背脊壓著洞口又昏睡過去。於是，旭日的祥光，溢位子長的眼眶，嘴角、鼻孔、臉上的皺痕，突然變得褐紅的面頰與指尖……

一千多夜來的夢魘，隨著盜汗、自汗和無法驅散的自憐，盡付於秋風，擺脫於雙肩及襟袖之外，沉落於詔獄城樓下的吊橋浮面，沾在布履底上。一步一步行程，擦在泥路上、芳草上、落葉上、碎石上……

血液執行的殘星碎點，隨著全身活動一加速，嗚咽三載的心臟忽而吹起號角，召喚力氣歸來，為提前老化的主人效力。起初兩條腿還不能協調無間，左腿的氣力早報到歸位，它居然嘲弄右腿慢條斯理的勁：「你這個厚顏無恥的叛徒，只會錦上添花，不肯雪中送炭。災難一來，逃之夭夭。怎似我有遠見，掐指一算，便知道主人不會倒下，所以受盡飢寒潮溼，戀戀不忍遽然離去。今天又來趨炎附勢，狗臉往哪裡擺？除非你拜倒愚兄門下，賞碗飯吃，不然就會疤癩眼照鏡子——自找難看！」

「哈哈！我們是同時誕生，你憑什麼以兄長自居？我是小人，你明明在外混吃混喝，比我只早到一霎時，賊膽包天，竟以一貫忠貞自許，世上還有羞恥二字嗎？推開窗子說亮話，互相拆臺不如彼此捧場。一塊跳板上的兄弟，瞞上不瞞下，只要糊弄過太史公不就了結！」右腿的力氣也是老於江湖，不是痴漢。自稱「愚兄」者一被戳穿，休戰伊始便是合作開端。只要司馬遷低頭嘆息，都被認為是嘲諷它們的勢利，有點羞澀。哪知道司馬遷急於要見妻女親友，要看看闊別的首都，哪來閒工夫算舊帳？急於報效的它們就安然地裝出一貫高尚的模樣，不再汗顏。

從三十歲以來，司馬遷不曾走過這樣輕快的步伐，他為此有點愕然，兩名隨行者差點都跟不上他。迎面來了一輛馬車，車簾半捲，司馬遷抬頭一看，車上坐的是皇上的寵臣李延年，前後有八名騎士呵護。這位大音樂家臉上傅粉，塗著胭脂，昂首鄙視著行人，從車馬隊中橫衝過去，兩名獄卒慌忙跪倒在路邊恭送。

司馬遷愛聽民謠，喜聽李延年譜寫的新曲，雖說少點苦味，畢竟高出於同儕很多，但是討厭他倡家出身的脂粉氣，還有架子十足的官氣。趁著弄臣還沒有看到自己，他裝作搔頭，側身用大半個袖子遮住五官，躲到一旁出口長氣。轅馬撒著歡，鑾鈴急促，車輪彷彿從他的肩頭上滾過。

獄卒們互相看了一眼，認為司馬遷大逆不道似的，同時啐了一口。

大路通天，橫穿過柿樹林，直指著古都咸陽，再遠便是茂陵。沿途村莊錯落，並不荒涼。

太史公的背脊、天庭、耳背、鼻尖，都溼漉漉的，久不走長路，呼吸和心跳加快，腰背痠麻。興奮期一過，每步都像踏在雲堆上，有下陷的感覺。

坐了一會，雙腿更加疲軟，不想挪動。他對自己的身體猜想得過好，看來要經過一段休息調護，方可康復。

天突然沉下瓦灰色長臉，帶著雨意的潮風吹走了陽光，落葉在官道上哀嘆，在塵沙間呻吟。

「太史公老爺，還有多遠？」胖獄卒坐在石條上氣喘如牛。

「兩里之遙。司馬子長是剛赦的罪人，就直呼名字，莫稱老爺。」

「又沒有天翻地覆，誰敢那樣沒老沒少沒上沒下的？」瘦獄卒掃了夥伴一眼。

「咱哥倆一輩子最恨勢利小人。您老不必過謙，當年長安城內誰不知道您是大名鼎鼎？要說在朝伴君，出點岔子，沒什麼可笑。笑人前，落人後！您老丟了前程，可名聲更響！」胖子一番高論，博得了同伴連連點頭。

「不敢當！子長徒有虛名！」被人理會的快樂中帶有凡夫虛榮心的滿足。

短暫的沉默。

南方傳來不太清晰的鑼聲，逐漸向柿樹林移動。

「太史公老爺，能賞咱哥倆幾文酒錢嗎？」胖子笑容可掬，似是羞於啟齒。

「實在慚愧，不知道今天逢赦，未曾帶錢，請兩位差官寬恕！」司馬遷抱拳舉過眉毛，包含著羞澀的歉意。「到舍下，請兩位小飲幾杯。」

「說好聽的沒用，靠山吃山，靠水吃水，靠上衙門就得吃打官司的飯。您要是有就高抬貴手，我們一個哈哈兩個笑，彼此方便。要是善財難捨，別怪我們粗人不給情面。」

「夥計，老爺是受難之人，就通融一下吧……」

「怎麼，你要行善？也不撒泡尿照照自個癩蛤蟆樣子，吃裡爬外，把家裡石頭朝山上背？」胖獄卒怒視著同伴。

「何必呢？何必？糠裡沒有油……」不胖的小卒跟大眼學手藝，用軟抗來息事寧人。

「哎！」太史公窘極長嘆。

鑼聲移近，增強了音量。

「沒銀子，我們得另有公事，恕不遠送。」

「請回，不必勞駕！」司馬遷想試探一下這兩名差人是否要跟蹤到底。

「夥計，那邊送死人棺材的過來了，別招上喪門星。既然老爺吩咐，我們就恭敬不如從命。謝謝！」胖子看到同伴兀立不動，又補上一句：「腿長在尊駕身上，要送我也攔不住，再會，告退！」言罷揚長而去。

「老爺，小人知道您是敢說真話的大忠良，我們送您，可怕別人挑眼砸了飯碗。有道是大神不忌小怪，求您包涵！山不轉路轉，多多珍重！」不胖的大眼徒弟像驚弓之鳥，嗓音壓得特低，唯恐別人聽到。行禮之後，回頭叫嚷：「哎，夥計老哥，您幹麼發那麼大的火氣？這又何必，何必呢？」他一陣小跑追了上去。

司馬遷暗自好笑：「子長，你太多心！若胖子奉命跟蹤，怎敢半途回城？他是勢利眼，何必和他抱一般見地？杜周要加害機會很多，網中之魚，又跑不脫。他怕你重新出山，沒有放肆的必要！」

兀然獨坐，四面開闊，思維的泉眼，又千頭萬緒地噴湧。

烏雲驕傲地張開巨翅，從四面圍剿不甘退出天庭的太陽，它們裙衫飛揚，墜得天躬下腰來，離大地更近。林外滾來陰陽鑼聲，一面用尖音敲出陽平：咚——！另一個用嗄音吐出陰平：波——！僵硬刺耳，象徵著死亡的腳步聲，朝他迫近。

右耳旁陰厲的怪腔在威脅：「我是專報死亡凶信的不祥鳥，很快要把你吞進腹內的苦海，書寫不成，連女兒都休想過一天舒心日子……」

「這……」他背脊發冷，肩膀扛不動腦袋。

另一個陽剛之聲向他的左耳反駁道：「有生便有死，倒楣到了底，除去死，什麼滋味全嘗過，能再下一層地獄？」

為了平衡心態，他傾向於後者的辯解。

俄頃，右耳之聲似乎流水落花春去也。

更讓他揪心的是一群人的哭聲。從鑼聲的間歇中聽出有一個聲音最悲涼，竟然如此熟悉，以致希望自己立刻變成聾子。

「你知道嗎，司馬子長！這是誰的哀音？」右耳響起了升級的新序曲。

「這是閨女哭親娘。」左耳之聲毫不示弱地投入輪唱。

「是書兒在哭她骨肉未寒的娘親！」右耳響起了主題。

「胡說！近似的聲音很多，你怎能斷定是書兒？難道天底下所有的不幸都要集中到一家來？我做了什麼惡，要受到這樣無罪的懲罰？」左耳之聲在怒斥。

「你敢上前去看看嗎？」

「為什麼要去，不就走過來了嗎？」

「莫閉上眼塞住耳朵……」

爭吵聲在加速，在重疊，在廝打，一個想咬傷另一個，再加以吞併。

司馬遷煩厭內心的騷擾，乾脆閉攏雙眼，手扶大樹，臉埋在臂彎中。

鑼聲、哭聲同樣頑固，要注入太史公視聽，凝鑄成棺材，壓在他胸膛。

更近的隊伍強迫他睜開兩眼。

哀樂嗚咽、陰慘，頗像這淒暗的天空。

素車白馬，拉著司馬遷夫人的靈柩。東方樸太公白巾、白袍，銀眉連著睫毛，襟帶翩翩、高大、魁梧，一如他自己雕出的石像，殘留著春秋戰國殺身成仁捨生取義者的古丈夫氣。全身沒有多餘的線與色。這似雪衣冠如果出現在其他場合，好奇又愛才的太史公或許會懷疑這位長者是燕國太子丹的友人，以易水生寒的氣概服飾，為刺秦王的荊軻大壯行色呢！鐵的現實怎容他馳騁詩思於茫茫荊棘地和幽幽九泉之間？

楊敞身穿重孝，扶著棺木，哀慼地半垂著頭。

車後是他的女兒，麻冠素服，被一位硬朗的老太太攙扶著，在樂隊與鄉鄰們不下五十人的行列中占有特殊位置的孩子，眼泡腫成了紅桃，顎上灰暗，眉宇間堆滿愁霧，並不遮蓋她的寬厚、超越同輩人的閱歷與書卷氣，把稚嫩與早熟猶同春梨秋菊齊開於一樹。

鄉親們或袖手，或哈腰，其中有茂陵故宅的舊街坊，多半是東方樸家近鄰，哀靜中夾雜著對死亡的嚴肅畏懼，不僅僅是在悼念逝者的百禍千災而隕涕。

「太公、列位伯伯叔叔大娘大嬸，請少待片刻！」書兒輕聲請求眾位芳鄰。

「吁——」御者低喝一聲，白馬噴了個響鼻，擺動長鬃，立於官道當中。

太公輕快地跳下車，走近書兒：「孩子，怎麼不讓車馬前行？」

書兒側身頓足，哽咽難言。

司馬遷本想大叫一聲衝出去。鄉親們不至於嘲弄他，只會加倍崇敬，楊敞要恭謹下拜，太公將執手無語，女兒只能抱頭痛哭。然而，用盡三江百河水，難洗宮刑滿面羞？太史公怎能卸下因襲的重擔，建立一套與帝王將相相反的榮辱是非觀？「受極刑而無慍色」是短暫的豪言，羞辱是團團烈火，烤得比死更難受，直到末日。什麼「父母之體膚髮不能傷」、「不孝有三，無後為大」……一條條的門檻高過祁連山，如何跳得過去？他只能撲在大樹背後，掩口無聲地慟哭！

「孩子別哭壞了，那樣一來你母親的在天之靈更不安，你父親在詔獄裡也要魂不守舍，還是走。」太公老淚縱橫，拍拍書兒的肩背。

「太公，這條大路是去茂陵的咽喉要道，我幼小時候，父親常常帶我騎著馬由京都回到爺爺興建的舊宅。後來娘又帶著我，一趟一趟奔向京師天牢探監，沿途鄉親，只要有車，都讓我們娘倆乘坐。這路邊的阡陌樹林，我都認熟了。還聽娘說，早先，爹還親自趕車陪著娘去過驪山，遊過溫泉，上過潼關城樓，看過渭河的龍舟。眼下爹爹蒙冤難白，不能來撫棺一慟，親自送葬西山，日後抱恨終天！我在此等候片時，明知爹爹來不了，也是女兒的心意啊！」

「孩子，你懂事，是司馬家的好女孩！這片孝心，上感蒼天，也會保佑你爹爹平安回來的！有女如此，有丈夫如你父親，你娘死而何恨？……」老人陣陣哽咽。

鄉親們受到感染，幾位老太太一領頭，人們想到司馬夫人的許多慈行，哭聲乃如破堤浪潮，蓋地奔流。

比起所有的送葬者，司馬遷更能感受到那活生生的上官清再也不會出現！眾鄰居的哀傷撫慰了他，也增加了他的沉痛。如果他少說幾句話，夫人又何至於英年早逝？與蠻女的一場繾綣，幸福頓成譴責。一個念頭折磨著他：「夫人間接死在你手！不要怯懦，送她一程，就末了這一遭，縱然是為她而死何傷？為什麼情面這麼重要？呸！什麼有志為聖賢的大丈夫？一個無義的軟骨小人！」

但是雙腳生了根，動彈不得。
他的前額被又硬又冷的樹皮劃破，血從上唇流入嘴中，已經喪失味覺。
他的手狠抓著樹幹，指甲裂了，流下熱血，沒有痛覺。
「有日不明有月無光的天，保佑爹爹回來吧！」書兒朝長安遙拜。
太公揮手，樂聲驟起。
司馬遷雙手捂著臉，用樹擋著身子，眼從兩指間望著太公女兒一行緩緩地向西北而去。灼燙的淚流過手背，滴入了焦渴的黃土。
當人馬即將在地平線上消失的時刻，他忍不住捶胸哀哭。
天、雲、地、路、樹、風，都在聽著他的傾訴，沒有任何力量干擾他。
也不知道過了多久，虛脫的體軀再也無法支援，一陣眩暈使他跌倒。
當他甦醒的時候，手心牢牢地攥著那支細於小指頭的竹筒子，死的轉念如何襲來，毒藥幾時從包袱裡摸到手頭而又未倒入口腔，全在下意識中進行，他也難解此謎。經過擇優，記住一些能夠保護生存的事，忘記一些不利的事，或者將傷疤改造成花蕾，是人類由童年走向青春的象徵。如果連無意中言行都不忍拒絕於記憶之門外，思想家肯定會被自身畸形膨脹的腦袋壓死。
將毒藥貼身收妥，定定神之後，雙手按地想立起，一排排柿樹向他的身上倒過來，地像搖籃一樣晃動，只是口不能出聲，自知又得了一種病：黑頭暈（梅尼爾氏症）。
環境、心理、生理三股逆流連成一體，以令人頭昏的速度，將《太史公書》這座瓊島仙闕，推得離開它的作者幾萬里，使命感殷勤送來救生圈，他沒有在半途被淹死的權利，必須沖上岸，用血肉鍛造這部名著。

一個撿牛糞的牧童發現了他，遠遠站著，既害怕又捨不得離開，幸而他的右腿痙攣一陣，還能把彎曲的膝部伸直，牧童才知道是個活人，探過鼻息，從官道上喊來兩位漢子，將他抬到路邊，讓他倚著一株樹半側著身而坐，眼睛半閉，慢悠悠地喘著氣。

守到了午時，牛大眼趕著一輛驢車給太史公來送行李。

大眼忙了一宿，睡意很濃，聽說杜周要派人出車送子長，故而在司馬遷出獄之前便回到家裡。小卿忙著端洗腳水，取出熱菜飯侍候爹爹在東屋睡倒，他才反帶上門，坐到院子裡去讀書。也是機會趕巧，這位健康正直的少年被任安好友田仁推薦到夷平公主府當了衛士，時而陪著駙馬昭平君打獵逛街，飲酒徵歌，但沒染上一絲流氣。

大眼睡得正香，不胖的差人找上門來，不顧小卿阻攔，將他喊醒，說明原委。

「爹，我去看看太史公吧！」

「嘴上無毛，做事不牢。你哪能辦這麼大的事？」他匆匆跑到詔獄，借了驢車，裝好太史公的行李，飛快趕出橫門，直奔河伯廟西大道。

「早知如此，幹麼不讓我送您？」大眼從車上取下酒罈，開啟封口，湊到太史公口邊，連連灌進幾口。酒力上行，子長的眼睛睜開，嘴唇嚅動幾下。

「您先歇著，別忙說話。要在路上有個三長兩短怎麼辦？簡直謀害聖人，糟蹋文曲星君！」大眼封好罈子，喋喋不休地抱怨著。

「大爺，我幫你抬他上車？」

「好孩子，來，搭把手！」大眼將被鋪開一半，另一半捲做枕頭，還有太史公幾件舊衣服，全部墊在底下，這樣軟和一點。

「拿著，大爺賞給你的，今天多虧你這小貴人搭救太史公老爺！長大也念一肚子書，當一名忠良，為百姓分憂。」大眼拿出兩串銅錢，塞在牧童的褲帶上。

「不要，大爺……」孩子抓起錢扔到車上就跑。

「一定要拿去。」大眼安頓好病人，跳上車打了驢子一鞭，當車子追上牧童時，大眼將錢摔到孩子腳邊，爆發出一串朗朗大笑。

「得，得，駕！駕！」鞭在空氣裡放出一串「長爆竹」，並沒有落到驢背上。大眼不願太史公受到顛簸。

走過兩箭之遙，路上坑坑窪窪，車輪亂蹦，太史公的頭從靠墊耷拉下來，接著是一陣呻吟。大眼喝住牲口，扶好太史公，酒從他的嘴角溢出。

「啊喲！這怎麼得了？老天爺！」大眼幾乎要哭。

太史公搖搖右手，抹抹喉嚨下面，是表示噁心還是制止大眼不要急於灑淚呢？大眼弄不明白。只要人不昏迷，心裡總算踏實一點。

「想吐嗎？」輕細的聲音像是怕驚醒了沉睡的老父親，和那肥碩的身軀全不相稱。

「……」太史公雙手捂著胸口。

「瞧我腦瓜裡裝了一盆糨糊，太糊塗了。您受不了這噁心，成，我背您慢慢走，稍停一會就到家。」

男孩喘著粗氣跑過來放下糞箕，顯然對車上的病人放心不下。

「好小子，你能湊合著趕車？我再給你幾個銅錢。」

牧童搖搖頭：「把韁繩拴在腰帶上，牽著驢走唄。」

「喃，這小腦袋好使著哪！來，幫個忙！」

「好！這伯伯真是一位老爺？」

「貨真價實，叮噹的清官！」

「那他幹麼不坐轎，又沒有差官喝道呀？別的老爺到鄉間來可威風，雞飛狗跳，人見到就躲開。」牧童很伶俐。

「沒辦法說清楚，他得罪皇上啦……」

「是嗎？那不得……」小傢伙用巴掌在脖子上一比劃。

「長大你會明白，忠臣都這下場！」

「大爺就是忠臣，肯幫落難的官。」孩子說得符合常理。

「我是粗人，見不著大官皇上，不配稱為忠臣，但不想當小人到死。」大眼心裡猛一熱。有時候，童言是為善催生的契機。

「我長大準當跟大爺一樣的好人！」孩子眼裡的事物都單純。大眼背好司馬遷，孩子解下捆行李的繩子給大眼繞上幾道，繫個活結。

「謝謝好小子，這樣大爺肩膀能使勁，光靠手和手臂走不遠。慢著，我再給你錢！」

「謝謝君子大爺！剛才您賞我的那兩吊也塞在被底下，給這位得罪皇上的老爺買點好吃的。我爹說過，不能白要人家的錢！」牧童拿起糞箕，朝田野就跑。

大眼下意識地追了兩丈遠，身子被驢韁繩扯住，等驢調過頭，他才覺得自己可笑。司馬遷咳嗽兩聲，摟著大眼的脖子。

「忍耐一會就到。」

迎面時而碰上行人，都對大眼的做法投來惶惑的眼光。他多少有些委屈，走了一程，再遇到過客，不等人家議論，他就主動解釋：「病人怕顛，不是怕壓散驢車，累壞牲口……」這樣，心裡安泰得多。

村落出現稀疏的房屋，光禿禿的秋樹。

大眼覺得一陣口乾，從車上取下酒罈子牛飲幾口說：「這酒是送給太史公的。自己先喝個飽，挺不好意思。您也來兩口！」酒罈被大眼送到了肩頭，司馬遷推開了。

雖說肩膀被繩索勒痛，雙臂很酸，兩腿逐步變重，贖罪的輕鬆，給了他往日沒有品味過的滿足。

進了石板鋪成的村街，不見居民。幾隻瘦狗懶洋洋地躺在街口，對大眼的到來全不理睬。他憤憤然罵道：「吃冤枉糧的壞東西，叫兩聲也讓主子聽著開開心，白食也吃得安穩些，賊坯！」

司馬遷拍拍大眼的右肩，再指指西街盡頭一座兩進的房子，院子很寬敞，當中古樹，粗可合抱，枝條蒼然滴翠。牆角有幾畦菜地，一壇花草。其餘空地上，放著大大小小的石塊、石片，業已完工的石桌、石鼓，鎮墓用的闢邪。這些工作凝聚著東方樸太公的心血，除去幻想出來的麒麟、闢邪雕得十分傳神之外，還有獅豸、馬、牛、龜、魚、朱雀，大都隨石賦形，稍稍加工，絕不雕飾，迸射出活力。

書兒挨家謝過鄉親們送喪的高誼，想到太公忙了多日，沒吃過一頓正兒八經的飯，回屋就動手做菜餚。一會，太公把祭奠亡靈用過的胙肉分送到幫著抬棺的街坊家，回屋後虛掩上大門，精心地刻著老太史公的畫像石，這方漢白玉有二尺來高，寬約四尺有餘。司馬談繫著巾，袍子外面罩著坎肩，腰橫絲絳，慈眉亮眼，三綹鬍鬚飄拂胸前。他左手拿著一編竹簡，正在講述著什麼；聽講專注的小兒頭梳髦髻，右手抱一隻羊羔。遠處的羊群或吃草，或戲逐，或跪乳，或仰呼同伴，線條奔放、瀟灑、隨意，稚拙老到。

錘子敲出輕快的節奏，擴散著老人創造的歡欣。每當進入這樣時刻，他的嘴似笑非笑地半張著，鬚髯抖動，表現出大匠要當石頭主人的意志。只因心無二用，大眼進門，他沒有覺察。

「司馬小姐，太史公回來了！」大眼話沒有落音，書兒已經知道來者是誰，扔下鍋鏟就往外跑，油倒在鍋裡燒得冒青煙，來不及倒下菜去炒。

「爹爹！」女兒從背後抱住了父親。

司馬遷肩頭抖動，萬般難吐。

「太公，爹回來啦！」書兒又叫了一聲。

老人走到門口停了一瞬間，手搭涼棚，瞇上老眼看清之後，輕聲叫道：「子長！」

「太公，請插上門，小姐也別嚷嚷，太史公先得歇著！」大眼怕鄉鄰們來驚擾病人。

太公迅速關上門，將驢子繫在石猴的臂膀上，再抱起太史公，書兒解開繩索，擁著父親，送到後進。

「鍋煳了！」太公嗅到煙火味，到廚房抽去劈柴。

後屋一樓一底，樓梯和房門都在過道上。樓下是客廳，屏風後面是太史公的床。四面空曠，打掃得挺乾淨。

太公將司馬遷放在榻上，大眼為他脫去外衣，女兒替他蓋上被子。他抓著太公和書兒的手，下巴抖動，淚如雨流。

「太史公還沒用午飯，請小姐去燒點薄粥，再燒一鍋熱水，趁我在這裡好給他擦擦身子。話有幾大筐，等日後再敘談，眼下可別累著他，讓他靜下來。」

「子長，多虧你們家祖宗有靈，活著回來便是萬幸，別老是哭，傷了身子對不起夫人！」

「太公！」書兒拉拉東方樸的袖子。

「總得說真話，你穿一身孝，能瞞過你爹？人死不能復生，你往開處想，我們勸你，並不能減少你的悲哀，強者自勝！痛痛快快哭一陣就歇著，不能沒完沒了。明天我請大夫來給你治一治。」

書兒在廚房外間擺好酒菜，給驢子送去一盆麩皮，一捆穀稭，然後捧著粥和小菜，送到父親榻前小几上。

東方樸拉著大眼走到前進屋子，為他斟上一大碗酒說：「子長多虧你照料，聊表敬意！」

「大眼眼小無珠，要說身上還有點人味，全靠太史公起死回生！當年我厚顏無恥，也向太史公一家討過酒錢，說過一堆驢腔馬調，先向長者賠禮！下邊我再多喝幾碗。酒，我帶來一罈子，小意思！」大眼講得毫無遮飾。

「真人不說假話，我也恨過你，甚至想在你頭上開兩個窗戶。從你對子長好那天起始，雲散煙消！」太公一飲而盡。

牛大眼說到小牧童還錢一事，氣得直捶自己肩胛和鎖骨。

酒過三巡，不見書兒來吃飯，他們放心不下，一起到後屋一看，但見粥放在几上，女兒跪在榻前，撲倒在榻邊上飲泣，太史公左手撫摸著女兒的柔髮，右手掩面流涕。

「書兒莫再惹你爹傷心，要懂事些，他再經不起折騰。子長，換碗熱的吃吧！」太公說罷就換稀飯。

司馬遷連連搖頭，向太公和大眼拱手為禮。

「太史公，您不肯用飯，大眼也不吃一口，太公這麼大歲數，陪您挨餓。您要強打精神喝上兩碗，免得餓毀身子骨，讓杜周、李廣利那幫奸臣高興。」

司馬遷拭去淚水，書兒將他扶起坐定，他身後又墊上疊好的被，讓他靠穩，他接過太公手上的粥，索然無味地喝著。

太公、書兒、大眼都感到一點輕鬆。

因為談得投機，太公將大眼請到臥室去欣賞他新雕的畫像石。

「就差不能說話，簡直是活的。人和羊都會出氣呢！太公見過老太史公？」

老人點點頭，捋著長鬚，很覺得愜意。

「太公，人有旦夕禍福。說句不吉利的話，萬一這回太史公起不來，您老人家能用石頭雕一尊站像嗎？」

「這——我倒沒有想過。」

「老太史公刻活了，太史公也準能雕得出來！能試試嗎？」

「讓我仔仔細細想一想。」老人用粗大的手掌，遮住司馬談臉龐下部，左眼全閉，右眼瞇成一條縫，久久凝視著。

「啊，真有太史公的精氣神！」大眼也學老人的樣子，像木匠吊線那樣望了片刻，忍不住叫了一聲，然後拿來一碗酒，高舉過頭，向老人一跪說：「先謝謝您老！」

「這酒我不敢喝，沒做過的事怎麼能隨便許諾？請起來。」太公知道一句諾言的分量。

這種不苟取的精神，在大眼的心中增加了人的亮麗。

宮怨

年齡不饒人，節氣不饒天。

李夫人的芳齡是永恆的禁區，沒有人敢打聽。

「娘娘越過越風光，簡直漂亮得無以復加，月裡嫦娥也知道枯草不是牡丹對手，哪敢下凡來比一比！」肉球李福兩眼瞇成一條線，把這些廢話背誦一遍，夫人就算拿到了開心鑰匙。現在兒子劉髆早已封為昌邑王，皇帝喜歡更年輕的嬪妃，很久都沒有幸臨西宮，李福的「萬應靈丹」也因她意識到的遲暮感而降效，只要皇帝偶然來一兩回，「靈丹」又變得很神奇。

「哎！人心不古，連二哥延年也變了！往年他把江南小調、巴蜀情歌，編成軟綿綿的曲子，唱著滿嘴香，聽的人魂都被勾過來，哪天皇上下朝不駕幸這裡呢？而今延年哥也忙乎著什麼西域歌，用的是玉門關外的樂器，跳的舞沒有媚勁，偏偏能把皇帝、大臣們、勛戚們、鳳子龍孫們都弄迷了。那些江湖玩意，一看就會，叫人掃興！」李夫人有些慵倦地在心裡對自己說。

為了邀寵趨時，午餐之前，她把幾位西域樂師和擅長胡旋舞的太監宮女們叫來，用一個半時辰，反覆演出幾種舞，看在眼裡，記在心頭，猜想不會遇到攔路虎，便躍躍欲試。不管她多討厭，那該死的聲音確實叫人腰眼發脹，腳底板生癢。不旋、不扭、不跳，就宛如遭到繩捆索綁一樣不舒坦。她無法自制，旋了兩支曲子，頭暈眼花，額頭上金星狂湧，一排雙人合抱的楠木柱子也在搖曳，宮女們不同顏色的衣裙連成一匹長布，顏色旋轉成流閃的花，由白而黃，進而化紅變紫，最後把一切都裝進了漆黑無底的大口袋。

瘋狂的樂聲總算停住，她竭力把呼吸調得勻靜些，耳邊一陣嘈雜的讚美聲：

「夫人是瑤池下來的仙姬，舞得真大方！」

「夫人簡直是一片飄飄的彩雲！」

「不！是一隻火鳳凰，真朱雀來獻舞也比不上娘娘一個指頭！」

「胡說，什麼一根指頭，連根頭髮也比不了！」

「你也是瞎講，漫說頭髮，連根小汗毛梢也難比……」

她閉上雙眼，兩袖一揮，人的聲音頓時寂滅。樂師和舞蹈者們也悄悄地溜走。

她的咽喉酸澀，然而並不流淚。

熊掌……珍饈美味也引不起李夫人的食慾，草草嘗過幾口就回到臥房。

「萬歲駕到！萬歲駕到！」似是宮女稟報。

「哎呀，怎麼來得這樣神速？還不曾整裝！這……」她從冥想中驚覺，蒼白微黃的梧桐葉還在院中飄蕩。

「萬歲駕到！萬歲駕到！」鸚哥平直地呼喊著。

她不敢正視失寵的威脅，才親自教小鳥說話打發時光。想讓皇帝聽到，回憶舊情，鞏固自己與昌邑王的地位。不想變為自我嘲弄，她立刻遷怒於開啟的窗子，便重重地關上，藉以推遠鳥語。

「萬歲駕到！萬歲駕到！」牠還在絮叨。

此刻李夫人才記起小鳥討好為了乞食，與她的命運並無差別。便抓起蛋炒的高粱米，送到牠面前，牠向主人拍拍翅膀，多麼玲瓏可愛的小玩意！在萬歲心目中，她也曾經是一隻鸚鵡，比那些言語難上達的同伴們幸運得多，同情與歉意使她抱起小鳥，輕輕理理翎毛，將面頰貼在翅膀上。

回到大客廳，呷上幾口參湯，想弄清萬歲對自己恩愛程度的念頭特別頑固，呼喚宮女：「蓮蓮！」

年約十五歲的蓮蓮輕腳走進來叩頭：「奴婢侍候娘娘！」

娘娘午睡，她不敢驚擾，就坐在花園葡萄架下繡花，職業把她訓練得全身都有耳朵，夫人任何時候低喚一聲，她都隨時出現在主人面前。

「喊胖孩來吃燕窩湯。」

「遵命！」蓮蓮穿過假山的圓門，飄逝於綠天深處。

胖孩是一名小太監，七歲進宮就學會了角抵、衝狹、拿頂、倒行。能耍五支盤子，雙手接住一對，三支飛在空中，高度不同，從沒有掉在地毯上。他跟西域進貢來的七位樂師學會了琵琶、羌笛和一些小戲法。李夫人見他異常伶俐，把他作為活的玩偶養在身旁。

胖孩憨厚，李夫人生氣的時候擰他的嫩腮，打他耳光，他從來不哭，一個勁笑。有時還唱幾句民謠，逗得李夫人忍俊不禁。只好將他摟在懷裡，吮吸著那片被擰青的皮肉。

聰明和愚昧可以統一在一個人身上。李夫人一高興就教他認字，他一聽就會認能寫。他心目中起初只有李夫人，別的嬪妃女官宮娥太監，一律看不起。問他任何事情，也包括萬歲和李夫人的風流勾當，他總是守口如瓶。李夫人出於無聊，也曾拿些珍寶，請別人送給胖孩，詢問一些訊息，都被他謝絕說：「除掉李娘娘的賞賜，不收別人的禮物。」所以李夫人的心得到了滿足。皇帝一來，李夫人就讓他斟酒遞茶。有兩回因為李廣利遠徵無功，皇帝悶悶寡歡，胖孩使出渾身解數，皇帝才破顏一笑。

「萬歲若是喜歡胖孩，就把他帶在身邊吧，有他侍候，臣妾也稍稍放心。」

「帶走，夫人豈不寂寞？調教一個孩子也要費神，何必奪夫人的寵物呢？」皇帝顯然被感動了，他將夫人攬入懷中，鬍鬚蓬亂的廣頤貼在她的鬢角上。

無論怎麼少食，用綢帶把腰部勒了又勒，她的腹肌還在變厚，雙腿也像玉石柱子一樣。她不敢把全身壓在皇帝的雙腿，悄悄用腳尖踮起，來減輕皇帝的負擔，希望他跟自己多親熱些。

「啟奏陛下，古往今來帝王甚多，唯有陛下辭賦最好，連香草美人託物見志的屈靈均大夫也讓三分。每當思念陛下之時，吟誦幾遍，不覺淚下如雨！」夫人聲止淚落。

「朕非章句之徒，偶一為之，寄興而已，怎比屈大夫？當代文章高手不少，枚乘、枚皋，猶存古風，司馬相如是一代奇才，筆健氣遒，善於鋪陳，朕甚慕之，去世以來，常常憶念。老臣大都凋謝以後，敘事不掩人善，不隱人惡，得泰山黃河氣勢者，唯有司馬遷在。」

「小小史官，豈能和陛下並論？陛下愛才，臣妾對此人一點不佩服！」

「說到文章，夫人恐不如朕知人。若言良史，司馬遷負不羈之才，作大文章實比朕高。古代帝王不敢說出此話，朕嶔崎磊落，一吐為快。但不必告訴他人，免得司馬遷恃才傲物，不成大器，反而為才所累。」

「臣妾不解文章，何曾洩露過陛下密語？今日妄議此事，實有求於陛下！」

「寶貝，你有何求，可辦者當令卿滿意！只是朝臣眾多，你兄廣利、延年再有……」

「陛下，臣妾蒲柳之姿，自入椒房，恩寵集於一家，官爵黃金，美輪美奐巨宅，皆不應再求，只求妾身死後，陛下保重，不必悲痛，免得有傷龍體。如果舊情難遣，可為妾作一辭賦，以招泉下弱魂，於願足矣。」

「夫人無大病，何必說這樣不吉之詞？」夫人的熱淚使皇帝心軟化。在他漫長的一生，見過粉黛以萬計，但是沒有享受過普通人的情愛。

皇帝的譴責並不嚴厲，夫人的哀痛也不是裝出來的。她感到自己腰間的雙手掣動了兩下，知道對方已被打動，不覺暗暗得意，淚水流得更暢快。對於做過十來年母親的女人，偶然來一兩個年輕人的動作，用不諧和的噪音入樂，有非凡的效驗。她連連扭動腰身，表情矜重地把一股電波撒入皇帝的細胞：「陛下乃伏虎之人，上應天星，百病迴避，老而彌健。妾身縱然活到百年，也還是注定要走在陛下前頭。願陛下一百五十歲的時候，妾重新託生，長為少女，選入禁城來當一名宮女，侍奉萬歲。請萬歲認明，妾耳後有顆紅痣。」

「知道，左耳有痣，上面還有七根汗毛。」皇帝此刻已經成為一個極普通的老漢，在乏味的宮廷生活中，輕微的悲哀也是珍貴的刺激。他沉醉於久別的纏綿中，自信能熬到一百五十歲，好像有什麼神靈向他擔過保一樣。

「不！下一輩子我若做皇帝選卿做皇后，世世相愛！」只有低潮中的回光，才叨念下世的事，用渺茫的諾言裝飾了冷卻的殘羹。

「賦是一定要寫。這樣妾身可以借陛下文字而垂之不朽！」她理理老人的鬍子。

「寶貝真討人喜歡！」他雙腿稍稍移動，讓夫人躺在上面。那鬍鬚扎在下巴上痛得發癢的味，能加快她的心跳。但是，某種飢渴感使她又討厭鬍鬚和雞皮鶴髮。如果抱她的人像當年霍去病那樣年輕，情焰一如夏日的太陽，那才愜意。然而怎麼可能？皇帝真想立她為后，昌邑王繼承大統，要什麼來世呢？她懂得玩物只是玩物，提出過高的企求，算白白跟其在一起過了將近二十年。

武帝豪飲了好幾斝酒[03]，又把西域的樂工招來彈唱歌舞，直到四更才停。

他打了兩個呵欠，兩眼一片矇矓，向後一倒就睡著了。那枕頭特別柔軟，熱乎乎的。

等他醒來，夫人滿面含春，捧著七寶鑲嵌的玉杯立在床前，杯口上熱氣騰騰。皇帝掀開夫人為他蓋上的錦被，回頭一看，不禁啞然失笑，自己枕的竟是小胖孩。

等到皇帝一起身，孩子手提著褲子，沿途放著響屁朝馬桶間跑去。

「這孩子怕吵醒陛下，憋了這麼長工夫，大氣也不敢出。」李夫人說起胖孩守口如瓶，皇帝很意外。

從此，胖孩成了皇帝午睡的枕頭，起初兩次皇帝還有點不安，次數一多，胖孩總是笑嘻嘻的，主奴各得其所。

和皇帝的靠近，意味著與李夫人逐漸疏遠，這是邀寵的代價。她也想重新訓練一個，理想的玩偶也不易到手。只好讓怨悵在日益加深的麻木中減輕。

蓮蓮把胖孩引進椒房，夫人特別開心，從左腕脫下一支金鐲，抓過蓮蓮的右腕輕輕套上，嚇得宮女連連叩頭，瞠目不知所對。夫人笑盈盈地一揮右手，她才如魚脫網般地辭去，臨出門還用左手摸摸鐲子，怎敢相信這是真的？

[03] 斝（音假），圓口三足酒器。

「叩見娘娘！」胖孩跪下叩頭，然後雙手拄地，倒立著爬行了一圈。

「胖孩也不過來看看，小人混大了！」夫人將他拉起，讓他坐在膝上，不知不覺地套用了皇上抱她的架勢。

「萬歲那邊事挺多，分不開身。」胖孩把自己看得很重要，那神氣儼然的表情使夫人覺得滑稽。

「別動，娘娘餵你燕窩湯。當年昌邑王五歲光景，我也這樣餵他，長大之後讓宮女侍候他自個去吃。知道娘娘喜歡你！」她希望胖孩永遠就這麼大，或者縮回到三四歲，只是辦不到罷了。

「謝謝娘娘！」胖孩挽著夫人的粉頸，將頭貼在她的胸膛，「您的心跳得像打鼓一樣！」

「乖兒，想萬歲想的！你能把萬歲請到這裡來，娘娘要重賞你，私下裡讓你做我的乾兒子，就娘倆在一塊的時候喊我娘，你可別告訴人，人家一妒忌就會害死你。別看這裡的人文縐縐的，心裡都揣著一把刀，只恨別人不死！」

「娘！」小太監一氣喝完燕窩湯，用小嘴對著夫人的耳朵門子輕喚一聲。

「好寶寶，真招人疼！快告訴娘：萬歲為什麼不來？在哪宮過夜？」

「好！萬歲說過：任何事情只能奏知他一個人，別人再問，什麼也不能說。說就不忠，不忠就該殺頭……」

「對娘也不說？你知道娘是萬歲什麼人嗎？」

「知道，宮裡叫夫人、娘娘，老百姓叫老婆、堂客、屋裡頭的、孩子他媽。」

「你怎麼知道這麼多？小小肚皮，不怕雜碎撐破！」夫人摸摸胖孩的腹部，在肚臍上摳了兩下，孩子怕癢，格格地笑著。被稱為「老婆」使她樂了一陣。

「樂工們說的。有天晚上，他們在一起喝酒、流淚，我問他們有什麼心事，有人說想老婆，有人想孩子的媽，後來他們擠眉弄眼，我才猜出一大半，都是老百姓的娘娘。真娘娘不就是萬歲的老婆姨？」

「等你長大，賞你一個漂亮老婆好嗎？」

「不要，太監們都沒有老婆，如果要的話……」

「要誰？」

「我要娘這樣的人做老婆，人人都說您最好看！」

夫人的鼻腔不覺一酸，她幻想著，如果他不是太監，自己是個五六歲的小女孩，長大之後真是粉雕玉琢的一對，做個貧賤夫妻，白頭相守，也勝過這籠中鳳凰的無聊歲月。熱浪朝她臉上一湧。

現在她明白了，她的沒精打采是想像司馬遷那樣壯實的男人。看到內心隱祕的傷口，黃金與權欲埋到了她的眼皮，大滴淚珠從亮密的長睫毛叢中流出來。

「你什麼也不告訴娘，對你好又有何用？」

「給您當枕頭。」他跳到床上臉貼著絲綢床單，伏在那裡紋絲不動。

出於異樣心情，她躺了下去，將頭枕在他的腰上，伸出纖手，擰擰他結實的大腿。

「萬歲駕到！萬歲駕到！」鸚哥又在學舌。

夫人陷入沉思：廣利延年驕橫無謀，她一死掉，雪山如何避免融解？

遠遠響起一陣雲板，伴著含糊的歌聲……

她煩躁地翻過身，雙腿一蜷，輕輕嘆息著，心頭像有一支無形的小槌在敲擊。萬歲常去鄰宮尋歡作樂，她的生命也和眼下的時光一樣臨近黃昏。

她決計還要最後來一番掙扎，便順手扯過枕頭，自己直躺在床上，將男孩摟進懷裡。

「明天兒奏知萬歲，說娘病了，請他來看看，就對乖兒感激不盡！」

「一定上奏。哪天萬歲才來，可說不準。」

「世上什麼事能說得準？當年皇上的恩寵是真的，而今又將視為夏裘冬扇也不是假的。」李夫人在心裡嘀咕著。

胖孩一走，她又覺得百無聊賴，皇帝駕幸已遠如仙山瓊閣。

她打發蓮蓮把邵伴仙請到了西宮，說明意圖。

「啟奏娘娘，皇帝乃天上紫微星君降世，本來不應作法召請，念娘娘平時賞賜甚多，為報厚恩，老朽甘犯天條效命！皇帝身邊有位美女乃色中餓鬼，精通妖術。老朽斬滅此鬼！」

夫人微微頷首，將信將疑。

邵伴仙拔去頭上桃木簪，披下一頭長銀髮，連顴骨都被蓋住，嘴裡念著咒語，手上的桃木劍在空中越劃越快，矮胖的身子一陣胡旋，彷彿很神祕地膨脹起來。

娘娘見他煞有介事地呼喚著天、地、泰一這些神靈的名號，心有所動。當年她初懷六甲，隨皇帝去長安西北甘泉山上的離宮，為了保胎，並且暗暗祝願生個男孩好封王位，甚至有希望被立為太子，曾經去祭過這些神。齊人少翁當時正走紅，皇帝對他百依百順，那三位仙人畫得身高三丈，非常威嚴，皇帝也以行家口吻，介紹少翁胡造出來的上帝：「《易傳》有明訓：『易有太極，足生兩儀。』兩儀者天一地一，是為頭上之天，足履之地。太極者泰一，至高無上謂之泰，絕對不二謂之一。泰一即天帝，不可不知也！」少翁這番扯淡，在他死後的東西兩漢三百年間從來無人道破，皇帝一被愚弄，荒唐就穿上真理的長袍，可以高視闊步，通行無阻。妃子大臣，能有機會奉陪還算三生有幸呢！李夫人果然一胎舉男，神的地位在她的心目中是很高的。

邵伴仙揮劍對一支杯中的「法水」一指，又在自己頭上砍了兩下，再朝地上一刺，最後將法水飲入口中朝劍上一噴，再流下來變成殷紅的鬼血。他悄悄地說：「鬼被老朽斬首，過兩天萬歲來了就不想離開。」他嘰哩咕嚕念了幾句別人聽不懂的咒語，然後說：「娘娘受驚了，死罪死罪！鬼血怕咒語，一會就變成水，晒乾之後沒有痕跡。」

李夫人大為驚異，很高興地賞了邵伴仙一錠黃金。至於仙翁為什麼不念咒點石成金而接受賞賜，誰也不去多想。

有了指望，時光特別難熬。

但煎熬又是享受，很多珠黃的老女人，丟了權力和榮寵的衣冠丈夫，還要品嘗失去煎熬的悲哀。院子裡，蓮蓮和宮女們哼起了李夫人往年愛唱的樂府謠曲。她開啟窗戶，失神地諦聽著，似乎歌曲能幫她追回一些珍貴的東西，便跟著唱出聲來：

北方有佳人，遺世而獨立。

一顧傾人城，再顧傾人國。

寧不知傾城復傾國，佳人難再得！

她在反覆吟唱中想到二哥面目不姣好，連當太監的份也輪不上，為什麼皇帝還要他佩上協律都尉官印，而沒有另找妖冶的孌童？不僅僅靠傅粉擦胭脂，唱歌編樂曲也是媚術之一。新啟示使她對希望邁近了一步。

宮女們一身都是無處發洩的精力，有了娘娘這位「總導演」的一聲令下，樂師們也猜測皇帝很快會來，有機會忙乎是求之不得。

經過半天複習、排練，李夫人站在眾星捧月的位置，腰腿是有些累，興致還很濃。大概是久不出汗，又貪吹口冷風，晚上李夫人有點發熱，蓮蓮為她請大夫取藥，服用之後，飯也未吃就躺倒了。

「蓮蓮，你看我還能歌舞嗎？」

「能。後宮一萬八千來口，論唱歌跳舞，不管是誰，再苦學十年，也比不上娘娘！」混沌乍開的女孩也從李福那裡批發來一些半真的奉承話。

「蓮蓮真伶俐，這種話睡著之後聽見也會醉倒！」

「奴婢就少伶牙俐齒！」

「我這人不好侍候吧？」

「娘娘金枝玉葉，背著包袱雨傘跑穿鐵鞋也找不到第二個，能侍候娘娘是大福氣，說娘娘難服侍，是身在福中不知福，半夜摔斷脊梁骨。」

「好個畫眉嘴兔子腳的俊妮子！」只有在極愉快的剎那間，夫人才誇女孩家長得好看。

「奴婢是醜八怪，送到西域憑這醜勁能嚇死番邦人！」蓮蓮一本正經地說。

李夫人撲哧一笑，得意的是自身能從宮女堆中挑出蓮蓮的非凡眼力。

幾日之後，舞還在排練。宮廷藝術總是權勢者趣味的反映，王朝上升時期，博大開朗的作品被允許出土，一到王朝末日，纖柔玲瓏的東西必然大行其道。從太公的石雕刻到李夫人的舞蹈，或者是西漢盛極而衰的轉折，不能歸之為陽剛與陰柔兩種並無高低之分的美。

雲板聲聲，又飄來一陣旋律剽悍的樂曲，全是胡人情調，只因演奏者多是楚人，又帶著南音。這種雜燴便是李延年的傑作。

「啊，萬歲駕幸西宮！該死的胖孩怎麼不先來報個信？」夫人走近銅鏡，她看到自己眼泡微腫脂粉褪去的真面目，又急又恨又淒涼。那樂聲漸漸被風送遠，大概皇帝又到別的宮苑去了。

「萬歲駕到！萬歲駕到！」鸚鵡又在絮叨，她寂然無所動，手託香腮，銅鏡一片混沌，似乎在安慰夫人。

「啟奏娘娘，貳師將軍求見！」

「宣！」

※　※　※

「人要發旺或者倒運下坡，八匹馬也拉不住。」談到杜周，長安的小市民時而發出這樣的感慨。近三年，杜周在長安城內外就抓了七萬之眾，八成是無辜百姓，許多人頭落地，襯託了杜周的無私，皇帝特賜他深廣的宅第，威勢過於王侯。

權力一朝脫離了品德和監督而聽命於慾望，枉法、賣法、避法的把戲便愈玩愈精，愈走愈遠。每天早朝一罷，回府用膳之前，杜周都要練一會拳腳，為了防刺和健身。老百姓以至於正直的大臣都厭恨飢鷹餓犬，杜周心中有底，從不把由官媒那裡廉價買來的幾百名婢僕的恭順看作民意的象徵。

這天，家丁稟報皇帝外甥兼女婿，隆慮（讀林離）公主的獨生兒子來訪，便整冠束帶將貴客迎入大客廳。

年輕氣盛的昭平君帶著八名戎裝侍衛，威風十足。

幾句客套之後，昭平君開門見山地說：「舍下有一健僕，鞍前馬後甚解人意。昨日在酒樓之上醉後打死酒保一名，被長安中尉拿下投入天牢。俺願以五十萬錢贖他死罪，邴吉不肯通融，特請廷尉大人網開一面。」

杜周打量昭平君：臉傅白粉，口塗淡脂，也掩蓋不住酒色過度，眼皮下發青；服飾雖然都麗，舉止總覺輕浮。原想賣個情面，釋放惡奴，繼而一想，死個把僕人算什麼，駙馬鬧到皇帝那裡，只會對自己有利。

「駙馬枉顧，理當遵命。只是高皇帝約法三章：殺人者死。還要請示萬歲，再放不遲。」

「區區小事何必驚擾父皇？若父皇降罪，由俺擔待。」

「長孺身受皇恩，不敢以私情慢法，駙馬恕罪！」杜周彬彬有禮，無懈可擊。

「杜大人，此事若能圓通，願以白金為大人壽！」皇親國戚總是迷信金子。

杜周一看來客眼神，斷定了死囚是受寵孌童，才會出此高價，便故意作態地沉吟著：「這……」

紈褲子弟以為老奸巨猾的酷吏入港，哈哈一笑，告辭而去。

大約將近個把時辰，太監乘著馬車送來了金子。杜周是聰明人，故意在太監到來之前乘著斧車到天牢，吩咐邴吉將殺人犯處死。

兩天之後，駙馬去見皇帝訴苦：「人言杜周清廉執法，兒臣看來虛有其名。」

皇帝正在忙著批閱大臣們的上書，很溫和地說：「杜周是可惡，但他為的是大漢江山，你先回去，等看完這些帛書再議如何？」

「多謝父皇。」昭平告辭，正要出殿。

「皇兒，廂房裡有白金，吩咐小謁者搬到你的車上。」

「啊？」

「杜周送來的，不必多講，按律行事。漫說一個家奴，就是皇兒犯法，朕也要嚴加處置，與庶民同罪！朝政繁忙，休得妄議大臣！」

「多謝父皇教誨，兒臣不敢。」

皇帝給杜周加了俸銀，杜周做得漂亮，上表辭謝，賺得更好的名聲。不知內情的人看到杜周虯髯戟張，一副疾惡如仇的架勢，一個勁讚嘆。

夢中游俠歌

巡禮過雲層星空，踏過血原，浴過淚海，穿過妖焰魅火，司馬遷來到現實與理想兩座高峰之間的峽谷——夢的故鄉。那裡煙霧飄渺，花雨繽紛。每片英瓣都靚麗透明，攬在手上只剩空無。虛空穿過指間再騰向藍天，還是那樣炫目。

一塊當時極其罕見的豐碑立在谷口，乍看似乎刻有「遊仙幻境」四個大石鼓文，細細辨認，又一片空白，使他迷惘。

碑前，坐著一位少女，面若夭桃，細眉大眼，稚氣可掬。她在嚶嚶乾噍，兩袖淚漬未乾。司馬遷很同情地施禮：「女公子請了！」

她吐不出話語，站起來還禮，肩膀不停地抽搐。

「敝人司馬子長，跋涉四十載，腿疲腰痛，想到夢鄉養傷，迷了路途，請女公子[04]指引。」

「那兩位山神是一對怨偶，爭爭吵吵已有數十萬年，你去找不到寧靜所在。」

「哦！」司馬遷有些猶疑。

「先生，該死的不死，不該死的早已夭折。不該誕生的卻來了。人對夢還不能隨心所欲地選擇。」

「在下一介凡夫，斗膽請教：女公子有何難事，願盡微力！」

「我調和、擁抱、撫慰兩座山峰，累得精疲力竭！可這兩口子都有些瘋瘋癲癲，心不壞，就是不肯安生過好日子。我兩頭挨罵，煩得腸子裡車軲轆老在轉……現實是丈夫，說我太慳吝，他要黃金、美女、宮殿、不死藥、神仙、飛車，不停地伸手，他自身就是慾望的主人兼奴隸。夫人怪我太好說話，心太善良，只該像他小時候那樣給些善和關，不該事事依從。更不該勢利眼，幫著貴者富者強者，在夢中欺壓賤者貧者弱者。不知道該怎麼辦，又不能借來慧劍劈身為二，滿足這對伉儷，苦啊……」

「多謝坦誠，當頭棒喝。可惜我內傷危重，還想進谷去將息……請女公子成人之美！」

「我也不是好東西！把白鳳公主，你尚未竣稿的書，形形色色的漂亮幻想，當作膏藥貼在你的傷口上，讓它和血肉長成一體。一到夢覺，我把它們又一塊塊血淋淋地撕下來。我讓你嘗過上百次與絕代佳人們（甚至儀態萬方的李夫人）的交杯酒，又幾百回把你送上刑場。還曾提前幾十次送你進入蠶室，使你把屈辱苦難的酒猛灌入腹，酒又變成滾油煎熬你的意志。見到您羞愧得無地自容，您還想為我排難……」她哭得更哀切。

司馬遷諦聽片刻，他知道懺悔的淚水是稀有的聖水。哭，有時不全是悲苦，還是一種歡樂。索性隨

[04] 「小姐」稱呼始於明代。稱大官們的女兒為「女公子」見於《左傳》莊公三十二年傳「女公子觀之」。

她多哭幾聲，再次表白：「往事逝矣，來者可追。若夢鄉仍有飢寒監獄，請問子長當往何處為佳？」

少女伸出右手，用食指在眼眶上擦些淚水輕輕一彈，幾粒明珠飛入司馬遷口腔，使他飢火頓熄，腑臟生涼。她正色說：「指路者非哲人即騙子。哲人之路遍地荊棘，愈高愈險，末段是刀山，踏過去便能永生；騙子指的路往往相反。愛為人指路者自己未必有路，指過之後未必相信是坦途。更未曾親身走過。我若有路，會留給自身去走，為什麼告訴你？正因為對你抱歉，才坦白承認無知，也算報答。請不要懷疑我的誠意！」

「謝謝！難道真已山窮水盡？」

「無路之路遠在天邊，近在眼前。看不見時找不到，看得見時難拒絕。現在就找到，幾千年後的人幹什麼？莫胡思亂想，路在走動的腳板下出現，在失去的流光中伸延。吃飽睡足，能讀便讀，可寫則寫。成無所喜，失無所悲。不冷不熱的英光，或能燒出一顆新星！」

「女公子所言，高深難測。允許敝人到谷中去看一眼，然後拜辭，沿途好把忠告揣摩一番。」

「不能進去，但我請先生坐在碑前稍稍歇息再走。」

※　※　※

這樣，他走入夢中之夢。

無論是正常或反常，夢總是填補人生缺陷的產物。命運有三位姐妹：真實如何，應該如何，只能如何。問號是她們的速寫像，下邊一點是淚——包括喜淚！夢與三姐妹都有交往，但她更愛二姐，常常抱在一起狂笑！

在刑辱中靠牆牆倒，靠樹樹歪，司馬遷特別愛游俠。

寒食節晚上，司馬遷睡得較早，沒多久，似乎聽到有人在磨劍，愈磨愈響，把他吵醒，才知道躺在自己家中。二更剛過，前邊屋裡，有誰在和太公縱論天下大事，公卿們的貪廉智愚，聲震屋瓦。他怕小人竊聽後去稟報官府，招來橫災，便披衣而起，去到前屋，籲請賓主警覺鷹犬。入門一看，是郭解與太公豪飲劇談，桌上放著客人攜來的酒甕。郭解鬢髮斑斑，比他童年見到時清癯，眼神幽悍如故。

郭解憶起舊情，從懷中摸出一枚金元寶放在桌上說：「多謝你想寫〈游俠列傳〉，這點小意思用去買酒或送給窮人都行，扔掉也不錯，由你去吧！平生所好是為人報仇，地上有兩個革囊，裝的是杜周、李廣利的腦袋，你不怕受連累嗎？我還要殺弄臣李延年一幫脅肩工讒之輩！」

「你把子長看成什麼人？他是拿筆代刀的俠士！愚兄大他五十多歲，敬之若師，事之若兄，翁伯言重，罰三大碗，子長把盞！」太公解衣磅礴，裸著赤銅色上身，便是一尊銅雕。

「錢帛如糞土，俠骨世所稀，黃金當贈太公為壽！子長心慕壯士，樂於提壺。」說罷坐在橫頭斟酒。

郭解旁若無人，更不遜讓，捧起大碗，牛飲而盡：「有酒無歌，何以洗吾俗耳？」

太公用筷子輪流敲擊著空碗、菜碗、桌面，構成非樂之樂，引吭而歌：

棠棣之花，雙枝競麗，伯夷叔齊，難兄難弟。

人間末世，道義皆棄，蝸牛角中，爭權奪利。

讓國餓死，留彼正氣。欹歟偉哉，焉可無紀。

司馬遷多次旁聽過李延年唱歌，稱得起尖新婉媚，華貴雍容，儘管倡家的故作嬌態，胡姬賣弄異域風情的顧影自憐，損害了藝術格調，仍令人久久難忘。不過這種魅惑力和太公的歌喉相比較，就和紙花見到原始古松一樣。

意足反嫌雕飾醜。老人唱歌是情蓄於衷，積之有年，猶如陳酒，退了火氣，加倍甘醇。脫口而出，偉岸丈夫無態的真人格活脫兀立於聲外，迫人仰視。恍如隆冬的江河，水面平平，深度都在底層。大堤之下裸露出寬闊的河灘，橫陳在沙坪上的巨石、大船、斷錨、貝殼、石級，便是聯想的酵母。盛夏洪峰拍天狂瀉的氣勢，驚雷疊鳴遠聞數里的濤聲，突顯而出。

歌聲悠揚，銀漢耿耿，大宇茫茫。捲土歸來的春之溫泉，麥苗飄閃的沃野，繁花濺翠的芳汀，情竇初開的眼波。薄於蟬翼的桃紅皮膚之下，涅槃烈火復活的熱血，織為玫瑰色晨曦，要奪回被冬統治已久的體軀。連推帶拽，那鬚眉皤然貌似慈藹的暴君打著瞌睡，卻紋絲不動。春情急無奈，便抱住冬的頭重重一吻，輕輕一搡，他就倒在雪野。春欣悅無涯地跳上交椅，想不到寒氣如錐，從寶座下面噴出，凍得她全身哆嗦。冬在鼻孔中冷笑一聲，春被衝下座來，他大模大樣地坐下，閉上了威嚴的虎眼，任春圍著交椅團團轉，也無一絲禪讓之意。春在位的瞬間，從冰上撞擊出的火星、亮影永在子長心之一角。

情緒升於峰巔，歌者不僅忘了聽者與曲子的高低快慢，也忘了自身的存在。荒腔、脫板、回憶歌詞而造成的間歇，都沉入渾茫的天韻。

然而，夢總會醒，何況夢中之夢呢……

※　※　※

他又來到高門原上，華池粼粼波光之東，新築起一座墳塋，草坪鋪開碧毯，兩側有幾行柏樹，高才平人胸口，在仲夏的南風中向來客傾吐著。妻安臥在透明的石塊和棺木中，面色如生，胸膛似在起伏。

她那別人替代不了的聲音，哀慼、溫潤，在他的耳際迴旋，嘴卻不肯張開：「子長來此做甚？」

「來向夫人道歉！」

「何必自苦乃爾？你有什麼對不住我？論我的才貌和德不過中人，表兄是百千年難遇的漢子，我們一起過苦日子，活的時候身在福中不知福，今天我要你活得稍許快樂點。你太敏銳，長於聯想，那些不幸在你身上造成的災難，比落到常人頭上要重十倍。我已懂得這些，可惜遲了，白白跟你過那麼多年！老是跟你頂嘴生悶氣，只有請求寬恕！」

「我有極世俗的一面：在昆明差點娶了白鳳，後來還時時悔恨沒有這樣做。書兒出世，我怨恨過不是男孩來繼承我的學識。你為這件事自責，我才故意裝作歡欣，講過女兒比兒子貼心之類的敷衍話。你心地好，但也把我折磨得頭髮開叉，我恨過你，是偽君子！」他咀嚼著坦率的快樂。

「除了子長兄，誰能把自己的隱私全抖到陽光之下晒給別人看！幾個當官的不納妾？我是醋罈子，你跟公主不是散了嗎？生前沒有好好喜歡你啊！如果有什麼來世……」

「要有的話，我做你的夫人，主持家務，讓你安心著作……」他連連抹去淚痕。

「還要你生幾個大頭兒子、一個閨女，再挑書兒一次，她夠好的了！」笑紋在闊別多年的桃色浪花中漩動，各種弱點隨著一層衰老的外殼蛻盡，換成了使司馬遷感到陌生的新娘子。

「清妹，」多年來他沒有這樣稱呼她，「你的嘴不動，從哪裡發出這麼動聽的笑聲……」

「傻哥，用心交談，當然比嘴裡吐出的聲音悅耳。虧你念一肚子書，連這也不懂？」她有點害羞。

「可是……」他還想問個究竟，只聽得嗡的一聲，敲斷了夢的翅膀，那是女兒推門送來了棗湯和小米糕。

血濺河伯廟

一場來得突兀化得遲緩的桃花雪阻止了春的腳步。乍到的東南風有氣無力，剛開的柳眼，又塗上一層青灰色薄漆，遲遲吐不出鵝黃嫩綠。早晨，渭水與大大小小的塘面上，浮冰約有倆銅錢厚。

司馬遷身上的生氣，比過冬的柳樹還少，沒有萌發出壯芽。他的臉色蒼灰乏血，眼光在凝滯與迷茫的兩極之間穿梭浮動。鬍鬚落盡，腮部下陷，顯得下巴向前探出一分，前頂頭髮卸光，退盡了鴨蛋青的顏色，與額頭的界線漸漸模糊。提前佝僂的背脊使頭部與胸廓前傾，鼻尖幾乎與腳尖平行，身材也矮了。

有時，他手扶老柏，頭抵樹皮，從風聲中恍惚聽到父親的絮語；

有時，他抱臂呆立，從土牆的水漬，尋找亡妻的遺容，終得似無似有；

有時，他從枝頭雀們的喧鬧，憶起二十歲時在禹王陵上聽到的啁啾鳥語；

有時，他覺得有件急事要去辦，便揮汗趲行二三里地，忽然忘了出門的原因，掰著指頭反覆冥想，確實無事；

有時，離家不過兩箭之地，覺得太公外出採石，女兒到前村大塘去浣衣，門不曾上鎖，匆匆趕回一看，門鎖得很結實，這才放心去田埂上走走，也不過烙熟兩張薄餅的光景，又認為門沒有帶上，再次掃興而回，苦苦生自己悶氣，半晌無言。

正月悠悠，二月漫漫，三月餓壞放牛郎。永晝難消，便面壁而坐，背誦屈大夫的〈離騷〉。說來也可笑，只要念到「亦餘心之所善兮，雖九死其猶未悔」，舌頭就會搗亂，即或掐著指頭避免迴旋，也會轉回開篇。於是只好閉目不語，腦子裡一片空白。

几案上還放著半部殘存的《孟子》，開啟一看，句句記得。往下一放，一句記不清。也有過順暢的時候，看到竹簡上的字，不缺腿少手臂。可兩遍讀完，不知所云，記憶力猶同漏斗，與未讀時全無差別。或者遇到常見的字卻不敢斷定，苦思半日，盡是白費力，第二天不想它，又記起來。

一下床，眼皮上就堆滿瞌睡；一上床，興奮得睡意全無。

只要憶及史料和舊稿，腦裡便嗡嗡亂叫，下顎骨使勁向臉前伸出，天靈蓋上如同壓著一摞石板。強迫自己休息，於事無補。後來他描寫此時的心情說：「……僕以口語遇遭此禍，重為鄉黨所笑，以汙辱先人，亦何面目復上父母之丘墓乎？雖累百世，垢彌甚爾！是以腸一日而九回，居則忽忽若有所忘，出則不知所往，每念斯恥，汗未嘗不發背沾衣也……」當是實錄。

司馬遷也有過歡樂：陰柔的樂趣來源於書兒，陽剛的歡愉來自太公。

老人怕他老是讓自己心和口交談過於淒苦，便找他議論那些石塊的不足之處。想借他淵博的學識，來檢驗藝術成就。石刻有時能給他詩的情愫升騰。可惜他沒有奏刀的甘苦，才氣只是感覺，不是經驗。會意和言傳不全是一回事。他尊崇老人廣漠的藝術疆域，展現了人要自由、自尊、自信、自強，去創造第二個大自然！

他和太公常圍著一條被，在床上抵足而坐，幾杯濁酒，配上牛大眼射來的兔子肉（有時送的次數太頻繁，司馬遷疑惑他是從集市上買來的，而大眼賭咒發誓，自稱為一流獵人，就抓不到把柄）。老人家豪興大作，為司馬遷講起劇孟、郭解之外，諸多游俠的舊聞，歷歷如生，這類人物的剽悍重義，勇於為素不相識者報仇而死，在皇帝眼裡是大盜，在市井小民眼裡是俠士、英雄。除去少數掛著游俠招牌的惡霸，魚肉鄉里的奸宄，司馬遷都很崇敬。歲月如流，三十年來再也不見郭解那樣外樸內豪的壯士。

太公這部活的大書，內容又何限於游俠、名將、循吏、酷吏、王侯、醫生、商人、能工巧匠？談起來又帶著迷人的觀察感受。樹有根，水有源，縱橫脈絡，清清楚楚。他相信宿命，卻不談神怪。聽到節骨眼上，司馬遷會心而笑，偶爾也提問兩句，引發老人濃烈的興味，表現得更生動。司馬遷既怕老人死掉，也不甘心在許多詳實口頭史料成書之前，自己猝然死去。他特別珍惜這段共處的歲月。

太公忠告訴司馬遷：「路隔十里少真信，百年無信史。不要急於求成，多方聽聽不同說法，越真越好。再好的人有短處，壞人也非無一是處。親人愛褒，仇人愛貶，此類偏見，你也不能例外，要盡力去減少。往日你寫的袁盎、汲黯、陳勝、項王、高祖劉邦，都有毛病，才更可信。我的毛病是不治家產，喜歡漂泊，待在一個地方長不了；你的毛病是輕信他人，容易衝動，認死理，太好奇，太愛才，結果委屈自己一輩子。」

書兒的理解力和閱歷有限，不是所有的事都能和父親溝通。對於太公，司馬遷彷彿孤寂無告的老太婆，好不容易抓住一位傾聽者，唯恐她逃去似的，久埋的憂鬱便迸出了胸臆。

雄雞初唱，月冷星寒。

書兒故意用重重的步伐跺著樓梯，下來叩叩門環：「爹，別累壞太公！」

司馬遷搖搖手。太公像有什麼隱私為人逮住一般，雖很流連，也只好匆匆道歉回到臥室，書兒才輕步登樓。

惹得俠翁興奮、少眠、拍案嘆息以掩涕，子長也覺得心懷惴惴，無奈那些史實的光焰太勁烈，聽起來便忘了現實。每到荒年，人寧肯被糧食壓死也比餓死滿足。精神上也一樣。

疲勞可以使年輕人入睡，也可以讓思想者頭部發木，眼圈變作無形的鐵框，沉甸甸地墜在眼皮上。

褥子上像有荊棘，身子怎麼安放也難以停當。

兩隻鬼車（貓頭鷹）淒絕地和答著，在屋頂上盤旋，陰氣森森，切斷了司馬遷的懸想。寂靜少頃，心搏如擂鼓，他不知道這是夜的腳步聲，或是大地的呻吟，月亮的喘息，令人厭煩。但咀嚼稍久，舌尖泛出甜中帶苦的甘草味，作興就是浮生的寫照。一股幽泉從華池漾上口腔，甜苦聯袂杳然而逝，只剩嚼不爛的虛空。

丁丁！鏗鏘！

異軍突起的錘聲打破心音的一統天下，初則交錯抗爭，繼而挽手同步，慢慢分不清是誰掩蓋了誰的歌喉，誰襯託了誰的跫音。未央宮裡的編鐘，孔廟的雅樂，因雕琢傷神而相形見絀；城樓飛簷下鐵馬，北國漠野駝鈴，無力抗衡。只有比司馬遷更有智慧的洪鈞大雅，才意識到這和弦前無古人，後罕來者，萬年一刻。來如靈感無軌跡，去似秋風失屐痕。

在藝術神聖的塔尖，太公指揮著錘與鑿，高奏為黎明和為美催生的天韻逸響。砰砰然，鏗然，傲然，凜然，騞[05]然，不知其所以然。良久，戛然而止。巨人擲錘於地，從他被手緊捂的口腔裡，壓出嘶啞哭聲。摯切、痛楚，克制不住，漾過小園，抖動窗簾，輕撫門環，旋舞於驪山灞水之間。

「莫非是我無意間說過什麼多餘的話，觸動了老太公的懷舊之情，還是……」若斷若續、似遠而近的悲聲，拴住司馬遷的文膽詩腸，疑懼、自責、關情、不安，催促他要去問個水落石出。

他穿上夾袍，套上靴子，開啟房門，霜花料峭，使他打了個寒噤。於是退回床頭，摸到絲絳攔腰一繫，戴上厚巾，走到樓梯口側耳凝聽，樓上一片闃寂，書兒睡熟了。孩子太累，如果母親健在，摸著她

[05]（音霍），東西破裂聲。

手上的老繭，注視她眼角的血絲，準會攬兒入懷，何等地心疼！而今自身貧病交迫，成為孤島，在恥辱之海當中，日日夜夜承受著怒潮沖襲。太公已登大髦，誰為女兒分憂？他想上樓看看女兒，但是沒有這樣做。

走進院子，風在樹梢吹著口哨，好久以來，他沒有像此刻這樣感到清醒。

或許是怕擾人清夢，哭聲已勉強忍住，粗糙的抽搐聲還在延續，它拽著司馬遷前行的步伐。值得珍惜的夜用青灰色大氅覆蓋著土地，愚昧、罪惡雖然不曾睡熟，多少有些睏倦，不像白天那樣睜著貪婪與情慾的斜眼，出奇制勝地製造著、玩賞著善良者的不幸。睡眠在深宮大宅與茅舍野店表演著不公正的公正。司馬遷感覺到生存的美，沒有人再干擾他，他也沒有損害別人。相對的自由，就在他的耳邊呼吸。假若此身還被羈在詔獄，焉能像這樣擺脫群體？

剛剛回到這裡，或許是太公的點化，書兒知道爹爹不願見到鄰人，免得充當話柄，天黑請他就寢，屋裡不放燈燭。二更來天，城外便是深夜。她喊起父親，要他多穿幾件衣衫，一起到遠離村莊的田野去漫步。她以中年人自居，遇到有溝，總是孩子先跳過去，然後回過頭來攙扶他。自覺地充當一個枴杖，他倚著精神支柱。天倫至情醉人，大自然的面容反而變得形近神遙。

為了不觸動對方，父女倆在談話中都不觸及司馬夫人。這種繞開礁石的默契會削弱交流。今夜，世界把自己交給了司馬遷，他也以同樣的愛去領悟透明的夜。小路如弦，沉緩的腳步，彈出了一種靈境：如此平常的美景，短暫一世中又能品味幾次？輕淡的生之哀愁，流連光景悲憫厄運之情；不甘沉埋，對明天的憧憬，一齊覺醒。

他躡手躡腳，迅速穿過院子。廚房外間，燈火閃耀，太公並沒有回到臥房。

雲紗四散，月外暈圈模糊，群星更亮，從幽冷逐漸化為恬馨。司馬遷兀立著，緇衣拂風而動，猶如一團黑色的火苗，反射著月華，夾雜著墨綠色幻影，焦茶色的光波。

「太公還不歇著?」

「子長，你該躺下，不該來喲!」老人原先雙手掐腰，呆立在石桌邊發愣，聽到招呼，轉身走到月下，左手沉甸甸地搭在司馬遷的右肩，扭過頭用右腕揉擦著老眼，久久說不出話來。

把老人推到屋裡，司馬遷抓起袂襖披在他的身上，但他感到燥熱，一聳肩抖落在石條上，依舊光著古銅上身，長髯上光珠閃動，分不清是汗是淚。年歲不饒人，膈肢、上腹部的皮膚已經皺起，肌肉開始萎縮，雙臂不似往年那樣渾圓，股上的青筋也鬆弛了。

司馬遷脫去靴子，坐在秫篾蓆子上。

太公抱著雙臂，坐在對面。

席邊立著半人高的石柱，方形，鑿痕條條，沒有加工。柱頂一虎口半高，是比真人略大的頭像，廣頤、短額，眉楞骨隆起，三角眉垂到眼角，目光非笑非怒，難於思索。下巴翹起，獅鼻，鬍髭短而直，椎髻、不簪。司馬遷三次移動視角，石像的表情也隨之變幻:或靜悍，或冷嘲，或悲憤。太公把各種感情都組織到幾條線中，欣賞家將自身所帶來的情緒注入石像，石像立刻用加倍的力度，將它彈回到審美者的思維，碰擊出和鳴。這是東方雕塑藝術的精髓。多層次的復調，被納入最簡練的形式。

「太公，這不是氣度恢宏的郭解嗎?」

老人點點頭:「可惜手指發僵，眼不當家，死石頭敲鑿不出活人的神氣!老了，老了!」他抓住銀鬚摸到一多半，突然唇邊眼角浮現出苦笑。

「聽先父說郭公能豪飲斗酒！」

「是啊，當年建章宮尚未竣工，城內尚冠、太常、章臺、久陽、華陽、熾盛、蒿街、香寶八條大街上，十二輛車軌可以並列，酒店不下七十多家，酒友都是些游俠們，比如臨淮兒長卿[06]、西河郭公仲、關中樊仲子、長陵高公子、槐里趙王孫，到了一家酒肆，每人三杯，自早到晚，一個不醉。那些風雲人物，以德報怨的古君子，大都被朝廷誅殺殆盡，慘哪！」

「您也與他們一起豪飲過？」

「這……」

「太公，子長目光淺陋，也神往英奇人物，您老人家便是一位隱於石匠當中的游俠，古道熱腸！」

「我算不上，只能算追隨過他們的朋友晚生吧。我說的不是指年紀，指的是心胸！睚眥必報，意氣殺人的事不願做，持公論，重諾言，從前我也不甘居人後。年紀一大，法網又嚴，眼睜睜好人橫死，天下太大，苦人太多。幾位游俠，杯水車薪，無濟於事。我把怨恨埋到石頭裡。有人懂得，很好；沒有人理會，也好。」

「太公知之深，愛之切，方能雕得活！」

「你說這像雕得好？」

「當然！」

「我有位很苛刻的朋友，說它不傳神！」

「在哪？這像剛才動手，誰見過？」

[06] 古兒字，音泥。長，上聲讀倪掌卿。臨淮，漢代郡名，治在江蘇睢寧縣西南，非安徽鳳陽縣臨淮關。

「就是這位老弟！」老人從地上拾起錘子向太史一揚，「他命令老朽改日重刻。」錘隨音落，頭像碎裂，石片和粉末紛紛掉在地上。

「這是太公心血，太可惜！」司馬遷跳起來搓手頓足。

「舊的不去，新的不來。子長，砸了它我很快樂。事無大小，包括你寫史書，能死方能生，肯失才有得。自己看不入眼，怎配給別人過目？」

「透澈！」

「不能說皇上的名諱，莫忘了他叫劉徹，在外邊要小心！大不敬是死罪，太不值得。死得於蒼生何益？」

「記住了！」司馬遷感到慚愧。交了腐刑這樣昂貴的束脩，並沒有學到做人的「祕訣」。

「你知道郭解死在誰手？」

「知道。郭公去投案，御史大夫公孫弘說郭解布衣任俠，睚眥殺人，已犯王法，雖然在大赦之前，罪跡仍在。軹城儒生之死，郭解雖然不知道，其罪比親手殺人還要大逆不道。這樣，郭公全族無辜被誅，令人不平！記得太公將他幼子送往遼東，不知近年若何？」

「朋友為了保全翁伯後代，浪跡天涯三十年，幸而香火尚能綿延。你說說，史家應如何對待公孫弘？」太公眼光咄咄逼人。

元鼎元年，子長二十歲，考得為博士弟子員，曾聽公孫先生講經，前後三載。就私誼而言，終身應敬師不忘。此老實為當代第一大巧偽人，每餐僅用一樣葷菜，但多少不限。汲黯檢舉他位列三公，俸祿甚多，只蓋布被一條，貪名竊譽，他老人家居然表彰皇上是聖君，汲黯是直臣才敢進忠言，承認自己是矯揉造作，把皇上捧得樂不可支，反而封先生為丞相。先生只肯吃剛剛脫殼的糙米，後母去世，穿孝服三年，一錢如命，賓客有困難，必送重金。外似寬容，內懷忌刻。每害一位大臣，必先與之交往，到重要關頭方置之死地。主父偃被殺，董仲舒先生被排擠到膠西困頓而死，都用此種伎倆。諸侯有叛逆，天下有事，必上書告退，以示不戀爵位，甘心讓賢，來保位固寵，用盡權術。在朝會時，只羅列諸臣議論上奏，不置可否。皇上所好，一味投合，無是無非，從不面折廷爭。要寫列傳，必須毫不隱諱。若以師生之私，隱惡揚善，便是上負君父，下愧庶黎，不是良史。

「子長一席話，深得我心。天下事每多壞在此輩偽君子身上。我們三代至交，我想告訴你一件隱私，聽完就去睡。」

司馬遷再次為長者披上衣服，這回太公沒甩掉，畢竟是四鼓了。

燈花突然一亮，爆出幾粒小火星，隨之寂滅，他倆沒有理會。四壁聯成墨幕，拓寬了空間。月光從大門投射到蓆子一角，如酒潮初退牙雕般人面上，黑白鑲嵌得分外合適，剪影峻拔，彷彿是被超度到另一片樂土。

談及平生豪舉，太公將右臂平肩舉到胸口，腕子連連伸曲，皮下的肌肉疙瘩鼓成一個老鼠大的肉包，一用力，它便上下來回亂竄。

郭解被斬之後第二夜，閃電若金蛇亂鑽，雷聲搖撼著長安街巷，那架勢想把渭水翻個底朝天。

「這是蒼天替屈死的郭解一家鳴冤！」不止東方樸，大多數百姓都有這類想法。

人頭掛在西北角「橫門」城樓上號令，木匣上全是血漬，放在旗杆下面竹箕裡的石灰，被血染成了紫黑色。兩名守衛的小卒都不信會有人來盜取那顆閉上了雙眼的人頭。

太公不願連累親戚朋友，在腰帶上掛著一小管毒藥，萬一被捕，就一死殉郭解。他特地燒開一鍋豆油，將臉湊近鍋邊，突然敲幾個雞蛋投入沸油中，「啪，啪」幾聲，油花飛濺到太公臉上，炸得層層是泡，麻麻癩癩，粗如樹皮，即使是老友碰上他也無法辨認。

天剛斷黑，他掀掉後屋樓梯下的石板，將成殮需用的棺木衣衾整理停當，然後餵飽了最早飼養的關東大黑驢，戴上斗笠，縫好大小兩只皮囊，二更乍過就悄悄上路，雨點從笠簷斜拂到臉膛上，痛得像針扎。這對年屆花甲，走南闖北的豪客來說，算不了什麼。

太公將關東驢拴在河伯廟門口，背著長劍與小革囊，但等三更鼓響，迅速奔向門南邊一箭之遙，溜下護城河，寬僅十丈，轉眼之間就到了彼岸。他屏氣提神，仗著劍，貼近城牆，將一端有鉤的長繩扔上城堆子，橫咬著劍，雙手攀繩，兩手一拉，鉤子又垂下來，被他接住。試了五次，掛得很牢穩，他才緣繩而上。城高三丈五尺，爬起來不費力。

一個武士抱著長矛倚牆打呼嚕，另一名見到太公提矛就刺，太公從槍桿上躍過，伸出左手抓住矛柄，飛起一腳，將小卒踢倒。

「哎喲！」小卒正要嚷嚷，被一聲炸雷所淹沒。

太公左膝跪在小卒前胸，扔掉長矛和寶劍，掐住他的脖子，把兩腕的關節下脫臼，撕下淋水的衣襟，塞住他的嘴，再抓住劍一躍而起。

「有賊！」打盹的小卒聞聲醒來便狂叫一聲。

太公手快，長矛刺來，木柄一碰鋒利的劍刃，前半截就飛下了城樓。

「饒命！」他輕聲叫一句，撲通跪倒。

「不殺你，不許叫！」太公一劍斫斷旗杆上繩索，木匣往下一落，太公割下繩子，把小卒綁在旗杆上，再割下他的衣襟，填入他的嘴巴。

人頭裝入革囊，挎在肩上，跑到登城的所在，順繩而下，游過城河，奔向河伯廟，解下黑驢，抽上幾鞭，徑往法場。

法場上沒有兵卒把守。太公脫下上衣，包好郭解遺體，裝入大皮袋，捆在驢背上。郭解的家族，已在軹城被害。解到京都來的，僅翁伯一身。

天過四更，雨下得更大，驢背上、革囊上、衣服上、大路上的血痕，都被沖洗得乾乾淨淨。

太公怕郭解遺體查出，連累鄰人，將亡友成殮之後，釘好棺木，蓋好地窖，再將自己的衣服打成包裹，連同大小皮囊一起裝進大袋子，騎上黑驢，跑到幾個莊子之北，找到一片葦蕩，挖個坑埋妥。天到放亮，雨漸漸止住。

檢視過家前屋後，沒有可疑之處，然後披衣坐在床頭，喝了兩碗酒，沒有一絲睡意。大事一畢，臉上的傷疤，痛如刀刮，敷上拌有乳香沒藥的桃花散之後，也不見輕。

太公在家躺了半個月才出門，鄰人們聽說他面生惡瘡，送來一些瓜菜和雞蛋，告訴他長安城內正在捉拿郭解的黨羽。還有人說，是雷神親自把郭解的遺體運走，越傳越玄。

半年之後，太公借了馬車，連夜將棺木運到荒山安葬，每年都去祭掃幾回。

同樣骨骼鬚眉的老俠，在太史公心目中發生了變化，風度襟胸都升格了。他自恨對長者的靈魂認識得太遲。

「太公，明日清明節，我想回夏陽去祭祖墳，中途給大俠掃墓。看看童年耕牧的故地，比成天枯坐在這裡好。」

「你還經受不起風霜，萬一弄病，很難復原。還是讓書兒在家照看你，夏陽之行由我代勞，要聽從吩咐！」

「借一輛車，您我和書兒都坐著去。明天再商量。」

「今晚先去給我躺下。命運對你不薄，該嘗的味道都咀嚼過。今晚耽誤時光，明天我向書兒告罪。」

次日，太史公精神特別健旺，書兒端過溫水來給他盥洗，方知太公在早晨便動身去夏陽。

飯後父女們擺上了一盤棋。司馬遷的思想裡填滿了太公的話，幾回出了神。

「下子呀，爹！」

「唔……」司馬遷被動地放上一粒白子，很難集中思路去應付棋局，孩子的笑靨、手勢，連棋子在棋盤上敲出的聲音，都使他憶起亡妻，心如火炙，唉——！

書兒倔強，只要父親讓子，就當場揭穿。他只好尷尬地乾笑，出子緩拙，一會絕處逢生，盡是高招；一會只顧招架，本末倒置，失勢還一意孤行。這種瘧疾般的棋風，使書兒贏得吃力、詫異。

「棋輸子在，擺擺再來。」

「不，爹沒有心緒，明天再擺。」書兒憨笑兩聲，收起棋具。

司馬遷對女兒下廚趕集之類瑣事從來不管，主張讓孩子去發現甘苦。

書兒繼承了母親的棋藝天賦，進退自如，但興味欠濃，不會有多大出息。

「書兒，下棋要認真走進棋盤，同時又能跳開，超越勝敗，方能體會到樂趣，表現個性。」

「敗給爹爹太公挺高興，要是輸給別人就不自在。」

「輸有輸的樂趣，贏有贏的味道。快樂這位先生住在崑崙頂上，從來不肯去找別人，老要人去找他。你到五十出頭，成為過來人才能理會這種玄妙。」

「女兒還淺，進不去。」

「我到三十七歲都渾渾噩噩。過早悟道是受災難啟迪，顯然不幸；終身執迷不悟，又是白活。」他坦率地說起自己二十八歲繼亡父任史官時，在華山與摯峻韓仲子下過六天棋，一盤未勝。此刻特別懷念高士摯峻和傳聞戰死在大漠之北的韓仲子將軍。自從皇帝下詔求賢之後，摯伯陵便騎著一匹駑馬，攜著一支水瓢、幾卷古書走出西安，多年沒有訊息。

「如果我衣食不愁，心緒稍好，當記下所聞所見的名士風流。可惜馬齒徒增，愧對故人！」

「爹爹還想寫史書？」

「你看出來了？」

「可不，這棋贏得我心事重重！爹，別寫一個字，再惹禍爺倆都活不成，說不定還株連太公。」

「不做點事活著太膩味！」

「事情多著哪，就是不讓你動筆，不許藏一方絹帛，一捆竹簡。寫出來兒也要像秦始皇帝嬴政那樣燒掉。只要爹爹多活幾年，答應女兒吧，否則永世不起來！」書兒泫然地跪下。

司馬遷皺著劍眉苦笑一聲，拉著女兒。

「爹絕不說假話騙你，你是最親的骨血！起來，你若這樣爹心疼！」

「不管你可答應，兒都看著你，讓您寫不成。」她悻悻地站起。

「我們到院子裡拔草去。」

「爹歇著，女兒去。」

「都去，歇著人要生鏽的。」

菜種得太早，天冷缺水，還有蚜蟲。葉子才錢大就老了苗，梗子發紅，倒是雜草長得綠油油的。

「太快了！小時候在龍門寨，跟你爺爺一道拔草，手快眼快，拔完三畦，爺爺一畦子還剩一小半呢！眼下我兩隻手不如你一隻手……」

「可寫文章誰也比不了您的手！」說出此話是女孩的疏忽。

「人外有人，無名高人更多，故而稱不起最好。一支筆磨到我這火候也大不易。你要它投閒置散，有什麼辦法？」

「女兒沒有惡意。」

「渾渾季世，千詭萬譎，善意的折磨一樣毀人！至於壞人之間為名利地位而互相殘殺，好人不想傷人，但對惡漢人格上有重壓，行為上有制約，被邪惡勢力毀掉太多。書兒，孔子吃了糧食化作《春秋》，左丘明吃了飯吐出《左傳》、《國語》，三閭大夫吃了稻米釀成〈離騷〉、〈九歌〉……爹不能白白糟蹋五穀，空來一趟。」父親拍拍她的頭淡化一下嚴肅，「話憋在腹中太久，時光催我，不吐不快！」

「鄰人上城賣菜，說街巷裡日夜有大兵巡視，事由是抓李陵同黨，說他們降了匈奴，又回來刺探軍情，逮到就殺。亭長也被上司吆喝去詢長問短，作興和此事有關。小心無大差！」

「由此可見皇上不會忘記這名小小的史官，隨時都會捉去砍掉。你盤算的是我還能活多少年，我想的是離死還有多少天，不一樣！盼望在大歸之前把書寫完，不留遺憾在世間。」

「娘啊，我該怎麼辦呢？聽爹的，還是聽自己良心的？」女兒下唇一撇，嚶嚶地哭起來。

「別說了，我們下棋……」司馬遷覺得鼻腔酸脹。

「不、不，早起送走太公，挑了些野菜，剁點狗肉，給爹嘗嘗……我怕，怕出事……頭年把幾卷書索性都燒掉。爹，女兒知道您愛書，對您老人家不起……」書兒撩起裙裾垂頭跪下。

「哈哈！燒得好！燒得好！起來！」他本想拉起孩子，卻下意識地前行幾步，雙手扶著她的肩頭笑著，「心裡的書不怕燒，乾乾淨淨也好，爹不會責怪好女兒！」

「您不生氣？」

司馬遷緩慢地搖頭：「爹不是笑了嗎？」

「謝謝！」

「莫放心上，做過的不後悔！」他轉身走進屋。

「您老人家幹麼？」

「我要……」

「說呀，爹！我們父女倆都只剩下一個親人……有心事還瞞著？」

「不對！還有太公，我要去找。」

「找什麼？」

「找灰，書燒成的灰！」

「爹爹，饒了沒娘的書兒吧！」孩子跑去拽住父親的袖子。

「沒怪你呀，傻丫頭！哈哈哈哈！」含淚的笑不會自然。

他雙手在殘灰裡扒了良久，找到兩根竹簡，葦編已斷，一端被燒煳，字跡不太清楚，下面大半截還可辨認，原來是《孟子》中的殘簡，他用袖口一拭，念出了第一句，書兒非常熟悉地插進女聲，合誦全段：

故天降大任於斯人也，必先苦其心志，勞其筋骨，餓其體膚，空乏其身，行拂亂其所為，所以動心忍性，曾益其所不能。

先人們善於從陳舊的武器庫中各取所需，抽象繼承。孟子說的「大任」，可能指獲得高位以推行其政治理想；司馬遷領會的是寫《太史公書》；女兒根據父親的詮釋：在精神與肉體的大苦痛中豐富自身。

掌燈後，書兒怕父親憂鬱，要他提著葫蘆到村東小店去沽酒，順便在田野裡遛個彎，走累了回來，可以睡得香些。她洗過碗，取過針線笸，坐在席上給父親縫單衣。

門外剝啄兩聲，很輕，不像太公或父親在叩門。書兒遲疑了一會，又是兩聲，比剛才叩得稍重。

短短一瞬間，書兒的心被劈成兩半——一半在追悔：不該讓爹出門，來了惡人不好對付；另一半很欣悅：如果來捕抓他，就把這些惡棍騙到後面，自己關上廚房，點火自焚，爹爹看到火光會逃走。

更急促的叩環聲。

書兒後面的想法占了上風，頓時從容地開了半扇門。

一個瘦削麻利的身影側身閃入，立即要關門，女性本能的敏感，使她又開啟另外半扇門，走到外面一看，街上沒有人跡，不速之客旋風一樣把女孩拉進屋，迅速掩戶，再用自己的背脊抵住插上的門閂。

几上燈影幢幢，氣氛僵重。

書兒出口長氣，打量來人，五短身材，狹長的馬臉還很白淨，細眉插鬢，二目開合如電，頭髮花白，綰著椎髻，依然很整潔。上髭稀疏，大部墨黑，海下無鬚，下巴微亮，說明他是從清秀的青年時期走過來的。但是，橫貫過額頭上的一條刀疤又紅又粗，打破勻稱，增加了頗具神采的特徵。左腿下段殘廢，拄著一條粗大的鐵杖，烏亮水滑，落地不響的輕快步態有著與年齡不相稱的果斷，展示出他有一段神祕驚險的往事，引起她的好奇心。寬鬆的絳色長袍，前後襟被粗絲帶紮在腰上，肩頭、兩腕的骨骼輪廓分明，領口兩肘洗得發白，有著積重難返的潔癖。

四隻眼睛在無聲中對視。

「你叫書兒嗎？」聲音比人老，又帶點蒼啞。

「您是……」女孩看不出來人的惡意。

「俺要拜見太史公。」

「這是石村蓬蒿裡，住的全是老百姓，沒有當官的……」

「俺要拜見司馬子長賢弟，此處當年是俺舊居……」

「爹爹沒在家，大伯改日再來吧！」

「只怕天明之後，你韓仲子大伯就不在人世了！」

「哎呀，侄女久聞大名，爹爹時時提起，傍晚還說在華山蒼龍嶺上跟大伯下棋連輸幾日呢！請到草堂，受晚輩參拜！」

「劫後殘身，休提往事，徒生感慨耳。」

「父親沒在家，我在守門。」

「就在此屋小敘。」仲子跟著女孩走入餐室，倚著石案旁竹蓆而坐。「太公是俺恩師，那時府上在茂陵，賢侄女也還未出世呢！」

「摯伯陵老伯可有訊息？」書兒奉上熱茶。

「隱於渭南。老死鄉里，已三載有餘。去歲清明，俺也曾斗酒隻雞，荒村祭奠一番。堂堂國士，淹沒元聞，於理不公。除非靠你爹爹揮毫作傳，才可流芳百世。」

「爹爹自遭大變，不再握筆修史。」

「哦？……」仲子的茶碗突然往案上一放。

「大伯從何處而來，往何處而去？」

「四海飄篷，來道而來，無路可去。」

「想必未用晚餐，廚下還有菜飯。」

「不必張羅。只因李廣利兵伐匈奴無功，請求還朝，皇帝龍顏震怒，傳旨屯兵酒泉。倖存李陵舊部，陸續逃歸，有人上書請求撫卹戰死親屬，不了了之。傳到邊地，李廣利怕人告他按兵不動，坐失良機，特派殺人不眨眼的慣賊胡亞夫回京，徵得杜周首肯，到處捉拿李陵派來的奸細，意在滅口。俺以為李陵降敵、身敗名裂不足惜，老母妻兒被誅，內情陰錯陽差。殉國兄弟，氣壯山河，不應埋沒。故而甘冒萬死，來京師向你爹爹說明實情，存信史，了夙願。俺死之後，只怕再也無人提起這段公案。」

「大伯提著自己腦袋來闖虎口，侄女佩服！」書兒納頭便拜，「只是……」

「有話但講無妨！」

「只是他餘痛刺心，九死一生，四面賊眼，時加窺視。可憐他餘年無多，還請伯父莫讓他再擔風險……」

「請起來！哪家孩子不惦念父輩安危？大伯心是肉做的，能說什麼？俺把好兄弟交給你，好生奉養他，就對得起你廝殺大半生的老伯伯！俺兒，走串大街小巷，村裡集市，追名逐利者比比皆是，想找個有脊梁骨的人一吐衷曲，難於上天！父子、夫婦、兄弟、師生之間，以能捏造罪名相互告密為忠；賣道義，賣是非，賣骨肉親友，不以為恥，反以為榮。人人憎恨面具，誰也不敢不戴！生而無歡，死而何懼？天路茫茫，何處歸宿，何處又不是歸宿？明日問候令尊，伯父去也！」

「侄女太偏心，難以自拔。大伯保重，天道好還，風聲平息，重會有期！」

「不必相送！」

「且慢，煙囪中藏有黃金一錠，是侄女探監時無名大恩公所贈，轉送大伯，遇到為難之時，好派點用處……」

「哈哈！子長有你這樣的好孩子，大伯死也瞑目！黃金對俺無用，留下買些補品，好給恩師與尊大人受用，算大伯回贈賢父女的心意！見了太公，不必說俺來過，免得老人家惦念。」仲子抓過金錠向屋頂上一扔，不偏不倚，落在房梁當中，他轉身便走。

書兒伸手，夠不到金塊，追到過道，仲子撥閂開門，想不到司馬遷剛巧趕到門口。仲子想閃躲也晚了。

司馬遷把葫蘆交給了女兒便問：「這位是……」

仲子向主人一揖，給女孩解圍：「迷途之人，叩門問路，多謝小姐指點，告辭！」

「天黑路途難認，何妨進寒舍小飲兩杯，少時月上柳梢，再走不遲。」

「萍水相逢，怎好相擾？多謝太史公！」

「仁兄認識子長？」

「這……不曾幸會……」仲子支吾一句，奪路出門，踽踽而去。

「好熟識的口音！」司馬遷狐疑地看著過客的後影。

「爹爹進來吧！」

路上隱隱傳來一聲痛哭，但是立即被什麼東西堵住而消失。

「啊，是他！」司馬遷追上去冒叫一聲，「仲兄！」

黑影遲疑一下，又加快了腳步。

「仲兄！」這是肺腑之音，把對方釘在路當中。「回來！」他追了上去。

「爹！噓！」書兒怕父親跌倒。

兩位老友四臂相抱，渾身顫抖，久久無聲。

「大伯請回家去，這裡諸多不便！」

三人魚貫而歸。

「子長兄弟，還是讓俺走吧！」

「一別五年，怎能不長談一夜？」

「不，還是走開為好！」

「為什麼？」

「我怕……」

「哈哈！仗打老了，膽子打小了。小弟不怕，你怕什麼？」

「死都不怕，只怕連累兄弟！」

「仲兄，你怎麼殘廢了？」

「是貳師將軍李廣利、伏波將軍路博德的赫赫戰功！」仲子額上的刀疤變得紫紅，他的敘述把太史公父女二人的思維帶到了一片冰天雪地之中。

仲子將軍，這位逃過百次死亡的倖存者，吐出的不光是語言、歷史見證人的職責、天宇間無人可訴的孤憤、是非顛倒的大哀，而是殉國者鐵的事實吼出壯烈的聖歌。敘述者的俠肝義膽，是幾聲鼓鼙，淹沒在暴風雨般的馬蹄聲中。

漫說冤沉海底的司馬遷，早歷風霜卻仍未脫稚態的書兒聽出了神，就是看慣鬼魅妖孽的夜色，也因貪聽這段珍聞，腿站得又麻又僵而忘了舉步。如果不是木鐸報三更，天幾乎永遠不會亮。

草堂裡極靜，穿過門窗縫隙的風絲被送入了賓主的耳膜。凜凜蒼穹，仁厚地母！眼淚都是浪費，何況是不能更改人們命運的哀嘆？

比起大自然，人類顯得少不更事，弱點多，太外露，欠超脫。他們不許沉默凍結著時間與空間。書兒悄悄走到案前，給燈盞裡添上兩根燈草，暖意從火苗上跳出。

太史公捧起葫蘆獻給老友。

仲子仰天牛飲，喉頭「咕嘟、咕嘟」作響，吐出了腑臟，就該用村酒去填空！

書兒爬上小几，從櫃頂上取出祖父用過的筆，毛已經讓老鼠咬爛。幾塊寫字的帛上盡是灰塵，別的寫字工具都找不著，哪像書香門第？

仲子聳肩一笑，兄弟之間不需要安慰，便把葫蘆奉還太史公，裡邊的酒已所剩無多。司馬遷不想喝，只向案几上倒出半杯，然後握起大筆，蘸蘸酒在粉壁上奮腕疾書，立即被牆吸乾，了無痕跡。

書兒興奮地看著，兩眼煥發出熱和光，讚美這無形的起點。

千兆兆，皆始於一。

一生出無極。

一點火種，可以燎盡腐草，煉出鐵水，燒出美味，點起明燈。

心裡的燈比月亮更重要，是靈魂的巨眼。

斜陽古道，大漠，碧野，馬群，旌旗，槍林，劍樹，箭雨，車河，邊城、金殿，詔獄，爭先恐後擁到毫尖，不知道該先寫什麼，後述哪些。靈感的閘門，快快升起，瀑布就要傾瀉狂飆！

是父親臨危流淚的眼；

是妻子出喪刺耳的鑼；

是太公的錘，在給時間的神駿釘蹄鐵；

是畏友摯峻的棋盤躍上銀河，抖下星的珍珠；

是歷史老人用鬍鬚蘸著熱汗為他洗傷；

是杜周惡笑的牙齒長成俠士的磨劍石。

筆禿了，算什麼？莊子、老子、孔子、孫子、屈大夫、左丘明源源地送來如椽彤筆，其實太史公不需要，他的骨骼便是斗筆。

沒有漆、沒有墨，怕什麼？

文人寫文用墨。

志士抒情以血！

突然，行空天馬失前蹄，滾滾汙水塗抹過的京華西郊蓬蒿裡，落入太史公看不見的巨硯中，墨潮飛濺。他擲筆几案，歇斯底里地狂笑豪呼：「哈哈！哈哈！哈哈哈哈！瘋了！瘋了！哈哈哈哈！」

女兒很畏葸：「爹爹——」

仲子抱住他，連連用鐵枴杖輕輕叩著老弟的右肩。一切音響滅寂。

從智慧高峰的七竅洞裡飛出粗細長短不等的寂寞之蛇，啃著三顆普通的心。

心，戴著鐐銬，頭頂舊世紀的萬鈞石鎖，在磷火吐出的舌海中掙扎……砰砰！砰砰！砰砰！皮靴在踢門。

開門！開門！開門！大門外一片混亂。

「李廣利的爪牙來了。」書兒有些發急。

「快逃，樓梯下有地道！」地道通往街後菜地裡的假老墳。當年房主修宅，為的是逃命，仲子知道底細。太公每年還下去清掃。司馬遷一回家就下去過一次。現在他要搬動石板，石板不聽擺布。

「俺來。」仲子單腿蹲，雙手將石板掀起一條縫，用枴杖撬開，朝地窖中一跳，再用肩頭把石板合上。

書兒要父親躺下，有事她來應付。

「怎能叫女孩去開大門，當然我去。」

「爹不能去。」女兒追到院子裡攔住太史公時，十名官兵跟著胡亞夫撞開大門，一步三搖地闖進來。

司馬遷把女兒往身後一拉，挺身走到草堂門口。

「太史公，久違了！」胡亞夫誇張地整整衣冠，向主人深深一揖，「末將鐵甲在身，不能全禮，大人寬恕！」他擺擺手，士兵們兩邊散開。

「半夜破門，有何貴幹？」

「捉拿匈奴奸細韓仲子，他與大人相交二十載，又是叛賊李陵心腹。秉承御史大夫杜大人鈞旨，貳師將軍將令，前來驚擾，身不由己。賢父女海涵！」胡亞夫探身垂手，表情懇切。說話與當年在李府做打手門客時的油腔滑調判若兩人。

「爹爹久病在床，杜門謝客，沒見到什麼匈奴奸細。」書兒想到父親的遭遇，說出話來臉不紅，氣不粗。

「收容奸細，禍滅全族。末將素仰大人道德文章飲譽九州，還是保全身家性命要緊。」

「寒舍並無奸細，休要誤會。」

「哼哼，搜出來可不大光彩。」

「如搜不出來呢？」

「活該！兒郎們進去看看！」

「我司馬子長未犯王法，為何要來搜查？」

「你敬酒不吃吃罰酒，別拉架子，大不了一隻閹貓，搜！」斥候[07]頭頭露出本色。

「不許惡語傷害爹爹！」書兒扶著父親，和這群豺狼一起進入草堂。

「點上火把，上樓看看！」

「遵命！」兩名斥候擎著火把直衝樓上書兒的臥室。司馬夫人的孝幃都掀開找了一氣，茫茫無所見，

[07] 班長之類打手。

便下樓向頭頭報告結果。

「司馬遷，你家裡還藏著筆、點著燈，憑這些罪證，就該搜查！有筆會寫文章。寫文字就會罵皇上，腹誹都該殺，你脊梁挺得像根哭喪棒，看你能硬多久！」

另外兩個士兵報告了搜查前進三間小屋的情形。

「太史公老爺，」胡亞夫一揮手，斥候們再次散開，各自拔劍立在院子當中小路的兩側，「麻煩您老人家跟隨末將去一趟左內史衙門。」

「爹有病，不能去。」

「草民不想見官。」

「大人，請您去做個證，末將來查過，韓某某未到過府上，立即派轎子送大人回府。不去沒個交代。適才說韓某某到府上，有人見過，他可以作證。」胡亞夫隨手一指，被指的斥候當面撒謊，振振有詞。

「騙人！看到為什麼當場不抓住？」書兒理直膽壯。

「大人，霍子孟大人對您的女婿言聽計從，很是器重。我們混口飯吃的，敢把您能怎麼樣？請吧，一根汗毛也少不了。您真要是執意不去，我們就放火點著老石匠的房子，讓你們仨無家可歸，到那時候打官司，大小衙門都聽貳師將軍的，沒人幫您說話。不信走著瞧！」

「若要作證，我替爹爹走一遭！」

「那可不敢讓大小姐拋頭露面，左內史大人怪罪下來，末將就沒命。不去，抬著您老人家也得去，免除誤會，別無辦法，多多寬恕！請！」

流氓無賴的本領在於大事不要頭，小事不要臉。太史公知道跟這類宵小說理是自找麻煩，索性坦然默坐在炕蓆上。

「冒犯大人！」胡亞夫很迷信「禮多人不怪」這句成語，一面施禮，一邊向斥候使眼色。

兩名走狗會意，衝上前來就架司馬遷的雙臂。胡亞夫卻搖身一變成了好人，橫眉豎眼地說：「退下！誰教你們這等無禮？太史公老爺是天上文曲星君下凡，又在病中，怎麼毛手毛腳的？喏，背著走，兩邊扶好。」

「慢，你們饒了爹爹，可憐他老人家好不容易活到今天！前屋梁頭上還有一錠金子，情願贈給將軍。」書兒嗚咽地說。

金子使得這些狐群狗黨眼睛賊亮，幾乎要滴下血來。

「一錠太少了吧？」

「要多實在無有了。」

「既蒙小姐慷慨大方，這廂道謝！」亞夫指使斥候去取金子。「小姐大富大貴之相，將來楊敞大人位列三公，還請多多關照！末將幼讀聖賢之書，也知『非禮勿取』，平生廉潔，兩袖清風。得此厚賞，不能無功受祿，我那匹西域寶馬，讓給大人騎去結案，請！」這番話說來一點不打咯噔，面皮冰涼。

「書兒看守門戶。」司馬遷推開兩名小卒跳起身來。

「兒要與爹爹同生共死！」

「小姐，門閂砸斷，明天叫人來修，門可得守住，萬一丟了什麼，我們吃皇糧的跳進黃河也洗不清。末將再提醒小姐：水火無情。」

「侍候大人上馬！」

「書兒聽話在家。左內史又非猛虎，怕他做甚？少時便歸。女孩家深夜出門，豈不讓我多添憂慮？」

「末將要在大門外上鎖，免得小人混進來作案，壞了末將等的名聲。請小姐抵上大門，鎖上草堂。太史公請！」胡亞夫指定兩名走狗守在村街，晚一會趕上來，顯然是看看仲子將軍可會再來，同時又把小姐軟禁屋內，衝著楊敞的情面，又怕兩名走狗做出傷天害理之事，壞了他的前程。他和這些人面狼是一丘之貉，心中有底，安排十分得體。

抖動的夜空從來不曾這樣藍光瑩瑩。新月像一隻微笑中睇上的孩子眼睛，頑皮純淨，周圍浮漾著一層透亮的黃紗，妙在有無之間。銀河熠熠，星星知道個體的微弱，才把群體的光束綁在一起，用來和月亮爭輝。說不定所有的星星去參加合唱，一顆散星都看不到。凝望既久，月亮逐漸在太史公的感覺中變得哀愁，竟然像是女兒的眼淚。

麥苗蓋不住平疇的荒瘠，皇帝開邊興造宮殿將大批青壯年深植在泥土中的根子拔掉，靠老漢婦孺做田，田老挨餓，瘦得扛不動那麼多株禾苗，怎能不枯黃減產？

司馬遷不願想到撲面而來的死和身後的蕭條，彷彿是一篇極不通順的文章，讀不成句子。只希望馬走得更慢些，哪怕沒有盡頭，總比死於非命強。

橫門城樓的剪影墨黑，從護城河邊的葦子叢中望過去，陰森、冷酷、猙獰。

斥候們舉著火把，走入香火零落的河伯廟裡，立於殿前兩側。

胡亞夫拉住轠繩，馬垂下頭來，悠閒地嗅著廟門外回陽不久的爬根草。

「大人請下馬！」胡亞夫一擺手，兩名斥候把司馬遷半拖半架弄下馬，馬被牽走，拴在樹幹上。

「大人請進廟歇息片刻！」胡亞夫吆喝一聲。

「不用，快進橫門。」

「哈哈！這廟你不進也得進。」胡亞夫的臉上浮出灰綠色的惡笑。

河伯的塑像，油漆掉落，目光遲鈍，似乎很不得志。跟司馬遷當年在汨羅江邊所看到的佳作無法並論。正在狐疑，胡亞夫把他一推。

「司馬遷聽著：今晚胡某一無聖旨，二無大令。我們之間無冤無仇，你不該得罪貳師將軍和李娘娘，咱是端人碗，服人管。叫朝東，不朝西；叫打狗，不攆雞。你放明白點。殺你不好結案，放你我活不成。梁頭上給你預備好一條繩子，打好了活套，你掛上去官府不會問。給你個全屍，沒白花你一錠黃金！」

「哈哈！死後還要我背上畏罪自殺的惡名，這樣做太不光明磊落，太卑劣，月光星光，還有河伯都會嘲弄你們。本來，我對生死置之度外，但無論你們怎樣逼，我絕不上吊，死得那樣聽話。來，刀劍長矛一起朝咽喉扎，不怕！」他扯開自己領口，露出瘦骨嶙峋的胸部，閉上兩眼，昂起頭顱，屹然不動。

「不許傷他！一個糟老頭子，怕他幹什麼？上！他屬閹過的鴨子，燒熟了嘴還硬邦邦的！」胡亞夫為了立功，表演自己的威武，衝了上去，被司馬遷重重地打了一耳光。

「嗬，還真有幾根小子骨頭，叫我捱了打也有三分服氣，這一掌算萬歲打的，不計較！」

幾名斥候抬起司馬遷，拉住他的手。

胡亞夫輕鬆地跳上祭壇，抓過繩子，套住太史公的脖子再往梁下一推，斥候們隨之鬆手。這些兩腳筆直的狼，幹起殺人的勾當熟已生巧，悠然不迫地玩賞著死亡的特技。

司馬遷懸在大梁上，兩腳亂蹬，雙手抽搐，但再也舉不到肩頭，眼珠像金魚一樣鼓出，臉色由紫轉青。

「鐵哥們，走！」胡亞夫哈哈狂笑，「這事誰走漏風聲，司馬遷就是一面銅鏡！」

「好，誰講出去吊死誰！」斥候們獰笑著。

此刻，兩名後到的斥候剛走到廟門口，被一個自葦叢中衝出的黑影擊斃，奪下兩把劍，繼續前行。門吱呀的一聲被劍撞開，矮小威嚴的仲子口銜一劍，神出鬼沒地闖了進來，一個箭步，竄上石階，突然揚起右手，利劍飛過空中，劃斷梁頭的繩索，帶著颼颼冷風，啪的一聲紮在河伯的胸膛，幽光閃閃。三名惡徒，來不及看清怎麼回事，已在刃下喪生。

司馬遷摔在地上，人事不知。

另一柄長劍脫手而出，直刺胡亞夫，他頭一歪，正好中在木柱上。

「韓仲了！到處抓不到你，送上門來，鐵哥們，上！抓活的賞一錠黃金！」胡亞夫知道仲子的武藝，高聲號叫著，三個轉身跳到斥候們的背後。

不等胡亞夫叫完，鐵枴杖又敲開一名斥候的後腦，往下一拉把他手上的劍磕飛，右手正好接住，憑著一條腿的硬功夫，鐵杖與寶劍並用，虛實難測，探刺如意，殺出常規。這些惡棍本來就只擅長咋咋呼呼，仗勢欺人，極少練武功，有點真本領，也一貫輕敵。仲子闖廟全出他們意外。長期的仇恨積聚在兵器上，唯一廟門被他封住，火把倒在地上，濃煙刺鼻，眾打手眼發花，哪有將軍能沉住氣？

胡亞夫趁著仲子與下屬們拚搏的時候，拾起死者的矛繞到了仲子的側面，對準將軍頭顱狠扎，仲子聽到風聲，又要招架正面對手，來不及跳開，將頭一歪，長矛擦鬢而過，胡亞夫往懷裡一拉，仲子的左耳被剮掉，血如泉湧。但也顧不得許多，鐵拐向後一掃，只聽得噹的一聲，胡亞夫手中的矛被震飛了。

「抓住司馬遷！韓仲子，你不投降，我們就殺司馬遷。」胡亞夫忙著要找劍。

仲子滿腔怒火，心知不能久拼，救太史公要緊，決定出奇制勝，便右臂運足力氣，將劍投出，正好扎在胡亞夫肩頭，胡亞夫向後一倒，雙腿亂畫，仲子再指著他的咽喉說：「叫他們放下兵器，臉朝牆跪倒，俺饒你狗命，快喊！」

「補一劍吧，我不喊……殺了司馬遷！」死期一到，胡亞夫還有點流氓的臭硬，乾脆閉上雙眼。

就這片刻，司馬遷緩過氣來了，他扯掉脖上繩子，一躍而起，拔下河伯胸口的劍，向仲子這邊移動。

「保護自身，別管俺！」

「老將軍饒命！全是胡亞夫逼我們來的。」一個斥候把劍扔到空地，朝牆跪倒。

「丟人！」一個夥伴的長柄矛扎進投降者的背脊。但是仲子的手更快，不等矛拔出，長劍一揮，殺人者倒在血泊中。

就在同一時刻，胡亞夫就地一滾，手剛伸近長矛，矛被司馬遷踩住。從胡亞夫的臉上，太史公看到了李廣利的狂暴和狡詐、杜周的狠毒。

「太史公……」胡亞夫沒有喊完，司馬遷一劍刺入他的口腔。

只剩下三名斥候，大勢已去，但都知道生路已絕，仍和老哥倆苦鬥。

仲子的鐵枴杖神出鬼沒，又得司馬遷相助，戰了二十幾個回合，三名斥候全部被斬。

「兄弟！」仲子擲劍於地，抱住司馬遷。

「仲兄！」司馬遷忍不住唏噓，將頭倚在仲子肩頭。

月亮一落下，帶走了很多熱力，似在哮喘的天空由湛藍變成瓦灰，荒雞鳴起銀笛。仲子踏滅火把上的餘焰，包裹著兄弟倆的青煙正在消散。

「眼前的事怎麼了結?」

「不知道,大不了一死。」仲子跳到香案上坐定。

「仲兄,你的耳朵傷了。」

仲子緊皺眉頭說:「斷耳難以復原,掛著又誤事。父母所賜之體,絕不忍心扔掉!」他咬緊牙關,伸手將耳朵扯下來,填進口中,一伸頸項,嚥了下去。剛要凝住的血又淌開了。

離奇的做法,使司馬遷驚愕。對救命之恩,竟忘了說謝謝。他胸有成竹地跑到門口一望,馬還拴在樹上,正垂下頭啃著草皮。便回到廟裡,從胡亞夫口袋裡摸出金塊,放在仲子的右腿上。

「仲兄,客套話不說,快快逃命要緊!閩越一帶,遠離帝都,找個地方,埋名隱姓,以盡天年,快快上馬!」

「這些屍體怎麼辦?愚兄一走了之,你去投案自首,讓杜周砍你人頭示眾嗎?」

「胡亞夫是小弟所殺,情願償命!」

「俺能看著兄弟伸著脖子去挨刀?說償命你才兩條,俺有九條就該逍遙法外嗎?」

「兄死不能救弟,弟死可以救兄。既然打算一死,不管幾條,後果一樣。為報再造之恩,死得痛快!」

「死得痛快難,活得痛快更難。兄弟讓俺活下來做什麼?」

「擺脫追捕之苦,風塵之累,避禍養老。」

「養到一千歲也寫不出《太史公書》!你一番美意,感俺肺腑。賢弟上有老太史公遺命,弟妹屍骨未寒,弱女孤單。實在不當死,沒有資格去送死。你死,走了一條便宜路,撇下活人太苦。百劫千磨才活到今日，世上好人壞人都太多，不記下來怎麼行？」

「是該寫，可又無處寫，心不靜，寫不好，何況書兒從中作梗……」

「今晚你拾到這條性命，侄女會助你一臂之力，孩子還是熱腸人！兄弟讀書多過俺百倍，本來用不著俺提醒。何謂大丈夫？俺以為是：在別人活不下去的惡劣環境中不失人格地活著；在天才蠢材都無所作為的時刻做出業績。你有和萬世子孫抵掌而談的大手筆。刑辱杜絕了你治國安邦之路，對皇上已無所求。弟妹謝世，你少了人世溫情，也少了治家產等身外之累。災難毀你又成全獨一無二的福人。當公卿爛為糞土之日，正是你精光彪炳之時。兄弟別再胡思亂想，振奮起來，不似愚兄生無益於人，死無損於世。著書無學問，打仗是廢物，種地種不慣，求有慾望而不可得。其心槁木，其志死灰。此生虛度，好生哀愴！雖然俺甘飲白刃，不受人憐。我的立錐之地何存？自欺欺人苟活於世的依據安在？子長，你說俺們的命運哪點像真的？哪點又是假的？不荒唐之極，滑稽可笑嗎？」

「哈哈！哈哈！」老哥倆異口同聲地乾笑著，笑著，在不知不覺間，又變成無聲無淚的乾哭。天地萬物在這哭聲中顫慄，在戰場在刑場儲存的英雄淚可以暢快地流！

譙樓五鼓，天將破曉，寒氣從護城河上升，穿過葦蕩，直鑽廟門，侵襲著死裡逃生的兄弟倆。

時間又恢復了舊日執行的速度。

仲子揉揉眼睛，抓起寶劍，在柱子上寫道：

市井無賴，與妖作怪；

俺韓仲子，為民除害！

「仲兄，你為什麼要自己敗露？」

「為了《太史公書》！賢弟，門外有腳步聲，快去看看，愚兄太困了。」

「此地不是睡覺之所，快快逃走！」

「來不及了，先看看外邊來了什麼人？」仲子把劍遞給太史公，自己倚柱而立，撫摸著鐵枴杖。

「我怎麼未曾聽到？」

「先關上門。」

「好。」司馬遷走到門口，拖開一名斥候的屍體，打算掩門。

「請太史公三日後來認領愚兄屍體！」不等司馬遷跑來阻止，仲子舉起鐵拐對準自己的腦門狠狠一擊，血花四濺，倒於柱下。

「仲兄！」太史公發瘋似的撲過來抱住仲子，將軍本應獻給沙場的血，流遍他的全身。淚水和語言都已無用，一霎時，耳朵眼裡似乎飛進了一千隻馬蜂，一齊鑽進他的後腦勺，由單調的嗡嗡聲匯成雷霆，頭部比石鼓還沉，但是還有一個清晰的近似將軍的聲音在警告他：「子長，你不能暈倒，要挺住，前面等著你去做的事太多！」

他抱起仲子，橫放在石案上。逝者嘴邊隱隱現出一線無愧為人的笑影，似乎哥倆凝合為一體……血已經不滴了。他用臉貼近死者漸漸冷去的額角。

司馬遷深深再拜。他記不得幾時離開河伯廟，怎樣上的馬，幾時到的家，見了書兒說了些什麼。明明是剛才發生的事，好像已經隔了很久。倒是和仲子華山對弈的場面，反而像是昨日。

書兒很捨不得這匹馬，想留給父親乘騎，但又怕給父親惹是非。她向爹提出：「等到天黑之後，悄悄騎著馬到正北關康濟裡，把牠送給牛大眼叔叔好嗎？」

「好。我的頭暈！暈！渴……」

「您先歇著。」

「睡不著。血！你仲子伯伯的血……」他的舌頭轉動不靈，眼光發直。

這個白天很漫長，他的神情恍惚，像醞釀著一場大病。

入夜，她換上黑衣，用藍包頭裹著臉，將馬騎到康濟裡。東屋裡黑燈瞎火，西屋裡正亮堂，小卿書聲琅琅。院門半開，裡邊大門也虛掩著，或許大眼還在詔獄未回。女孩將馬悄悄拴在門環上，溜出巷口，順著大街西行回家，心撲撲通通亂跳，幸而未遇到熟人。

新生的太史公悲悼亡友的哀聲，正好是《史記》精神呱呱墜地的第一聲大哭。

仲子、太公、老太史公、司馬夫人、生者、未生者、死者、賢者、不肖者、酷吏、暴君，在為《太史公書》的催生上，似乎有什麼君子協定，非常默契地從不同角度推波助瀾，共同雕塑著司馬遷這個幸福的不幸者，不幸的幸福人。這支合唱以公正的不公正與不公正的公正為對位法，除了太史公揮舞巨筆，誰能立在喜馬拉雅山之巔，以江河為管絃，時間的流逝為協奏，來指揮這偉大的合唱呢？

司馬遷，頂禮吧！司馬遷，您何幸而生於中國！

接受稽首吧，有幸孕育司馬遷的昊天沃土！

騾魂

一

孩子方面大耳，俊眉靈俏，瞳仁烏亮，皮膚榴紅絲白，笑起來現出一對深深的酒窩，皇帝很喜歡他的純厚與幼稚。無論是猴子、松鼠、狸奴、山雉、孔雀，都沒有孩子好玩。不幸的是，十天以來胖孩舌頭上長著惡瘡，太醫們、長安與外地請來的大夫們用盡各種藥物，舌頭越腫越凶，由紫變青。多虧李福用一段晒乾的貓腸子塞在舌根，另一端插上漏斗，灌進大量人乳，病兒才維持著奄奄一息。

皇帝每天親至病房，這一行動，給大夫們胸膛放上一堆石頭。

兩日之前，有位不到四十歲的大夫提議割掉胖孩的舌頭，一月之內可以康復。

皇帝一聽，先是皺眉頭，繼而笑容可掬地問道：「朕意先割去大夫的舌頭試一試，等長出來之後再給這可憐的孩子動刀如何？」

大夫們全體叩頭，一片哀呼，面如瓦色，提議者嚇得昏死在地上。

「醫生要有割股之心，怎能想出這類下策，難道不怕神明震怒？」皇帝在責難臣僚們的時候從來不檢驗自己的行為，似乎他就是神明的化身，群臣雙股顫慄的模樣更使他沉醉於自己的威懾力。屋裡一片寂然，幾乎可以聽到一根鬍鬚飄落到地上的聲音。他摸摸胖孩的面龐，拂袖而去。

當夜，皇帝接到李廣利西征出師無功的戰報，把信使臭罵了一通。

次日，武帝帶著餘怒來到胖孩床前審視，病情有增無減，急得他像鐵籠裡的豹子一樣來回不停地走動。

還是李福高招多，他備車把孝景帝九十多歲的御醫請來會診。按脈之後沒開方，就被扶到鄰居休息。

「難道山窮水絕？」皇帝跺跺腳。

「臣等駑劣之材有負聖恩……」大夫們在觳觫。

「飯桶！治不好就把你們全都砍頭示眾！」武帝的雙眼熬得通紅，兩腮下陷，顴骨上的皮膚發青，鬍鬚乾枯，顎下和虎口上的神經在突突地跳動，李福加倍膽顫心驚，說不定災難會迅速落到誰的頭上。

武帝抱起胖孩，他昏昏沉沉，舌尖上毒疽有雞蛋那麼大，臉色蒼黃，要吸入三四口氣，停頓一下才吐出一口氣來。

老御醫跪在皇帝面前說：「啟奏我主：胖孩的癰疽十分危重，但據脈象及虎口筋紋未曾發黑，看來尚非死症。老臣斗膽懇求陛下……」

「老大夫德高望重，救人心切，有話何必留下半句？」武帝伸出左手捋著鬍子，眼裡閃出期待的神色，語調變得溫和，李福乖覺地將老大夫拉起。

「昨日門人割舌一說，並無大謬。陛下德被四海，恩及禽獸，不忍使病兒終生瘖啞，然病舌不除，勢必攻心，再過半日，事不可為，悔之晚矣！老臣身受國恩七十年，請陛下三思……」老大夫一領頭，太醫們又一齊跪下了。

「哎，聽天由命！昨日一時暴怒，諸大夫不必階意！」武帝放下胖孩，把御醫們一一扶起。他想到自己也有生病的日子，還要恩威並用。「連日辛勞，內侍傳旨每人賞黃金半兩！」

「謝萬歲！」

「不必，朕在書房候聽佳音。」

孩子的生命很頑強，又得到名醫們的治療，舌頭一割就脫了險，武帝很高興。四十天之後，他又能倒立拿頂，給武帝做枕頭。見異思遷，是皇帝們對待玩物的普遍規律。只因語言不通，沸點過去，逐漸冷卻下來。

※　　※　　※

從御醫們那裡悄悄得知，李夫人患的是絕症，頂多再撐半年便會玉殞香消。伴仙頗善藏拙，決計覓一良機，告假回鄉祭祖，兼為揚言活到二百歲屍解而去的先師修墳，到蓬萊去躲風，順便把夫人賞賜的珠寶送回老巢藏好。

邵翁不願見李夫人，十五年來這女人猶如嫦娥的飄帶，一直拴著他的魂魄。見一回就折騰幾個月，無論是念咒，午夜在官道上狂奔二十里，累得上氣不接下氣；或是連續舞劍一個時辰還多，也休想通宵睡個囫圇覺。睜著眼，屋裡屋外牆上天上都看到夫人在倩笑、在低唱、在曼舞；眼一合上他就返老為白面書生，跟夫人同拜天地，進洞房，喝交杯酒，月圓花好。

他時時提醒自己的處境和角色，一條大河堤可以毀於蟻穴。二十載累積的一切，皇帝白眼一翻便付之東流，還搭上老命。這樣，保持岸然道貌。內心熾烈絕望的單戀，做到滴水不漏，真是地獄裡的苦差。於是慾火點燃了仇恨，報復的武器仍是女人！

他聽到自己非常年輕的心聲：「邵某是一隻小蟲，等第一棵大樹倒下再栽另一株，早已餓死。夫人，真正的仙子！您的井裡水將乾涸，恕邵某無情無義，辜負您的許多厚賞，要先開第二口井，否則晚年富貴休矣！」

有時，又有一個蒼老的聲音在訓斥他：「你這老色鬼、老淫棍、老流氓！陷君王於酒色，危及國運民生，該千刀萬剮！」

兩種獨白惡戰了半年，還是慾望勝過了蒼白的道德。理由是：邵某要活得好！沒有邵伴仙，皇帝也養一萬八千個女人……

邵伴仙有位好友趙無疾，家住河間郡，頗有資財，因為犯了風流罪，受宮刑之後在京師任中黃門，常常和邵伴仙在一起喝幾盅。後來身患重病，自知不起，將唯一的女兒託付給邵半仙，不到半個時辰，就嚥了氣。邵伴仙將他葬在長安城西北三十里的雍門之外。在宮中走動，帶著小女孩總覺不便，就親自把她送交寡母照應，每年探望一次。趙女長到十七歲，寡母死去，見了邵翁，哭得很傷心。

太始二年（西元前九十五年），邵伴仙扈從武帝巡狩回京，路過河間，早已被長安父執們遺忘的趙無疾之女已經出落得一表非凡，新月眉皓齒，雙頰如丹，體態華貴。

六十一歲的老皇帝對李夫人的眷念早已淡化，碰上天剛剛下過一陣急雨，太陽從雲層裡闖出來，一條七彩長虹讓彤雲襯託得華光橫溢。

「李福，召方士望氣！」

邵伴仙知道時機不負苦待人，便披髮仗著桃木劍念念有詞，向東南西北各下一拜，弄足玄虛，再揚塵舞蹈，神祕地啟奏：「請退左右！」

皇帝目光左右巡視，除去李福，郎中們都離開了。

「但說無妨。」

「彩虹投入昊日之杯，我主大吉大喜，此地當有奇女子，貴不可言。按照天意，陛下當訪求納之。臣洩露天機，當減陽壽十載！」

「哦，奇女子？」皇帝的眼睛突然來神。

「此虹西北角稍有卷折，此女當是雙手蜷縮，不見真龍天子，難以伸開。」邵伴仙蒼老語音中帶有折壽的沉痛。

「母雞捉蟲，美女捉龍。」民間俗語不無道理。

「李福，賞他一株珊瑚樹，再派郎中密訪拳小姐，朕要近日召見。」皇帝嘴角現出一條似笑非笑的細紋。

「遵旨！」李福答應得脆響，畢竟是李夫人的耳目，步履很沉緩地退出寢殿。

「那珊瑚樹，請公公選一株高大的！」邵伴仙隨他踱出來。

「是嗎？」李福肉縫中的小眼眨得不太快，似有所待地說，「要是找不著什麼拳小姐、腿小姐呢？吃飯傢伙不是玩的！」

「挑選大珊瑚孝敬公公！」邵伴仙深深一揖。

「哈哈！不用。」李福的拂塵在邵伴仙的臉前一掃，輕輕叩叩他的髮髻，拱手而別。

邵伴仙在喉管裡冷笑一聲，他想：李夫人很快樹倒猢猻散，不愁珊瑚樹奪不回來。

一連兩日沒有奇女子的訊息，李福好不愜意，皇帝坐臥不安。處於九五之尊，不便詢問。

「這邵老兒的話能信嗎？」

「敢誇海口，總有點把握。」李福想用反話來激怒皇帝，又怕話說過了頭，會陷入尷尬境地，盡力保持分寸。

邵伴仙故意枯坐行宮長廊，閉目養神，若無其事。掌燈時分，一輛小車把拳女子迎入寢宮。

武帝也不勉強，便叫四位郎中分別試過，趙女的手指就是伸不直。

「只有請陛下一試了。」邵伴仙伏地叩頭，一副惶恐神色。

「李福你來。」

「遵旨！奴輩已經沒有多大力氣。」憑著侍奉皇帝幾十年的經驗，他看到此女濃麗春色，豔不掩清，異日必受專房之寵。逢場作戲，才能給自己留條後路。他心中暗暗地說：「李娘娘，我是不得已而為之！」李福拉出宰牛般的架勢，鬧騰一氣，也掰不開趙女的雙拳。

武帝總是樂於做小女孩的「忘年交」。他走下臺階，面對趙女，眼中射出驚異的微芒。那是他找了很多年，連他自己也不知道找的是什麼，而今頓時豁然開朗。至於趙女靦腆無語的窘態，還有那臉上的膚色，朗潤、鮮柔，如同西域貢來的葡萄美酒，裝在薄如絲絹般的白玉瓶裡。處子才具備的淡香，貴婦人的嫻靜，小家碧玉的玲瓏，北國名姝妖冶的情韻對他都失去了魅力。說來也怪，是少女烏亮鑑人的美髮，挽成黑油油的蛇髻，喚起許多矛盾的回憶：他厭惡陳阿嬌，和衛子夫疏闊多年，並未忘記她們的妙目與青絲。站在階下的趙女倩目勝過阿嬌，柔髮不亞於子夫，他伸手去掰趙女的拳頭，稍一用勁便伸得筆直，拳內落下一對玉鉤，這場面出乎皇帝和郎中們的預料，一齊歡呼。只有邵伴仙端坐廊簷下面閉目無語，回到國都，便如願到齊魯雲游去了。

武帝特闢鉤弋宮，供趙女居住，宮中尊稱為鉤弋夫人，又稱拳夫人。過了一年，夫人有娠，十四月後生下武帝第六子弗陵。武帝從古書獲悉堯母慶都也是懷胎十四月生貴子，乃稱鉤弋宮宮門為「堯母門」，封趙女婕妤，恩寵勝過其他嬪妃。

二

吃了兩支參，十多隻老母雞，加上小園中四時鮮菜，飯量一添，司馬遷的身板就逐漸硬實，與新的起居比較適應，書兒喜形於色，她以為大河流過深谷險灘之後，總會出現寬闊平緩的境地。

每天上午，他和女兒一起灌園，中午小飲幾杯，帶著微醺和衣而臥，總要到初更過後才起來吃點薄粥，在燈下透過回憶，寫出一些列傳。每到靈感激盪筆不暇書時，他或狂歌不休，或淚溼襟袖，悲人自悲，為自人生高峰淪入地獄的傳主傾吐不平，為默默屠狗守城捨生取義的壯舉而擲筆徘徊，向蒼天發出許多疑問……

書兒很解事，四更將至，她總是側身輕步送來村醪、花生豆、豆干，或是一塊新烙的油餅，一碗滾熱的小米飯，悄悄放下便走，不與父親交談，怕打斷他的思緒。

食物和天倫之愛生出不同的熱能，推動太史公的思維，將血肉悲喜賦予他描寫的人物與事件，折射出時尚。

女兒把油壺提到自己臥室，燈盞裡的油只能點到四更，寫作不能在月光下進行，燈滅之後腦子活動範圍更廣，跳躍得更快，往往失眠。在大多數夜晚，擱筆之後獨步園中，與星河對話，倚樹數著自己的脈搏，再舞劍一回。或者將石塊從東邊牆角搬到西邊，第二夜再搬回來，藉以尋求累極的甜睡。

離群索居，鬱鬱寡歡；和熟人恢復交往，面皮良心過於委屈；與鄰人打交道，是非和無意的村言閒語，同樣傷及內在的創口。

經過多次動議，司馬遷才同意和女兒一起去趕一次集，在陌生人流中去看看熱鬧。她怕父親碰到熟人，特地讓父親換上了太公的短上衣和犢鼻裙，雪白的汗巾繫到鼻孔下邊，大竹笠罩著眉心。天一放亮，吃飽喝足就登程。出村不遠，花了十文銅錢，搭上載貨不多的馬車，和車夫說說笑笑，倒也輕鬆，此人是業餘的巾舞行家，今天便有演出，他歡迎司馬遷逛過街後到廣場上去看舞劇，爺倆欣然首肯。

擁擠的人群，使街道變得更狹窄，馬車要繞道後街，方能進入廣場。一到街頭，父女倆就下車改為步行。

除去店家敞開大門歡迎顧客之外，街兩邊沒有門面的牆下，擺著許多大鍋，地上鋪著篾蓆子，許多食客跪坐在席上，就著矮几吃得很香，店家肩搭長巾，立於白布頂棚下面，挺著圓得幾乎垂到膝上的大肚皮，笑容可掬，張著油亮的嘴，招徠著顧客：「老雞婆湯，野兔肉包子！賽過熊掌駝峰，天上蛟龍肉。喝一口，香一月，聞一聞，香三天，吃個飽，想三年，香噴噴，一風吹五里，饞嘴老貓聞到摔下爬不起。哪位客官來嘗嘗，先嘗後付帳，肉孬不要錢！」饞嘴的孩子們歪頭注視著沸騰的鍋裡，連連嚥下唾沫。

「爹，您小時候也好吃嗎？」

「那可是，比你和這些看人嚼肉的孩子凶得多。」

「有意思！」

「本來人都好吃，越吃不上越想吃，長大之後，怕人嘲弄，裝作不愛吃的樣子給別人看。好吃無罪，孔夫子還講『食不厭精，膾不厭細』。一點不好笑。來，掌櫃，來三碗羊肉泡饃。」

「是啦，請上坐——！羊肉泡饃三碗來！」掌櫃的嗓子真能聽小半里路遠。

「爹，您又餓啦？能吃下那麼多？」

司馬遷哈哈大笑，拍拍三個半大孩子的背脊說：「上席去吃個痛快，請！」

「這位客官是……」掌櫃有點摸不到頭腦。

「我請這小哥仨！」司馬遷特別開心。

「有意思！」書兒也破顏一笑。

「還不謝謝大爺！我再給你們加上塊板板實實的後腿肉。」掌櫃飛快地旋動著魔術家一樣的手，轉眼之間，半塊面盆大的厚餅，被撕成小丁子，然後把羊肉切得像紙一般薄，放在漏勺裡，下鍋打個滾，分到饃頂上，再澆上翻花的湯，本已完事，為了表示慷慨，特地從鍋中撈起三塊大骨頭橫放在碗口，幾乎要滾落灶臺，用誇張的忍痛之態說：「反正是蝕了本。這位大爺解囊，俺也得做個模樣給孩子們開開眼界……」

半大的男孩帶著兩名總角少年，向司馬遷和書兒下拜，他領頭說出真誠的祝福：「願爺爺多福多壽，多子多孫！願姑姑將來大富大貴，一人之下萬人之上的姑爺位列三公！」

兩少年鸚鵡學舌一般，不太熟練地複述一遍。

司馬遷哈哈大笑，並沒有在意。書兒的臉上掠過一陣寒霜，但也不好說什麼。

爺倆前行數步，父親皺眉嘆息。

「野孩子話，爹別生氣！」

「我怎麼會那樣沒心胸，是覺得為吃一碗饃竟要下拜，這世界太糟蹋人！可惜飢寒的孩子太多，我們太清貧……」

「爹爹看那裡多新鮮！」女兒岔開話題，指指一大排黑棚下面成堆的賭徒們，像正在作戰的蟻群。

地上鋪著青石板，被賭客的手摸掃得油光水滑，極少浮塵，每座棚下都坐著莊家，有的腦滿腸肥，下巴掛著三道肉箍，細小的眼珠特別機靈；有的骨瘦如柴，面孔蠟黃，貌似鎮靜，其實很慌張，如同生著熱病的大瞳仁織滿紅絲，在掂量著顧客的腰上纏著多少賭本。分散在各個攤子上的，除去幾名莊家串通一氣的職業賭棍衣冠都麗，剩下盡是平民百姓，面目黧黑，衣衫破爛，處於高度的興奮中。

從人縫裡送來一串揚揚得意的笑聲，那妄自尊大、自以為是的味道溢出聲外，異常熟悉，但又很難記起是在何處聽到過。太史公不覺停下步伐，遲疑了一下。

「爹不想去看看？」

「哦……」他踽踽前行，猶若斷了線的風箏，眼看快要沉落，忽然又出人意料地騰上天空那樣，不連貫的思想脈絡又接上，他終於憶起，那是當今世上最大的賭家——劉徹的笑聲。

他信步來到棚下，不免大失所望，尖聲假笑的坐莊人其貌醜陋，大而無當的頭，鼠眼，塌了山根而看不到鼻梁，鬍子又黃又稀，外露的狡猾，誰看了都會厭惡。那賭棍裝作虔誠的樣子，把蓋著陶碗的碟子搖上幾下，表情與劉某在泰山封禪時的做派異曲同工。錢串放在石上的聲音，為坐莊的傾吐出人世間最悅耳的頌詞。頓時，所有的賭客變成一個整體，如同一株大樹的許多枝條，神經貫通，呼吸一致，伸出數不清的手，以不同的節奏和幅度，瘋狂地彈著一架看不見的古琴，曲名可以稱之為〈貪婪贊〉。在升降浮沉的指尖，指甲睜著死魚般永不眨動一下的眼睛，牢牢盯著賭注和賭具。司馬遷嘀咕中的年月，護從皇帝出獵上林苑，熊奔猿哭，兔倒狐呆，駿馬錯雜，弦鳴霹靂。皇帝射倒一隻黃羊，牠帶箭奔突，還想逃命，狗監及時開啟銅鎖，大頭扁臉、劍齒外突的遼東大狗，毛色枯紅，尖端有兩粒米那樣長的一段雪白，奔跑起來，如同一團烈火閃動著銀光，吠聲淒厲，喜歡拖著長音，眼光都嗜血，與這些賭博者相似得令他震驚。

一位左手只剩下拇指的大漢，牽著一頭牛，牛背上坐著掩面啼哭的青年婦人，嗓音嘶啞，肩頭抽搐。那大漢嚷道：「俺的賭注來了：牛和女人，輸掉絕不反悔，贏了就戒賭，下回再玩就剁掉這末後的一個指頭！」那股邪勁簡直是惡煞。賭徒們信奉的道德是扒下一切人的褲衩子。封建官吏可以從黑棚得到許多收入，就任這些膿瘡泛濫成災。

這場面使太史公目不忍睹，又無法改變，只好拉著女兒快步穿過人巷。一會，遠遠聽到牛背上的女人尖聲哭泣，她逃不出命運的血盆巨口。

稍前，又是一番景象，路南全是賣鳥的，各式各色的籠子花樣百出，大顯神通，從獵鷹、巨鷲、貓頭鷹到八哥、畫眉、黃鶯、百靈……不下百種，笙簧協奏，也沒有鳥們的和鳴動情，似乎是春的歌喉在技癢，不露一手絕不罷休。也有編籠高手，當場獻技，滿足顧客要求，穿插在一堆堆的鳥當中。還有專賣養鳥用品的小販，擺著小米、樹種、碎蓮子、薏米、穈子、禾子、稷子、糝子、水盂、鳥食杯，也有捕鳥用的網罟等等。

路北賣的全是菜種子，西域來的苜蓿塊莖，和遭到繩索束縛，弄得自然形態全失的奇花異草，品類繁多，顧客寥寥。

「我若有大宗銅錢，將這些鳥全買來放掉，籠子堆起來燒光，把花花草草身上的繩索割斷，讓它們活得自在。可惜……」司馬遷喟然而嘆，「你爹是個不快活的人，又過了到任何地方都可以快快活活的年歲，你爺爺健在的日子，不像我活得這樣費力……」

沒走多遠，是賣野味的，獐、兔、鹿、雉，不下二三十種。書兒買下兩隻山雞，打算帶回去給爹下酒。

一陣陣鑼鼓，此起彼伏，廣場一邊是些猴戲、雜技、百戲，比起往昔宮廷見到的表演都很粗糙，引不起太史公圍觀的興趣。擠成裡外三層的都是些小市民與半大孩子們，吵得沸反盈天，炸耳欲聾。

廣場便是集市盡頭，破破爛爛的帳篷上打滿補丁，已然看不出原先的色彩，儘管簡陋，裡面飄出的樂聲卻非常真摯、動聽。門口停著爺倆早晨搭乘過的馬車，一匹大菊花青就著木槽，悠閒地嚼著谷稭。

爺倆走入帳中，地上鋪著葦子，有七八十位觀眾，坐北朝南，留下兩丈來寬，一丈多深的空場，專供表演之用。坐於觀眾對面的是五位舞蹈者，他們背後有八位樂師，兼任幫腔。引子奏畢，滿座寂然。

書兒被純樸生動的樂曲所吸引，便輕聲問父親：「這是哪裡的歌舞？」

「邯鄲、中山、常山一帶的民謠，說的是濟水（漢時在冀州另有濟水，與山東濟水同名異河）邊上的商人，去洛陽謀生，辭別母親的情形，看下去便知。」

頭上頂著長巾扮作母親的車夫看到了父女倆，揚起頭巾向他們一笑致意。

合唱聲雷鳴而起：

吾不見公姥（讀母）！

公來姥，何為茂？

當思明日之土！

每句有許多助詞，用以和聲。

母親用女聲唱道：

去何為？

兒子唱道：

士當去，

城上羊，下食草，下食草！

母親唱：

汝去三年吾亦老，吾涕下！

合唱：

昔結馬，客來當行。

度四州，浴四海，

熇西馬蹄香，

洛道五丈渡濟水。

合唱時，母子起身，頻頻拭淚，難解難分。繼之跑圓場，速度漸快，名曰「健步」，舞巾。

母親悲歌：

誰當求兒？母何意零？

誰當求兒？母意何零……

巾舞進入高潮，逆風而行，長巾矯若遊龍，後來飄起，凌空旋轉。

母歌：何吾！（啊，吁！）意何零！

子歌：以邪！（咿，呀！）……
母歌：何吾！使君去時意何零……
子歌：以邪！使君去時，使（未）去時，
母歌：思君去時意何零！
子歌：以邪！思君去時，思吾未去時，
母歌：何何吾吾……[08]

原始歌舞展現的天倫之情，有別於司馬遷在汨羅江畔所見到的娛神節目〈九歌〉。神話雖是泥土孕育出來的浪漫奇花，總不如凡人小事的哀痛持久。他想起早逝的母親，心頭火辣辣的，在酷刑中，他呼喚過慈親，平時絕少憶及，夢中晤面不多，那耳際飛動的一綹灰髮，鼻溝悲憫的線條，魚尾紋裡的風風雨雨，都日益淡化、遙遠。於是，愧疚之情油然而生。

悲喜隨著父親的書兒抓出一把銅錢撒在蓆子上，扶著太史公走出帳篷。

「爹可餓？」

他搖搖頭。

「找車回家嗎？」

「走，捎帶看看莊稼，也散散心。」

「陪伴爹走走也痛快。巾舞真有回味。」

[08] 〈公莫舞〉亦名〈公英巾舞〉，見《樂府詩集》卷五十四。凡三百一十三字，語助詞和聲詞過多，難通讀。試摘成歌舞劇劇本。依據楊公驥先生標點本（《中華文史論叢》一九八六年第一輯）。

「簡樸渾厚。我……」女兒的關心增加了他對自己雙親的歉意。

肩挑負販的人流還向市集奔湧。

在熱鬧中有點興奮，似乎回到了某種久已嚮往的境地，雖然也說不清嚮往的是什麼，也許只想給日子撒點香料變變花樣的朦朧意象。絡繹不絕的老老少少擦肩而過之後，他又覺得自身是局外人，興奮逐漸被過客們攜入鬧市，接之而來的是枉擲精力的失落，遠遠不如看些書、寫點文字，心裡更踏實。

再走一點，他忍不住嘲弄自己太不知足。女兒沒有穿透父親意識的能力，還算愜意。鼻尖淌下細小的汗珠。

行人漸漸少，司馬遷燥熱地將斗笠掀到脊梁上背著，敞開領口，陣陣駘蕩的春風，微涼的暖意輕拂人面，挺能提神。

迎面走來一位壯漢，大襟解開，犢鼻褲繫在肚臍眼下邊，胸口的黑毛，上接絡腮鬍子，下邊連著肚皮。他牽著一匹個頭矮小的瘦騾，乍看之下比普通的馬駒子大得有限，骨骼精煉，不屬於常見的川馬型，但毛色褐中透灰，一如黃河激流的色調，又是罕見的品種。

牠步履艱難，左前腿一走一瘸，全身鬆垮的皮也隨之波動。

碰到司馬遷與書兒，那牲口昂起頭來。壯漢一看就拽轠繩，牠紋絲不動。

那漢子退回一步，啪啪抽了兩鞭。

牠仍舊站在路邊噴了個響鼻，張口朝著飛雲一聲長鳴，微啞中帶點悶雷的尾聲。

父女倆對騾子都沒有在意，就走了過去。那漢子目光陰冷，用對司馬遷蔑視的表情，嚥下兩口唾沫，鞭梢從司馬遷頭上呼嘯而過，炸了個響炮，重重地落到騾子身上血跡斑斑。

那牲口可不馴服，眼中射出桀驁的寒光，平地一跳，猛地擺頭咬住轡繩一賺，那壯漢往前一栽，幾乎摔倒。牠突然揚起雙掌，一陣快步追過司馬遷和書兒，橫立在路當中，大口喘著氣，左前腿懸空，離地約莫五寸，痛得亂甩。

司馬遷定睛打量，牠瘦得骨頭差點要伸到皮外來，一根根肋骨清清楚楚，連連扇動。脊椎一根一根排列著，猶如一把缺口的刀。渾濁的瞳孔水汪汪的，右耳只剩下三分之一，直立在紛亂鬃毛中，左耳耷拉下去。全身長著癩瘡，小片有巴掌大，溼漉漉地流著黃水和白膿。毛結成許多疙瘩，馬蠅牛虻鑽在裡面亂拱，任牠擺斷禿尾，一點也不買帳。也許是使勁過猛，牠臀部向後一伸，拉出一串糞球，上面全是綠豆大的小蟲，書兒下意識地用袖子掩住鼻孔。

「書兒，是我們家的小黃驃！」

「是嗎？」女兒有些狐疑。

司馬遷顧不得牠身有膿瘡，伸出雙手，牠向前三步，一瘸一顫，其艱難不亞於躍過三座高牆。牠伸出了溫軟的長舌，舔著舊日主人的指尖，舌頭當中有三條很深的斷裂紋，紅苔、白苔、青苔交錯在一起。

「爹，是牠，這眼睛女兒還認得！」

「小黃驃！」父親有點哽咽。

「爹，牠有病，會不會對您不利？」

「牠不勢利，依舊是當初的情分……人能不如一匹騾子？」

那壯漢不由分說，抓住皮帶就拖：「對不住，勞駕閃開，俺要趕牲口去宰！」

「去屠宰？」司馬遷大覺意外。

「可牠殺不出肉來呀！」書兒也憤然。

「不殺留著又有什麼用場？俺也是打碾坊裡買來的，老人家還想買回去餵嗎？」壯漢用牲口販子看馬的目光，把父女倆從頭端詳到腳，再起腳打量到頭，揣摩如何賺上一筆錢。

「你要多少銅錢？」司馬遷問得懇切。

「是呀，您要多少？」書兒掐掐父親腕子，示意他別上當。

「小本經營，千里離家只為財喲。先看看老人家可誠心買？」

「牠病得好可憐，惻隱之心人皆有之，當然要買。」

「那——得八串大錢，少了不談。」

「哎，一匹半死的騾子那麼貴，又不能刮下金子來。爹，走吧！」

「這……」

「走！」書兒拉著父親的袖子。

「走，嚇唬誰？」那壯漢牽著病牲口，又是兩記響鞭，傷疤錯縱，湧出紫血珠。「瞎貓專逮死老鼠，這回吃定一嘴子！」

騾四蹄生根，巋然兀立，戀戀不捨地回過頭來。

「書兒，買下牠。」

「只給三串，其實給兩串也準會賣的。我們又不是大財主……」

「少一個銅錢也不成！俺將本求利，論堆賣，就這樣的貨色，又沒遮蓋，願者成交，誰也不勉強誰。捆綁不成交易，您走陽關道，俺走獨木橋。」

「書兒，人太精明就蠢，清楚不了糊塗了，給他吧。」

看到幾年貧苦生涯給女兒個性帶來的變化，司馬遷忍不住憂鬱。

「老先生，再不買俺得漲到十串。」

「哦？」司馬遷有點愕然。

「這會就得八串半，少一根針也不成。」

「你做生意太不規矩！」書兒生氣地說。

「這年月，規矩人不餓死也得蛻掉一層皮。八串六十！」壯漢像獵人欣賞中箭的鷹落在平川掙扎似的。

「怎麼這樣貴？」司馬遷也大惑不解。

「騾子是平常，可牠福大命大。左內史大人買回給少爺騎著玩，牠摔斷了腿，少爺差些沒命，大人一氣賣到碾坊。幹活不肯賣力，停停走走，走走停停，個小，心眼大，攆起母馬仨人也拉不住。老闆想養點膘好賣錢，一氣閹了它，馬廄沒人打掃，料是全免，草也不多，一下得了破皮風，過了十多天，踩蹄子、亂叫，喉嚨喊啞，老闆煩透了，就賣給了我。我在十天前就請廟祝老爹算了一卦，說是上巽下坤，是觀卦第六十四爻：『觀中之光』，還算吉利，想不到這光要沾客官的，沒有八串七成交，光在哪？」

「書兒，別再絮叨，給他八串！」

「那我們爺倆吃什麼？」

「天無絕人之路。好孩子，給他，我這裡還剩點酒錢，也湊上。」

壯漢接過一把銅錢掂了兩下，呵呵大笑：「這心裡伸出一隻小手來要九串，可嘴裡說不出，到底不是當官的坯子。瞧您老人家是位大善人，我也得憑良心，不能把您鍋裡一點麵粉都剔下來，您給八串半，多要是王八羔子！」

「書兒，加一串！」

「爹，你怎麼啦？」

「客官，不，甭加！」

「你敢把貪心說出來，一兩串錢買句真話夠便宜。」太史公苦笑兩聲，習慣地摸摸下巴，代替撚鬚解頤。

「俺不做王八羔子，錢再好，不能罵老娘，俺狠狠心，只要八百二十錢，不能欺侮老實巴交的爺們。」他的模樣挺滑稽。

書兒抿嘴一笑，把一捆錢朝他扔去。

壯漢把韁繩遞給司馬遷。司馬遷搖搖頭，將皮帶繩子繞在騾脖頸上，拍拍他傷殘的耳朵，大步朝家走去，牠一瘸一顛，吃力地跟在父女倆後面。

馬販子瞪著眼看了一忽，猛然追過司馬遷，平肩舉起雙手攔住去路：

「慢來！小子販馬三十年，頭一回看到牲口跟生人走，這是天意，牠命不該絕。這把大錢奉還給客官打酒不醉，買菜不撐，一丁點小意思。到手的財氣是難捨，如刀割肉，還是狠狠心……」

「不必如此，這騾子的遭遇跟某些人何其相似乃爾！多謝！」司馬遷斂眉苦笑，「你能回頭追上來還錢，足以使我父女感動！」

「客官，俺的財氣從馬賺得。您不像吃馬肉泡饃的人，誰肯買這麼貴的假馬肉？小子有眼無珠，說不清您老來龍去脈，總覺著行事說話與凡人不同，這廂有禮！錢算俺送給財神爺——這匹小騸騾治病的。您老跟小姐多福多壽，多子多孫！」壯漢把幾串錢遞給司馬遷，揚長而去。

司馬遷皺起眉頭，鼻梁上端的陰影像一隻小小的蝙蝠，久久不動地看著壯漢的背影。

書兒用肩膀撞撞父親的右臂：「走。」

「像杜周那號人畢竟少！」

「一個就把長安的水攪渾了，多了還受用得起？」

司馬遷撫摸著小黃驃身上青一條紫一塊的瘡面與鞭痕，說不上是故友重逢般的歡欣，還是為和自己同命的騾哀痛，心猶同一片雪谷，空曠無底，一部書稿和淪落的好牲口也難以填平……

「爹可累？」

「不累。」

「您走不動吧？」女兒看他的步伐沉重。

「哪裡，走到咸陽也不要緊！」他的腳步一加快，小黃驃也勉強跟上，剛才的興奮把牠殘剩無多的體力耗盡，似乎是靠意志在舉步。

「書兒，我帶小黃驃回家，你上藥鋪買二兩水銀，打一大塊生石灰捎回來熬藥，等等，添乳香沒藥兩味，都是一兩，全碾成粉末。」

「爹又不是獸醫……」

「讀過藥書，太史學醫，如刀割雞。這匹騾子會治好，不敢說日行千里，跑六百不難。」

「爹想送給太公騎吧？這些年沒買著關東大黑驢，他老是抱怨。」

「不怪他。阿黑真出色，可惜死去了，小黃驃比不上牠爹，吃苦耐勞還行，要的草料也有限。扯遠了，快去。」

小黃驃走進院子，就在沙地上躺倒。

司馬遷喝過一杯茶，便脫掉袍子，把靠西院牆的柴房騰出來做馬廄，大劈柴架在廚房屋簷下面，細碎木塊堆放進灶房。

「爹，讓女兒來，您快歇著！」女兒進門放下藥，就把他拉到樹蔭下坐定，看著小黃驃，自己去收拾房屋。

司馬遷摸摸馬的斷耳，有些燙手，樹下有不少嫩草，牠一口也不咬。拍拍它的肋骨，聲音清脆，按按腦門，沒有腫脹的跡象，撩起病腳，才看到腋下盡是大紅斑點，蹄縫裡面正在拱膿，爛了個洞，發出腐惡的氣味。他模糊地感到牠身上的創傷，正是坎坷生涯寫成的「列傳」。那眸子裡雖然乏神卻親切，充滿著信賴。司馬遷的肩頭放了無形的重荷，怎忍心拂逆牠的企望？同是零餘的殘生！

傍晚，書兒準備好酒食，到鄰村去請綽號「馬扁鵲」的著名獸醫。看在太公金面，他總算來了，翻翻馬下垂的眼皮，掰開嘴唇看過舌頭，便建議送屠宰店。無論司馬遷如何挽留，他還是負疚地辭去。送走獸醫，書兒端出一大盆麵湯，放在小黃驃面前，牠的下巴垂在地上，顯然沒有食慾。

「起！」司馬遷拉著籠頭連聲吆喝，牠費了挺大勁頭才用前膝跪著，身子卻無法抬動。司馬遷怕牠受涼，用挑水扁擔插在牠的前腋下，叫書兒幫著一抬，牠才搖搖晃晃地立起，全身骨骼幾乎散了架。

馬房裡掃得很乾淨，沒有霉爛味。地上鋪著一層乾草，有半尺多厚。牠倒在草上，呼吸更窘迫，處於求生的掙扎中。

「請爹用飯！」

「別忙，弄停當再吃。全看這三兩天的工夫，背水一戰。你趁著天沒黑透去弄些苦楝根皮，總得要三大碗，先打蟲治瘡。我從河伯廟回來吃剩下的七服藥先用鐵鍋架劈柴煎上。」

女兒不敢怠慢，熬上藥物，提著钁頭竹籃子去刨苦楝樹根。

司馬遷在灶邊支起風箱，架起爐子，點著炭火，熬煉水銀，提取紅粉。

掌燈之後，女兒滿載而歸，鍋裡的藥已煎出汁水，濾在瓦盆之後，續煎第三汁。

司馬遷從太公屋裡找出銅漏斗，用井水洗乾淨，才和女兒匆匆用餐。因為忙，沒有喝酒。

紅粉煉成，兌上八成石灰，添入乳香沒藥，拌成桃紅色粉末「九一丹」。

小黃驃的脖子枕在矮凳上，父女倆各自坐在一頭，將凳子穩住，從梁頭拖下一條粗繩，穿過牠的牙縫拴住上唇，騾似乎知道在挽救牠，聽從擺布。當主人抱住牠的脖子時，牠又伸出舌頭來舔舔他的手。

漏斗穿過棕繩插在騾嘴裡，書兒右手提著銅壺灌上一口藥，讓騾自己吞嚥，如果牠不肯吞，左手一拉梁上的繩頭，牠的嘴被迫一張，繩子突然一鬆，牠只好嚥下藥水，才能喘氣。一壺解毒湯餵完，爺倆都一身是汗。

前些日子，爺倆當下手，看著太公替鄉親們治牲口，牛馬都要先被綁在大樹上才能餵藥。老人分文不收，牲口主人送來一瓢雞蛋要書兒炒給太公下酒，還不讓他知道。今天小黃驃沒有上綁就灌完藥，一股靈氣招人疼愛。

「爹，看牠能活嗎？」

「有八成把握，牠真懂事。」抽去漏斗，他用鹽湯洗著瘡，揭去瘢殼，塗上麻油，再敷上藥。

「爹，蹄子不洗嗎？」

「蹄子有漏管，過幾天用滾油一斤灌進傷口燙過，再敷上藥讓壞肉爛盡，重長上新肉才會好。要把牠綁在樹上才可以動手。」

「那該多痛！」

「沒有別的辦法可以弄好牠。」

四更來天，馬耳朵變涼，父女倆又燒成苦楝根皮濃汁，這玩意太苦。牠不像發燒的時候那樣馴服，從嘴角漾出了四分之一。司馬遷累極了，抱不住馬脖子，書兒解下絲絳，將牠頸子拴在矮凳上，雖然牠比白天多點活氣，還不能掀翻兩頭坐著人的木凳。

創造奇蹟的誘惑力，是人類思維機器不可缺少的奶油。在小黃驃僵臥的三個晝夜，父女倆不知道哪來的一股信念，認定牠能重新開始奔騰，一籃籃的豌豆苗，用筷子夾著，一根根地塞進牠的牙縫，等到嚥下去，花的時光比爺倆一頓飯的工夫還長。司馬遷怕牠不耐春寒，夜間還在屋裡生上火。為了幫牠發汗，將牠埋在乾草當中，又蓋上他的袍子。

有時，騾喉間咕咕嚕嚕地響幾下，父女倆屏氣凝神地試著牠的鼻息，唯恐牠要嚥氣。可是憋了一陣子，又喘過來了。

有時，女兒懷疑餵豆苗的效力：「爹，弄不巧小黃驃沒治得站起來，反而把你累倒了。白天守著，夜裡隨牠去，聽天由命！」

「一天分成四段，也有小小的春夏秋冬，冬季就是黎明之前，病人在那時候死得多。牲口怕也一個樣。」他繼續張羅，毫無倦意。

有一天破曉，他走出馬廄，到院子裡伸伸腰和四肢，受到一種突然而來的意念啟示，子長朝天一揖，虔誠地禱告說：「昊昊[09]者天，沉沉者地：若拙著《太史公書》可以完稿傳世，則小黃驃安然無恙；不能成書則治騾前功盡棄！」

第二天他憶起此事，覺得把牠當作占卜的耆草，有些荒唐。兩全其美斯為上策，即使史書難望成篇，也願騾子早日復壯。

「剝極必復，否極泰來。」[10]小黃驃的蟲已驅淨，瘡口癒合，重生的新毛，特別光潔，行走日益靈活，蹄漏是治好了，每次剛上官道還有點跛，走到五里開外就完全正常。牠從太史公那裡得到了書兒毫不嫉妒的父愛。書兒想牠能給爹爹平平常常的日子添點亮色，連感恩都來不及呢。

三

李夫人一躺下便是兩個多月，幾次掙扎著要起來，總是剛剛披上衣服，胸口就像捆上十道白綾，只好又倒在榻上喘息。

皇上幾番差李福送來湯藥，太監每次告辭把褪了色的老調重彈一遍：「娘娘越過越風光，真漂亮得無以復加……」

頭幾回，李夫人聽罷，慘白的臉上綻出幾條笑紋，一邊搖頭，一邊在心裡說：「我本來就不會老，且等病好，還要和那些土妖精較量一番呢！」這回無效，心悸加上頭漲，使她恢復了神智的清醒。

[09] 昊昊，音浩浩，浩茫明朗的天。
[10] 《易經》剝、否（讀音丕）皆凶卦，復、泰皆吉卦，禍福可以轉化。

「多謝你一番美意！好心的謊話別再說。你不想得點賞賜吧？我把這支七寶鳳頭釵賞給你，要講實話：我是老了！」大滴熱淚從她剛剛現出的魚尾淺紋中流到枕邊，沁溼了一大片。

「娘娘說哪裡話來？比起二十多年前，您是見點老，可比起各地選來的丫頭片子，您還是仙人下凡！只要貴恙一除，甭仨月調養，娘娘一聲唱出來，萬歲在半里之外也會聽得心裡癢癢，搔也搔不著。您千萬保重，奴輩每天晚都焚香禱告上蒼：情願自己少活二十年，保佑娘娘長命百歲！」

「一樣的話從你牙縫裡冒出來比人家唱歌還好聽！你呀，恭維人甭打草稿……」李夫人也抿著下唇笑了。

「萬歲駕到！萬歲駕到！」簾外，鸚鵡又在叫。

「李福，餵牠一把蛋奶油炒小米吧，牠跟我一樣可憐……要是我『走』了，你把牠給放掉，讓鳥活個白在。」

「娘娘怎麼盡說不吉利的話？一百歲是請邵伴仙花三天三夜查算出來的，沒錯。快別胡思亂想，加重病情可不是鬧著玩的。」

「放！一定做，這就去放！籠子是一座大墳墓，一大堆活蹦亂跳的活泥俑，爭風吃醋，鬥寵比妍，都要殉葬……」

「娘娘快歇著，放隻鳥早早晚晚都不遲，別說傷心話，牆有洞，壁有耳。傳到萬歲耳中對您和奴輩都不好哇……」

「哈哈！好又好到哪去？讓我當皇后，你當中書令嗎？皇上想做早就做了，誰也攔不住。肉掛臭了，貓吊瘦了，沒勁！」

「奴輩還得侍候聖駕，告辭！」

「你心裡只有皇上，沒有別人！」

「蒼天可鑑，當然還有娘娘呀！」

「有我？」

「你告訴我：新選入宮的尹家小娘子憑什麼進為婕妤，邢家小丫頭憑什麼封螳娥。她們真是絕代佳人嗎？」

「哪裡話？她們雖說封了女官，單看也不算醜，可見到娘娘就是燭碰上了月亮！」

「真的？」

「說半句假話爛舌根，告辭！」

「回來！」

「娘娘有何吩咐？」

「你說『告辭』的當下眼睛一亮，鳥也忘了餵，可見早就想走，連三歲孩童也瞞不過。」

「好娘娘，滿宮上下都說奴輩是娘娘心腹。娘娘不相信，奴輩只有剜出心肝來表白忠貞。李福一死不當緊，旁邊人看著寒心，誰還能給娘娘辦事？」老太監慌忙跪下，叩頭不已。

「去吧，剛才言重了，是想留你說會話。我心裡像座沒門窗的房子，難受啊！」她指指門外，淚雨婆娑。李福機警地走到院中一看，乾咳兩聲，沒人搭理，又走了進來。

「娘娘這等模樣，奴輩真恨不得分身倆人，一個走，一個留下……」宮門深似海，李福覺得孤單，連睡著之後也得豎起一隻耳朵聽萬歲娘娘傳喚，睜著一隻眼在一鍋翻花的辣椒湯裡求生機，又向誰去傾訴?他一人所想的是真話，嘴角悄悄告訴心，心悄悄告訴嘴就一多半是真的，告訴別人的話都是假的。

「外邊……」夫人很謹慎地望著他。

他搖頭示意，沒有偷聽者。

「老叔，有件事求求您老人家!」夫人推開被子，跪在榻上。

「娘娘快躺下，這……折煞奴輩了!」

「您在我們家十年，一根針放哪，您全知道。後來淨身進宮，受天大委屈，全是為了照顧我……」她哽咽不止，「求您說明白，二哥延年和我的生父是誰?」

「當然是寵你母親多年的左馮翊李老大人曦，人都過世三十載，還問他作……」他像赤著脊梁臥在一堆螞蟻上。

「母親臨終前說我爹還活著，就在我身邊。問她姓什麼，她一個勁哭，到嚥氣也沒再開口。我身邊除了老叔還有誰?聽她說您萬貫家財，都花在母親身上，一輩子為了我們的家，比黃連還苦十分。您就是女兒的爹爹，弄清這事就安然去見母親於九泉之下!爹爹，女兒不孝順，老跟您撒嬌挑刺找碴，也是心裡太黑，求您寬恕……」

「娘娘您病了，奴輩……等您病好了再給您說清楚，老太太臨走說兩句胡話，可別介意。她看我孤身一人，想娘娘對奴輩好點，奴輩沒偌大的造化……」

「病是好不了啦……」

「哪能?多則十天，準好無疑。明天再來看望娘娘，眼下真有急事……」

「別忙走!您偌大年紀，悄悄認這丁點骨血，不傷害別人一根毫毛，還怕什麼?就算皇上知道，還能拿您怎麼著？」

「是就是，不是就不是。冒認國戚要砍頭！老奴不想再妄生是非。娘娘讓奴輩一條道走到底，平平安安終了天年就是福！」

「皇上賜您的東西，女兒送您貓眼、蠶豆大的珠子，沒出十天，也到了母親手上。試過八回，一次不誤。這又為什麼？」

「年輕時喜歡一個人，當奴僕受罪也高高興興，進宮更忘不了！」李福不等淚水流出睫毛，就迅速拭掉。

老太監退去，留下黃昏的靜謐。

夫人連連翻身，沒有找到舒服的姿勢。

「娘娘，有事嗎？」簾外蓮蓮在問。

夫人沒有搭理，她慢慢地睡著了。

不知從什麼時候開始，樂曲又在她耳邊頑強地響起，音量逐漸擴大，俄而塞滿空間。一群舞者在庭下排練，時光似在倒流。她撩起裙裾，鼓足餘勇，闖進青少年舞倆們的中間，似乎騰空而飛，異常舒展，全身骨頭可以扭彎，腳後跟並不費力就踢到髮髻頂端的鳳頭釵，肌肉血液失去了重量，隨心所欲地旋轉，沒有阻力，一丁點也不累，無形的浪潮，也許是她厭惡的樂聲託著她、推著她，像驚鴻，撒花雨。

「可惜這麼蓋世的舞蹈沒讓萬歲看到，那些一步登天剛剛選進宮來的騷蹄子，能舞得這樣圓捷俊逸麼……」她痛憾地傾聽著內心獨白。

※　　※　　※

一會，李福慌慌張張地跑進來將她搖醒：「啟奏娘娘，萬歲派來鳳輦，接您馬上去甘泉宮！」

「啊喲，還沒有梳妝呢！」她遽然坐起，揮退了樂師舞伴們。

「來不及，萬歲病危，快走吧！」李福不由分說，就將她背上鳳輦，她想掙扎也來不及，何況皇帝年事已高，萬一有個三長兩短，她不在場怎麼行？就不再多口。

沿途的路比往日坎坷，幸喜的是病已痊癒，她扭動腰肢，非常輕捷，照舊明眸流輝，鴉髻堆雲，羞煞蓮瓣的雙頤，就在十五年前也沒有此種麗質。奇怪之餘，連咬咬手指看看可在夢寐的勇氣都沒有。「這些年用的菱花鏡有毛病，應把這輦上的銅鏡帶回去……」

鳳輦咣噹一聲停下，她翩如驚鴻地飛上庭階，直入寢宮。

燭影搖著紫光，金紅的大柱，白玉柱礎，繡著黃龍的絳色帷幔都黯然無色。皇帝披著火狐裘，形容枯槁，眼神昏散。

看到李夫人，他輕輕地招手：「愛卿！」她不敢投入皇帝懷抱，怕壓壞了他，只好坐在他身旁，將臉貼著他的胸口，肩膀一陣抽搐。

皇帝的胸腔發出遲緩的鼓聲。

「萬歲！」

「朕已降旨：將尹婕妤、邢娙娥處死！冊封愛卿為皇后，衛子夫廢入冷宮。立劉髆為皇太子，將原太子劉據廢為庶人。以愛卿之兄李廣利為大將軍，延年為丞相，霍光為御史大夫……」

「萬歲，臣妾謝恩！」

「不用謝恩。愛卿，我想帶你去見高皇帝……」

「陛下！」她的兩耳響起仲夏的怒雷，殉葬不是美差！正想找李福，這個太知趣的奴才早出殿而去。

「愛卿目光猶疑，莫非是怕死，不願陪朕住進白鶴館？」

「不……臣妾是在想……」

「那你是說……」

「臣妾愚見，兒承位，丞相當選沉穩大度之人，妾兄延年乏德無才，強兵富國，非其所長。陛下江山為重，蒼生為懷，還請聖慮！」

「哈哈哈哈！」武帝揚聲狂笑。

「陛下，臣妾乃一孔之見……」

「愛卿想干政嗎？」皇帝將她一推，臉上笑紋馬上斂入怒容。

「陛下三令五申，臣妾何敢干政？若有謬誤，陛下海涵！」

「諒你也不敢！愛卿用鴆酒還是羅巾？」皇帝一臉寒霜。

「這……」她畏懼地跪下了。

「哈哈哈哈！」皇帝笑得令人毛骨悚然，「愛卿不是說世代為夫婦嗎？嗯？」

「臣妾是說陛下龍體甚健……」她嘴裡猶如含著雞蛋。

「好一個狡猾的愛卿……」

※　※　※

「娘娘……」蓮蓮輕輕推著她，她悠悠醒來，嘴角淌下涎水。

「您可醒來了，奴婢害怕啊！」

「你來！」李夫人伸出手將蓮蓮拉到身邊一把抱住，想到夢境，她還在嗚咽。

「娘娘，怎麼啦？」蓮蓮為她拭淚。

「你比胖孩好，是個乖孩子……」

「您知道嗎？後宮在鬧笑話！」

「什麼笑話？快講！」

「還不是娘娘膩歪透了的那兩個，奴婢可不敢稱她們是『騷蹄子』，只說姓尹的婕妤，自封為蓋了帽的大美人，沒見過碟子大的天，她成天跟萬歲吵吵嚷嚷，鬧著要跟姓邢的比臉蛋。皇上把她們當小孩子看待，也真吵得六神不安，就叫一名宮女穿上邢家妞的衣服來見姓尹的。此女舉止慌張，姓尹的一眼識破是冒名頂替，以為邢家妞不敢來比，鬧得更歡。邢螳娥只好穿著素淨的衣裳來朝見萬歲，姓尹的一比，一個勁流淚，她是自愧不如。邢螳娥告辭而去，兩人從此不再見面。萬歲是又煩又得意。哼！尹家妞別臭美，要是敢來跟娘娘比一比，那才是小兵見元帥，一丁點威風也沒有了。」

「還比什麼，快打發人叫胖孩把萬歲請過來。呆蓮蓮，娘娘真不久於人世了！」李夫人輕輕捶著香榻。

「哎呀，娘娘……」

「不用驚慌，你侍奉我多年，等萬歲來時我替你說話，絕不用你殉葬或守墳，找個主嫁過去安安生生度日子，這宮牆之內可不是女孩待的地方……我死之後，把鸚鵡放掉，牠會繞著我的墳飛，唱給我聽。

鳥不鉤心鬥角，不跟人比臉龐……我也沒找衛皇后比過喲……」此刻，她連螻蟻也不願損傷。

蓮蓮從來不曾聽過這樣情真的話，只有飲泣不止。

二更天，蓮蓮把胖孩找來。

李夫人要小太監坐在床沿上，伏在他的肩頭直喘氣。

「你娘不行了，昌邑王遠在異鄉，你也不來看看！」

「……」胖孩雙手比劃著，然後抓起她發燙的雙手，放在自己的眼瞼下，淚水汩汩流出。

李夫人的心裡感到一絲暖和與溼潤。

胖孩將三床錦被疊放在床頭，扶起李夫人，請她躺好，蓋著一塊狐皮，然後把一張方形矮凳放在地毯當中，他輕身一跳，在凳上倒立，一隻手旋動全身，朝天蹬，幾起幾落，面不改色。除這點薄技，又能用什麼方式表達他的情懷？

「別累壞了，胖兒！我的小胖胖！你這兩手敵不過尹家邢家那一類騷蹄子，白淌一身汗水，來，坐下來歇會！孩子，你真俊俏啊！」

孩子臉上露出笑紋，感受到被人理解的歡愉。他不知道，這是在宮廷可以嚮往而極少獲得的奢侈品。

※　※　※

次日，皇帝乘車來看李夫人。

大約在可以點完半支香的工夫之前，蓮蓮喚醒她，她原先想強自撐持起身梳妝，看到鏡中自身模樣之後，知道一切化妝品都對她無助，反而一點也不慌。喝完一小盞參湯，乾脆蒙頭而臥。

「夫人好些嗎?」皇帝立在窗下,顯然衰憊。

「陛下!」被子錦浪抖動,夫人一陣嗚咽。

「芥癬小疾,何必傷感?稍事養息,定能回春,保重才是。」

「臣妾深負陛下大恩,未及回報於萬一,即將痛割,愧疚不能自休。唯望陛下少操勞,慎起居,神仙雖不得而見,能壽過期頤,則臣妾夙願得償矣!」

「久不見夫人,還請轉身與朕一見!」

「臣妾纏綿病榻過久,形貌已非昔比,怎可貿然見聖上?願陛下念昔日枕畔添香之情,多多照拂臣妾之兄廣利、延年,以愛臣妾之心愛髆兒,雖死何憾?」

念及定情之日起她寵擅專房,皇帝淒然落淚。死亡的河流橫在他的面前,無法飛越。哀人就帶自哀的成分,並不虛偽。

「愛卿,還是見朕一面吧,有事當面囑咐更好?」

「古訓說:婦人貌不修飾,不見君父。臣妾無力整妝,還是不見為佳。」

「夫人見朕一面,願賜千金!兄弟加官爵,反手之間耳!」

「加官爵在皇恩浩蕩,不在一見!」

「朕非見不可!」

夫人轉臉向壁,一陣唏噓,不再說話。

武帝忽然想到婦人都好妒,莫非是李夫人也和陳阿嬌一樣嫉妒尹、邢二位妃子?他有點不快,兩條灰白的眉毛向鼻梁上邊靠攏。

「陛下，髆兒從幼離開京都，讀書不多，胸無大志，臣妾去後，望陛下嚴加管束……否則久戀聲色，說不定觸犯法典，失國受到刑戮，下場好慘！」

「朕也愛美女佳釀，從不為婦人醇酒左右。威震四海，西域臣服。只要善於用才，胸有文韜武略，玩點聲色，怎會喪國辱身？兒調教失當，好比樹已長彎，非大哲大賢，難以變直，使之成大有作為之君子，然德高而飽學之師難得！」

「司馬遷堪稱飽學之士，惜其人自命清流，又受腐刑，只怕不肯就範。況且……」

「司馬遷會教書，只怕不會教人。朕絕不讓史官離開長安，以免搖筆鼓舌，蠱惑庸夫，妄議大政！此事非夫人所知……」

李夫人似同受到鞭笞一般，最後的幻想成了泡影，凡是自己得不到的稀有之物，寧讓其粉碎，也不能讓其安生，她還要試試自己的魅力。

「臣妾冒死啟奏陛下：秦末群雄逐鹿中原，韓信投奔西楚霸王項羽時，亞父范曾說過：對韓信要用則重用之，不用則殺之。項王不聽亞父之言，終敗於韓信。司馬遷雖不比韓信那樣危險，也不是池裡的小魚，陛下用他千萬慎重……」

「夫人，你想干政嗎？」

「臣妾不敢！」

「對司馬遷或殺或用，朕自有決斷，不必多言。當年髆兒若真得司馬遷為師，而今道德文章必皆可觀。可惜那孩兒無此福分。司馬遷事事直言，若在他手下勢必勸阻他遊獵宴樂，長則半載，短則十天，必定殺掉老師。世間除朕而外，無人能用司馬遷。夫人與兩位兄長都容不得那般人才。啊，不說了，不說……朕再叫御醫來看看，等夫人病癒，同去甘泉宮靜憩一月。」皇帝沒有意識到這回談話便是死別。

半個時辰之後，李福陪伴御醫來探視，按脈之後，推說要請同僚來會診，不肯開方，謝罪而去。

李福的心猛往下沉。

「蓮蓮，到前院叫幾個宮女相幫，開啟幾口箱子，找出十年前畫師為我寫的真容，拿來交與李公公，插上中院門，不許任何人進來。」

「是，夫人您……」

「不用流淚，娘娘不是挺好嗎？」她朝蓮蓮揚眉一笑，女孩輕步離去。

靜了片刻，夫人輕喊了一聲：「阿爹！」

「夫人！」李福不住搖手，就要跪倒。

「別這樣，老人家！不叫您阿爹了。」

「夫人太倔強，皇上再三要見您一面，幹麼蒙頭不見？你大哥粗魯貪功，二哥恃寵輕浮，得罪至尊，全家都玩完。」

「女兒惹不了亂子，眼下皇上越生氣，往後流的淚越多。」

「為什麼？」

「古代有位美人說過：『以色事人者，色衰則愛亦弛。』皇上來探病，全為眷戀我昔日曼妙風華。如果見到我容貌已毀，必然記住今日病容，忘卻當年綽約豐姿，以兩兄相托乃痴人說夢。唯有拒絕相晤，他才念念不已！」

「夫人太聰明，真吃出這個大圈圈裡的正經味！」

「我去之後，老人家告老去太廟或高帝陵寢養老，越早越好。這裡是非太多，再小心也要掉進陷坑。蓮蓮已然成年，往日我痰迷心竅，求皇上准許她為我殉葬或終身守靈，這兩年獨守空帷日子多，悟出要自個才二十，碰上這碼事一輩子就完了。求老人家念她多年盡心，在萬歲面前幫我求個情，讓她嫁個讀書明理的君子，比如像郭穰那樣人物就合適。」

「記下了。」

「春天回家奔老太太喪，您知道涿郡太守劉屈犛娶廣利大哥之女為兒媳，也來弔孝。他們風聞太子要廢，想策動立髆兒承接大統。我做夢也想過兒子繼位，到病危才算明白，此兒是酒色之徒，昏庸無能，當太子也是跟孝惠帝一樣做傀儡，最末了死無葬身之地。老人家轉告我深思熟慮所得，就此罷休，否則要滅族！傳過遺言，與他們一刀兩斷，否則災難不遠。嫉妒我們李家靠美色而享大貴的人太多，哥哥們不知收斂，讓我死不得安……」

夫人哭得迴腸蕩氣，久久不能自止。

李福立於床前，愣得似一塊木頭。

蓮蓮取來了畫像，李福捧在手裡，痛極迸出一句平常的話：「我的孩子——蓮蓮！我的孩子……」

「蓮蓮」純屬外衣。一個渺小的嫖客，扭曲和深埋的父愛，不惜付出任何犧牲，其中自有不渺小的東西，儘管不能拔高老太監人格。

夫人意味深長地接著說：「蓮蓮就是您的孫女兒，好孩子……」

「嗯，好孩子……」李福哽咽著。

「夫人！公公！」蓮蓮伏在地上，不敢哭出聲來。

「奴輩請夫人保重！」李福的嗓音突然變得一冷二平，「夫人」二字咬得特別重。臨去，蓮蓮皺眉咧嘴擠出一個失敗的笑臉。

「既是母親情人就算生父吧，比沒有強些！」夫人放下久不釋懷的啞謎睡去，再沒醒來。如她所料，皇帝聞訊，淚落衣襟。立即乘輦穿過建章宮和漢白玉砌的長堤，來到太液池中的小島方壺。

水閣裡掛著夫人畫像，與真人等高，風裳水佩，傳神阿堵，氣韻橫流。帶著隔世歸來的空虛、寥落，悔恨最後幾年給予她的溫存太少，有負造物的美意，一切都遲了！

他下意識地伸出手指，擦擦畫面留白之處，一塵不染。便脫去厚靴，換上氈鞋，寬衣解帶，坐於熊皮軟榻上對畫出神。

「唉！『寧不知傾城與傾國，佳人再難得！』」

「陛下一往情深，連日龍體稍見瘦損，如何了得？奴輩求萬歲為天下生民珍惜，免得夫人在天之靈欠安！」

「煩！」皇帝跳下榻來徘徊著。

「邵伴仙說他能把夫人亡魂招來與陛下一見，不知是真是假。」

「不妨一試，不成也盡到心意。」

「沒有月牙肚子，諒他不敢吃彎鐮刀！」

「說得有趣！」皇帝破顏苦笑。

「夫人受聖德感召，對下人心眼太好，她拋開塵世，宮女們哭得死去活來，都焚香祈求上天：保佑陛下長生，夫人早返瑤池！」李福嗓音啞了。

皇帝漫步迴廊，百無聊賴。往昔，他常常和李夫人在芊芊碧草上留下足跡，夜鳥們也曾佇立樹上竊聽過他倆的海誓山盟。而今草也現出微黃，安放在草間的許多石魚、石鱉，依舊活脫，使他增添了傷感的回憶。

他不能忘懷，還是昌邑王五歲的時候，他路過瀛洲，採得一束蘅蕪，皇帝步行而來，太監宮女們都由李福招呼過，沒有向李夫人通報。他輕啟珠簾，直入內室，夫人手裡拈著一支小花，躺在枕上小睡，碧綠的枕巾上繡著紅荷花，夫人雙腮漾出紅暈，與蓮瓣爭輝，小小嘴唇半張著，彷彿滿屋異香都是從她的酥胸中噓發出來的，怎能不使君王沉醉呢！

皇帝將蘅蕪悄悄放在她的腮邊。他輕輕上了龍床，長跪在她身旁，雙手按著錦被，俯下身去細細端詳夫人的麗容，自己的呼吸特別輕。在他風馳電掣的一生中，只有在諸邑公主襁褓之年，作為父親，俯在搖籃上欣賞過一次女兒的睡態。轉眼過了二十年，今天，他那休眠已久的父愛猛然醒來，對著李夫人，沒有一點男性玩賞之意，只是像傾聽女兒的鼾聲那樣守著她，就像她會乘風飛去一樣。

很久，她才醒來，看到了大漢天子，不覺一驚，正要起來施禮，肩頭被他的大手按住，將她攬入懷中，她藏在烏亮的長鬟下面哧哧而笑，這時他才覺察到雙腿麻木，大口熱氣噴到她的鬢邊。

蘅蕪枯萎後，夫人燻上名香，裝好香囊，掛在頸項。夜間，皇帝摸到香袋的時候很受感動。

「將來臣妾年老色衰，願陛下仍舊憐愛如今日，不要委棄於塵土碧波間。」皇帝就著閃動的燭光一看，夫人胸前的香囊上繡著一株蘅蕪，枝葉亂動，便把它摘下，掛在自己的脖子上，說出一串串愛的囈語。

這是他倆的隱情，從來沒有人知道。他在內心悄悄地說：「夫人，回來！這些年很少念及夫人，願方士有靈，朕與夫人同吟楚歌，共求一醉……」

長期處於病態興奮和悲慼中的神經突然鬆懈，武帝行走時感到腿肚子裡空空，難以負荷全身的重量與思維活動，眼皮沉重地墜下來，眼角發乾。他躺在龍榻上假寐片刻，還是得不到寧靜。

晚餐時，他吩咐多放一副杯筷，一如夫人健在時。

武帝喝到半醉，乘著酒興來到小島的東方，殿堂裡層層帷幕低垂，燭光幽暗，在遠離祭案的盡頭，掛著一層蟬翼輕紗，其色淡藍，背後比較陰暗。

邵伴仙仗劍散髮，踏著星斗的步位，一會下拜，一會亂舞，一會跳躍，一會嘴裡嘰哩咕嚕與看不見什麼人爭吵，好似在發癔症。

鬧騰到三更，窗上月光燦爛，寒氣鑽入肌膚。

燭光一滅，邵伴仙不讓再更換新燈火，紗帷幔一帶更加黯然。

武帝有些倦了，正在闔眼，忽而聽見邵伴仙噴出一口法水的聲音，武帝兩眼乍睜，但見帷後面有個白衣白裙的人影，衣著打扮與李夫人無異，只是低頭，眉目有點模糊。

「是你嗎？不是你嗎？為什麼這麼晚才來呢，廣？」（武帝原辭：「是耶，非耶？立而望之，偏何姍姍其來遲？」）武帝的嗓音有點顫抖、乾澀，卻飽含著感情。他雙手一按小几，要向夫人影走去。

「陛下去不得！」邵伴仙跪在地上雙手一攔，連連叩頭說，「陛下秉乾坤陽剛之氣，不可走近李夫人魂魄，倘若驚散，臣便無能為力！」武帝一遲疑，只好停步。

紗後的陰魂裊裊娜娜，一陣陣嗚咽，如怨如慕，似斷似續，將一個裝著蘅蕪的香囊，從紗帷上端拋到皇帝案前，她向皇帝側身三拜，面部剪影與釵上顫巍巍的珠花，果然是李夫人。武帝不及說什麼，帷幔一角被扯起，吹入一陣風，燭光全滅，那女魂盈盈吐不出話語。

武帝失神地叫了一聲：「啊呀！」當他躬身拾起香囊的時候，白衣的人影就消失了。

「還能再請夫人來一回嗎？」

「夫人拜見過萬歲就昇天西去，天上的事小臣沒有那麼大的法力去管，不敢以虛詞矇蔽陛下！」

「嗯，卿是老實漢子，朕不當妄求。李福！」

「奴輩在！」老太監掀簾而入。

「吩咐內侍領他去用些早餐。朕就在此歇息。」

事有巧合，武帝真夢見了李夫人，邊歌邊舞，談笑風生，還贈他一束蘅蕪，應了諺語「晝有所思，夜有所夢」一說。醒來之後，一屋香氣濃鬱，令多情的武帝驚異不止，便開啟文房四寶，先在牆上題了「遺芳夢室」四個大字，接著小飲幾盅，寫出真摯飄忽的短賦來痛悼夫人。賦被史家班固錄入《漢書》，至今不朽。

創作的亢奮期一過，打睡片時，倦意還沒有驅散，便讓李福宣來郭穰。

「草詔為海西侯李廣利增添食邑兩千戶，整頓兵馬，自酒泉出擊匈奴。朕寄望他邊塞立功，勒銘文於天山，步武衛青、霍去病、李廣，永絕邊患，回朝另有遷賞！」

「是。」郭穰到殿側磨墨揮毫。

李福將蓮蓮帶到階前。

禮拜一畢，皇帝問道：「夫人臨終有何吩咐？」

「請萬歲節哀，把她忘掉，深居簡出，少受風霜勞頓……」

「萬歲比親爺爺還親，甭怕！」李福鼓勵著女孩。

「說貳師將軍少謀略，無大戰功，延年大人太聰明，浮華欠持重。求萬歲對他們多加教誨，免得恃寵驕縱，為禍慘烈。昌邑王無獨當一面治好藩國之才，怕讀書，愛恭維，萬歲嚴加管束，觸犯國法，後悔不及。她死後，李家將迅速衰微，她對陛下心如葵藿向日，感激不盡……」

武帝說：「夫人七竅玲瓏，見識不差！」想到她的千姿百態，淚水滴在香囊上，於是又說：「郭穰寫另一道旨意：夫人賜葬茂陵，百年之後與朕相守。」

「是。」郭穰在旁應聲。

「還有何言？」

「請公公代奏。」

「胖孩殘廢，請陛下憐惜關照！蓮蓮伶俐解人意，多年貼身，終日辛苦，往年求陛下恩許蓮蓮守靈，不符萬歲愛民如子素意。最好擇德厚有才夫婿完婚。」

「是這樣？」武帝注視蓮蓮和李福。

「嗯。」宮女低首抽泣。

「曾子說：『鳥之將死，其鳴也哀；人之將死，其言也善。』夫人近似之！但有德才年輕人多不相識……」

李福的拂塵悄悄一指郭穰。

「郭穰，古人說男人三十而娶，你已三十掛零，男大當婚，女大當嫁。」

「臣十二歲啟蒙讀書，缺少穎悟，多年夜間宿衛待寫詔書，家無父母操辦，故而蹉跎下來，已無意成家。」

「朕做主將蓮蓮賜你，為妻為妾為婢，由你處置。早生幾名小郭穰，承接香煙！」

「臣自幼立下宏願：不通五經為大師，終身不娶。請陛下收回成命，將蓮蓮另配年輕書香子弟……」

郭穰囁嚅著。

「郭大人前程無量，蓮蓮快叩謝聖駕！」老太監一撣拂子。

蓮蓮羞羞答答地叩頭。

「萬歲……」郭穰還想懇詞。

「蓮蓮乃窈窕淑女，君子都該好逑，莫再費口舌！賜蓮蓮黃金十兩，李福派車送她到郭穰家，有何難處，回來轉奏！」

「是。郭大人，萬歲倦了，快去傳旨吧！」

武帝去了寢宮。

李福和蓮蓮走出方壺，在花園中碰到了邵伴仙。

「仙翁這回可是老祖墳都冒熱氣啦，恭賀恭賀！」

「老光棍，老光棍，四面靠幫襯。全仗公公鋪路搭橋！」被蒙在鼓裡的蠢貨自認為「仙術」首次顯靈，甩出兩句江湖黑話，外恭內傲地朝李福挺挺將軍肚子。

「抱了金娃娃，又該回山東老家祭師父墓吧？」李福拱手打著哈哈，意思是再找個鉤弋夫人來吧，李夫人已然不在乎了。言外有所譴責。

「是啊，慎終追遠，民德歸厚矣！《論語》書裡都是這麼訓誨我們的！沒有師父與公公，邵某是老牯牛掉下水井——有力沒法使。」方士大笑辭去。

「此人對不住李娘娘！」

「甭說，剛才給了他一箭。」李福對前面的話做了注釋，她才明瞭。

回到李福棲身的獨門小院，他拿出十錠金子和一支大包袱說：「金子是萬歲爺賞你的。衣服是娘娘的遺物，留下也沒人穿，我拾出來送你，好閨女！你扔這個小香袋給娘娘去了心事能安然昇天，功勞不小！」

「不是公公施恩出力，蓮蓮死活都是陪葬的泥俑！金子送與公公買個孩子替蓮蓮侍候您老人家，送老歸山，也報不盡大德……」

「有你心意就夠了，拿著它早晚有用處。」

「公公執意如此，婢子拿走一半，不再饒舌。」

「只見活人受罪，誰看到過死人坐轎？勒死一千名宮女，派五百太監守靈，娘娘不能復生。你公公沒後代，拉你一把比坑害一個人強。昨晚咱爺倆神不知鬼不覺盡了一份忠心，走漏半點風聲，欺君是大不敬的滅族之罪！」

「婢子寧肯挨千刀萬剮也不肯傷您一根眉毛絲。」

「累了一宿，提心吊膽，喝一小盅酒去歇一會。」老太監眼瞇得挺慈厚。

「折煞婢子，不敢當……」

「看不起公公？」他的下巴耷拉下來。

「一回沒喝過。」

「一小盅醉不了，西域名酒，進貢來的，有二十年開外，算公公一點賀喜的禮物！」

盛意難卻，她吞下一盅，好像吃下一團火，伸出舌頭，笑得像個孩子：「蓮蓮父母雙亡，別無兄弟姐妹，公公就是最親的老長輩！」

他的鼻腔酸溜溜的，彷彿嚥下慢性毒酒的是親生的李夫人，她倆側影很像，講話走路手勢，勾起李福的哀思。他在暗中為自己寬解：「這樣做是用鐵錐子攮自家胸窩，沒這一手怎麼替皇家辦事？廣利、延年經不起眾人搗脊梁骨，都是兔子尾巴長不了，我怎能相信郭某和這丫頭？過了十天半月她去侍候我女兒，比守五十年墳快活得多。」他亂跳的眼皮又安然不動。「走後常來看看公公，宮門口我會留話，沒人擋你。」

「一準。」

四

郭穰棲身的小院子在大柳巷深處，占地兩分多，土坯院牆五尺來高，薄薄地蓋著兩層瓦。鄰人相告：它已過不惑之年，還沒有散架趴下。牆外有棵老柳樹，四人合抱，樹心早空。貼牆的一邊有尺多寬的裂口，頑皮的孩子們常常在裡面玩躲貓貓。樹冠繁茂，張開一隻永不收攏的綠網，等候著喜鵲們落進去又飛出來。

「這樹早該鋸掉，大人常在宮中過夜，留著太不謹慎。要爬進來個毛賊，不偷個精光才怪呢！」宣召郭穰的小謁者兩回提醒過。

「寒舍沒有小偷看中的細軟，怕什麼？再說伐倒老樹，巷子該改名，鳥們少個住處，孩子們失掉一大片陰涼，聽不到半夜秋聲，彷彿死掉一位老友，豈不索寞？」

「大人雅論，高，高！」

太陽偏西，兩名內侍趕著一輛馬車將蓮蓮送到門口。

「兩位小公公，一點小意思！」蓮蓮不忸怩，送了幾串錢給內侍。

「務必收下買些酒餚，不成敬意！」郭穰誠懇地湊趣。兩名內侍道了謝，趕著空車回宮。

男女首次單獨與陌生異性相處，拘束而羞怯。堆了幾架竹簡與帛書手卷的兩間客堂，不停地收縮著空間，增添了心理上的重壓。女方盼他分享鳥出籠的欣悅，樂於做這個小小王國的「皇后」。不知他長年孤單，日子如何熬煉過來。

「大人……」這是同情的試探，「婢子替您燒點茶……」

「不，我自己來。」他給鍋裡添些水。

「不成，鍋底鏽了。」她將鍋刷淨，才讓他點著草柴，再架上些樹枝。

「平日在街口飯店用膳，月月付帳。這些米麵鹽醬醋鹹肉青菜是後半夜從宮裡拿回來做飯用的。一向不愛甜食，否則買點糕餅就能療飢。」

「大人太清苦……」她洗杯壺。

他找出茶葉，將床鋪好：「反正比你大得多，叫我穰兄吧，起十二歲就有人這樣喊我。幾年前她遠嫁天邊，再也聽不到。」

「穰兄！」女孩眼窩上下發亮，顯然喜歡他。

「真好聽！再叫一聲。」

「穰兄，你想家嗎？」簫聲一停，太史第後園的晴空送來兩聲孤雁的清唳。書兒佇立窗前，正給父親納著鞋底。

「也想也不想。」斜陽的殘紅掛在郭穰肩頭，窗紙和他的顴骨四周泛出桃緋。

「怎麼講？」

「想家，家裡沒有親骨肉。上次還鄉給漁夫爺爺辦後事，我是陌生的異鄉人。說不想，喝過十二年汨羅江水，忘不了端午龍船，半夜漁火，黎明櫓聲，屈大夫廟裡老廟祝送我的洞簫還在手上……」

「別講了，曲子告訴了我，你在想念去世的親人，以故土風物自慰反加熾了鄉愁，說下去我都想哭！

「先生師母、師妹待我猶如骨肉，這是我家。但總有一天二老仙去，妹妹出嫁，我又沒有家……」

「穰兄，幹麼女孩家都得嫁出去？我偏不！我想……」

「想什麼？」

「只想聽穰兄吹簫！」

「這太容易，馬上就再吹！」

「傻哥哥，我不是想聽一會半會，我要……」

「你……」

「我要聽到黑頭髮雪白，牙齒掉光，直到躺進高門原祖塋那片樹林子還在聽，聽……」她抬起袖口遮著笑靨。

他的頭故意誇張地朝窗內一伸。

窗門「砰」的一聲緊閉，卻關不住樂天的哧哧微笑。

他輕叩窗楹，沒有回應。重奏簫管，四面八方全是「穰兄」的低喚，亂擰成一股聲浪……

「穰兄！」昔歲的裊裊餘響，被蓮蓮的呼喊驚碎。

他抬起頭來，梁上吊著失去光澤的簫，音孔裡灌滿了焦乾的泥土，頓時臉色一暗，五官裡填著蓮蓮看不見卻感覺到的泥沙。

「我要做好你的兄長，家裡還存了少量俸錢兌換的金子，送你成家用。今晚還要進宮，明天託朋友為媒，讓賢妹嫁個年輕的讀書人。」

「穰兄！」蓮蓮帶著動情的喊叫，或甜脆，或半啞，乾澀輕重遠近不同，和書兒的音容相糾纏，形成一個正在緊縮的口袋。他面壁呆立，雙手撲在牆上，熱淚盈眶。

「你真攆我走？」

「不，正大光明嫁妹妹！」

「大人，我明白了⋯您是做官的，宮女配不上老爺。可您也得有個丫鬟洗衣做飯，將來上了歲數，生災害病誰抓藥煎湯？」

郭穰淒然搖頭。

「這些活計蓮蓮全會，留下婢子吧，大人日後另娶名門閨秀，蓮蓮把她當娘娘供著。婢子來了，就是不走。我怕嫁個性情不好的要捱打，行為不端的要受累！甘心做老小姐侍奉大人一世……」她無助地跪在地上哭訴著委屈，「金銀全不要，就要天天看得見穰兄！」

「莫說傻話！實不相瞞⋯他日中書令司馬恩師過世，愚兄有志做一名史官，秉承先生學業。做這行差事隨時會人頭落地，拖累妻兒。有後顧之憂，經不起威逼利誘，將說出誅心的假話來欺世。可憐你白玉無瑕，怎知仕途險惡，愚兄心已碎，有苦難言……」

「穰兄，李夫人誇獎過小妹長得不醜。你這樣好人，不貪美色，上哪再碰到第二個？」

「你我非一母同胞，留你不嫁會壞掉妹妹名聲……」

「不要名聲，宮女當小妾是福氣，守一世活寡算家常便飯，一點不受屈……」

「二更將到，愚兄告辭入宮。」

「哥哥儘管去，就是別託媒人……」

這時從老柳樹洞裡鑽出一條黑影，穿著玄色緊身衣褲，手持尖刀，跳上圍牆大叫一聲：「呔！郭穰小子聽著：老子恨你賣師求榮，打算割掉你小子的狗蛋；可在樹下聽了一更多天，小子是柳下惠再世，老子想對你下拜。自個亂了套，沒了主心骨，還是饒了你！」

「壯士是誰，這樣疾惡如仇，請來喝一壺！」

「老子是刺客！不，是朋友，不，不認識。等弄明白，後會有期，酒會來喝個痛快！」黑影閃進一小巷，一晃就跑沒影了。

郭穰哈哈大笑，用力拉不開門，找出菜刀，伸出門縫割斷銅環上繩索。

「穰兄不能走，妹子怕呀，萬一有……」

他憶起從恩師家出走的那晚，書兒喊的話與蓮蓮幾乎一樣。

「莫聲張，這人是打抱不平的牛大眼，能聽出來，就憑這場誤會，我也佩服這條漢子！」

次日早朝退班，郭穰回家，只見桌上擺著六盤菜餚，蓮蓮盛妝吉服，頭插絨花，笑容純樸。

「敬穰兄一杯！酒溫過八回了。」

一支杯子斟滿熱酒遞到她手上：「愚兄回敬一杯！你半宿沒睡好。」

「不忙，請聽——」她唱起〈北國有佳人〉，本色原音，沒有矯揉造作，把宮廷藝術還原為北方民謠，聽不出異域情調。

「從來沒聽到這麼動人的歌！我乾三杯，你喝半杯，免得醉了。」

「你真好！有件事或許能幫穰兄升官，這不是向您討好想求什麼……是您有本領該當升。小妹迷迷糊糊一宿，娘娘『走』前對公公說：老太太過世，她回家戴孝，無意間聽到涿郡太守劉屈氂在鄰近房間裡說話。他爹就是中山靖王，娶下百位姨太太，生一百二十五個兒子，他是排行一百的那位。他兒子娶了李家小姐，跟貳師將軍是兒女親家。他倆商議，讓昌邑王劉髆當上太子，對兩家好處太多。要買通萬歲身邊的人講太子劉據壞話，不成的話，貳師將軍出兵相助！娘娘一聽嚇壞了，把兩親家數落了一頓。哥把這事給皇上抖摟出來，李貳師人頭難保，對不起娘娘；不說對不住萬歲。這……請您拿個主張……」

「該奏明萬歲，升官事小，陰謀廢立事大。萬歲親自廷審，李福不是服毒自盡就是死不認帳，沒有證據，打草驚蛇……」

「妹子不怕死，敢跟公公對質，確實在門外無意聽到夫人對他說的。」

「要仔細想想前因後果，不能想做就做！」

「好，您慢慢斟酌，咱倆暫不提這碼事。穰兄，妹子還學點皮毛的西域舞，跳給您看，幫您散散心，快快活活大笑幾聲好嗎？」

「有勞妹子！」

她脫去外披，內著緊身襖褲，哼著曲子，做出畋獵騎射各種英武動作，大概久久不練，半曲下來就氣喘吁吁。

「歇著別跳了。」他制止她，她不肯停下來。

他那內在的冰山被融解掉一半，幾杯入腹，心動加速，但見蓮蓮由一變二，二變四，旋成大朵紅菊花，流溢出久被壓制的活力。

舞到高潮，她突然停步，雙手扶在柱子上，全身顫抖，口角漾出絳紫色的血……

「賢妹病了？」他將她扶上床，脫去鞋襪，蓋好羊皮褥子。「我去請大夫。」

她左手拖住他的袖子，右手按著腹部，面色轉青，頭上大汗珠閃亮。

「心口痛，下腹痛？再耽誤就來不及了！」

她做了個飲酒的動作。

他誤認為是要喝水，連忙端來一杯。

她推開杯子，緊抱著他的頸項，全身逐漸變冷。

「醒醒！醒醒！你怕出嫁才服毒嗎？」

她搖搖頭，再次指指酒。

他端過一杯酒來，她抿下一半，將杯推到他臉前，猛睜變得渾濁的眼，牢牢盯著他。

他哭著說：「我害了你，妹妹！是毒藥也陪你乾掉！」說畢一飲而盡。

杯子落在地上摔碎。

她的眼瞼緩緩合上。

宦海

作者的夢

咚！咚！咚！

我認為敲的是對面鄰家的門，沒有理會。

咚！咚！咚！少頃，門又響了。

我伏案坐在燈下，筆從紙上畫出沙沙聲，急於記住飄然而來瞬息永逝的幻想。

門被推開，一位頎長清臞古丈夫闊步而入，坐在我案頭的鐵床上，儒冠絲帶，衣履修潔，劍眉揚起，上眼泡微腫，目光莊重，胸前黑鬍子飄飄，舉止雍穆，有書卷氣。

「先生何人？」我沒有放下筆站起來和不速之客行禮。

「怎麼連我都不認得，那你怎麼寫……」他很惶惑。

「您是誰？」

「你寫的是什麼書？」

「太史公《司馬遷》。」

「不佞便是！」

「請問您老是哪位子長先生?」

「什麼?」他幾乎不掩飾自己的驚詫。

我提高嗓音重複問一次。

「哈哈哈!還有幾個子長嗎?」

「當然,《史記》有多少讀者,就有多少個作者形象活在他們心中。這寒齋之內就至少有三位!」

「願聞其詳!」

「一位是在漢朝寫出《太史公書》的大史學家、大文豪,中國甚至世界上開山的新舊聞記者,也許就是您老;一位是我從書本裡讀到的,尤其是十五歲那年看到開明書店出版李長之先生的力作《司馬遷之人格與風格》以後,加上傳聞想像凝聚成的太史公;還有一位正是我寫在紙上的司馬翁。後二者本應相同,可惜腹中墨水太少,難以戰勝自身的偏見與顧慮,筆不從心,弄得深度與出版家賺錢的條件兩敗俱傷,十分慚愧!請問您老到底是哪位司馬大人?」

「我……」寫過無韻〈離騷〉的巨匠遲疑了一下說,「我也不很了然,不過,很想你把三位的長處都賦予不才!」

我忍不住捧腹。

「你……」他不禁愕然。

「若按先生指教去做,您得到的將只是三位子長公的缺點了。老實說令我失望,原來大學者也是未能免俗的凡人!」

「有那麼嚴重?」

「合三人之長於一體，四先生在出世之前便已夭折！」我不免黯然。

「你很坦率，對首次來敲門的人一點不講情面？」

「誰沒有敲過命運之門？幾人榮幸敲開過？更有幾個得到過完滿的答覆？今天在這本書範圍內，我可以決定您的命運。我從少年時代就愛過您，您沒有愛過我，正如我沒有愛過一萬世紀後的公民們一樣，我並不委屈。縱或對我公有所求，也無須卑躬屈膝，且況無所乞求，何必講虛情假意的面子，醜化了您，又醜化晚生呢？」

「享受頌歌是快事，聖賢皇帝以至自封為救世主者在所難免。請將後門開個縫讓老朽也進去過一下癮！除三十年代郭沫若先生寫過短篇《司馬遷發憤》五千言，你是第一位撰寫關於老朽長篇小說的作者。史料少，有點漏洞或『三突出』、『高大全』殘餘，僅僅憑你對寫意藝術觀的迷戀，對東方戲曲、西方詩劇心靈獨白的尊重，還大膽寫出十二個人物不同的死亡方式，人們也會諒解。只要不見之於文字，口頭批評我還能虛心接受。」

「當真？」

「大丈夫豈能出爾反爾？」

「恕晚生直言吧！您老受宮刑是光榮的事，以屈求伸維護了說真話的傳統，理當自豪！見了一個無知無名無位的小子，不當義務導遊帶我去看看《史記》內外和您老內心廣袤的世界，偏要化裝戴上假胡鬚眉毛，太叫晚生意外！老實說晚生也留過一大把鬍子，因為腹內空空，並不受人尊敬！」

兩千年間無人抗衡的古典散文大師紅著臉矍鑠地跳起，扯去本來就沾得不牢的鬚眉，興致勃勃地問道：「有酒嗎？」

我慚愧地搖搖頭：「大作家枉顧晚生毫無詩意的京華殘夢中來，無酒無茶奉敬，大煞風景，不是慳吝，因為忙於塗鴉，懶得去買。自己非酒徒，只有半碗冷汗、一支禿筆、兩克腦汁、三分聰明、四分愚蠢、五分過時、六成失望、七上八下、十足真誠而已……」

「你知道身在夢境？」

「白日做夢，全無自知之明的人，才會寫這部書！」

「真人不說假話，我願對你進三條忠告，聊代見面禮：一不要把我想像成反對皇帝的大思想家，我喜歡過漢武帝的雄才大略，富有文采，還能守法；也嘲弄過他的好大喜功，夢想成仙。再者把我的文體和當時記下的話語一對照，不難發現我寫的是較為精練的口語體，不要因為你看不懂就怨我是老古董！第三是我有官癮，對鬼神嘴上不說，還是信的，又愛出名，喜歡美女……總之毛病不少。不要把我按進神龕，加上鐵鎖，再虔誠下拜，特地事先申明不是神，免得拜過不靈又罵我是騙子……磨墨記下這些話吧！」

他想摸摸長髯，摸到的僅僅是馬鈴薯般的光下巴。

「抱歉！硯乾了，水也凍了。」

「我有悲憤的淚泉，倘若不夠，你和讀者也會灑下同情之淚！」他悲愴地一笑。

「我不是作家，讀者們修養，早已超過孟夫子說的『不動心』水平。他們關心的不是您，而是更現實的一切。我哪有催他們淚下的本領？請縱覽世界小說史，選擇作家詩人史學家為主角的作品，無成功先例。這方面的成就反低於劇本，值得反思。此書未必出土，更不會傳世。您會失望的……」

「希望別人理解，你就錯了，因為你也不了解他人。失望從過頭的希望裡分泌出來。假如我不是本書的主角，作為普通讀者之一，你也可以談談對我的期待。」

「陰影可以增強畫面的立體感。我想寫人，寫出人身上的神和鬼的搏鬥。但對人只是抽象的追求，具體做法上不能擺脫造神的暗影，它滲到我的腦細胞中，如果我把小說中人物神化，不自覺地當了一回祭司，千萬不要因為是和您有關而加以原諒。歡迎扯我的耳朵，拍案痛斥，醍醐灌頂，才能摸到真司馬子長先生脈搏，到那時請將此書踢入垃圾箱，使它到造紙廠裡去享受新生的輪迴，我便赤誠地頂禮，樂於化為一點螢火，與父老姐妹一起讚美真實的朝暾！」

「我尊重你的意願去做。然而，我也是一位漢朝作家，發表欲極強。好不容易抓住一個在夢中願意傾聽我回憶的對象，還是有點記錄能力的糊塗蟲，又怎肯滿懷空載月明歸？所以，請聽不才司馬遷如是說……」

※　　※　　※

西元前五十一年，漢宣帝為了紀念功臣，興建了麒麟閣，懸掛十一位大功臣的畫像，下面寫著姓名、爵位、官職，其中有邴吉，最突出的人物是霍光，沒有提到他的名字，只寫著「大司馬、大將軍、姓霍氏」。雖然他的子孫已在兩年前被斬盡殺絕。

史書譏為「不學無術」的霍光，平定內亂，恢復生產，派官員下鄉發放糧食與種子，緩和了社會矛盾，派范明友領兵擊退烏桓的騷擾，改樓蘭為鄯善國，處理朝政，很見穩健。

他帶著楊敞一起來看望大病初癒的司馬遷，有複雜的原因：霍光與李陵一向莫逆。太史公為泛泛之交的李陵一案，家破人亡，身敗名辱，而他卻加官晉爵，微微有點不安。其次，他自知出身微賤，父親霍仲孺在青年時代還發生過一件和皇上扯上裙帶關係的醜聞，如果被司馬遷寫入史書，那就很討厭。

仲孺家住河東郡平陽縣（今臨汾縣南），在縣衙當了一名小吏，常常被派到富貴人家去跑腿。有一回在大戶人家看中了丫鬟衛少兒，小女孩情竇已開，一場偷偷摸摸的羅曼史，生下了後來名垂史冊的青年軍事家霍去病。丫鬟沒有人身自由，仲孺當完碎催子回衙，便和少兒音信斷絕。幾年後另娶妻室，生下了霍光。

霍光長到十幾歲，日子過得平淡，讀書也沒有驚人成績。

某日，驃騎大將軍冠軍侯領兵北征，路過平陽，郡縣大小官員傾巢出郊恭迎。將軍一到，郡守特地湊上去代為背著弓箭袋，在馬前領路。

將軍來到行轅，一下馬便吩咐郡守縣官，派人去尋找霍仲孺老先生。

平陽東西城門之間，雞啼狗咬相聞，找個人可不難。

仲孺聽說將軍要見，嚇得兩腿亂抖，不知道有什麼大禍從天而降，跟在郡守後面，見到將軍，納頭便拜。

冠軍侯連忙從虎皮坐毯上跳起，口稱「父親大人」扶起仲孺，將他按在上位，連拜四拜。

將軍剛剛禮畢，仲孺生怕是認錯了人，急忙又跪倒，匍匐在地，不敢抬頭。

將軍說明原委，想不到這位威震北漠的大人物便是仲孺和衛少兒一場相愛的結晶。少兒的妹妹衛子夫，後來以說不清的機緣竟做了當朝皇后，弟弟衛青是大將軍，少兒後來的情人陳掌是丞相陳平曾孫，真是炙手可熱。

霍去病給父親買下一批土地和奴婢，蓋了新房子，讓他享福。伐匈奴歸來時，又回家看望父親，並把弟弟霍光帶到長安當了郎官。哥哥病故之後，弟弟的官階逐漸上升到奉車都尉，專管皇帝乘車事務，時時在深宮待命。

霍光不像杜周那樣淺陋，嚮往權勢，卻不動聲色，用恭謙掩飾著城府。在摸準了絕對安全的前提下，對於雞毛蒜皮之類小事，也發一番頗為激烈的談話，把皇帝襯託得非常虛心納諫，所以比較器重他，封為光祿大夫，負責向皇帝提出建議。這是危險的美差，霍光幹起來一點不吃力。

「爹爹！」楊敞很木訥地獻上幾小包人參，侍立一旁，有些拘束。

「子長兄，您有眼力啊！楊敞臨事不慌，不輕易說出可否，將來是廊廟大器，前程不可限量！」

「子孟兄，全仗您這樣長輩指點，他還年輕，從前讀書記性很好，比郭穰會背書，可惜悟性差，不能觸類旁通，缺少見地。老兄嚴加管教，場面見多了，說不定也能學會變通，不寫刻板的仿古字……」司馬遷指指茶壺，書兒把客人迎進來之後，就迴避到樓上去抄書。楊敞沏上茶，獻給兩位長者。

「您的學生就是我的學生。太史公，想我們像楊敞這麼大的時候，懂的事未見得比他多呢！元鼎五年，我們扈從皇上駕幸雍，在古秦德公卜居之地，祭過青、黃、赤、白、黑五帝。聽到許多傳說，最末了渡過祖厲河，才奉駕回京。您那會是英姿勃發，作賦舞劍，從來不知道什麼是倦，什麼是苦，什麼是難。近來小弟特別懷念那段日子……」

「子孟兄一帆風順，小弟一事無成，憶起少年意氣，愧對故人！」

「子長兄不必感嘆。前些日杜周上書，保薦兄為中書令，萬歲說他不因人廢才，不避前嫌，看來不用幾日，便會下詔。以子長兄滿腹經綸，當有用武之地！」

一陣沉默。

司馬遷半閉著眼睛，連連撥出兩口長氣，克制地說：「子孟兄，杜大人盛意，小弟不能領情。刑餘之人，去任中官，與宦官為伍，為賢者不齒。兄素知小弟性情頑愚，萬一再觸怒龍顏，殺身滅族，只怕連子孟兄與杜周大人都受株連！還請老友從中斡旋，打消此議。否則詔書一下，受職與否，令小弟進退維谷。拜託了！」司馬遷揭開被子準備起床。

「子長兄還是靜養為宜，等貴恙痊癒，小弟備點薄酒，請仁兄到寒舍敘敘舊情，不介意，也請杜周前來同醉。本來他要請你我去赴宴，小弟一想，兄臺不會前往，還是改在舍下。一殿之臣，既往不咎，不知子長兄以為然否？」

「實在抱歉，小弟戒酒仨月了。」

「兄臺可以茶代酒。」

「改日再定，子孟兄，多謝！」

「子長耿介，可敬可愛！」

「子孟兄，李少卿投降匈奴，鐵錯鑄成，再論無益。但五千壯士，浴血奮戰，慨然赴死，不能因一人有過，五千之眾無功。待小弟康復，想請子孟兄與任少卿兄上書，為殉國者辨明功過是非，不知此舉可妥否？」

「子長兄還是赤忱人。涇渭清濁不分，死者不安，生者有重責。然皇上對此大事不喜公卿議論，兄臺與任少卿兄商議，小弟願附驥尾。但等時機一到，一奏即成。時機未到，只怕後果不佳……」霍光沉吟著，推得體面，擺在桌面上也很真實。所以司馬遷聽不出隱蔽在同情背後的圓通。

「子孟兄是達人，見機行事。」

「子長，小弟不才，有了兩名孫兒，聽說您也快抱外孫，對老友也是個安慰。小姐該回城裡去，這裡小弟派下人來照料……」霍光岔開話題。

「不，爹爹還要師妹在此親奉湯藥，怎能接走……」楊敞憋紅了臉，第一回與上峰看法相左。

「外孫滿月該辦喜宴，如花費不足，小弟未曾替侄女添箱，這回稍盡蟻力，酒喝在嘴裡才香啊！」霍光拱手告辭。

司馬遷準備相送，子孟按著他的肩膀：「不必拘禮，好好歇息。皇上的性子老兄知道，惹下大禍，不好收拾，孩子們也跟著苦！」

司馬遷坐起，向霍光頓首：「敞兒代我送送世伯！」

「是。」楊敞恭順，這是霍光喜歡他的原因。

登車之前，他留下兩只木箱，裡面裝著朝服和袍子，交給楊敞說：「暫放耳房，不必告知你家泰山。萬一詔書頒下，太史公可以穿上新朝服接旨。」

客人一去，楊敞逕自走進廚房，搬出兩個大樹根，到院子裡來劈，這是太公到山上去刨來當柴燒的。他將鑿子插在斜絲的裂紋中，再用錘往下砸，沒到烙熟一張餅的工夫，就脫掉衣服，汗流不止。

把父親扶到陽光下的院子裡，書兒下廚做飯去了。司馬遷坐在一支大蒲團上，倚著一塊大石條。仰看炊煙皋臯，皺著稀淡的眉，若有所思。

「家裡沒有人手，太公和師妹太苦，怕對爹爹照料不周。想買兩個丫頭來使喚，您看好嗎？」

「敞兒，我這無官爵的老百姓，多一口人，往往會增加許多口舌。只想與親人共享天倫之樂。太公常說：『當小廝丫鬟的也是十月懷胎生下來的兒女！』你爺爺生前，曾經為太公買過一雙童兒，太公縱遊天下，不願有家室之累，把孩子送還父母，連賣身契也燒了。」

「爹爹不必過於自苦，主貴奴賤，自古而然。我們家不使喚，別人家買去也還是當奴才。太公不為繩墨所拘，非常人可及。再說詔書一下，爹爹要居高位，家裡應門沒有五尺之童，也欠體面啊！」

「體面？哈哈！中書令是太監班頭，皇上家奴與公卿大夫不能交往。而小人求官求情上表的，會擠破門，吵吵鬧鬧，太煩人，怎能潛心治學？」

「中書令掌管機密文書，許多人求之不得。背後竊竊私議，權當春風過耳。這年頭不做官能吃好住好穿好、出門有輕車肥馬、能受人恭敬嗎？滿朝文武，自鳴得志，幾個人能被皇上信任，為庶黎稱頌？就說爹爹看不起的郭穰，只為草詔能接近皇上，李廣利杜周見到他都客客氣氣，禮節周全。」楊敞一臉豔羨之色。

書兒捧來一盆熱水，正在擰手巾為丈夫擦汗。聽到這裡，眼光一暗，手巾又扔回水裡，把盆推到他面前，轉身走到樹蔭，抱臂當胸，左眉揚起，右眉下垂，發出絕望的浩嘆。

「書兒！」司馬遷若被電擊。

「嘿嘿！」女兒有所遮飾。

「爹爹，兒不該提郭某惹您老人家不快。」

「不提才對！當然，人非生而知之，我初任郎官，一心想做伊尹、比干、姜尚、周公、管仲，還兼孔夫子。後來方知自身不夠為政材料。所謂上替國家辦事，下為父老分憂，堂皇高論背後是一人之下，萬人之上，黃金屋中珠寶堆山，童婢成群，妻賢妾嬌，輕裘駿馬，出門前後武士簇擁，名垂青史，著作等身，築墓建祠……與百姓無干。分明周身媚骨待價而沽。可笑我枉讀萬卷書，絕少真知灼見。將來難免繼續發昏。少量事清楚，許多事南轅北轍，牛刀割雞，雞上房梁。只因世上的糊塗事都被聰明人做完！」

似乎是從創口流出來的語言，使書兒胸廓脹痛，楊敞僅能受到輕量級震動。

「爹爹，女兒只求您平安硬朗，少操心，享高壽，沒有嚥不下的鋼針。」

「難！歌功頌德，不願；勉強，頌不好；學銅人那樣不開口，不會；講實話，殺頭。」

「爹爹總得敷衍幾個月，再告病回老家，免得落個抗旨的大罪名。求您大事扛順風旗，小事講些不癢不痛的官話，沒有把柄。想什麼都莫向皇帝表露出來。您一定要做到！」

「好多事明知說也無用，還得自討苦吃。改秉性不是幾天可以奏效。答應要做到，否則是騙子。莫逼爹爹做假！」

「您受罪太多，女兒不該強爹所難……錯了……」

吃過無話可說的午飯，楊敞策馬回城。

不多一會，詔車臨門。

女兒再三勸請，司馬遷才換上新袍子。

廢話蓋上國璽，跟乞丐穿上蟒袍一般擺出威勢。李福念得頭動尾巴搖，給詔書鍍了金：

夫史不常見之功績，必待史不常見之宏文傳之萬世。朕承先皇之大業，宵衣旰食，君臨天下垂五十載，伐匈奴，通西域，撫越閩，定南粵，安犍為，天下臣服，百國來歸。封禪泰山，塞河瓠子，靈芝呈異，白麟獻瑞，何其盛也？朕為勵精圖治，獎掖賢才，特命儒臣司馬遷為中書令，兼署太史令。為朕紀史績，開言路，掌案牘，夙夜匪懈，毋負朕厚望焉！

幼年初見宮廷人物，厭惡而外，父親被天子賞識，子長還閃過一絲高興；稍長若非聞說此輩專愛替虎剔牙，更會悠然；此刻想到囚徒們、死囚們及受宮刑者龐大的人流，立即覺得自己下賤、健忘、可恨，折磨居然未汰盡奴性，耳根頸項發燙。但對詔書太監都不能申辯，只好木然。

書兒獻茶，連給父親使眼色，要他應酬。

幸而李福是冠絕六宮的處世聞人，寸巴套話說得如蜜灌耳，似乎他與子長有刎頸之交，一日不曾中斷過。

送走太監們，太陽還有三丈來高，書兒沒話找話：「爹爹穿上新袍，真精神得多！」

「我又落入巨網，被造化戲耍！」少時，他失口苦笑，「誰在網外，我幾時出過網！」

閒搭幾句，他要堵死仕途，便掩門奮筆疾書。女兒兩次從門縫裡偷覷，見他雖面色陰厲，卻不像在草絕命書，書兒忡忡不能釋懷。

趁著薄暮父親出門閒步的空隙，她在枕邊看到剛剛完稿的辭官疏文，列舉七大理由，四種頑疾，用詞溫婉，骨子裡極堅定，寧受制裁也不就職。她想收起來，雖重寫很方便，還可以口代筆，但怎能阻止大禍臨門？

她覺得腹中的胎兒動了一下，似在哀求母親努力說服外公，不能固執。

書兒迎到大門口，他已興致枯索而歸。

「爹爹該相信：兒不願您再入宮門！」

「嗯。」

「為何勸爹爹虛與委蛇數月？」

「避免僵局，安然告退。只是爹爹等不及了！」

「要是他不理睬您的上疏呢？」

「臥床不起。」

「派御醫來看，讓無忌帶武士繩索來拽呢？」

「將來橫死，不如眼下早死俐落。」

「爹爹帶走女兒，勝過苟活！」

「子孟賞識敞兒，知道這類盾牌難找，說不定日後讓敞兒安享大貴，拿他擋著賢能當權，未必會殃及你。」

「身為公主，賜死的也不稀罕。兒死了敞兄另娶，不妨害做官。」

「唉！面面穩妥，寸步難移。」

「爹爹想好選定，兒聽命無所悔。」

三更後，他鈔父親遺著《論六家要旨》，打算留贈予書兒的孩子。萬籟寂然，偶有老鼠竄過樓梯間。他放下筆，剔剔燈草，躡手躡腳地上了樓，房門關著，從門縫朝裡一望，幽冷的月光從西窗射在地板上，女兒渾身縞素，頭披麻球，捧著母親剪贈的一綹頭髮，直挺挺地跪著，淚光瑩然，不勝酸楚。忽然，他發現女兒在抽泣，即或用袖子或枕頭堵住嘴，也瞞不過父親的耳朵。

他碰到門環上的手反射地縮回。書兒眼神和上午擰手巾時近似，只是累積的失落更多。雞毛在子長喉嚨裡皴擦，一陣奇癢梗阻著聲帶，久久才輕咳一聲。

屋裡經過小小的忙亂，門被拉開，女兒用袖口擦出違心的笑容：「爹餓了嗎？請進！」她身穿繡著綠花的皂色衣衫，孝服已藏進櫥櫃。

「不餓。」

「那……」

「睡不著，你快做娘了，爹無力制怒，忘了女兒母子安危，像是給兒造的災苦還嫌不夠，特來道歉！兒太委屈，無一不是爹爹釀造……想念娘就放聲一哭，莫苦苦憋悶，傷了胎氣。」他連連拱手。

「兒沒有哭過。」

「淚水還在！爹爹意氣用事，忘了爺爺訓誡：忍辱負重，欲退姑進。」

「生命父母所賜，罵得打得，能受點委屈是福氣，就怕想受連機會都失去了，何況兒不受屈。祈求娘保佑爹爹不蹈舊轍，長命百歲，只因您是好爹爹，一世太慘、太冤……」女兒的哭聲使他得到許多無形的補償。

只要田裡有農夫，路上有行人，就存在父女天倫關係。女敬父慈，比比皆是，能達到精神默契的朋友高度者少如鳳毛。深層的相知，語言都是多餘，罕見長處得以發揮，習見之不足逐漸昇華為能源。只要一方在大地上呼吸，另一方就過泥捏的日子也比黃金鑄造的歲月有分量，猶如苦膽勝過蜜汁，不必拋開根器膽識差別去妄求對等。大小相容，因異成異，便是大美！

他從樓下取來疏文，扯成幾段，扔在小几上。

「好爹爹，莫再變卦，連沒出世的小孫孫都快樂！」

他淒然一笑，頻頻搖首：「兒求阿娘保佑我是主，又有三分怨她不該許婚楊敞，病可治而俗無藥可醫。他心地不壞，短見、自私、仰慕權勢，自幼未得過親情，亦不解何謂心性情感。無能的人總是過於相信自己的生存策略，官場得不到的，在家裡擺譜補償。兒一身靈氣，他看不見；對官府金銀冷漠，他不解。無從珍惜！敞兒大部言行給你添刑罰，他視之為大丈夫本色。兒住石村侍奉爹爹是主，還在躲避無法躲開的敞兒，守候永難見面夢寐不忘的郭穰！等爹爹一去，你把孩子養大，不會眷戀這寡味人間！兒一盼一嘆，一動一靜，老父洞幽燭微，難剜肺腑肉，補兒破碎心！兒有話不願說，怕傷爹爹、敞兒，一味隱忍。若鬱結成絕症，傷害娘亡靈，爹爹病體。還是多多傾訴！」

「您不該這樣明白，兒還瞞什麼？大小塊壘，慢慢化悟！」她從箱子裡抽出一件背心披在父親肩頭時，衣褶裡滾落一枚銅錢，她拾起之後，審視頗久。

「爹，聽說從前人行軍，每個小卒嘴裡都銜著一枚銅錢，這是真的？」書兒忽然來了靈感。

「有之。」

「兒想洗淨一枚銅錢，爹爹上朝，銜在舌下，也好免去一些是是非非……」

「大丈夫立志自當篤行，何必仰仗於銅臭？」

「兒看還是銜著好。」書兒說得一本正經。

「取笑了。」

「敞兒說皇帝最近要召見各郡太守，任安伯伯不日要從益州來京呢！」

得到任少卿的訊息，給太史公帶來莫大的愉快。在逝去的時光長河中，許多懷念和誤會，只有風雨聯床之夜，濁酒清茶，才能灌溉碧島，融化黑礁。值得信賴的人太少，太公萍跡江湖，連自己也不能斷定去向與歸期。司馬遷需要人幫他清理思維中的一堆亂麻。

早朝是一系列刻板的程式。記得他任郎中之初，未央宮的建築已經陳舊，文帝尚儉，景帝在位時間只有十六載，沒有將宮殿翻新，反而使顏色變得沉著，古趣盎然。幾年不涉足宮苑，走進大紅大綠的長揚宮，司馬遷從心理到生理都厭惡這裡奢華傖俗的色調，一派暴發戶的審美要求，大而空，長廊門頭上的繪畫，線條很僵硬，比起民間藝人的帛畫漆畫，有天淵之別。皇家的趣味總是如此。

他警告自己：聽女兒的囑咐，早些退朝歸去，不與任何官場人物交往，減譏避讒。

入宮略早了些，天尚未明，殿側廂房裡，人聲起伏，好不熱鬧。

司馬遷剛到簷下，就聽到窗簾背後一群公卿在議論自己：「……哈哈！什麼太史公？鬍子、眉毛一掉，禿著下巴眉頭，成了太史母，一副半老太監的醜相，沒有半點官威，還當什麼中書令？哈哈哈！」

「……可笑！昔日人謂司馬遷下筆萬言，而今文才看不到，想不到竟是箇中官之材，斯文掃地盡矣……」

「……下官愚見，或許是司馬談幹了缺德事，弄得兒子遭報應，只剩個丫頭，連孫兒重孫全給耽誤了，可嘆哪！下官懷疑……」

「……人心不古，苟活偷生，未有如斯之極也。如司馬遷喪盡廉恥，固無足論矣。束帶立於朝，何以對人言？流風所被，能不憂哉？」

「列公所論醒聾發聵，使頑夫廉，懦夫立志。然不知聖君用心良苦，雖堯舜禹湯不可同日而語。偉哉偉哉，聖矣聖矣，仁至而義盡矣……」

這些聲音在司馬遷聽來都像是發自杜周，但又何限於杜周？李廣利、李延年，還有死去多年的公孫弘等儒生……沸沸而起，揚揚直入雲霄，一個個以道德綱紀的化身自居，不知何謂欺世盜名，何謂恥辱，把愚昧、凶狠、混世、貪婪、自詡、自大、顢頇當成裁判智者、賢者、弱者、被踐踏者、無辜者、無告者、無反擊能力者的權力與資本。把獸行當作功德來自豪，使太史公羞與為伍，分不清是滑稽還是荒謬？

他的眼睛告知思維：「我拒絕見到宮廷與官場！只企盼怒火炸開地，岩漿燒盡大漢王朝一群敲骨吸髓的蠹蟲蟊賊！只企盼看到堯天舜日、五穀豐登、六畜興旺……」

他的耳朵附和眼睛：「我拒絕聽到罪惡與謠言的合唱！只企盼閃電矯若遊龍，十萬雷霆挾著飆風，擊斃附在天子身上的螞蟥，恢復皇帝的良知，兢兢業業，政簡刑輕，百姓康樂……」

鼻孔也不甘沉默：「我拒絕銅臭，淫巧的名香，酒的誘惑，肉的挑逗；我要田野禾苗的清新，果林的淡雅氣息，農舍粗茶淡飯的熱氣，小園梅菊的天韻來恢復嗅覺……」

嘴也十分抱屈地訴說：「我拒絕和人的渣滓對語，我要喊出大地的積憤，不能讓哀哀父母捆在刑床上，讓那些公卿郡守縣令、將軍長史、酷吏驕兵、地方豪強，磨嘴成針，扎入父母的血管毛孔吮吸著熱血！那刑床不正是大漢帝國的版圖嗎？我要呼喚上林苑中的大群猛獸，銜著這些兩腳的惡魔，一齊衝上嶗山，跳下大海……」

司馬遷倒退了幾十步，想立刻策馬回家修表辭官，聽候裁決。

他氣得一拍腰帶，猛然覺得兩指之間有個硬邦邦的東西，低頭一看，是離家之前女兒要放在他舌下的銅錢。頃刻之間，他被一場無形的冰雹澆醒了。

他嚮往盛世，正是歷代父老們對盛世求之不得的反映。自黃帝到當今，好皇帝不到十分之一，古史是無法稽考的傳聞。雖然大漢成功太容易，一群流氓玩命之徒，破落貴族子弟以陰謀權術威脅利誘而建成的天下，比暴秦是好些。

在宮廷官場，倫理成了西域貢來的雜耍藝人一樣，頭朝下用手倒立著走路，僵直的腳象徵著他們有限的創造力，睪丸象徵著達官貴人們的視覺。他固然可悲，又何嘗不值得自豪：沒有同流合汙！倫理在老百姓之間還是用腳走路，衣服雖然打滿補丁，並沒有裸體。以偏概全，把心收進筆管裡，放在寫書的帛裡包嚴實，讓軀殼出來周旋，應該慚愧的是壞人。何必自餒？想到仲子臨終遺言，他大咳兩聲，在屋裡一片靜寂之後，昂首闊步而入，杜周並不在場。

使他悲哀的是屋裡重新爆發出聲浪，內容與剛才所聽到的完全相反：

「中書令大人，幾年不見，把老夫想壞了，您可是長安城內一支神筆，怪不得萬歲這樣重用，前程是鷹揚虎搏，一往無敵。大富大貴，大福大壽啊……」

「不圖今日重晤太史公，皇天有眼，天道好還，剛才列位大人還在頌揚您是才華絕代，前無古人，後無來者……」

「子長兄，皇上聖恩浩蕩，我們躬逢盛世，當盡綿薄以報效聖主。您是大展宏圖，造福桑梓，將來少不了還要兄臺引薦……」

「中書令大人，能為聖主立言，薦相才治國，將才開邊，吏才斷獄，使天下豪傑有用武之地，大人是繼往開來的首功……」

這些肉麻的諛辭淹死過多少天才！司馬遷耐著性子向袞袞諸公拱拱手，強迫自己擠出一絲笑紋，打上幾個難測深淺的哈哈。但是辦不到，酸甜苦辣的作料都變成催淚劑，哭笑不得的表情最折磨人。

幾位圓場的老派人物上來敘舊。太史公勉強敷衍幾句，指間的小錢捏得更緊。這些人舉止自然，表情親切，語氣懇摯。當初正是這些人為李陵歡呼，斥李陵失節，要殺司馬遷，要改為宮刑，要毀《太史公書》，將來重演千次也會取得同樣成功。作為這些人的包圍對象，皇帝怎能聽到半句真話？多少良才被肉牆擋在雪野，幾多宏圖盡為狐媚者所削弱、抵消。

無聊的戲劇繼續演了煮熟一鍋雞蛋的工夫，一點也不冷場。沒有數學家來猜想，培養這類人才消耗的物力用於造福民眾，會產生什麼效果。

大太監李福掀簾而入，他立即變成新的包圍中心，妙在沒有人人冷落司馬遷。「敬告列位大人、將軍，聖上傳下口諭：今日早朝免！中書令大人，萬歲在五鳳榭召見大人去草詔，千萬可別耽誤。宮門之外有馬，請立即前往！」

一條條嫉妒的目光集中到司馬遷身上。

※　※　※

小謁者把司馬遷領入後苑一間側室喝過水，擦了汗。早已危坐在屋裡的杜周放下蓋碗，嚥下熱茶，眉眼含春，主動招呼他：「子長兄，久違了！」此時杜周是位列三公的御史大夫，這樣相稱，顯得謙虛持重。

「杜大夫！」司馬遷還禮，不想多說一個字。

「萬歲悲傷不已，急於見子長兄，兄當順旨而行，朝見後再敘友情。」杜周拱拱手。

走過偏殿，穿過御花園，石子小路上頭，有杉木架起葡萄，假山西面，種著西域名馬愛吃的苜蓿，有異域風情。

樓梯口垂著繡簾，他停步佇立。

但聽皇帝說：「中書令乃是近臣，皇兒不必迴避。」

「遵旨！」回答的是女聲，有點沙啞。

「近臣」一詞傳到司馬遷耳中很是矛盾：有八成受辱感，也有兩分歡喜。

小謁者掀簾通報，宣他覲見。

「司馬遷，以後你要常常在朕身邊，免去繁文縟禮。」太史公行過大禮，皇帝親手扶起他。幾年不見，天子老多了，褶皺斑點減弱了眼睛的威力，鬍子白了五分之四，腰向前俯出。身旁，站著他的親生女兒夷安公主，滿臉淚痕。

皇帝緩慢地敘述了結，司馬遷才弄清父女倆悲痛的原因。

御妹隆慮（縣名，漢屬河內郡，古音讀「林閭」。高祖六年，封芒碭山同時起義的周灶為隆慮克侯）公主生下兒子昭平君，自小嬌慣，不好好讀書，仗著出身好，娶了夷安公主，蔑視國法，沒有官員敢管，竟成了長安城內一霸。

隆慮公主病危，皇帝親臨御妹臥室訣別。她在迴光返照時對哥哥說：「知子莫若母。昭平兒不知天高地厚，難免有朝一日要犯國法。我特地把黃金千兩，預交國庫，準備為昭平兒贖死罪，請求陛下恩准，小妹在九泉之下也瞑目。」

皇帝很重骨肉之情，便說：「御妹安心靜養，昭平兒的事，請放心，萬一犯了法，可以赦免！」

「謝皇兄隆恩，昭平兒交給陛下……」御妹溘然長逝。

皇帝唏噓多回，數月寡歡。

昭平從此更無所忌憚，交上一幫紈褲子弟，成天玩弄狗馬，荒淫無度。就在司馬遷受詔為中書令的那天中午，他帶著侍從官、家丁、童兒，牽著三十六條獵狗，架著十八隻惡鷹，出了清明門，跑到灞陵酒家去狂歡了一個時辰，老闆對於駙馬爺拚命巴結，叫了幾名娼女來輪流把盞、奏樂、獻歌，灌到下樓出門，已是酩酊大醉。他跨上大宛棗紅馬，幾鞭一抽，馬發了野性，無論昭平怎麼拉嚼口，牠還是朝田野中奔去，手下這批豪奴惡僕，大隊狗馬跟著就要闖進老百姓們辛勤種植的青苗。

突然人叢中有一位青年侍從官，拚命地跑了四百步光景，平舉雙臂，攔住昭平君馬頭，一躍抓住馬籠頭不放。

大紅馬被這突如其來的阻攔激怒，噴了個響鼻，昂起長臉，前蹄騰空，侍從官的雙腳離地三尺，仍是牢扣皮帶。

昭平差點被摔下馬來，怒目圓睜，大喝一聲：「牛小卿，你吃了熊心豹膽，敢擋駙馬爺的馬，想讓老子摔死嗎？」

「駙馬爺，老百姓的莊稼不能踩，請您回官道上走。」牛小卿神態凜然。

「踩了怎麼樣，不鬆手老子要宰掉你！」

啪的一聲，皮鞭抽在侍從官的頭上，頓時現出紫紅傷痕，嘴唇打破，血湧在衣襟和領口上。

「莊稼不能踩！」小牛也夠固執，拖住馬往回拽。

「白吃老子的飯，呸！」昭平性起，一劍從喉頭刺過去，小卿不及閃躲，倒在地上，他用最後的力氣，抱住了棗紅馬的前蹄，那牲口一腳踩在他的胸膛，小侍從官雙腿一挺，鬆開手死去。

劍從昭平君的手上落到塵埃，他也慌了：「這小子真不經扎呀……」留下兩名家丁看守屍體，打馬回府，吩咐侍從買了棺木，將小卿成殮，放在馬車上，繞城大半周，送到了偏僻的康濟里牛大眼家的院子內。

兩位侍從把門叫開，牛大眼正在屋裡喝悶酒，已有八成醉意。

一位家丁把十兩黃金的小包袱放在炕上，說明原委。

這是晴天霹靂，大眼無法相信鐵的事實。他把杯盞推到地上，一言不發，直著兩眼，奪門而出，跑到馬車跟前，雙手將棺材蓋一推，裡面躺著的正是他的獨子，他掀掉蓋在臉上一方血跡斑斑的白綾，抱住兒子的頭，全身抽搐，久久無聲。

突然，他觸電似的放下屍體，走到路當中，朝地上一跪。

「大叔，您行這樣大禮，小卿可受不起！」兔死狐悲，物傷其類，一位侍從來扶起大眼。

大眼雙臂將侍從推得倒退幾步，雙手直打自己的耳光，然後一邊叩頭，一邊大喊：「老天爺您真有眼，這樣懲罰我，我有罪：割掉了文曲星司馬子長大人的蛋！您要我改弦更張，才把我這聰明漂亮的兒子收去！老天爺，可是他們逼我割的呀……」

「大叔！」侍從們哭了，架住大眼，百般勸慰。

「我的兒子不值那麼多金子，還給駙馬爺，我要兒子！可憐他三歲死了娘，拉扯大不容易，牛家就這麼一條根哪！活的回來，有飯有菜；死的回來，不許進家！」大眼雙睛發赤，酒也醒了。他用底層人物所罕有的固執，走回屋裡，把金子提出來，扔在棺材旁邊，奪過鞭桿，跳上御者座，抓住轠繩一抖：「駕！」鞭花連響，馬揚起蹄子，直朝廷尉衙門奔去，跟著車跑的是家奴、槓夫們和小卿的兩位同僚。

大眼犯了牛勁，誰也無法制止。車子穿過人流，揚起塵土，輪子尖聲叫著，吐出一陣哽咽。

大眼雖然是個操賤業的小人物，這幾年一反常態，時時事事與人方便，使他獲得不少朋友，逐漸形成了受人尊敬的好名聲。為此，他感到向善的歡欣。

棺木被聞聲來的後輩們卸到了驗屍棚下，大眼走著胖人當中不常見的碎步，急速直入大堂，皁隸們請出廷尉右監邴吉，他一就座，向鳴冤人要訴狀。

「小人告的這一家，找不到敢寫狀的讀書人！」大眼口訴了案情。

邴吉驗過屍體，向駙馬手下的人核對事實，便將牛大眼帶進後院書房，斥退公差家丁，開誠布公地說：「昭平君是皇上至親，不為去世的隆慮公主著想，也要想到夷平公主。下官之意大事化小，莫再計較。因為這狀難告準！」

「小人今年四十歲，只此一子。大人若有難處，不便審理此案，小人寧肯闖午門去告御狀，生死置之度外。」大眼放聲大哭。

「牛大眼，你膽量可嘉，見皇上不會許你口訴，還要有狀，方才你也講過，誰敢給你寫？」

「這……」大眼犯難為地抽了口涼氣。

「闖午門擊鼓，十人九死。小卿橫死是不幸，何必你又賠上一大攤熱血……我捨不得一條硬漢不明不白地送了殘生。」

「依大人之見？」

「使公主送的金銀，比賣掉兒子還傷心。往後缺花的找我，總能關照一下。衣服新的好，人還是熟的好。」

「大人，錢買不回兒的命，眼下我沒挨餓，想煩司馬子長大人寫一張狀，不然對不起孩子……」

「受過極刑的人膽子不會那麼大，你要三思！他若不是鐵漢，早已死在獄裡。退一步講：昭平君是該死，皇帝會赦免。他的心也是肉做的，你疼兒子，他能不愛女兒和外甥？大眼別犯糊塗啊！」

「不，活得也太乏，殺頭碗大疤！」

廷尉吳尊回到山東老家葬母了，邴吉便求見杜周。

杜周不敢怠慢，特地將邴吉請到密室。

「少卿兄能告知苦主不再糾纏才好，鬧到這裡，老夫進退兩難……」

「杜大人，邴吉說以利害，私下願送苦主一年薪俸，無奈血仇難忘，苦主不識字，見識有限。能夠私休，豈敢驚動大人？」

「設若昭平君是老丞相之子，下官敢執法如山，這也是名垂史冊的千載良機。可是陛下喜怒難測……少卿兄秉公來舍下，理所當然，不會見怪。請莫介意！」杜周突然一轉，表示親近，來淡化前面的失言。

邴吉在他心目中是七成聽話，還有三成揣摩不透。像頸脖後面的痣，看不見，摸得著，說不清。

「卑職上靠聖上恩典，也靠大人栽培。休戚相關，不會忘記雅教！」

「請少卿先奏明案情，下官夜受風寒，連日洩瀉，進宮有所不便。陛下有何旨諭，請隨時到舍下相告。」他怕邴吉看出自己的滑頭，便故作詭祕地說：「皇家事，我等為臣者當敬而遠之，不要捲入漩渦，前程要緊，還有身家性命財物！」

「大人美意，卑職心領！」

「依旨而行，千萬當心！」

「請大人保重！」邴吉做得懇切，並不過火。

皇帝聽到邴吉所奏，離座而起：「果然如御妹所料，小忤逆竟然做出這等不法之事，如何收場？」

邴吉揣測皇帝的意思，皇帝望著他毫無表情的長臉，沉吟良久。

「卿家先點御林軍百人，將駙馬官邸圍住，把這個謬種拿下獄！」

「臣遵旨，陛下……」

「有話但講無妨！」

「昭平君倚仗是金枝玉葉，萬一拒捕傷害御林軍，誰敢還手？那樣罪惡昭彰，必死無疑！」

「他敢蔑視朝廷王法？」

「興師動眾，路人皆知。日後陛下有意赦免，也難啟齒……」

「嗯，你帶幾名衙役，不許獨自去冒險。」

「臣受國恩，死而無怨。」

「以環代旨，卿家速去！」皇帝解下腰帶上的玉珮，交給邴吉。

「遵旨！」邴吉一見所奏獲準，便看出皇帝沒有拿定主意執法滅親。他希望為大眼申冤雪恨，如果皇上要一意從寬，他也不會執拗地依律而斷。他理會在皇帝面前表現聰明與愚蠢都遭難。只有少打交道，避過刀鋒，做些點滴好事，利己利人。

家丁通報，公主只好推開丈夫到客廳去見邴吉。

邴吉不等公主落座，便交出玉珮說明來意。

公主吞吞吐吐，不知所云。

「邴吉啟稟公主：聖上天威，四海畏服。駙馬隨臣入獄，表示悔恨，公主方能啟齒去請赦詔。如果閃閃躲躲，萬歲勃然大怒，駙馬一命難保。」獄官言之成理，昭平君只好走出屏風，束手就擒，被邴吉送入詔獄。

在司馬遷朝見之前，杜周請求皇帝指示如何結案。

皇帝心情煩躁，不時流淚。外甥犯法，舅舅有責任。回憶起妹妹遺囑，歉悚之情油然而生。見到司馬遷大變後的面容，就像一位雕塑家鑑賞自己的傑作一樣：二十年前，司馬遷英姿翩翩，舉動矯捷。與眼前這位禿項、鬚落眉稀，眼光中冷卻的悲痛，取代了往昔燃燒的浪漫情調。下巴和腦門前伸，眼窩大了，顴骨高了，腰僵腿硬，未老先衰，他聯想到自己求仙巡遊，在佞臣隊裡流失了中年歲月，憐憫自己文采萎涸，玩美女也力不從心。這種惆悵繾綣的意緒，也有百分之幾落到太史公的身上。而另一面，剛愎自用的天子自豪感，又在玩賞被扭曲的形象，眼睛有些狡黠地自我讚美：就算你有幾塊骨頭，還是被我這封禪射蛟的英雄所折服，還有誰能把他變成這等模樣？

皇帝一揮袖，夷平公主含淚走到屏風背後，他向司馬遷徵詢對殺人案的看法。

司馬遷沉思很久才說：「當年蘇建三從大將軍衛青出征匈奴有功封平陵侯。爾後全軍在沙漠迷途，他單騎歸來，按律失軍當斬，陛下免侯爵贖罪，廢為庶人，後來封為代郡太守，頗有政聲。飛將軍李廣大戰匈奴，身負重傷，單于素來畏懼李廣，懸重賞令士卒生擒李廣，必得而後甘心。李廣睡在兩匹馬當中繩索攀成的網上裝死走了十多里，恰好有個擅長射箭的胡兒騎著良馬走過李廣身邊，他一跳到了胡兒背後，抱緊胡兒的腰，奪得了箭與坐騎，鞭馬轉頭南行，追上漢軍領進長城，匈奴兵窮追者被他射殺很多。回到長安，論律該斬，萬歲隆恩，下詔奪去將軍職，贖罪免死為庶人，過了幾年，建下奇功。博望侯張騫在元封六年和李廣同道北征，為匈奴左賢王所圍。廣子李敢衝入敵軍，如虎進狼群，無人可擋。李廣用黃色大角弩連傷敵將，轉危為安。博望侯軍隊遲到貽誤軍機當斬，陛下赦死罪，奪爵廢為庶人，後來通西域建大功。當初陛下若斬蘇建、李廣、張騫，合律合情，而他們後來就失去立功機會，為小失大。臣是史官，據史論事，供聖主考鑑。昭平君一案，上有御史大夫、廷尉，臣不習刑律，未敢妄議。」

皇帝本來就不想殺昭平，聽到司馬遷所奏，與杜周不謀而合，心裡稍稍輕鬆。他知道這兩個人冰炭不相容。

司馬遷出了五鳳榭，杜周還待在偏殿，手裡捧著一大堆奏章，交給中書令後，匆匆出宮。

這些奏章請求皇帝赦免駙馬，甚至荒唐到甘心替昭平受一刀之苦使子長噁心。當年他受腐刑之前，沒有一個人出來說句求情的話，官們靠勢利才爬到了高位。

他把這些違心的話綜合成幾條，交給小謁者轉呈皇帝，出宮，乘馬車回家。

煩悶使歸途變得極長，走過柿樹林，來到他站在樹後目擊女兒送喪而隕涕的地方，特地讓小謁者停車，獨自到林蔭漫步了吃兩杯茶的工夫。鄉親們的憂戚，女兒的啼哭，自身的暈倒，一一湧上心來。對死者與未死者，包括太公、邴吉、大眼、牧童、父親等等慘痛的記憶不勝戀戀。

馬車繼續前行，繼亡妻、老父、仲子而後，他忽而聯想到駙馬劍下的枉死者。那些奏簡上未寫侍從官的名字，雖不知苦主是牛大眼，但能想到伏屍一慟的親人們，承受著重量級的哀傷。他嘲笑這些獻媚者，自以為比他們有正義感，然而轉念到自身為迎合皇帝而說的違心之論，便是為惡張目。比那些馬屁大員，又高明多少？一層油汗黏住背脊後的內衣，兩頰火辣辣地不安。他鄙夷自己靈魂。騙人容易，自騙太難。修史雖是堂而皇之的偷生理由，其實也是一塊為自私遮羞的面具。災難和良心幾時能兩全？

大門開啟，迎接他的是書兒和兩眼哭得像桃子一樣紅的牛大眼。據女兒稟告，客人已經久候多時。

「中書令大老爺！」身材敦碩的牛大眼看到太史公進院子，沒跑到他身邊就屈膝跪倒。他攔阻不及，只好立刻下拜還禮。

「老爺，罪過罪過喲！」他嗚嗚地哭著，書兒幫他說清了原委。

「請到書房裡，商定怎麼辦！」彷彿大眼變成一塊石頭，壓在司馬遷的頭項，把他身上的暗影全部榨出，呈放在陽光之下。

「老爺很為難吧？」看到主人沉吟，大眼越發的不安，他後悔沒聽邴吉的話。

「不！」司馬遷用手抹去額頭上的汗水，心跳也變快了。

「爹，您請皇上替牛大叔申冤的時候，說話要溫婉，別再惹出事來，大叔就更加不好受。」

「不怕！」司馬遷把請求替死的咄咄怪事講述了一遍。

「老爺，天快下雨了，大眼告辭！小卿一死，我只管自個，弄得挺糊塗。老爺活到今天也怪不易，不該再來攪和。就是駙馬爺砍了腦袋，兒子也活不過來，您別跟皇上再提起，免得節外生枝。人有難，天降災，誰叫我吃了這碗該受罰的飯呢？」

「請坐在炕上，停會給你寫完上皇帝書，多陪你喝幾盅。」

「不，不敢再害老爺給自個遭罪！」大眼連連叩頭，真摯、堅定，「馬上我去找邴吉大人，不告狀，不告了。兒子留下一匹大宛馬，看了真傷心，馬在人亡，人不如馬，多年輕多俊的小子！這是一匹天賜的寶馬，忽然被拴在咱家門環上，除了神，沒有人願意這樣做。請求老爺收下牠，我餵不起牠，也怕見到牠。算抵小人當年冒犯之罪吧……」

「我坐車，有小謁者來接，這裡有一匹騾子，馬還是兄弟留下騎，孩子是我學生，伸正氣義不容辭！往日之事，與老弟無關，你還救過我，不然死在路上連女兒太公都見不到。這錠金子，是我與書兒一點小心意，千萬莫見外，推推搡搡，忸忸怩怩，不是老弟的脾性。」

「說謝謝吧見生分，不謝過意不去。金錠收下，這樣我不花駙馬一個錢，乾淨，心裡踏實。只怕結草啣環也報不了大德！」邴吉放在書兒竹籃裡的那錠金子到了大眼手上。

無論父女倆怎麼挽留，大眼還是留下馬要走。行前叮嚀十多遍，不要司馬遷仗義執言。

書兒把太公的蓑衣披在大眼身上。司馬遷把馬牽到大門外說：「大雨將來，早些回家，莫過於傷心！」

天色由黃而變得灰暗、沉抑。大風怒號，太陽失色，這麼大的沙子雨，大眼是頭回見到，他上馬而去。

爺倆立在大門簷下，看著大眼的馬出了村街，消失在風沙的黃流之中，才走回院子。

小黃驃一聲長鳴，帶著悶雷般的胸音，衝出馬廄，來迎接主人，牠稱得起膘肥體健，皮毛油光水滑，大腿和後臀，一塊塊發達的肌肉鼓著小包，只要天晴日朗，在它們顫動的時刻，毛尖上流閃著飄忽不定的光焰，反射著太陽的淡霞。

這幾天陷入升官的煩惱，使得主人和牠疏遠，他不無歉疚地伸手撫理牠的長鬃，牠習慣地舔著太史公的左手。

「小黃驃，別鬧騰！爹有事，我餵你。」書兒跟牠談話，似乎牠能解語。

「不，中午這一頓還是我來，舒展一下筋骨也好。」他拍拍小黃驃的前胸，用手一指馬廄，牠很服帖地走了進去。

他脫去袍服，搭在竹竿上，緊緊腰帶，用筐子裝上一寸三刀的碎草，那是前天夜裡，女兒續草，他親手所鍘。浸在大缸裡一淘，又黃又亮，放在槽中，加倍添上香料，四角拌勻，小黃驃將嘴朝拐角一插，正要扭頭把草撅到一邊，司馬遷威嚴地哼了一聲：「嗯——」牠不敢造次，老老實實地吃著，幾口之後，頭動尾巴搖，那股歡快勁也感染了主人，他輕輕撫弄著牠的斷耳，悲苦的心絃鬆弛不了。

「爹，你要老是高興，準能活大年紀；如果光一個勁憂鬱，身子硬朗不起來。」

太史公拍拍騾頭，淒然一笑，大聲朗吟道：「司馬子長與夫小黃驃皆神駿也，困頓於風雪崎嶇小道，顛沛呻吟於長鞭之下，殘病餘生，吾養乎爾身，爾養乎吾心，於是司馬太史公以司馬為樂，彼此相憐者皆自憐不得盡其才也，悲夫！」

「爹在給〈小黃驃列傳〉寫贊，有意思！」

「人與騾對語，能不寂寞？誰肯為牲作傳呢？」

「將門虎女不才便是！兒做〈列傳〉，爹寫贊論，說說大話開開心也好，您笑得太少啊！」她渴望分享父親的歡欣，但那是荒漠甘泉！

「駃騠比精神殘缺的人可愛，搖尾乞食，不自命清高；奔走不為功名，只是報效水草食料；牠嘶鳴以振奮自身，不為羅織罪名以陷害同類。求索無多，旅途無限，其德其才足以為吾人典範者夥頤！」

「爹是愈贊愈奇！」

「全是大實話。」

「清晨爹去上朝，兒騎牠到後村找鐵匠掛了一副馬掌子，去時慢悠悠，回來一溜煙，又穩又快。老鐵匠說，他一向只打馬掌，賣給掛馬掌的去賺錢。小黃驃一天管走五百里，兩頭見太陽，為牠出力挺高興，多年沒見這麼好的牲口，稱得起萬不挑一！」

「騾子還瘦弱，不必騎牠！」

「怕什麼，個把人馱在身上，牠才不在乎哪！不信您試試，溜上一圈回來吃女兒做的香酥雞。」

「不，爹要給你牛大叔寫申冤狀。早上李福說皇上午後要召見你任伯伯，停會他會到，一起吃。」他披上袍子到書房去了。

小半個時辰之後，任安來到了司馬遷家，他一向心急，天又醞釀著一場暴雨，為了趕在雨前到京，人和馬都渾身是汗。書兒見到伯伯，接過轡繩牽到馬廄去添水草，笑逐顏開地說：「爹聽說伯父要來，高興極了。他在書房，瞧，出來接您啦！」

「好孩子，長成大女孩了，真像你阿娘……」

「伯父……您鬍子白多半了。」

「叫你們這些孩子趕的——哈哈哈！」

「請！馬我會餵。」

「少卿兄，聽到馬蹄聲，果然故人到。請先到廚房小坐，酒菜早已備好，吃完再到書房長談。」

「子長，不忙吃酒，午後見到聖駕，即刻回益州。告俺的土財主贓官一大串，沒空逗留。頭幾天蜀郡漢中一帶傳聞很多，都說你要當什麼太監頭——中書令。你我弟兄通心連膽二十餘年，對這類讕言，無法相信。昨晚有人相告，差點要打他一頓。俺絕不許小人中傷你！還有那個杜周，早晚我漆上一身癩子也要刺掉他，以報對你腐刑之辱！你快講講是真是假。」

「少卿兄……」

「講呀，我們之間還有什麼要遮遮蓋蓋？」

「皇帝下過詔書！」

「當中書令?」

「是。」

「你沒有去以死固辭?」

「沒有辭掉，託霍子孟轉奏過。」

「哦!我倒蒙在鼓裡，原來傳聞是真，你居然接受這種奇恥大辱?」

「……」司馬遷仰天閉目。

狂風驟起，搖晃著大樹，聲若虎嘯狼嗥，灰土橫飛，旋舞成柱，被拋到兩丈來高，又墜落下來，使人難以睜眼。「想不到你司馬子長竟是個貪生怕死的怯弱懦夫。呸!連祖宗親戚朋友的人都丟盡!你這麼死乞白賴地活著因為什麼?」

「……」司馬遷用雙手捂著眼泡。

「伯伯先坐下喝一盅，嘗嘗侄女做的菜，侄女去後邊關好門窗，再來給伯伯添酒。」

「好孩子，去吧。」任安把手在空中一劃，像切斷什麼痛苦似的。

書兒走開了。

「少卿，幾年不見，我慢慢相告。」

「告什麼?去當這尊寵的宦官，難道是為了推賢進士?果真這樣，以屈求伸，提攜才人後進，受些委屈，也還情有可原。」

「對真人不說假話，推賢進才的事連想也沒想過。少卿兄氣也好，罵也好，打幾拳更好，子長不騙人，你肯抱怨子長，是真朋友，恨鐵不成鋼!我是有些苦衷，但絕不會混淆是非。少卿兄，世間像人的人不多，你是個好漢，可是危險得很。殺一個杜周何用？誰賞識此人？千萬不要為弟去冒滅族之災！」

「那就白白受下來，嚥下去？」

「當然受哇！實不相瞞，這頂烏紗帽也是杜周所推薦！」

「你不知道這是公然作踐人，把你看作奴才？呸！甘心受辱就為做官？」

「不，為著書傳世！」

「呸！一個利慾燻心的人也配侈談把史書寫好嗎？你是打著修史的幌子，升官發財，真虧你想得出、做得到！任少卿如夢方醒，罵你，髒了舌頭；打你，汙了拳頭；殺你，給你償命不值得。你把許多書讀到腳肚裡去了？」

「少卿，發完了嗎？何必？下雨了，進去吧。請！你發再大的火，小弟都理會，多多體諒老朋友的難處吧……」

「哈哈哈！你把朋友兩字糟蹋到了什麼份上？從前跟你人頭能換，從今天起，俺看清了你卑鄙的面目，一刀兩斷！」任安拉出袍襟，抽劍一割，切下一幅朝司馬遷臉上一扔，再擲劍於地。「你要還有點血性，自己去死掉拉倒！那樣身上還有人味，倒願意送棺木，也算朋友一場。俺知道你不敢，軟骨頭！」

「少卿兄，我地位雖變，處境惡劣，隨時可因片言隻語族誅，而貪祿小人將要層層軟逼，求官不成，讒言四起。明捧暗打，瞬息成仇。我豈不知朝中無剛直棟梁，無治國安邊良策。但刀鋸虎口餘生，驚弓之鳥，朝不慮夕。我薦賢才，皇帝疑為結黨營私，不肯重用，反而害了賢士。你疾惡如仇，小弟佩服，可想到過這些嗎？」

「哈哈哈！畏首畏尾，總能找到理由。這些障眼的戲法任某一看就穿。你喪節保身，是非賢愚莫辨，看你能做到多大的官，呸！你對不起令尊大人老太史公一世苦心！」任安朝門口走了幾步，突然站住，略一尋思，急忙走到後院，大叫道：「書兒，書兒！」

「伯父，您……」女孩見他滿面怒容，大惑不解。

「書兒，不幸的好孩子，太公回來說任大伯託你問安，恭祝他老人家活到二百歲！往後俺不會再來你家。自恨有眼無珠，認錯了朋友，又愧又悔。此時此情，你要到三四十年後才能理會，一輩子不懂得，或許更有福氣。人知道得越多，苦根越深，上一輩的汗水不能潑進下輩心中。伯伯還和你小時候一樣，喜歡你勝過自己的兒子道遠，真想多看你一眼！」他將一包銀子放在窗臺上，難忍的淚花奪眶而出，「這點小意思給太公買點人參鹿茸，也為你自個做幾件衣服，見衣如見伯父，咱爺倆——從此別矣！」

「伯伯怎麼啦？」

「你爹爹會說清楚。」

「是他得罪您啦？您千萬別計較……」書兒急得找不到合適的字眼。

「得罪區區任安，何足道哉，就怕他得罪的是父母親友、天地良心，是他八尺之軀。伯伯對他未盡朋友之義，他竟然如此墮落，太出人意料！」任安走到馬廄，解下馬韁繩，也不等牠吃完草料，拉出院外，飛身橫跨雕鞍，倉促離去。

「少卿兄！」司馬遷一陣小跑追到村街叫道，「少卿兄，還有仲子將軍留下的遺言……」

「爹，別嚷嚷！」女兒拉著父親的後襟。

蹄聲清脆急促，算是回答。

「爹，伯伯去遠了。」

「唔……」他像夢遊病人一樣，失神地回到院子裡。

書兒去熱菜飯，她已飢腸轆轆。

他抓起長劍，唰的一聲抽出，將鯊皮劍鞘扔在石上。這是古代巨匠鑄造出來的稀世之寶，柄上鑲嵌著三圈珠花，珠子發黃，失去了往昔的亮澤，似乎還殘留著老友鐵手的餘溫。那藍瑩瑩的劍脊前部，七顆金星被磨得鋥亮，兩鍔銀光四射，寒氣森森。它本身就是一條熱汗、壯懷、幻想的小河，由無數瑰麗神祕的浪花編織而成。在入獄之前，劍與筆都是他寄託素志的知己。每當深宵，藝窗月落，萬物入眠，他在院中舞劍一回，倦意全消，回到燈前，抓起筆來用桿子輕輕擊節哼上一段《楚辭》。於是，神馳天外，心接永珍，那呼吸是何等的酣暢啊！

劍是三稜形，人面一照，劍脊上方的半邊臉是正常的，刃上的另外一半拉得很長，又被扭曲，太史公閱人多矣，面對這陌生的自我先是覺得滑稽可笑，繼而覺得是形神分裂人鬼同體的寫照，是西漢大帝國士人命運的縮影。殘忍的真實使他全身冒出雞皮疙瘩。

劍引起的浮想五光十色，寒雨繽紛：

——劍哪，古烈士的英魂！你的主人胸有奇謀，一身是膽。當年隨大將軍衛青北征絕塞大漠，流澌成冰。你襄助主人搴旗斬將，黑盔、黑甲、黑袍、黑馬，旋成一片烏雲，呼嘯著腥風黑潮。只有你舞成千匹白練，一道冬泉，在匈奴大軍中奔突而出，如入無人之境。大將軍再次升官晉爵，你的主人落拓如故！

——劍哪，你是狹長的神鏡，能照出人的骨骼品德。霍去病少年得志，受到皇帝寵愛；衛青舊部，改換門庭，紛紛改投到霍氏帳下，靠脅肩諂笑，說兩句違心假話，唱幾句古詩，便可以分享新貴的權勢。出入長安，四面都是羨慕的嫉妒之眼。你的主人眷戀舊枝，絕不見異思遷。對官位黃金，不屑一顧，安於貧苦，落拓如故！

——劍哪，你還代替秤主持過公道：二十年前，皇上帶領將軍、校尉、郎官們打獵，熊獐兔鹿黃羊堆積如山。皇上欣欣然據鞍而笑，命令你的主人把獵物分給三百多人，就靠你砍削剁挑，快如旋風，公平合理，大家歡呼，聲震叢林。更令人驚奇的是相處不過兩日，他能喊出每個人名字，一眼便看出哪幾個人缺席。那風華照人的年月，誰不佩服他的智慧，以為他前程闊大。誰知偏守一隅，立功未成，兩鬢空斑，落拓如故！

——劍哪，你沒有機會誅酷吏，斬佞臣，殲敵酋，鎮雄關，滅強暴不法之徒，怎能想到竟然要殺天地難容屈辱受盡形銷骨立的司馬遷？一個多麼可笑、可憐、可羞、可恨、也還值得欽其堅韌哀其才智的禿下巴細脖子，值得你一砍嗎？謝謝你，朋友！你的冷眼照見我這醜陋的頭顱了：那額頭聳之似山岳，稜角如懸崖，寶藏一何豐饒；卑之若土塊，皺紋如獄中所見的蛛網，把大漢的法網、文網、偏見秩序嘲諷之網、權勢之網，用血、汗、淚、沸騰的鐵水印在上面。我這眼窩上，粗亮長眉也曾斜插雙劍，已被罪惡磨光，歲月沖洗淨盡。這下面一雙痛苦拌著洞察力的眼睛，砍頭之後與人無異，能轉動的時候不與人同。一事一物當前，能看到它的正面，馬上一生二、二生四、四生八、八八六十四股，分散到它的上下四周，從反面側面看出深層的內涵來。書稿未成，眼怎有關上靈門的權利？難道真為了貪看黃金大印、美女高樓而迷途不返，成了鼠目一對，泥丸一雙？……

當他痴痴地舉起長劍，放到自己喉頭比劃著，傾聽內心獨白的時候，可把女兒嚇壞了，她不敢喊叫，又怕遲延，疾步無聲地走近父親，抓住他握劍的手。

「爹，您不能扔下女兒一個人走啊！」

「哈哈哈！」父親搖頭苦笑，插劍入鞘說，「要做的事太多，我哪敢死？」

「女兒怎能放心？」

「應該放心，知父莫若女呀！」

「任伯伯是好人，可是太苛嚴。爹爹是什麼人物，自己明細。太公刻了一方爺爺的石像，平時怕您傷心，不叫您看，這會來吧！」她推開太公的房門，掀去蓋在石塊上的草薦，揮袖撣去浮草。司馬遷搭上涼棚，虎虎有生氣的畫面展示在他的面前。老太史公的前額誇張地刻成方形，眼睛慈和而又峻厲，從不同的角度，會看到不同的成分。頗像一位預言家，氣度軒昂，差點人要從石塊上走下來。兒子被父親的話語所吸引，雲濤翻滾似的羊群雖白，但不抓人的視線。

熱浪從胸口直頂天靈蓋，在全身擴展開來。他後退幾步，深深三拜。

「爹，您要兒寫的書還沒有全部竣稿啊！」他撲在石頭上，臉貼刀痕，渾身顫抖。

屋外，蠶豆大的雨點橫掃過田野，樹木揚開散發，踉蹌而舞。

「爹，女兒怕喲！」

「怕什麼？」

「怕您出事！」

「我司馬子長要無愧先人，笑對來者，絕無死意。能死的機會何時沒有？慢說是你，十個壯漢日夜廝守也會有失誤。莫再操心！這把寶劍請你收到樓上去，只將劍鞘掛在我的榻前，讓我不忘故友，激勵生之勇氣，汲取自豪！」

「爹爹！」書兒破顏一笑，熱淚滴落在衣領上。

「小心看守門戶，爹要進宮面君，為你大眼老叔申冤！」

「午後闖宮，爹爹進不去！」

「中書令就有這點方便，武士太監不會攔阻，誰都怕貽誤國事，落得身首異處。」

「大雨來臨，明天再去不遲。」

「朝會人多，難以暢所欲言，更怕赦書頒發，木已成舟。」

「爹爹會淋病的！」

「不去會急出病！糊塗的孩兒放開我。」

「兒伴隨爹爹去。」

「宮門你進不了。」

「情願宮門外守候爹爹！」

「莫給爹爹添後顧之憂！取笠來。」

「爹爹執意不許兒去，兒與爹爹備馬。」

「小騾子怕受風寒，還是你爹爹幾根老骨頭淋不散架。」

「牠跑得快！」女兒給小黃驃草草套上籠頭，取出一塊氈子，鋪在馬背上，再摘下柔軟的油布窗簾披在父親背後。

「爹心頭灰塵不少，大雨沖澆，反而乾淨得多！」

「別跟皇上頂嘴，有了結果快些回來，女兒心都掛在樹上。」

「皇上能納忠言，你爹初鼓便歸。如若惱羞成怒，只怕今日生離又是死別，兒要好好奉待太公，不必過於哀痛，買口薄棺，與你阿娘合葬，莫發訃告，莫告親朋。敞兒膽小怕事，如若視你為罪臣之女，壞他前程，將你休棄，你千萬忍辱活下去，莫尋短見，否則就是最不孝的女兒！分手在即，不忍以假話勸慰我兒。比起死罪，風雨微不足道，鬆開籠頭，爹要趕路。」

「爹爹不去吧！」

「不去爹要愧恨到死。是福不是禍，是禍躲不過，寬心守候！」

書兒怕父親分心，進宮失言，忍住淚水，送爹上路。

在初任太史令前後，他不止一次在雨中馳馬。路上車輛行人斷絕，雷電為他加鞭，長風為他開道，天地寬闊，行來好不敞快。他對這壯美的空間契闊已久。

極目騁懷，雨絲牽來許多回憶，彷彿斷了線的風箏又飛回來一樣不可思議，尤其是在這麼匆忙的行程之中。

那是十歲前後，他還沒有到長安拜孔安國為師。父親帶著他，同騎一匹馬到夏陽縣城吃過飯，繼續去黃河之西觀看魏長城。這裡地屬少梁邑，與秦國交界。

「爹，我們夏陽縣是什麼時候才有的？」

「秦惠王所置。周代是韓侯國，古城尚在，所以又叫韓城。」

西行二十餘里，往南一折，長城綿亙如龍，三人高，五人寬，牆項高聳著烽火臺。幾百年過去，有些地方開始頹敗，上面的一層倒坍不久，石礎壓過的痕跡一如龍鱗，片片重疊，整整齊齊。父親饒有興味地講著秦魏之間的幾次戰爭，小子長聽得很出神。

忽然，沉雷隱隱，一場瓢潑大雨撲面而來，父親脫下袍子，套在兒子身上，兒子抗拒著，不肯讓父親淋雨，父親不許他分辯，要他坐在自己胸前，猛催幾鞭，一氣跑了十多里，才有客店投宿。店家取來火盆，為爺倆烤衣服。他的脊背是乾的，父親全身溼透，上牙下齒直打哆嗦，笑得很甜，他卻哇的一聲哭了……

小黃驃一上官道，筋脈舒張，腿便不瘸，牠沒有放蹄迅跑，只是穩步疾行，主人騎騾如坐車。風在他耳邊呼嘯，衣衫一潮，飛揚的襟袖便貼在身上，清爽的快感逐漸消除，隨之而來的是由皮膚襲人心脾的寒意。只因胸廓填滿著烈火熊熊，沒有空隙安放這些念頭。

皇帝聽到謁者通報，要司馬遷立即登樓。

天未斷黑，神明樓上，北面點了兩排人臂那樣粗的大燭，南頭是幾支銅燈，造型有獨角犀、耕牛、飛魚、大象、伏虎、麒麟，吐出青焰，煞是好看。兩側繡幔低垂，一片靜穆。

大廳左側，掛著隆慮公主遺像，三支銅鼎供著祭品。

皇帝束髮免冠，穿著沒有繡花的橘色便服，面對妹妹的遺容，淚光瑩然，背手兀立。迷離的光從不同的距離射過來，在皇帝的臉孔身上浮動，他的內心與司馬遷的命運一樣幽渺難測。

「臣啟萬歲……」司馬遷想開門見山。

「哦，全潮透了，會生大病，天大事跟李福去換過衣服再說不遲。」在悲痛中的皇帝比平時說話緩慢，死去幾十年的同情心有百分之幾的復活，方能為司馬遷的狼狽相動容。

「臣……」

「不聽，去更衣。」皇帝一擺手，李福就把司馬遷拉到了樓下一間側室，找出兩套衣服供他更換。

「萬歲是軟心腸，不聽話要吃虧的，大人！」李福前一句話是陪襯，後面一句是真髓。

換過乾衣，司馬遷身上暖烘烘的，添了些活氣。見到皇帝，原先在路上想的談話腹稿全部煙消雲散。

「雨很大，趕進宮有何要事？」

「臣為請罪而來。」

「請罪？」皇帝眼珠一轉。

「陛下不棄，重用小臣，參與機要。早晨垂詢，臣出於自私，怕犯龍顏，又出於報德，恐陛下高年遭到骨肉受戮之痛，回話支吾，深負陛下誠意。回到家中自責不已。故而冒雨入宮，為陛下披肝瀝膽：昔年高皇帝入關中，與咸陽父老《約法三章》：殺人者死，傷人及盜抵罪。除秦苛政，民皆感德，遂有天下。為大臣者不進忠言，將使陛下以兒女之私而背先王之法，千秋之後，成為聖德之累。臣刑餘之人，微若草芥，陛下採納愚臣千慮之一得，則庶黎幸甚。」

「司馬遷，你膽子還在啊！」

「文臣進諫，武將沙場殺敵，死得其所。陛下權衡輕重，為後世立極，伏請三思！」司馬遷匍匐不起。

「朕喜歡男兒風骨，請起來！從卿所奏看來，慶幸選人不差，杜周薦才有功！」皇帝表彰杜周，在司馬遷聽來未免刺耳。

「午前轉呈幾位大臣上書，有勸萬歲莫忘昔日赦過昭平君死罪，不欲陷君父於大哀痛中，雖乏卓見，但未必盡是諂辭。其中若干利慾燻心小人，以為陛下不會大義滅親，用萬無一失的方式進媚語邀寵，請求為駙馬替死，如若照辦，殺人者逍遙法外，未殺人者斬首暴屍，天下鼎沸。凡逞一己之私，陷陛下於不義不慈之地者，皆非社稷直臣。」

「大度之君，相容並蓄，何畏讒言？故君明則臣易事，君不明則臣難為。奸佞行似剛潔，人皆愛之。朕一覽無餘，或憐其愚，或觀其變，不曾說破而已。卿與汲黯李廣皆是君子。公孫弘之流，名滿天下，實則沽名釣譽小人。若杜周、李廣利，在聖朝可以為君子，在亂世必為小人。全在人主駕馭得法，故立功邊域，執法當朝，無往而非朕苦心誘導使然。史官不可不察！」

皇帝是聰明的笨伯。司馬遷對前後兩段話在智力上的天差地別十分驚嘆，但在此老身上非常統一。他懇切地說：「臣願為君子而君子難為，畏做小人而小人易做。來請罪即仰慕君子高風不能自己，陛下再思！」

「說的是肺腑之言，朕當助卿為君子，不應逼卿為小人。人人皆可為堯舜，人主英明，小人化君子，人主好大喜功，剛愎猶疑，朝是夕非，貪慾無限，侈談仁義，奪民衣食，則君子被逼為小人，天下危矣！昭平一案，皇妹託孤，前有許諾，朕忙於日理萬機，教誨無方，不得推辭責任！然失信於死者，亦是失言於天下。朕正在權衡。為江山，兒女之愛輕如一團柳絮！」

「陛下為隆慮公主一諾不可更改，《約法三章》盡是戲言矣！」

「哦，這……容朕思之。」

李福猜想到一場風暴來臨，嚇得汗如雨流，綢巾都擦溼了。恰好這時皇帝看了他一眼，他像受到主人暗示的老狗一樣退下樓去。

對話停頓，雙方都在沉思。公主在畫像上睜著怨恨的兩眼，狠狠盯著太史公，他下意識地扭過頭去。

皇帝起身徘徊，右手撫著額頭，用食指和中指輕輕敲彈著卸頂後殘剩的茸毛。

「司馬遷！」

「臣在。」

「你很幸運，遇到朕一向愛才、憐才、識才，有度量！若在古代任何君王手下為臣，像你迂介成性，未必能活到今天！你身為史官，不要忘記皇帝都愛殺說真話的人，唯有朕例外。今天聽你忠言：你說舉朝缺少經天緯地大才，普天之下，不居高位者，名聲欠佳者，只要有才，任你引薦！」

「陛下聖聰，臣敢不直剖胸臆？當今才人，可謂十步之內，必有芳草。臣多年閉門不出，讀書自娛，無緣結識英才。臣故交之中，益州郡守任安，可以提桴鼓，立軍門，決奇謀，陷敵陣，將士樂於效命。論勇及善射不若李廣，風雲際會機遇不若霍去病，大名遠播不逮張騫，其才便是當今上乘之選。」

「卿薦任安，他對你如何？」

「臣愚陋空疏，已被任安唾棄而絕交！」

「適才任安來朝見，也言及此事。不以私廢大公，卿有古風！」

皇帝連連點頭。

「丞相長史田仁，先帝三年，立魯王於山東，魯王相田叔乃仁之父，病故之後，魯王遣使送賻儀百金，田仁以為不當以黃金致傷先父清名，拒辭不受，朝野稱為奇士。此人剛毅謙虛，不治私產，善辨是非，所到之處，百姓樂於親近。用此人清理吏治，激勵廉風，使之政簡刑輕，豪強大戶，不敢胡作非為。此二人才高於臣甚多。若是虛言溢美，臣甘受重罰。」

「你自身也是才，為什麼不自薦，避嫌疑嗎？」皇帝盯著司馬遷的眉宇。

「臣為文不隱惡、不虛美，以氣攝情，緣情用語而不礙於理。但不能受大權柄，做聖主股肱，不值一薦。」

「良史之材，古今寥寥，好自為之！所舉任安、田仁皆有才，又都不肯聽話！」

「聽話者幾人有大才？唯唯諾諾，不如直言諤諤！」

「朕豈不知賊心可誅，多少英主壞在鼠輩之手！」

「陛下明察。」

「起草詔書：朕不能循女弟之求壞先帝成法。昭平抵命，否則朕有何面目入高廟呢？所薦二人，任安為護北軍使者，免去益州郡守；田仁免三河郡守，任京輔都尉。」

「萬歲！萬萬歲！」

「還有什麼請求全說出來。」

「自孔子作《春秋》，前兩千年後五百載無正史。臣想杜門修史，中書令一職，陛下另覓高賢，則臣與先父亡靈皆感聖德！」

「誰能代你呢？」

「陛下聖斷。」

「郭穰能行嗎？」皇帝問得太突兀。

「這……」司馬遷思慮未周，一時不知如何回答才好。想到杜周薦自己當中書令，自己何嘗不能薦郭穰？沒有替身，怎能脫韁？便侃侃而談：「陛下以為勝任，當能盡職！」

「你不恨他嗎？」

「薦才無恩怨！」

「等等再說，修史為主，大膽去做，中書令還由你兼任。」

「臣……」

「不必再奏，朕要斬昭平，悲痛之至。李福何在？」

「奴輩在！」老太監從屏風後走出來。

「派謁者口諭邴吉：將駙馬昭平放出詔獄，隨夷平公主進宮，與聯同席用晚餐，共敘天倫。二更之後，送他們回府安歇，門外多派兵將防守，以免逃脫。明日早朝，朕自有妥善處置。此事務須周密，若有疏忽差錯，腰斬不赦！」

「遵旨！」李福連連哈腰。

「司馬遷留在宮中晚宴，朕以熊掌報答卿家直言。」

「陛下重法，天下感戴。今晚與駙馬公主商計家事，臣在末座恐有不適，請準告退！」

「卿家是害怕難於記載觸目驚心場景嗎？」

「臣不歸去，臣女坐不安席！」

「朕允卿所奏。」

「臣拜辭陛下！」

「回來！」皇帝的臉色猛地一沉，一掃溫和之色，狡黠隱忍的冷光迸出眸子，「朕要殺昭平君乃既定之決策，與你進諫無關。所見偶同，只是巧合。此事不許聲張，不得記入史冊，違旨……哼！」

「臣銘記心腹。」

「從今以後，早朝可到可不到，有要事入宮啟奏。重大詔書，朕派內侍宣召，也可在家辦妥。暑往寒來，潛心著書。大器必成，唯卿自勉！」

「謝主隆恩！」

「朕一向敢為，不畏人言。而凡俗小人，求全苛責，竊竊私議。作史要大膽直書，無所顧忌，對朕亦當如此！朕遠非完人。但莫含沙射影，無事生非！」

「遵旨！」

「古今人事每每雷同，不必害怕指為影射而迴避失真，矯枉過正，噤若寒蟬，非朕本意。昏暗之主，狂謬必多，偏以長才碩德自命，務求粉飾，遺譏萬古，反成笑柄。只要朕不追問，群臣議論，不必盡聽。」皇帝越來越清醒，對他往日背德行為，司馬遷不勝惋惜。

「臣盡微力，但願不負國恩！」

「婢僕房宇，人所共需。朕想在長安城內為卿另闢太史第，以減少往返之勞，另賞僮僕數人，晨昏照應，卿意如何？」

「臣在郊外借居父執舊屋，可避風雨，女兒照看門戶，不勞朝廷厚賞。當今舉國歲入無多，連年兵費，多至億萬。雖將煮鹽、鑄鐵、鑄錢、造酒收歸官辦，商人盜販鹽鐵牟取暴利，私鑄之錢不足分量，私釀之酒，逃避稅收，豪富大賈，不顧陛下禁令，兼併土地，迫使小農破產等案不勝列舉。臣得溫飽，別無所求。」

「鬧市紛擾，不利著書。靜讀生慧，知足養廉。諸事皆依所奏。石渠天祿兩閣藏有圖書之多，海內無匹。朕命郭穰逐月送至卿家，物盡其用。」

「不勞陛下吩咐，需用圖書，臣自去借取，萬歲保重龍體！」

「後輩不賢，焉得不煩？」此刻長嘆一聲的皇帝，像個市井老者開始閒步。

司馬遷退出大廳，在門口轉身的時候，扭過臉一看，大廳變得空蕩蕩，皇帝瘦縮得細小、孤獨、無親，步態失去了架勢，不似平時那樣帶有習以為常的做戲風味，活得很費力。

隆慮公主的眼睛，使太史公覺得似曾相識，並不是畫師特別傳神，而是他剛才從皇帝臉上看到過類似的光焰。即使是合理的以下犯上，為了國法江山，他對公主也有世世代代人身依附所造成的不安，以致腳步變得沉緩。他下了七層扶梯，皇帝突然用急步走近屏風，他想：老頭又追上來，莫非又要反悔而赦免女婿？屏風上的剪影越來越大，活像一隻威嚴的大猩猩，陰森、凶殘、醜惡。他的心猛然一拎，「猩猩」意外地止步，接著是撲通一聲，皇帝面朝御妹的畫像跪下了。

他也停了步，不過鼻孔喘出三息的工夫，未敢久留，只得又下兩層，懸在天空的心總算落下來。更下兩級，傳來皇帝公牛般的哭聲，枯澀、煩躁、嘶啞，震撼著寬廣的空間，連樓梯都似在晃動。哭聲迅速被強項的個性所遏止，只能從喉管一角悠悠吐出憤懣、真實，無法掩飾普通人的情味。

這哭聲，皇帝一生有過幾回？誰也無法回答。

懷著後輩的憐憫之情，他閃過回去勸慰皇帝的意念。

然而神壇的高位已把老人鎖閉在狹小的囚籠之中。物質上富有四海，情感上貧無立錐。得到的是千人一面的褒頌，萬能的權力能不腐朽？

熟人眼底無英雄！因襲的神話，遙遠的距離，嗡嗡哄哄的無聊吹捧，加上無知，塗抹在假神身上的油漆，大塊大塊地剝落。在方士面前的蠢態，已然刻劃在〈封禪書〉內。皇帝意識中的善顯露一線微明，忍痛割愛執法帶來的崇敬，凍結在蠶室刑床上的仇恨暫時有些回陽返暖。詩人們的弱點是太容易感動，在找不到感動自己的人和事時，為了餵養詩魂，甚至不惜放大人類的善和美，作為生之動力，有時丟了腦袋都來不及悔恨！太史公千劫不死的局部童心一領唱，跟著自動投入和聲的是人人都會老去的共鳴，死亡迫近時宿怨的淡化，對罪惡的洗滌，扭成一股同情的旋風。在這時如果有人侵犯皇帝一根汗毛，他也會誓死去捍衛。如果皇帝能改惡從善，做替死鬼也不會拒絕。雖然他不能忘掉皇帝集真假善惡於一體的龐大暗影。

太史公怕小黃驃餓了，牽著牠走出皇宮。他矛盾地想過要不要回去請求皇帝赦去昭平君死罪？為了伸張正氣不計毀譽的闖宮行為中，有沒有為己揚名的成分？他同情屈死的牛小卿，孤苦的牛大眼。但對晚年得子又斷了香煙的隆慮公主，正在妙齡初享人生的夷平公主，還有皇帝是否也有些過於嚴酷？揮金如土的昭平君本來過著人間天上的日子，是貴族教育不良的標本，飲刑而亡的結局也會令他惋惜，假如生在缺衣少食的貧賤之家，也許是另一個人。

如何使雙方都不悲慘？

怎樣結案才使自己愉快？司馬遷無法說出兩全的生活法則。小時候阿娘對他說過：「解得開的是鈕釦，解不開的是死結。」死，便是沒有終結的終結。那麼能否這樣引申一下：能夠選擇，便非痛苦；可以改變，不是命運！一場軒然大波使太史公進入成熟的境地。人生、史學、文學都是複雜的，單一音符構不成高階的藝術。

罷朝之後，楊敞馳馬來看望老師，把皇帝揮淚斬國戚的經過講述一遍。

※　　※　　※

皇帝英才偉略的一面從半休眠狀態中甦醒，他戴著白色天平冠，穿上白底繡著銀花的團龍袍，白靴白帶，登上素車，坐四匹白馬車來到太廟，向先帝們酹酒獻祭。他的嗓音有些沙啞，更加能表現情感：「朕君臨天下垂五十年，上賴列祖列宗聖德，下依官民兢兢業業，開拓國土。本應克勤克儉，振我大漢天聲。朕有違祖訓，對勛戚子弟教誨無方，駙馬昭平君仗勢殺人，朕雖不知，亦不能辭其咎！謹向祖宗昭穆請罪，罷畋獵宴樂，齋戒半載，遠佞親賢，納諫思過。悠悠此心，天地同鑑！」

他八拜起身，向西北隆慮公主墓地遙遙三拜道：「朕訓導不當，昭平兒犯律，為遵高皇帝《約法三章》遺訓，愧對御妹託孤之情，枉為手足，難逃自責。特告御妹在天之靈，恕朕昔日赦令無效。御妹賢淑，當能忍痛維繫先王之法！」

皇帝這番作為出於誠意，雖有些戲劇性，毫不矯飾。

四名金鉞武士把昭平君推到他的面前，他涕泣失聲，不能仰面：「皇兒，你知律犯科，國法難容。父皇未能嚴加管束，行刑在即，皇兒寬恕！」皇帝向女婿深深一揖。

昭平君面如土色，連忙跪倒：「兒臣罪大當誅，未盡孝道，父皇恕罪！」

死囚一哭，引得許多文武大員一齊跪倒，替駙馬求情。

「眾卿對駙馬有惻隱之心，朕豈無痛甥愛婿之情？然殺人可赦，則天下何罪不可赦？置刑律於何地？以情代法則國不昌；以言為法則國必亂；用刑畸輕畸重則民不安。則朕獲罪於天更為深重！願卿等對子女加以管束，莫使重蹈昭平舊轍。朕一片苦心當能見諒於天下後世。若一味姑息，良莠不分，朕何以面對百姓？若眾卿再次求情，唯有自飲鴆酒以謝諸位先皇！」皇帝侃侃而言，聲音悽惻蒼老，卻能送到很遠的地方，句句鑽入人們的耳鼓。他雙手抱起鴆酒壺，舉過肩頭，目光朝階下人海一掃，英氣勃勃，儼然又返回射熊殺虎年華，一霎時爆發了雷鳴般的呼聲：

「萬歲——！萬歲——！」這聲音迴翔於白雲衰草之間，撞擊著石柱、石階、紅牆、碧瓦、翠柏、蒼松、遠處的華表、石獸……

有人忍不住失聲痛哭，接著是低沉的參差不齊的唏噓。老百姓太善良，只要皇帝做個姿態，好像他的倒行逆施都是別人做的一般。人們用理想的神光，拋擲到他的頭上、身上、寶座上、神案上、廟牆上、玉階上，他在頃刻間被神化成一座仙山，浮於忠厚加奴性的大海之上，頓時淡忘了幾十年間積澱起來的罪惡膿血。

就像傑出的演員以其卓越表演感動得觀眾們聲淚俱下那樣，聲與淚反過來又把藝術家推向更高峰。這歡呼，這飲泣，這哀鳴，使皇帝驚嘆於自己點銅成金的英明，能拎起千千萬萬顆臣民的心，便足以感天動地，似乎他生來便是神聖的哲人。被罪惡擠得又乾又癟又小的善良人性，奇蹟般地爆炸開了，擴散成花的大野、花的危崖。他以原野為衣，崇山為冠。善的感召、撫慰，給他帶來空前的巨大滿足，把他膨脹得腰帶掛星河，雙肩擔日月。當然不用多久，神冕仙衣仍舊會被帝王屬性的沙漠所掩埋。他暗暗咬牙，全身發顫，一半清楚，一半被不由自主的力量驅動，決計把姿態性的過場，激升為凌越千秋的絕調，去感受真摯與殘忍的大歡欣，不做枉負機緣虎頭蛇尾的二流角色，雙手提著頭髮借情緒化的旋風飄上不朽的雲頭，取得空前的陶醉。

昭平君一抬頭，高貴慈祥而又凜然不可犯的皇帝還在無根地升高，自己收縮得不如一隻幼鼠。他真誠地說：「懇求父皇保重，兒臣罪有應得，甘心受死而無怨！叩謝父皇全屍之恩！」他面如死灰，淚水已乾，狹窄的顴骨周圍烏雲慘重。

杜周的表情在沉痛與憐憫之間。他莊重地走到皇帝身旁，躬身接過鴆酒壺，遞與殺氣騰騰的武士。

皇帝被太監們扶到虎皮毯上坐下，他用雙袖半掩著臉，露出一隻死魚般絕望的眼睛，牢牢地盯著死囚。接著，似乎一縷克制著哀痛的老人嗓音，由玉階底下徐徐噴出，冷若冰霜，向四面滾動：「行——刑——！」

兩名武士架起長跪的駙馬。

皇帝的頭向前一栽，眼睛在袖底閉上了。

在廣場最邊緣地帶，那黑壓壓的一大片臣民當中，有人尖聲狂叫了一句：「請求萬歲刀下留人——！」

杜周全身一動。

皇帝垂下左袖，重新睜開一隻眼，頭腦似乎馬上就會脹裂。

呼喊者被無數的視線壓得他跪縮成一點黑墨。附近圍觀宏大場面的人們怕有災難降臨，紛紛向後退去。杜周這才看清那孤零零的人是苦主牛大眼。近來杜周對邴吉總是不放心，今天早晨勸他莫把苦主帶到太廟，就不知安的什麼心。萬一皇帝要問話原告不在，豈不是要出杜周的醜？小小的獄卒敢雞貓喊叫自找死路嗎？何況老夫還親自安撫過牛大眼呢。而今看來，還是邴吉看得準，此人有眼光，要提防他奪自己的官。出於職業上的敏感和習慣動作，他伸出右掌做了個砍殺的手勢，武士們會意而去。

「慢！帶過來。」皇帝的聲音平板，不解居心若何。

牛大眼兩股顫慄，跪在階下拘謹而又動情地說：「微臣乃死者牛小卿之父，失去愛子，日不想吃，夜不想睡，成天只見亡兒滿臉血痕站在面前哀哀痛哭。微臣親歷失子之痛，轉念陛下年高，怎經得失去甥婿之悲？再者人死不能復生，縱然將駙馬行刑，於微臣何益？不如留他一命，革去官爵，免得為非作歹，青菜豆腐保平安，也不傷隆慮、夷平兩位公主娘娘的心！」

「朕貴為天子，有子女多人，失一骨肉尚知悲痛，念你僅生一子，橫遭殺戮，老景淒苦，無處可訴說。杜卿，賜苦主黃金十兩，聊為養老之用。派武士用車護送回家，不要驚嚇朕的好百姓！」

「臣遵旨！」杜周將牛大眼領到一旁。

「叩謝陛下！」牛大眼遙遙拜畢，小謁者把金錠放進他的圍裙，扶起他右手挽住。

「行刑——！」武帝更威嚴了。

「大人，小人不要金子，情願買口好棺木贈予駙馬……」

「下去！」杜周嫌大眼絮叨，不等他說完就將袖一拂，急不可耐地回到皇帝身旁去了。

牛大眼像夢遊病人機械地下了石級，雙目微微凸出，走向人群。突然，他停下腳右手下垂，金錠落到石板上叮有聲，四面投來驚詫的神色，他木然無所動，又走了十多步，受到氛圍的點撥，轉過體軀，覺得千言萬語無法吐出，他本能地雙膝一軟跪在塵埃上，緊閉兩眼，伸直脖子，仰面朝天大喊道：「萬歲！萬歲！萬萬歲！」那歇斯底里劃動的雙手和拚命向後彎曲的背脊，還有努力靠近地面的髮髻，造成神妙的催眠作用，人們都瘋狂地跟著他歡呼，浪潮滾滾，把皇帝朝雲頭上推送。

一股熱力衝向皇帝的眼眶，渾濁的老淚汩汩流過雪白的長鬚，濺在白袍上。他全身發冷，這種地震般的心靈享受使他目眩頭暈。但他是個強漢，必須挺住，絕不能倒下來！

此刻，旌旗飄動的方向由正東轉為向南，嗆人的北風捲來大量黃沙，錐形的隊伍前小後大，迅速布滿灰白的天空，所有的雲彩都染成褐黃色，如同有一支巨筆蘸滿顏色，在昊天猛塗幾下。太陽默默地變成了藍色圓圈，像一隻碩大無雙的車輪。

「臣啟萬歲，景星現，慶雲出，聖主當朝，才有此瑞吉之兆！」邵伴仙及時獻上甜絲絲的諂詞。

皇帝兩眼一亮，略略頷首，顯然以受騙為樂。對於民諺「人黃有病，天黃有災」之類示警說法也就置之腦後。他向杜周做了個揮手的動作。

「行刑！」杜周急促地吩咐武士們。

「父皇……」不等昭平君喊完，嘴就被武士們捂住，將他推向階下，兩位武士用白綾蓋住他的頭，鴆酒壺嘴非常準確地塞進駙馬口中，人在抽搐，白綾在抖動……

皇帝登上龍車，起駕回建章宮的蓬萊島上歇息。

號角嗚嗚地吹動，車輪流過大道，跪在兩旁的文武大員不敢仰視。

歡呼並沒有減弱，皇帝像木乃伊一樣，寂然半閉老眼，他太累了。

護駕的郎官們有條不紊地跟在後面。

※　※　※

聽完敘述，宏偉的畫面固然使司馬遷感到莫大欣慰，但是怎樣去安慰皇帝與公主呢？他默然站起，走到院子裡一望上天，飛沙走石，日色幽藍無光。作為原是巫覡醫卜之流的史官，他相信天有良知良能與獨立意志，在赫然大怒；作為文學家，他在歷史人物（尤其是項羽和韓信等人）身上，看不到天的公正，不免懷疑。古今中外無數思想巨人，在忠於時代和超越時代的兩極之間疲於奔命。沒有前者便脫離了群體而成為「神」，不能存在；後者則注定其歷史地位，否則便與泛泛眾生無異。一個人的思維中，可以有屬於過去當代和未來的幾條大河，或平行，或交叉，或重疊，司馬遷也不能例外。他的心頭有一片隱隱的憂火，燒不大也滅不了。能為志士選擇的路便是在燃燒中熄止，在熄止過程中燃燒。上升與干擾的力量，永遠在他身上搏鬥。

晚間，他獨處室中，從腰裡摸出女兒贈給的那枚銅錢，反覆摩挲把玩，覺得其中包含著非言詞可以表達的至理。

「書兒，送一根線來。」

「衣服破了嗎？讓女兒來補。」書兒拿著針線笸走進書房。

「把錢拴上，吊在我的案前，我要用這小小的銅鏡，時刻照著自己良心。要是只顧自身安危，牛大眼的冤就伸不了！」

「爹還要多管朝中的事嗎？」女兒有點惶惑，眼珠兀然不動。

「爹又不是只死過一回的人，怕什麼？真要有事，不掛它也活不成！」為了減少女兒的不安，他笑得很恬淡。

「女兒哪能拗過爹的脾性？」說不清是欣賞還是失望，她把錢貼近明燈掛在窗前，它雖不能發亮，還在反射著光影。

司馬遷指著錢和任安的劍鞘說：「寒家以友情良心為寶！」

「爹，萬一大將軍什麼的來這裡看到怎麼說呢？不如掛在心上妥帖！」

司馬遷連連搖頭。

「爹早歇著！」書兒吹滅燈頭，上樓去了。

月色清幽，司馬遷躺在席上，銅錢的剪影更加沉重、清晰。

「人活著便想歡樂，聽從理性的吩咐，歡樂便不辭而別，代之而來的是貧困、勞累、坐牢、殺頭、族誅等等，推不出門的不速之客。會不會有朝一日，良心歡樂由參商二星結為形影不離的雙生姐妹？看來不會。但為了大同的信念永生，我只能相信將來可以辦到，否則永遠在暗夜中掙扎，靈與肉僅有一種得到滿足，只是畸形的苦難。」皇帝、駙馬、公主、牛小卿父子，用不同的哭聲來打斷司馬遷夢裡的自我審判，每次驚覺都流下一身虛汗。

清晨，書兒送來淨面漱口的熱水時，她吊在窗前的銅錢不見了。司馬遷正在振臂疾書。

「爹一夜沒闔眼？」

「睡得挺香，今天起來早些，沒出去遛彎。想到你爺爺一番話，先記下來再說。」他沒有擱筆。

「吃過早飯再寫也不遲。」

「這就好了。」

「爹，這錢……」

「不在這裡嗎？」他舉起手中的筆，錢拴在筆桿上端。

「這是……」

「人的一生太短，該管的事太多，沒法管好。我只想管書裡寫的人和事。將錢拴在筆桿上，時時告誡自己：心明如鏡，事事實錄。別的不再多問，免得兒掛牽。」

女兒滿意地淺笑。

同一個晚上，李福含淚向天子進讒言，斥責司馬遷是糞坑裡的石頭——又臭又硬：「拚死活要除掉駙馬，是不是要報宮刑之仇？聖上一味仁厚，不可不防小人。事事依他，他眼裡還有朝廷嗎？」

「駙馬正法與司馬遷何干？朕平生廣聽群臣議論，不與己見相同者絕不採納。小小中書令怎能左右朕躬？念你忠心耿耿，不得再進忌才之言！孝文先帝早有明訓：嚴禁婦人內侍干政，下不為例！」

「奴輩不敢，死罪死罪！」

「少見多怪！朕若聽諂詞，毫無度量，賢臣隱退，小人乘虛作亂，天下危矣！快去將胖孩喚進殿來！」

「奴輩遵旨！」李福如釋重負的樣子，使皇帝覺得這條老狗很可憐。其實，這類訓斥只是受到信賴的另一種表現形式，大太監心中有數。

胖孩自從李夫人死後，日見瘦損，已經胖得有名無實。久無宣召，有些悶悶不樂。李福來喚他之後，積鬱全消，他一到殿外就倒行而入，用手行走到萬歲身邊，翻過一串筋斗，然後長跪請安。

皇帝撩袍起立，親手將他拉起，一起信步來到太液池畔的小亭中。

「胖孩，不用翻滾摔打，那樣太累！」皇帝坐在巨大的石龜上。

胖孩搖搖手，又倒行了幾步。

「你也坐下。」皇帝口氣親切、威嚴。

胖孩連忙跪下叩了三個響頭。

「娘娘對你好嗎？」皇帝對孩子的表演早已膩味。

胖孩不住點頭，眼角淚光瑩瑩。

「娘娘生前最放心不下的是司馬遷，此人文韜武略，獨步一時。對他不用可惜，用又怕出差錯。你雖口不能言，心裡特別聰明。朕只相信你一個人是忠心耿耿的好孩子，有意讓你過些日子去侍奉司馬遷，你能多長個心眼，聽聽他說什麼，看看他幹什麼嗎？」

胖孩再三點頭，他為自己受到信任而兩腮現出紅潮。

「好！此事只能細心去做，千萬不能讓他人知道。除了你找不到合適的孩子。」

胖孩伸出右手，用食指指天地和自己的心，皇帝對他的理解力很賞識，叮嚀一番之後，特地從腰上解下一塊玉珮，拴在孩子頸項。上面刻有兩個人做「角抵」戲，鬚髮衣衫，飄飄欲動。

胖孩拱手下拜，表達他的謝忱。接著，一氣翻了幾個筋斗，做了個鬼臉，笑得又蠢又可愛。

次日退朝，李福看到偏殿裡只有杜周一人，便湊上去尋求同情者：「太史公忘了萬歲不斬之恩，小題大做，連刑不上大夫的古訓也置之耳後。可嘆人心薄於春冰！」

杜周到底比太監有心胸，他懂得說直話、真話、聰明話的人，皇帝不會重用，早晚會遭災。便很恭謙地向李福一揖：「老公公見不得不平之事，好在抬頭三尺有青天，人不報天會報。公公責任重大，多多保重，下官才能放心。正因公公事多，對『刑不上大夫』一說有些誤記，左丘明著《左傳》、《國語》，所記殺戮大夫之事數十起。刑指肉刑，不是死刑。《尚書大傳》云：『夏后氏不殺、不刑，死罪罰兩千饌。』殺與刑非一事，不妥之處，公公指教！」話很得體，又顯示了才學。

「大夫博學，是記錯了。」李福失去了興趣。他腹笥空空，杜周同病相憐。不談，彼此都很體面。

邴吉對此案的反響是一切如常，不加評議。每天還是踩著重步伐巡查牢房，對杜周彬彬有禮，無可指責。

透過市民們、小吏們、差役們口舌的接力，茶餘酒後的加油添醬，訊息流布全國。提起把他們頸上捆著層層繩索，折磨得苦不堪言的萬歲爺，都豎起拇指，衷心崇拜，比自己開出一片金礦還要得意。對此案反應最強烈的人，無疑首推牛大眼。太史公在幕後的作用，他雖然不盡知，也能充分猜想。在他的心目中，自然成了半聖人。小卿之死而加重了他對天命天星的畏懼。

他葬過獨子，滴酒未飲也像酩酊大醉。幾天一過，人們對此案淡得像井裡擱下一勺糖，不大再提起。自我譴責的無形鋼銼還在挫傷他的神經。

他提著口袋去買米，到了糧行才發現忘記帶銅錢，回家取來錢，稱過小米，才知口袋丟在家中。一找鑰匙就急得團團轉，詔獄找到家，就是沒影，氣得仰面往床上一躺，鑰匙恰好硌痛屁股，原來一直拴在褲帶上。做飯光顧添柴火，小米熬煳了，還是呆看著火苗，不知撤柴棒。氣得他直扭自己的耳朵，耳朵扭青了，第二天還是照舊。

他思念亡兒，特別愛抱左鄰右舍的小男孩，常常買些果品糕餅，殷勤招待小客人們。也許是職業積習養成的病態心理，就在鄰兒們吃得挺開心的當下，他總是情不自禁地拎起孩子一隻小腿，摸摸黃豆大的睪丸，反覆比劃著什麼。孩子家長見到這一舉動臉上便堆滿陰霾，客氣些的擠出一絲乾笑，說聲「謝謝」就把小子抱開；不客氣的還會厲聲說：「他大爺可別割蛋上了癮，想把俺兒也閹掉嗎？要手癢還是把自己閹了吧！」果子被奪去往地上一扔，不管孩子怎樣哭鬧，少不了在屁股上拍幾巴掌，然後抱起來就跑，彷彿慢走幾步就真會吃一刀似的。

一次一次，那遠去的哭聲對他似乎是在啟迪著什麼，後來逐漸變成一種召喚。那亂抓的小手，他曾經見過、摸過、吻過、吮吸過、舔過，是小卿兒時有過的，洗白之後似蔥管，弄髒的時候像泥捏的，多麼熟悉而又遙遠，那日日夜夜掏著父親心肝的小手啊！

只要大眼把工作忙清，在那邊一坐，閉上眼，就聽到鐵鏈在響，後來無須闔眼皮，不僅僅在獄中，在家裡也能聽到。他終於分辨出，那是司馬遷在蠶室裡的鎖鏈聲。稍後，腳步聲、嘆息聲、哀痛的狂叫聲、神經質的大笑聲，層層包圍著他。在夢中，他拚命要逃跑；可惜無論走上荒峰、禿嶺、沙島、巖洞裡、海底下，此身在車、在舟、在浪尖、在月宮、在鬧市、在葦蕩、在寒林、在田野、在詔獄……那些聲音重疊、迴旋、強化著、變異著、等候著他。他身上忽冷忽熱，發癔症，說囈語，再也難以安寧。逢人便說：「唉，早知太史公老爺是個大善人，又是天上文曲星謫落凡塵，我為什麼要動刀閹他？兒子死了，我也活不成，天要罰我啊……」

詔獄裡的夥伴，不胖的公差也曾勸他：「大眼哥，你不幹這行世上也得有別人幹！有的人出娘胎就是天閹，想要那玩意兒是長不出來，有的人身上就多了兩個騷球，害苦了許多女人們，可這些畜生有錢有勢，閹不得，只好把不該閹的閹了。總得吃飯啊！」

「吃飯門路多，大行三十六，中行七十二，打雜行業三百六，誰讓我學上這一手！」

「大眼哥，您手藝高，割了之後那根管子別人就插不了。幹這行叫犯人小太監少受罪，不也是積德嗎？行行有高人，大詔獄裡沒你哪裡成？」

「所以我才教你，教會你我改行，餓死也不吃這碗昧心食了。」

後面兩句是藏在心裡的話，差點連鍋端出來。

他來到了司馬遷的家，馬被書兒牽到廄裡與小黃驃同槽而食。

他走進書房，躬腰站著。

「請坐，大眼兄弟！」

「哎喲，那怎敢，過去小人聾子不怕雷。而今知道您是大忠良，又冒犯過您——說漏了嘴又淌出大糞，該死！——哪有小人座位？」他打了自己重重一耳光。

「老弟說話太見外。」太史公拉住他的手，「恩公，我們是兄弟，千萬坐下。」

「坐下！坐！坐！」他被主人攙到炕上，機械地重複著。眼中射出惶恐與淒厲的光，老是直勾勾地盯在一點上，半沙啞地說：「太史公老爺，小人告坐！」

「哎——！兄弟，到我這來不用講究官場俗禮，一切隨便，不許自稱小人，也莫稱我大人，這點不改，我就不理老弟。叫我名字最好，司馬遷就是給人叫的。老是這樣拘禮，我能舒心嗎？」

「是，大人！不，子長先生！我想……想……」

「有話請說無妨。」

「小人我……」

「慢來，不許說小人。」

「是，太史公先生！小人稱慣了，改過來挺拗口。小卿的事差點讓你丟腦袋，幫他申了冤，他沒娶媳婦，我請老木匠雕了個木頭美人胚子，放在棺材裡，也對得起他。這事本想麻煩太公，可他老人家雲遊天下，找不著啊。」大眼搔著耳根說：「我這輩子遇到的人也上千，您最好，我最服您！往後還得活上一陣子，我不想死，許多壞種活得挺有精氣神，我幹麼要死？可怎麼活？不能不想想。」

「你說呢，兄弟？」

「不想吃那把小刀子的飯，想幹別的。」

「我能助一臂之力嗎？」

「我想到您府上來看門守院，做飯趕車。您事忙，身子骨也不算多硬邦，老擔心您會累病。再說太公，歲數太大，不能老是四海漂流，回來得有人照應。我來府上或許比別人更合適點。您看呢？」

「謝謝兄弟一片美意！太公與我家四代交往，兩代受恩未報，理應奉養。他最近託人捎來口信，很快要回家。這裡房子夠住，你想離開詔獄，可以住到這裡，有福同享，有罪同受。兄弟才四十歲，依我之見，請太公做主，給兄弟娶一位娘子，生下一男二女，也好繼承香煙！」

「先生，大眼是一心一意要侍候您和太公來贖罪，沒有罪，小卿會死嗎？說到娶親，我不配，您這麼好的人都……」

「都做了絕戶頭是吧？說下去，既為兄弟，無妨。眼下的官場特別渾濁，公卿之間有權有勢，不親也是親；利害衝突，同胞兄弟不如路人，爭奪江山財帛，互相殘殺，古今皆有之，絕無真誠可言。賢弟一片赤誠，為兄劫後殘生，能不珍惜？你變了，變得正直善良，令我引為莫大欣慰！」

「我善良？能變得善良？」大眼嗚嗚大哭，「我本心不壞，後來學刁惡了……」

「兄弟有善種子埋在心底，已然萌發出來，這是大喜事！」

「先生，還是那句話：我來給您當牛馬、做家奴，跟您姓司馬，姓牛的死掉了。要嫌『司馬大眼』不好聽，當年邴少卿大人怕我愛打犯人，給我取的大名，就叫做『司馬無鞭』好嗎？」

「不好，什麼牛馬家奴，那樣對待朋友兄弟，招天下人訕笑！『大眼』廣為人知。異姓兄弟，感情一樣，何必更名改姓呢？來就安心過活。粗活敞兒要送兩名丫鬟來使喚，用不著你動手。只要奉養好太公，讓他老人家多活幾年，就是我們的福氣！」

「先生，我不討女人了。」

「嫌娶親麻煩嗎？我給你買個人照應你吧，將來老了，我死了，你也該有人問。書兒是女孩家……」

太史公忍不住泫然長嘆。

「不用想到那麼多，您走了，我也跟您去，活一千年也要走黃泉路……」

「不要胡思亂想，自尋煩惱，你太可憐！」

「可憐？」大眼的鼻腔又發酸，「四十年來，除去父母，只有您明白啊，先生！誰可憐我司馬無鞭——牛大眼？先生，準我改姓吧，不管您可樂意，我都聽心的吩咐！」

「兄弟，不用改，子長有家你就有家！」

「是，先生！」牛大眼挺直身子頻頻頓首。

太史公還禮，他感受到善的力量。作為史學家，他將用自己的書去推動人們攀緣善的高峰。三五年後的現實不可逆料，只要書寫得好，萬年成為一瞬，精神可以跨過時間。

被書兒送出門口，牛大眼跨上雕鞍信馬由轠走回家，心裡還踏實。可是一回詔獄，這種踏實感又飛到九霄雲外，惱人的聲音又一絲絲從四壁和地下冒出，扭在一起，織成一條大包袱，把他挾裹在中間，片刻不寧。他又受不住那追逼與煎熬，實在無處可躲，很快消瘦下去，不到十天，雙目下陷，又出現幾莖白鬍鬚。

他的辭職要求，廷尉吳尊沒有准許，因為要施宮刑的人超過二十，還要判下去。

做完這些公務，四面八方更強大的聲音在訓斥他、鞭笞他，神經完全錯亂，發著高燒，說著胡話，他想到死，便把繩子掛到梁頭，自己站在小几上，正要將頭伸進去，忽然一個奇異的念頭使他豁然開朗：這皮囊折磨他四十年，不能讓它這樣痛快地死去，要報復的奇想在他心中一發而不可收地膨脹，以至達於無限。他跳下小几，坐到床上，摸出剛剛磨快的小刀，放在窗臺上，呆呆地看了半晌，然後跪倒，虔誠地拜了三拜，只有小刀才能為他收割到安寧。

來看他的是學他手藝的公差。

「大眼哥，您病了吧？」

「誰說的？壯實著呢，我要到中書令司馬大老爺府上去當差，改日請你喝一盅。兄弟來到寒家有什麼吩咐？」

「想借哥哥的馬回山西老家看看老娘，她老人家八十八歲，老惦記著我！沿途包管水草料樣樣不缺，還哥哥的時候不少一根馬尾毛。」

「一句話，牽出去騎上就走。趕明天搬了家，這匹寶馬得讓中書令大老爺騎，那才威風！」

「大眼哥氣色不好，印堂灰暗，可要我找位大夫搭搭脈？」

「不用操心，去吧，一路平安！」

公差借走寶馬。

織滿縱橫血網的眼睛圓溜溜地瞪著小刀，久久也不眨動一下，他呼吸窘迫，嘴裡如同銜著一塊炭火，喘息很久，猛地冷笑一聲，傻乎乎冷冰冰地說：「小刀爺爺，二十多年來一家三口，連著那沒過幾年舒坦日子的小卿他娘，都靠你這位衣食父母賞碗粗茶淡飯，我們粗人也不配吃什麼山珍海味，這就夠意思！咱先得謝謝您，不然您會責備俺司馬無鞭是忘恩負義的人渣滓！」

「古語說得好，一升一斗米養個恩人，十擔百擔米養個仇人。俺沒吃黃牙，可又怎能不仇恨你——

刀爺爺！二十多年前那個樂呵呵的牛某成天愛打抱不平，喜歡和漂亮女人操幾句廢話，想不到手就老喝悶酒，有一回真有那麼一位笑盈盈地闖進俺家，俺嚇得尿一褲子，被俺推到門外，叫她扇了兩耳光——多甜多苦的耳光，那個挺有人情味的小夥子牛大眼呀，你到哪裡去了？這會俺全明白啦：割一對人蛋，犯人身上少掉一兩，俺身上的人情味就少掉一斤，那個可愛的小夥子就離俺遠一丈。俺變得陰沉、氣不忿、愛發火，蛋割了百十斤，原先的俺也就那麼重，傻瓜，哪能還剩一星半丁點？俺捨不得的老牛哥，暈暈乎乎地變成喝犯人血的大渾蟲一條！他瞪著牛眼惡笑，看著人哭、人叫、人跳、人挨鞭子、人坐牢、人受非刑、殺頭、割蛋、腰斬，天底下再沒有叫俺難過的事，賺不到酒錢回家就捶老婆，喜歡的時候又抱又親，罵起來沒完沒了。一個生過胖乎乎小兒子的好媳婦，成了俺出氣筒。小刀爺，全是你教壞的！」

「司馬無鞭大夢醒來，看到手上的血洗不盡，越洗越紅，飯碗裡全是血拌的人蛋，不放下你，扔開你，這日子還過個屁！……」

想到亡妻和兒子，他越哭越傷心。

他打開箱子，找出她出嫁時穿來的一套衣裙，那女人也真會過日子，臨死還吩咐留給兒子討媳婦再用，不許給她穿進棺材。衣是大半新的，可人呢？他急於要見見她，急於要入夢，躺在床上從一數到一萬、二萬、三萬，油燈快滅了，衣服上女人的氣味淡得幾乎嗅不出，他還是不能入睡，便索性坐起，將被子枕頭捲成一條圓筒，再套上她的衣，繫上她的裙，然後抱在懷裡，一個勁抽泣，他親著沒有知覺的被子，直到天大亮，他才看清床上的一切。匆匆地把衣裙收入箱底，走進院子，到井邊去梳洗。

又一個新意圖產生了，他想看看可惡的牛大眼到底變成什麼模樣，伏在井圈朝下看，井太深，一個大黑洞，不見人影。記得兒子的床頭常常放著一面小銅鏡，年輕人俊秀，誰不愛看自己一眼？他找到床頭，不見銅鏡，原來掉到地上，長了一層銅綠，要磨也太嫌麻煩，便輕輕扔在窗臺。可也怪，他走動的時候，鏡中也有個模糊的黑影在閃動，便是他尋找的渾蟲。一股怒氣點著他腦瓜裡的無名火，漲得後腦勺與耳朵眼子裡嗡嗡叫。

牛大眼指著鏡子破口大罵：「……劊子手！畜生！你一身橫肉從哪裡來的？你在犯人面前的八面威風是哪來的？是良心送進當鋪抵押來的！」他拍拍頭皮接著怒斥道：「從前裡面的血乾乾淨淨，而今全是驢尿，連那麼上進的兒子也因為你缺德而死於非命。橫看過來，豎看過去，你哪點還像個人？你這招萬人恨的邪神！本想把脖子抹上一刀，抵你的大罪，讓良心不再吵俺，犯人不再咒罵俺，鄰居親友不再斜著眼看俺。可捨不得死，中書令大人和太公還要我去照看送老，俺割蛋代替割頭，向皇天再借半條狗命多活幾年，等該辦的事辦了，俺隨後就死給你看，司馬無鞭大爺不含糊！」

他抓過鏡子隨手扔到門外，虛掩上大門，從鍋裡找出一塊牛肉啃了幾口，又喝下一大瓶酒。屋裡的柱子，頭上一排瓦椽子，都有點晃動。

他脫掉褲子，露出一雙毛茸茸的大腿，找出他想宰割的那話兒，兩手忍不住發抖。粉紅色幻想，似是亡妻，又像是鄰居當中一個漂亮的少婦，他從來沒有跟她說過一句話，在入睡之前，醒來之後，這幾年老是鑽到他思緒中來。一個虛構的女人，隨著這一刀也將永別！

「這樣對自己太狠吧？太史公也沒叫俺閹自己啊！」憐憫自我，留戀那虛無的男人之夢，他把小刀放在小几上，又連連下拜：「小刀爺：跟你往日無冤，近日無仇，饒了俺吧！」小手，胖乎乎的指頭指著他的臉，那小手一變二、二變四、四變八，成倍地翻番，從四面八方向他伸過來，抽他筋脈，扯他毛髮、撕他心肺。從胖胖的手指縫裡，流出了鎖鏈聲、嘆息聲、哀泣聲、咒罵聲、鞭打聲、狂笑聲、碰杯聲、蓋棺聲、磨刀聲……監獄裡一切刺耳的聲音，由弱而強，其中最響亮的仍然是太史公的鐐鏈聲，嘩啦，嘩啦，嘩嘩啦啦，嘩啦……落在他的心上，頓時烙得他皮髮生煙。

他徒然地從一間屋到另一間房，從門裡跑到門外，從門外逃進門裡。小手和聲音狂追不捨。極度興奮、極端疲憊，凡是他巴掌碰到的門窗鍋蓋、酒壺被縟，無一不燙傷他的細胞，在死的召喚面前，他癱瘓、瘖啞，變成一堆喪失知覺的肉。也不知過了多久，絕望中響起他青年時期的回聲，鏗鏘、圓潤、壯闊：「滾開！窩囊廢牛大眼，無恥懦夫！睜開眼看看司馬無鞭大爺如何閹掉你……」

小刀銀光一閃，一股熱血從腿襠裡噴出。他咬著牙，忍著淚，強瞪著眼，很鎮定地插入通尿的小管子，敷上藥，把刀扔出窗外，倒在炕上，幾聲慘叫，就人事不知。

嚴酷的良心呀，當人性甦醒的時刻，你的凜冽神威煥發出來。讓這個渺小的人來背起從皇帝到亭長獄卒旋轉不休的攪肉機，似乎荒誕，然而，此種異舉也有正義的火星湧濺出來。被填在機中的每一塊肉，在強者面前是奴隸，不敢大聲咳嗽；在弱者面前又是一個小皇帝以至小小的袖珍皇帝，對無力還擊的弱者拚命蹂躪，作為「報復」，找出活下去甚至於自我感覺良好的「理由」。懺悔貴族是舶來品。毀掉他人，響應皇權號召自我毀滅，都終生不悔，就靠這點虛幻的「平衡」，明擺著都跳不出被粉碎的歸宿的夥伴們，誰也不肯主動去安慰攙扶同類。神奇而又貧乏，花樣翻新而萬變不離其宗的封建亡靈呀！

抹桌布再髒，皺襞裡也折射進太陽的光。一名小人物破格的懺悔，挺身承擔罪責，也比空白好些。

太公倦遊歸來，和太史公杯酒暢敘他去遼東省看郭翁伯兒孫的經過時，公差闖入廚房，他自老家山西兼程回京，去還馬給大眼，發現了垂危的自宮者，特地來送個信。

司馬遷賞了公差幾串酒錢，慌忙騎著小黃驃去接牛大眼。

「是發瘋還是中了邪?」太公很奇怪，「我們就是他的至親，無論病到什麼程度也要養他到死!」

司馬遷連續反躬自省：是不是拒絕他做守門人的話遭到誤解，怕男女有別，不便與書兒相處而出此下策?子長的心在怦怦然跳動。

續題詞

肉體：我比老兄幸運，看到的世界與人們心理的活動，都是單一顏色畫出來的，遠遠沒有畫家眼中的流溢交錯，變化萬千。

靈魂：不見得。把複雜看成簡單，倘如沒有哲人的概括，大畫家高級民間藝人化繁為簡、為平塗的特殊篩選力，就是候補白痴。

肉體：然而我很平靜。

靈魂：墳地最平靜。無奈物質和意識都不單一，你沒有能力去識別，反而得意。這不是阿Q精神作怪？

肉體：從道理上說阿Q早該消滅，事實阿Q又是弱者延續生命的三級救世主，他給的東西不比受人謳歌為救世主的大人物少。你幹麼老皺著眉，誰借你美酒還給了井水？

靈魂：我和眾人一樣，身上有百分之九十九點九的東西被速朽掉是大好事，但有千分之一能長成巨人的種子也因我的無能（能源、能力、能折騰）而為速朽部分殉葬。這太不公正！

肉體：公正幾個銅子一斤？我們全身都掉在平庸的井裡，割下一隻耳朵扔到井圈外面，能救我們整個人嗎？

靈魂：所以才為美麗的耳朵嘆息！不是所有的井下公民都有順風耳，而鄙人的耳朵能聽到漢武帝吹牛、李夫人唱歌、太史公的呻吟……我愛將來潛能全面發展的男男女女，可以欣賞到歷史的獨白，活得充實快樂。

肉體：那跟你有什麼關係？

靈魂：有點微小發現，總期待人分享，僅僅只為自己又何苦活著！

肉體：大言不慚！你真曾經活著過？

靈魂：（悚然）這……

肉體：你一向把我看成行屍走肉，自視過高！你就是比我高一兩張紙一匹篾的厚度，放到大時空中仍舊是同一個層面上的塵埃。憑什麼把一部小說當作真正的列傳和給人類的遺囑去寫？忘了自個是誰？幾個人聽你絮叨？我過去僱你當嚮導，是想做你的引路者！

靈魂：（語塞）這……

肉體：這太出乎意料吧？我們留下的篇幅都有限，放下妄圖不朽的自我折磨，跟我一樣去迎接被遺忘的幸運！

靈魂：（不服氣，又無良策）太不甘心！

肉體：（大笑）哈哈哈！

靈魂：然而……

一

漢武帝劣跡甚多。山東及三輔要地不斷有人仿效陳勝、吳廣揭竿，僅因老百姓們對幾代漢天子的猜忌認識不透，似乎在「德」的遺產上比嬴政略厚，才未蹈亡秦舊轍。

杜周提出所謂「沉命法」實即沒命法、要命法：對「盜賊」未能及時殺絕者，兩千石以下直到小吏皆連坐死罪。法雖無效，杜周、無忌等卻因此固寵發財。皇帝還怕酷吏不酷，命江充、范昆、王賀、暴勝之四人持虎符著鏽衣為直指使者，以致誣人在心裡咒罵皇帝也可以「腹誹」罪砍頭，連殺數萬人，怨聲四起。僅王賀執法寬慈、赦人萬餘。暴勝之接受名士雋不疑勸告，由濫殺而戒殺，外省矛盾方趨緩和。

征和元年（西元前九二年）旱災持續四載，草根樹皮被飢民吃盡，遍地餓殍。皇帝四次東巡，神仙未遇，求雨不靈，躁怒無常。冬天閒住建章宮，有天晚間，他自稱見到一名持劍壯夫閃過殿下，便喝令武士捉拿刺客。搜尋幾日幾夜沒有影。他說防範疏忽，斬門吏數名，調集郎官帶領騎兵嚴查上林，令右內史關閉長安各大城門，逐戶尋找十餘天，仍無所得。人至老境，久戀酒色，心情陰暗，偶有幻視幻聽，不足為怪。他無視常理，終朝疑忌，於是權貴之家紛紛聘得男女巫覡，透過各種管道引入宮廷。大內幾處設壇焚香，跳神祭鬼，好不邪乎。

任安授職護北軍使者，上任後但見軍紀鬆懈，極少練兵，甚為詫異，便召集昔年在衛青門下同過事的老將們了解，方知官兵欠發餉銀五個月，兒郎們累月吃不上一頓肉，問及原因，都支支吾吾。任安命小吏清查帳目，一拖四十天，含含糊糊，沒有下文，他甚為納悶。恰好皇帝召見，他來到建章宮便殿。

「朕下詔捉一刺客，二十餘日未能破案，卿有何計？」

「陛下若不能釋疑，接著搜求，必使眾臣手足無措。以臣愚見再加武士警戒，暫時不再提刺客，讓郎官等暗中留心，有了眉目，再了此案不遲。」接著，任安將北軍近況上奏。

「卿家何不親自核查帳目？」

「這……」

「有何疑慮？」

「萬一查出貪贓違紀者乃金枝玉葉之人，臣得罪不起……」

「任安，往歲衝鋒陷陣，勇冠三軍，大將軍甚是稱許。當前國庫欠充裕，卿連捉拿幾隻肥老鼠都畏首畏尾，上負皇恩，下違眾望。況北軍系朝廷柱石，若養癰成大患，豈同兒戲？」皇帝一掃昏聵神色，「只管去查，王子犯法，與庶民同罪，朕對昭平君執法有先例。如不思重振綱紀，莫怪朕不姑息！」

「謝萬歲！十日不能查明，願下詔獄待死！」

「嗯，快人快語！內侍，將四川官紳上告任安奏章取出讓任卿一觀。朕用人不疑，好自為之。」

李福把任安引到密室，三排紫檀架上盡是帛書。

「少卿將軍請看：告貪汙賣法瀆職的，強娶民女為妾的，霸占負郭良田[11]的，縱容官兵殺人放火的，私放死囚的……嗬！有十八個腦瓜子都砍掉，也抵不了滔天之罪！瞧，這是司馬遷大人上書給萬歲，說你是清官循吏，執法如山，他以性命擔保這些是劣紳刁惡訟師誣告，請求派直臣去核實。皇上派郭穰微服入蜀。據說往年您還打掉過此公倆牙齒，司馬大人痛斥他是背德小人，對面不說話，可對您都豎大拇指，陛下才深信您是大大忠臣，在益州幾十縣放了一萬多名犯人，做得有理。幸而有正派人撐腰啊！」

[11] 古時城外再築一城，名郭。負郭良田，指城之外，郭之內肥沃土地。

任安背脊直冒冷汗，愧恨交加。

七天之後，任安又進長樂宮。

「抓到大老鼠了嗎？」

「臣……」

「哈哈哈！沒抓到？」

「臣怕咬手，原想告老去驪山之陽躬耕自食。若匈奴膽敢入寇，臣即應詔領兵去邊關捍我大漢疆土。見到陛下，臣自恨怯弱，必待整飭好北軍再辭朝務農。此案無人敢上告，涉及之人權勢甚大！」

「如此說來，是虎狼？沒有強弓利箭，任其橫行？」

「臣願為射手，若傷陛下膚髮……」

「絕不徇情枉法！」

「丞相之子公孫敬聲用北軍餉銀一千九百餘萬錢，在潼關附近建有行館，奢華不亞大內殿宇，養健僕歌女數百。陛下親女陽石公主常去那裡通宵宴樂，敬聲揚言所費之金皆為公主，將士不敢怒不敢言。妻兒啼飢號寒，不能為朝廷作戰。此等頹風不止，必釀心腹巨患！臣請到四名老將，曉以聖意，敢出庭作證。臣愚鈍之至，在聖體違和之後上告公主，恨不能剖心明志……」任安伏地啞然哽咽。

皇帝霍然起立，他震驚，意外被迫面對腐爛到筋肉的痛苦。

「前幾日諸邑公主與衛伉進宮問安，對她妹妹隻字未提。此二人若與敬聲等狼狽為奸，卿但念大將軍生前之情，有意回護，亦是不忠，定責不赦！」

「臣不敢！」

皇帝另有邏輯：兩公主不爭氣，母親雖是衛子夫，但無論多可恨仍是親女兒。任安捅了蜂窩，逼他演大義滅親的角色，比公主們更可恨，有機會必置之死地。忠心拗不過意氣！「卿告知杜周依律斷獄！」

「是，結案後臣乞歸村野，讓後輩小將護軍更妥。」

「十年後再說。」

「臣……」

皇帝不悅而退。

當夜，無忌抓走了公孫敬聲。

公孫賀當慣牌位，遇事上推下卸，從無主見，這回亂了手腳。江充帶來了胡人巫師檀何，便向客人求教。

江充一揖，把胡巫往前推。

「只有先破家為公子還帳，再上表請求逮捕游俠朱安世，為令郎減刑，別無妙策。」

「朱安世闖蕩江湖，多次殺人，哪裡去捉？」

「丞相把此事交給杜周門下無忌，七日捉不到將無忌斬首，他自有辦法。」

「唉，家門不幸，有此逆子。老夫失教，悔之已晚！」

「讓檀何仙師替丞相查宅驅邪，作法禳解災難，逢凶化吉如何？」江充乘虛而入。

公孫賀點頭稱善。

檀何念經施法，唱唱跳跳，鬧一通宵，舉劍往樹上一砍，血水如注。公孫賀大驚，把此人推薦入宮。

五天後，被無忌所擒的朱安世在牢房上書，揭露敬聲與陽石公主通姦；公孫賀縱子不法，在甘泉宮馳道兩側埋下木偶詛咒皇帝。諸邑公主與衛伉有相同罪行。經江充去實地挖掘，回稟說：所告不誣。

皇帝大怒，親審此案。江充找來檀何，反戈一擊有功，公孫賀全家及兩公主一齊被捕。

杜周日夜審理，有了眉目，親自起草三份報告：甲式從寬，敬聲判徒刑十年，衛伉公孫賀削職為庶民，兩公主交宗正訓斥，各責十杖；乙式為公孫賀滅族，衛伉斬首，兩公主詔令自盡，財產全沒收國庫；丙式折中：男犯各判徒刑，兩公主廢為庶人。

杜周躬身立於階下，但見皇帝碩大的黑影在大殿左右大窗上頻頻出現，連連大聲咳嗽、頓足，便決計按乙式呈報。

「御史大夫敢報誅皇親國戚，不愧位列三公！」皇帝在詔書天頭寫了個「準」字。杜周「寶」押中了，心裡一塊石頭落地。

皇后得知兩公主下獄，驚懼交加，便讓太監通知劉據入宮求情。

「據兒來此何事？」皇帝還在躑躅。

「叩問父皇金安。」太子語氣畏縮。

「朕身尚安，兒昨日去母后那裡整整一天，有此空間，多多讀書才是。」他聽了小黃門常融的讒言，說「太子得知父皇臥病，面帶歡容」，很是光火。

「是。」

「賜兒宮女兩百名。」

「這……留下侍候父皇。」

「食色，性也，男女之大欲存焉。聖人立教不能廢此。兒見大忘小，垂拱而治天下。夏桀寵妹喜，商紂寵妲己，周幽王寵褒姒，若任用賢能，何至於滅國亡身？大丈夫自有主見，禁止婦人干政，不必害怕。你父皇后宮佳麗如雲，安然日理萬機。」皇帝說得坦率。

太子忐忑不安，顯然有人揑造他在母親那裡沉湎妖姬美女。

「告辭！」談了一會，太子要回東宮。

「兒君臨大國，莫忘父皇厚望！」皇帝面上出現霽朗之色。

太子走到門口，停步片刻，又轉過身來下拜。

「兒不會為賜一批宮女叩頭，必為諸邑陽石兩妹求生。」皇帝兩眉頭緊緊擰在一起。

「同父共母，一體之情，父皇年高，不能受此重擊。兒懇乞開恩饒兩妹一死，廢為庶民，各輸百萬錢入國庫贖命。若她們不夠，兒與母后助以半數。」

「兒重骨肉，為父豈無天倫之愛？然逆女們咒父早死，天理國法，斷難寬恕！」

「爹爹！」太子膝行幾步，緊抱皇帝雙膝。

「兒不可無剛，當心落入悍婦賊臣之手，令父皇擔憂！」他將太子頭顱攬到腹前，首次看到劉據清瘦的下巴上出現白色髫鬚，鬢角微灰，前頂初謝，不禁長嘆。兒子似乎不像皇門郎蘇文常融所報那樣貪色，要玩女孩何必到母后那裡去找？但一想到自己超人的判斷力，蘇文等豈敢妄言？又認為太子是酒色傷身，未老先衰。他替兒子拭去淚水。

「父皇……」兒子很受感動，「兩妹妹不孝，您老人家千萬保重，免得兒和百姓不安！兒無才，唯盼父皇長壽，天下大幸！」

「還想說什麼？」皇帝恢復了安詳。

太子自信無過失，不想申辯什麼，起身辭出。

「慢，宣小黃門常融。」

侍立門外的李福一聲傳呼，常融惶恐地上殿叩拜。

「常融，朕對你不差，你說太子聞知朕臥病，面帶喜色，今日來見，淚流滿面，可見你出言無稽，間離父子情，誰要你進讒，從實招來？」

常融本系市井小人，心想供出江充、蘇文，勢將同歸於盡，留下他們還有活路。便頓首請罪：「小臣一時失察，罪該萬死！陛下寬恕，來生變犬馬報答天恩！」

「李福，命武士帶交杜周審問。」

「臣自知罪重，陛下……」

李福有一把膂力，像提小貓一樣拎起常融走出殿門擲於階下。

「請公公為我講情，容當厚報！」常融被武士押到廷尉衙門。

「朕絕不讓小人挑撥得逞！」

「小人邀寵，趕出長安，莫氣傷龍體。」

「皇兒為奸佞開脫，是非混淆，何以立威治天下？人主過於忠厚，行婦人之仁，江山難保！創業艱辛，兒莫自誤！」

「兒臣久負父皇期許，請在諸位弟弟中另選英才當國，兒甘於讀書享閒。」

「兒何來自危自擾之念？爾雖非開基雄才，乃謙和賢達，守成之主。諸弟不知民間疾苦，驕奢不納忠言。父皇素來無另立儲君之想，此話莫再提起。」

「兒想來此侍奉湯藥，略盡人子孝道。」

「兒有此心足矣，晨昏湯藥自有內侍御醫，不必記掛。」

父子皆未料到，此別竟成永訣。

江充聞知常融被逮，急忙乘車來會杜周，在地下密室裡談到子時才去。

無忌為杜周送來夜宵。

「江充要我夜斬常融滅口，明日陛下要人……」

「大人不能全聽江充的，上朝時就說已交門下問斬。萬歲點頭，下朝斬之不晚。要再審問，推說門下尚在核對口供，未及行刑，有活口。」

皇帝有位堂兄中山靖王劉勝，納妾百名，生子一百二十餘人。涿州太守劉屈氂排行百數，也是庶出。武帝怕相權過重，公孫賀處決後分為左右丞相，恢覆文帝初年舊體制。屈氂是著名的糊塗蟲，拜為左丞相，封為膨侯。右丞相暫缺，後來田千秋、楊敞、邴吉等還是一人相國，始終不曾補全。

皇帝本想重審常融，查出奸黨，誰知太子走後便覺氣短心悸，四肢睏乏。過頭的自信，使他喪失對江充、蘇文等一群宵小的剖析能力，讓小人們借蠱惑一條肆意株連，斬殺異己，賣友求榮，鬧得烏煙瘴氣。兩女及被江充處決的五萬多人都咒他早死，他確實想不通。孤獨、感傷，猶如一位白髮蒼蒼的水手，獨駕一艘大船夜行於諸多惡礁之間，隨時要沉淪。

五更天，他夢見幾百名小木人，手持兵器衝上前來圍攻，他揮劍砍倒一批，另一隊木偶又到，累得咻咻大喘，汗透枕衾。

「萬歲醒醒！」李福跪在床前搖搖他，他好久才睜開倦眼。

「好暗哪！」

「添燭十支！」李福招呼小太監增加照明，輕輕拭去他額上黃豆大的汗珠，向外低喚：「侍候更衣！」

小謁者們抬來木桶熱水、火盆、被縟枕頭，內衣換過，連同擦身按摩，吃半碗飯的時光就完成。

「邵伴仙回京了嗎？」

「昨夜派人去問他的徒弟們，都說為陛下採血靈芝去了昆明郡，沒有信回來。」

「宣江充、檀何來解夢。」

「遵旨！」

一會，江充、檀何跪在榻前。

「臣啟奏萬歲，京師隱伏有蠱氣為災，雖經江大人查獲萬起，宮內尚未清除。御醫們就是扁鵲、倉公[12]再世，藥石無靈！」檀何遵從江充定的調子開腔，皇帝迅速又被愚弄。

「爾等可持虎符去諸宮巡查！」

「臣敢赴湯蹈火！只是皇后太子所住朝陽院與東宮，不便前往。」

「持朕玉珮前去，阻撓者交御史大夫治罪！」

「領旨！」江充的身材像突然高了半尺，點齊五百武士，由他與檀何領隊開赴東宮挖地三尺，蘇文率健兒四百，開掘皇后的椒房。街上行人斷跡，大小店閉門，長安迅即變為一座死城。

劉據憤憤然立在前樓，眼看院子被挖得放張床的地方也找不到，五臟堵塞。少時內侍來稟，朝陽院

[12] 扁鵲，姓秦名越人，戰國初年名醫，治過晉相趙簡子、虢國世子昏迷等奇症，又預見齊桓公五日內必死，為傳奇人物。倉公即淳於意，漢文帝時名醫，司馬遷寫了兩人合傳。本書〈歷險〉、〈宮刑〉中出場的方正迂之師。

同樣慘不忍睹，那些小木人皆是江充、蘇文帶來胡亂塡進泥巴，再翻弄出來，還有咒罵皇帝的帛書，即將拿到金殿作為太子企圖搶位的證據。劉據自信沒有越軌言行，也覺無計應變。

少傅石德是一位忠於皇帝的腐儒，自命有韜略，又怕太子處境不利受牽連，便問劉據：「殿下有何對策？」

「不想束手待斃，打算去甘泉宮舉報賊臣作亂，以精誠感應父皇除奸！」

「聖駕若能視事，奸賊們怎敢比指鹿為馬的趙高還囂張？」

「先生以為父皇病已垂危？」

「正是。老臣之意，先撲殺江充、檀何，否則要重演秦朝殺害太子扶蘇故事，另立胡亥那樣亡國傀儡，江山付之煙雲！」

太子的辦法雖然冒險，卻不致引出激變。他聽了石德之計，矛盾急轉直下。

「江充攜有父皇玉珮代詔，貿然收捕，如何塞謗？」

「火已燃眉，不容面面俱到。無論如何演變，父子終是骨肉，多慮不決要做砧板之上利刀之下的肉！」

太子不再猶疑，打算調集東宮武士們。

「殿下，老臣已令壯士埋伏客廳兩側密室，只要老臣把兩賊誘離郎官和御林軍，便可甕中捉鱉。」

「少傅年高，怎忍先生去與賊黨周旋？」

「老臣幼讀經典，長受國恩，緊急關頭龜縮懼死，枉為人也。況且有這一大把雪白的鬚髯，賊子不會多疑。即為殿下獻身，年過七十，不算夭亡。」

「謝謝先生！」劉據牽著石德衣袖，抖抖索索地一拜。

一會，江充、檀何挺胸凸肚大咧咧地走進客廳。石德擊掌為號，力士們從兩廂擁出，把兩人綁得結結實實。

「江某是皇上派來的，爾等敢造反嗎？」

太子走出屏風，戟指著江充斥道：「你把趙國毀了，還不快意，又想挑撥我父子不和，狼子野心，昭然若揭。死到臨頭還有何話講？」

「哈哈哈！殿下聖明，哪會與小臣計較？小人秉聖意，公事公辦，能把您怎麼樣？放了小人吧，日後殿下登位，總少不了刀把子。小臣別無所長，在殺人上能為殿下立功。」江充跪下了。

檀何抖成一攤泥，舌頭都硬了：「全是江充主謀，小人只圖混碗飯吃，太子饒命！」

「江充推出斬首！你是胡人，有法術就使出來救命，送到上林燒死。」

劉據、石德都是書生，沒有記下兩人口供，草草處死。武士們本來恨江充，不肯救助，一鬨而散。早有小卒報知蘇文，蘇文不敢怠慢，快馬疾馳到甘泉宮，見到皇帝，伏地大哭道：「太子造反了！」

皇帝回想前幾日父子會晤場景，無異常之處，不免生疑，便命蘇文召太子來回話。

蘇文怕殺，不敢見劉據，在長安轉悠一天，回甘泉宮再次上奏太子謀反，拒絕召見。

劉屈氂聽說太子矯詔赦免獄中刑徒充軍，嚇個半死，連夜攜帶細軟出逃，連印綬都丟了。正在張皇失措，恰好蘇文送來皇帝詔書，命他抽集三輔近縣將士討伐太子，頓時大喜，立刻下達命令，圍攻東宮。四天三夜的大戰，雙方軍隊及百姓死傷數萬，血流成河。

滿朝文武對這場戰爭茫然不解，太子的檄文說皇帝病危，奸臣作亂，起兵志在清君側，絕非造反。

丞相一方的口號是奉詔討逆，各執一詞。城內城外，混亂不堪。

太子兵源不足，又乏武器。聽到皇帝已自甘泉宮返回建章宮，逃散者更多。石德在石闕下戰死。太子忽而想到舅父衛青部將任安擁有兵權，就乘車到轅門外召見任安。

「任將軍，現有父皇赤書在此，交與將軍，借兵數千討賊。誤會甚多，百口莫辯，幸毋見拒！」

「殿下保重，任安未見詔書，不敢發一卒，請求恕罪！」

「將軍，你……」太子很失望，眼看孤掌難鳴，前景不妙。任少卿享有義士之名，今天如此勢利！他不解任安因公孫賀父子一案得罪大批權貴，隨時會做階下囚。他長嘆一聲，將赤節擲給任少卿，垂下車簾，直奔城南復盎門。

任安手上像捧著一團火，回到軍營，閉門不出。太子被同情者開城放行，逃亡至湖縣泉鳩里。

丞相控制了首都。

任安因為接受了赤節，下詔獄待判罪。

皇帝不承認自己是禍根，色厲而內荏。戰爭結束，悲劇仍在深化……

二

江充為了賣直升官，殺人上癮，生前曾把李廣利的妻兒都橫掃進蠱惑大案的漩渦。杜周覺得貳師將軍手握重兵，與劉屈氂丞相親如一家。抓與不抓，皇帝的底牌未曾翻出，心中無數，生怕棋子下錯，會斷自己前路。

他親去甘泉宮兩次做出暗示，皇帝心不在焉，只得另待機會。

他坐著斧車快到石村時，碰上太子的一支人馬衝出長安往西奔竄。杜周自知樹敵過多，這批人當中的許多刑徒，大抵是受冤屈的貧苦農夫和市民。若在太子得勝或混戰中和此輩狹路相逢，即被碎屍萬段。

他在大道邊下車，揚言要去石村查案，令幾名親兵原道折回甘泉宮待命。

進入小村，花些小錢買了潔淨的舊衣小帽，穿好到塘邊一照清水，不覺啞然一笑：很像教蒙童的塾師，只嫌一雙三角眼殺氣太重，便時而瞇成一線，緩步而行。

走了兩里地，城內亮起一陣火光，他十分慶幸自己逃脫了這把烈焰。

第一回羨慕臥在山牆西邊晒著斜陽倒沫的老牛。

門環叩響，久久沒有反應。他正要重叩，一個高而細的嗓音沒好氣地問道：「還有別人嗎？」

「就草民一人來看望太史公。」

「自個推開。」

杜周開了門，但見一條惇惇實實的漢子雙手舉著磨得銀亮的戈，門閂是用兵器挑開的，關門下閂的動作好生麻利。

「兵荒馬亂的，殺人像掐死個螞蚱，毛賊殺綠了狼眼，得提防著點。誰相信司馬大人幾把銀子都接濟了受旱災的老鄉親？您不是老廷尉大人嗎？」牛大眼對杜周高升為御史大夫一事還沒裝進腦子。

「壯士是……」大眼比專做宮刑的年月瘦掉三股之一，眉目溫厚，加上變聲，杜周竟不曾認出來。

「大老爺貴人多忘事，太始二年（西元前九十五年）在太廟門前您當著皇上的面照砍頭的模樣一比劃，不是萬歲一擺手，饒命還賜幾排元寶，俺這吃飯的器具早爛成泥巴囉！」

「是牛大眼！太始三年，你向邴吉大人告長假，杜某三次慰留，還漲了工錢……」

「給座金山也不再做那營生，報應夠慘哪！哎呀，不算老帳，請待會，我去問問。」

「好，說杜長孺專程登門問安！」

「您幹麼沒帶衛士們？」大眼直奔馬廄。

「敘話方便。」

司馬遷身穿短裌襖走出草房，拍打著身上的碎草與灰土。

「子長兄太儉省，早該騎上乘好馬，徜不見外，長孺改日送上一匹。再說餵牲口之類瑣事，何不找個替手？」。

「騾子騎慣了，路熟，坐在背上打著盹，牠都知道往宮裡走。換新的調教費工夫，小黃驃往哪送？賣去宰肉，於心不忍！再說重活都是大眼兄弟做，子長只打個下手，活活筋骨。」

賓主走入書房落座，大眼為司馬遷披上袍子說：「大眼告退，燒茶去。」

「請便！」杜周和藹地揮袖。大眼去後，他向子長說明來意。

「寒廬簡陋，未僱家丁守護，大人久享富貴，避居此地，過於委屈。平時大人與子長大異其趣，所治之學亦不相類。既是非常之秋，對子長如此信賴，隻身相投，願生死與共！」司馬遷擺好酒盅，斟滿高粱酒說：「昔年恩怨，盡在杯中，請！」

杜周有些不安：「恩，談不上，擔保亦是同朝兄弟之誼；怨，兄受大委屈，長孺執法，救助無力，怨也該當！」

「再乾幾杯壓驚洗塵！」

「子長兄不念舊惡，長孺賢愚不分，愧疚難言。」

「往者不可追！若萬歲再定宮刑，早些讓囚犯家人備好贖金，莫再延宕時日，措手不及。受刑者身心交痛，無處立身，見斥於親友，祖宗香煙斷絕，成了千古罪人，百死莫能挽贖。此中況味，大人知否？若說固寵邀賞，萬歲言聽計從，恩禮已達人臣之極，還有何得，損人而不利己？」

「自古聰明人未必忠厚，寬厚者未必聰穎，子長兄兼二美。當今罕匹，長孺敬佩！兄之對弟事事處處了然，傾吐精誠，弟不該再文過自詡。日後再有徇私枉法，只看人主好惡從事，天厭地棄！」杜周熱淚滾滾，似乎有記憶以來未曾這樣被觸動過隱私。

大眼端來熱茶，放上熟餚，對杜周的表情感到鄙夷、可疑，眼珠牢牢盯著太史公。

「大眼兄弟，當年冒犯，還祈恕罪！」

「山不轉路轉，大人小人都是老娘十月懷胎，一口口奶水餵大的，誰都沒從媽肚裡帶顆金印來。衙門好積德，只要刀口抬高三寸，不傷善良百姓，官升上天也沒人紅眼睛。有點作威作福像好小米裡的稗子沙子，劃不破喉嚨管都能咽。小人太放肆，知道自個喝過昧心酒，把蛋都割了，小命不比螞蟻珍貴，什麼報復都不在乎。就是中書令大人心寬得沒邊沒沿，真怕他再出杈枝……」

「不會了，來喝幾杯！」司馬遷緩和著氣氛。

「大人，大眼昨晚睡在馬槽裡，一嘴馬糞，請別見怪！一人說話一人當，莫把帳記到司馬先生名下，告辭。臭嘴該挨幾下就踏實了！」大眼抽了左右腮兩耳光，自怨自艾地做飯去了。

「大眼快人快語，大人海涵！」

「此人是烈性漢子，聖上賜的重金都扔到路上，多有氣派！長孺曾想為昭平君減罪，是佞臣行徑。今日連幾句實話都聽不進，枉活到花甲之年。」

「大人，萬一有亂軍前來騷擾，就請自稱子長堂兄司馬子輿，輿和尊字長孺之孺同音，免生差錯。」

「是，記下了。」

「司馬子輿。」

「在。」

「好！」

「熱湯燒好，請大人去洗洗，大盆在廚房東邊矮屋裡，全放停當了。」

「這……」

「聽兄弟安排，去吧，內衣先換楊敞的，衣服都是女兒洗。」

「恭敬不如從命！」杜周自去沐浴。

「此人河裡洗手毒死魚，您還沒吃夠他的苦頭？讓俺把他做了，替十萬八萬冤鬼報了仇，抵命也高興！」大眼壓低嗓音說。

「他不仁，我弟兄不可不義！他在門外挨千刀，我們管不著；進了門，有子長命在，他就死不了。」

「您真是個怪人！俺……」

「不許胡來，他要在我們家有三長兩短，子長立即懸梁自盡，說到做到！」

「哼，太便宜了老小子……」大眼悻悻地抓過一塊小石頭，用大錘砸碎了。

夜裡有五六十人，手執火把刀槍亂哄哄地叩門，其中有幾名漢子狂叫：「杜周老賊在此嗎？」

「怎麼辦？」杜周面如土色。

「下地道靜待著。」

「一齊走吧。」

「不，救你要緊！快來，不能拖延。」

司馬遷掀起樓梯下蓆子和石板，杜周匆匆跳了下去，一股霉味使他噁心，差點連酒菜都嘔了出來。

「大眼去開門。」

「是。」

人流擁進院子，為首的好漢說：「小人是太子赦免的刑徒，在大路上認出杜周坐的斧車和武士，車裡沒有老賊，抓住車夫，狠打一頓才供出來石村私訪。村裡老人說這裡是太史公大人的家，大人是大忠臣，小的們尊敬，絕不侵犯您一針一線。但我們的父輩都被老賊所殺，趁著這幾天機會正好報仇雪恨！」

「杜周把我們關進大牢！」

「杜周殺了我兩位兄長！」

「……」

「先生！」大眼直咬牙齒。

「兄弟，讓大夥說，不要亂嚷嚷。」司馬遷面色峻厲。

刑徒們大呼小叫地訴說著杜周劣行。

「哈哈哈！」司馬遷捧腹狂笑說，「列位都吃過杜周的苦頭，怎麼能相信他的話，誰知他逃到哪裡去了？我司馬子長身受極刑，不是他扣壓詔書幾十天，親友們也來得及湊齊五十萬錢贖罪，何至於絕子絕孫，我能庇護仇人嗎？除非瘋了……」

院子裡一片沉寂。杜周伏在石板下，心幾乎跳出口腔。那極微量的良知被驚覺，看到自己雙手血淋淋地站在受難眾人面前，數不清的槍尖朝他猛扎，從頭到腳，全是傷口，腑臟被掏出，落在地上，被刀砍成肉泥。奇怪的是鼻仍然有呼吸。用指甲摳摳雙頤，尚知疼痛。他暗暗罵道：「杜長孺，你這惡賊該千刀萬剮，受你坑害的何止十萬？只要上天保佑躲過眼下一關，真該改弦更張，力修善德，不是司馬子長，你活得成嗎……」他聽不清地面上亂糟糟地叫嚷什麼，僅知石板並未揭開，才能像死蛇一般蟄伏在坑道裡，不時還會爬行幾步，以便離死亡遠些、更遠些……

「司馬子長落到身為中官，與不男不女的太監為伍，才有機會看到詔書原稿，上面寫的日期明確無誤，是杜周弄的鬼。」

「老閹狗！你們官官相護，誰聽你放的什麼屁？搜！」一名年輕的刑徒舉矛直扎司馬遷的喉嚨。子長一扭身，矛尖從肩頭滑過。

在一旁久不吭聲的牛大眼忽而怪叫一聲：「混蛋！」他飛起左腳將長矛踢飛到兩丈開外，右手狠狠扇了年輕人一耳光。連司馬遷在內，在場的人全怔住了。

「老子當年鬼迷心竅，糊里糊塗閹了司馬先生、俺家大人，悔恨不過，把自己也閹掉了，下巴半根毛也長不出來。你這乳臭小兒膽敢罵人，俺老牛嚥不下這口惡氣，不相信大人的話，可以搜，搜出來咱一個哈哈兩個笑，自刎人頭給你臭小子提回家當夜壺使；搜不出來別再來囉唆。你們仗著人多勢眾，俺老牛不怕，就一個人頂著。大人有病，誰動他老人家一根頭髮絲，先殺了俺再動手。三腳貓的拳棒，俺也習練過幾天，是漢子一個對一個走上兩回合，不能一哄而上，雞貓子喊叫，丟了江湖好漢寧斷不彎的金字招牌！」大眼的正氣把刑徒們鎮住了。

「我們走。」為首者揮刀叫道。

「不成，不搜不能走。」大眼雙手把首領一攔。

「大眼哥，夠義氣，您的事我們在監獄聽說過，不信好人信杜周嗎？」

「還是不成，兄弟看上一眼，免得有人疑心生暗鬼，又來找後帳就漲利息了！」大眼像太上皇一般威嚴，「人馬一掐兩股，轉一圈，巴掌大地方除掉螞蟻看不著，一隻貓也藏不住。快，不然俺老牛還不放心呢！」

幾個年輕人去到廚房馬棚樓上轉悠了一陣。

人群中走出一個矮個，揭去罩臉布擲到地上，撲上前來抱住大眼：「大哥，我是老三，往年兩肩被太史大人踢傷過……」

「是你呀……」大眼愕然。

「沒臉認大哥，不認準後悔到死！我們這撥人刑期都滿了，杜周吩咐，留在監中打雜，不放回家。回家也待不安生。這場亂子十天半月過去還得抓人，弟兄們打算逃過了遼河，到深山老林去開荒，行前只想殺杜長孺解解氣……」

說到此處，幾名搜查者回到大樹底下，都說沒見人影。

「老三，你哥還有一錠銀子，帶著路上買口吃的，也不枉昔日共事一場。那時候俺老牛多渾哪，可恨！」他左手遞銀子，右手拍拍後腦勺。

「大哥，您三弟拿著，永世見不著了……」老三哭了。

「逃命去吧！」大眼嘴角扭動著。

「慢，樓上小櫃抽屜裡有黃金二兩，是子長的俸銀，我和大眼吃穿之外都沒兒孫，送與列位換成川資，路上不要犯法，以免再落入酷吏之手。兄弟去取來，稍壯行色，表我弟兄兩人寸心！」

「那……」大眼猶疑一下。

「去。」司馬遷的神色不容商量。

大眼飛步而去。

「謝謝大人教誨，老三往年當衙役也是惡棍！後來算明白點，不是大人和牛大哥指點，白活一世！」老三下拜了。

刑徒們交換一下目光，全部擲戈跪倒。

「折煞子長！」司馬遷行答拜禮。

大眼把金錠交給了老三，老三送到首領背囊裡。他們靜悄悄地魚貫而去。

「大人、大哥珍重！」傳來老三反帶上門的聲音。

大眼一跳老高，跌坐在地上飲泣。

「兄弟怎麼了?捨不得那點金子?」

「那算個屁!這裡想不通!您為什麼擔偌大風險，值嗎?」大眼拍拍肚皮。

「值!就算杜某變不好，總不會更壞到哪裡去。辜負落難者的信賴，你我仰頭敢望上蒼，俯首敢看后土嗎?」

「不，還得做掉他!這根臭魚刺橫在咽喉裡憋死俺!」

「那兄弟是逼我死!」

「先生，您是聖人還是胸窩裡一盆麵糊的怪物呢？俺替你活得太虧了……」大眼淚流滿腮。

「算怪物吧！」司馬遷的臉被笑痕扭歪，一點星火在淚花裡流閃。「不知道為什麼要這樣做，為利？沒有；為名？掛不上邊；還帳？本來他欠我的；為了裝大度量？命比這些都要緊；要當一回寬恕仇敵的聖者？有點像，也不全像。沒想過緣由就聽良心的吩咐做過了，又有些後怕……」

司馬遷讓大眼鎖上樓門，黑燈瞎火，圍著被子與杜周抵足而坐，談了一宿。

「子長兄放心躺會吧，任少卿是我朝忠良大將，強過一百個李廣利。他沒做過愧對陛下的事，長孺只要介入此案，定以全家性命保他去守邊城。至於車夫供出長孺來石村，是刀劍勒逼下的失言，絕不計較。聽兄勸告，給此人安個小官做做，比韓信對淮陰惡少年只好不壞，往後他會感恩而盡職盡心。」

「坦誠說，兄臺做到這兩條，同僚都會刮目相看，將來子孫也有人提攜，獲百利而無一害。勉之勉之！」

次日，子長怕大眼一時不能自控而殺了杜周，特地派他入城到楊敞家小住幾日，幫助支派工匠修繕房屋。約定五天後如城內外十分平安，接書兒來石村。楊敞和她生下一子，被司馬遷取名楊惲，已三歲有餘，長得方面大耳，唇紅齒白，直鼻方口，伶俐可愛。書兒知道父親寫作事繁，怕孩子吵鬧，打斷外公思緒，每月只許楊惲到石村住上數日，或者接父親到城中過上幾天。孩子會說會唱，愛蹦蹦跳跳做鬼臉，提些可笑的問題，給早進晚年的太史公帶來天倫樂趣。

「惲兒他年勝過外祖多矣，他聰穎得讓人憂心……」司馬遷逗著外孫，眉開眼笑，不快之事都拋到九霄雲外。

「外公，我爺爺呢？沒見過呀！」

「外公就是爺爺。」書兒替父親回答。

「隔壁的狗兒有外公還有爺爺呀……」

「爺爺回老家去了，你喊外公爺爺也成。」

「外公，您是爺爺？」

「是呀，惲兒！」

「不對，外公是娘爹爹，爺爺是爹爹的爹爹嘛。」

「哈哈哈！你說得對。」

「那我怎麼喊您爺爺？」

「長大就知道了。」母親給他一塊糖糕。

「不吃，這會就要知道。」

「嗬，爺爺也真不好當！」司馬遷在快樂中隱隱覺得遺憾，孩子只是楊家後代，自己永遠沒有孫子……

經歷了刑徒們有驚無險的追蹤，杜周特別怕死，白天蟄伏地道，夜間過了二更才進書房和衣而臥，有風吹草動，便於逃遁。

太史公早上熱乾糧，中午晚上做些菜餚與杜周一起喝幾杯酒。在席間說了一大堆勉勵為善的話，司馬遷不全當真，對方偶有受到感動的時刻，他將杜周的雙手緊緊握住，讚美善在長孺心上萌發幼芽，所有戒備都解除。

五天過去，皇帝返駕建章宮，大街上有店開門，路上出現旅客，長安初步恢復秩序。

東方樸跨著黑驢回到石村。司馬遷笑逐顏開，先給老人煮了一大碗麵，端上狗肉和大眼釀成的葡萄酒，味道芳醇。

「子長來喝呀！」

「我和大眼兄弟喝了一罈子，這一罈子專留給太公的！」

「什麼你的我的，下肚是真的！」

「不，子長剛剛用過午餐，夜裡再陪您老乾幾杯。」他把關東大驢牽到馬廄，拌好草料，讓牠和小黃驃分槽而食。

老俠端著麵條跟在子長身邊。

「太公這半年待在哪裡？」

「在仲子的徒弟韓小仲那裡歇著，是一名在邊關打造兵器的鐵匠，教了他幾手。」

「您身子骨挺好。杜周在地道裡。」

「這麼緊要的所在，怎能讓他知道？」東方樸怫然不悅，「子長，你是往眼裡揉沙，牽老虎進屋！」

司馬遷把近日的事細說一遍。

老人一個勁搖頭：「刑徒們殺他是罪有應得。為善過頭，就是縱容惡人。這地方住不安寧，為一隻狼搬家，多冤！」

「後輩錯了！」

「造孽！我是光身一人，他害不著。你還在老龍牙縫裡掏俸祿呀！這等人老朽不見，餵過牲口立即走人！」

「太公，這是您的家，不住家裡上哪裡？」

「住到大眼屋裡去，平生見不得劊子手！不怕給你添亂子這就除了他！」

「太公！」司馬遷頻頻拱手賠不是，一時無計穩住東方樸。

「我是房主，可以攆他走。不能含含糊糊共頂著一根房梁棒。」

「行，子長請他走，您得留下來。」

正在議論著，無忌帶著幾名軍士出現在門廊裡。

「啟稟中書令大人……萬歲召見杜大人，還請您同車去建章宮，有大量文書要大人去挑給皇上龍目御覽。李老公公說……高寢郎[13]田千秋等的上書特別重要，除了大人沒有人敢拿主意。」

「杜大人的獬豸冠和朝服……」

「在車上，卑職與兒郎們路旁恭候！」無忌言畢走出院門。

「好，瘟神要回城了！」

「哦！」老人坐到樹蔭大蒲團上，雙掌抱頭，似有所思。

「太公沒在家，石壺天天洗，子長和大眼使它泡茶除渴。」

「哦！」石匠兀然無所動。

「杜大人，無忌車到，接你我進宮。」

司馬遷揭過石板先喊出杜周。

等杜周走到陽光下拂塵整衣，太史公已將乾淨杯子和一壺熱茶提到老翁面前。

「這是子長先祖父及先父生前至交東方老太公。」司馬遷又把杜周介紹給老人，「御史大夫杜大人。」

[13] 管理漢高祖劉邦陵寢事務的小官，地位較低。

「小輩杜長孺叩見長者！」杜周恢復了活氣與官威，納頭下拜。

「不敢當，啊喲……」老人伸手要扶杜周，忽然兩眼一花，撲倒在大石條上，額角撞破，滲出兩行血珠。

「太公怎麼啦？」

「暈……」

「太公，您累壞了。」

「子長兄先去鋪床，好扶老人家過去歇會。」

「沒事，不用，眼又看到東西了，剛才無福消受大人一拜啊！」老石匠的右掌輕輕落到杜周後背貼近心臟的部位，將他推開。

「杜大人獨自入宮去吧，子長要留下照顧太公！」

「你只管走，瞧！」東方樸來回走了十多步，「誤了朝廷的大事還了得？」

楊敞家的車夫趕著馬車把書兒送了回來，她招呼過三位長輩說：「牛大叔正在那邊忙乎，這裡沒人做飯，他放心不下，先讓女兒回來侍候。」

「正好照顧太爺爺！」司馬遷與杜周登車進宮。

書兒賞過車夫兩吊銅錢，讓他空車回城。

「爹也是什麼人都要幫，為杜周的事把牛叔氣壞了！」

「老朽也氣得大火燒肝，剛才使了一條小計，點了杜周心肺的穴位，讓他慢慢受罪，一時死不掉也活不好，五百天以內入土無疑。這叫報應！」

「這太痛快了！太公真是活神仙！」

「平平常常老手藝人。這事對誰也別說，讓你爹知道說不定還求我去給惡鬼調治呢。」

「他會那麼做，書兒聽太爺爺話。」

「老朽看你爹爹久久憂鬱傷了肝脾，身子骨一時壯實不起來，有什麼心事？」

「任安大伯下天牢了！爹爹上了三封奏疏，皇帝按下不報。牛叔叔說，爹救杜周和這事有關，兩人談到四更天，爹爹兩次下跪求姓杜的，心裡多難受啊！」書兒落下大滴淚水。

「任安的妻子過世多年，得子太遲，小道遠才十幾歲。他還在長安？」

「楊敞和牛叔都去老房子裡看過，送了些錢去，吃飯還不犯愁。」

「你們太缺心眼，你爹和大眼也一盆糨糊！杜周一問案，任安父子難逃腰斬，今晚就得送小道遠走出京城。讓老朽試試運氣。」

「太爺爺先洗把臉，揩掉血跡。」書兒從鍋裡打來溫水。

老人淨過面，牽出大驢，奔長安而去。

三

聽到宣召，司馬遷隨小謁者自未央宮跨越飛閣，直上神明臺井榦樓，沿途遙瞰漸臺、蓬萊、方丈、壺梁等迎接神仙的亭臺洲榭，說不盡的靡麗崇閎，不知耗費了多少民膏。稍西還有東鳳闕、西虎圈，倒映在太液池碧波中。匠師們根據方士的信口開河造出如此奇景，更令他驚異。傳聞裡的阿房宮也不過如此。

樓中正軒，在厚席上鋪著虎皮，外間只有李福一人在逡巡，內侍宮女皆在側樓肅立。

皇帝披著寬鬆的大袍子，三角大襟從腋下圍到後腰，束著錦帶，立在窗前陽光中。紅雲襯託著珠簾白髮，上身向前微俯，顯得比以往矮下一截，滿臉茶色鏽斑，眼袋青灰，正在不悅。

昨日，宗正劉長、執金吾劉敢去朝陽院收了衛子夫的璽綬。不到二更時分，皇后投繯自盡。此事本在皇帝意料之中，甚至盼望她早這樣結果殘生。但李福傳來訊息後，他素信鬼神，又未免發怵。在說不盡的憎惡中憶及早年的歡愛，引來矛盾的夢魘：不是白髮稀疏眼窩鼓脹的老皇后跪在淒冷的幽宮內哀啼，便是青絲閃亮的歌姬在平陽公主後院彩帷中朝他媚笑，舌頭隨著笑聲拉長，末了拖到肚臍上，紫血珠橫濺……老嫗少艾交替，折騰到五更頭才打了半個時辰瞌睡。

皇帝醒後頭上似圍著鐵箍，腰膝酸脹乏力。大臣們模稜兩可的酸腐議論使他膩味，僅召司馬遷登樓選讀奏章。

「至關重大者為壺關三老[14]令狐茂及高寢郎田千秋上書，已在六日前遞呈陛下，其餘皆泛泛空談，請陛下速對兩書做出明斷，交重臣遵行。」

若在李陵案以前，司馬遷早已進言請赦太子，阻止丞相出兵，他甚至會面見劉據溝通隔膜，為此獻身，在所不惜。認清皇帝的刻薄使他默然，只能用他人的說法來試探。

令狐茂的全文是：

臣聞父猶天，母者猶地，子猶萬物也。故天平地安，物乃茂盛；父慈母愛，子乃孝順。今入宮為漢嫡嗣，承萬世之業，體祖宗之重，親則皇帝之宗子也。江充布衣，閭閻之隸臣耳，陛下顯而用之，銜至

[14] 漢因秦制：十里為亭，設亭長；十亭為鄉，有三老，掌教化。漢改為縣三老。

尊之命，以迫蹙入宮，造飾奸詐，群邪錯謬。太子進則不得上見，退則困於亂臣。獨冤結而無告，不忍憤憤之心，起而殺充，恐懼逋逃。子盜父兵，以救難自免耳。臣竊以為無邪心。往者江充讒殺趙太子，天下莫不聞。今又挑釁青宮，激怒陛下，陛下不察，即舉大兵而求之。三公自將，智者不敢言，辯士不敢說，臣竊痛之！願陛下寬心慰意，少察所親，毋患太子之非，亟罷甲兵，勿令太子久亡，致墮奸人狡計。臣不勝惓惓[15]，謹待罪建章闕，昧死上聞！

此書早上幾日，武帝宿怨未除，尚有牴觸，「父慈」二字似指責他不慈，雖有孝子用重藥救父母的苦心，卻未獲嘉獎。田千秋上書在後，內容相近，怕負責任，故意託言夢見白頭翁教誨他說：「子弄父兵，罪不過笞，皇子過誤殺人，更有何罪？」

經反覆思忖，武帝說：「父子責善，局外者難言是非，今得田千秋為據兒鳴冤，想是高皇帝顯靈差他上書，降旨封為大鴻臚，示朝廷誠意，以開言路。小人可惱，江充滅族，蘇文縛於橫橋石柱上燒死。」千秋措辭迎合了武帝，後被封富民侯，做了十二年太平宰相。他體弱行路離不開車，又稱「車丞相」、「車千秋」。論政績戰功一無可述，地位高於李廣、蘇武，實為皇帝推行與民休息的務實政策，表示不認錯的認錯，所需的轉折人物，朝野及外邦為此驚詫，不足為奇。

「百姓思安怕亂，陛下先下詔赦太子，天下歸心。若失良機，必生枝節，後患接踵而至！」

「卿薦令狐茂及田千秋奏議，自有深意，該受重用。」

「臣無滄海之量以匯納百川，澄濁為清。為言官缺秉剛直陳、口若懸河之勇。徘徊觀望，陛下不加嚴責已無地自存。不望以刑餘畸零殘年肩承大任而貽笑天下，勉力做好史官可矣！」

[15] 惓惓，形容懇切貌。

「垂老君臣，貴在心通，相惜而已。官位俸祿對卿何足道？九任丞相皆無作為以保位，無人聞過則喜，故言路不暢。卿為朕拾遺補闕，即得其用。快草詔書。」皇帝以中指輕叩几案叫李福進來推拿。他輕輕哼著，下巴放鬆似同脫臼，腰脊伸展，太陽穴清涼得如有微風吸入。當年李福床頭金盡，靠這套絕活能在廣利母親裙下吃碗閒飯，而今皇帝也離不開李福。

司馬遷在靜坐、騎馬、乘車、臥床時，想過種種措辭保持皇帝尊嚴，減少阻力。等墨濃展帛，赦詔一揮而就。田千秋的任命更是隨手成篇。

剛剛放筆，小謁者送來急件：新安令李壽奏章，照例由中書令先閱。

「陛下，赦書及遷升詔請審定。」

「大鴻臚一詔由霍光去宣讀，兼主交接諸事。赦詔少時朕要細閱。」

司馬遷將遷升詔交與小謁者去加璽付與霍光，在拆李壽奏疏時，想起此人在迎司馬談去茂陵及為大俠郭解送羊時見過面，印象中是自大無能的瘦小滑吏，三十多年來爬得不高，仍在頑強邀功。

「先念急件。」皇帝揮揮手。

「臣……」司馬遷應聲起立，張口結舌，久不出聲。案頭筆被袖口掃動，落在青色瓷磚上，噹的一響。

「怎麼不開口，難道有人反了？」皇帝推開李福，跳起來抓過帛書一看，頃刻間四肢發顫，雙目凸出似知了，兩臂下垂，往後一倒，幸而李福手快，一把扶穩。他慢慢坐下，涕淚和白吐沫子一起往外流。

李福向帛書上瞄了一眼，陪著皇帝唏噓。

劉據攜帶兩個兒子逃到湖縣泉鳩里[16]被一戶農民收留，全靠日夜織麻鞋賣點銅錢，勉強讓父子三人吃些粗糧。若干日苦熬下來，劉據不安，寫了一封信，僱人持到湖縣向一位殷實的故交求援，不料迅速驚動官府，李壽領兵圍住小村，太子被迫用長巾自縊，倆皇孫幫助主人拒捕，盡為士卒所殺。李壽按昔日懸賞的詔令報功。

皇帝活到六十七歲高齡（征和二年，西元前九十一年）出現了他最怕看到的事實，找不到一個對話者。無告、自憐、自傷、自惜，愧疚得肩壓磐石，兩掌發麻，腳踵扭筋，心肺抽搐，譁笑的聲浪從四面八方一層層往他兩耳沖襲：

——你這偽善寡恩逼死妻子兒孫的暴君！

——你自詡五十年來一貫正確的依據何存？

——你還憑什麼站在雲頭指斥天下人？

——你能找出一個朋友？獨夫！

——後宮佳麗一萬八千名，誰跟你這淫棍恩恩愛愛？

——你殺害了多少人的後代？人家不悲痛嗎？報應到你頭上了！

——……

從澄空降下一條白練，障住他的淚目，纏住他的咽喉，鼻孔也遭堵塞，他如同一堆亂紗，癱倒在虎皮毯上。

司馬遷首次見到皇帝如此猥瑣的形象，忘了感謝這是歷史的厚賜。舊有怨恨付於金風，只企盼他平

[16] 在中國潼關以東閿縣境內。

安度過災難。

過了漫長的頃刻，龍袍在微微抖動，像有一隻老鼠在底下奔竄。不久就變為黃鼠狼、貓、獵犬，逐步脹大，終如一頭猛獅，披散白髮，一躍而起，天平冠被甩落到一旁，眼神射出想跨越死亡與瘋狂的綠焰，迷茫、自哀，受不可思議的盲動力主宰，血沸如岩漿，尋覓火山的突破口。他依然是皇帝，又不全是……

才華與野心結合的強者，地位愈高，抗擊痛楚的能力愈弱。

他的視線落到王冠上，想到六個兒子：齊王閎兒夭折，善惡一片混沌，流年淡化了父愛，悲痛和孩子的屍體都拌進了泥土。元狩元年（西元前一一六年）在宗廟為燕王旦兒、廣陵王胥兒授冊，一個刁鑽乖戾，打斷少傅手臂，害怕讀書；一個遊獵無度，成為弄臣手上的玩偶。兩個都愛拍馬吹牛者，自視過高，垂涎美色美食。醜聞雖多，照樣覬覦國璽。昌邑王兒跟兩位兄長同樣不爭氣，愛表現小聰明，糊塗顢頇，一味養鳥鬥蟲，犬馬成群，不用儒生；弗陵兒雖英明大度，才四歲，能否成器，全賴諍臣輔佐；據兒去了，朗朗世界，交與誰手？……

他背倚紅漆木柱，舉著天平冠，左拳重重捶著鎖子骨，爆發出久久的積鬱：

「朕主宰神州，燮理陰陽，托起月亮和旭日，為什麼不能主宰自己的命運、孩兒的生死？泰岱崆峒瘦成磨劍石，黃河長江細成條條遊絲，十年豪雨，百載悲風，千秋海嘯，萬年烈火，不能減弱天宇之下一個孤零零老父親的裂肝之痛，向誰去傾訴？我的兒子！四十年心血灌成的大殿倒塌了，從二十九歲以來纏繞我無限幻想的金梭摔碎了，長出彩虹的寶樹凋零了，此後歲月盡是為悲悼惋惜而活著，為懲罰不可原諒的愚蠢而瞪著老眼苦待雄雞三唱，星降斗沉，比幾十天來每日只草草一餐，罷除樂歌還要內疚。這是什麼樣的懲罰啊！」

「皇冠，皇冠，皇冠哪！」

「你是珠光寶氣鑄成的冰峰，誘發過多少波詭雲譎的毒汁，裝飾過多少兔狡狐騷的醜容，砸斷過多少蕩氣迴腸的親情摯愛，壓碎過多少打個噴嚏便是狂飆的頭顱！」

「皇冠啊！你的處境跟朕何其相似乃爾？一呼百諾，一無所有！金磚砌牢房，玉璽是大鎖，猶豫刷以厚漆冒充多謀，為我們套上手銬；虛榮鍍著雄才大略的誘惑，替咱倆釘上腳鐐。妖姬豔歌，侏儒諂詞，證明耳眼的度量不妨行舟；異邦名酒加上海味山珍，麻痺了味覺，反說三寸不爛之舌，日夜反芻著決堤千里蝗旱頻年；替枕戈老卒品嘗大漠朔風，代茅棚寡婦回味丈夫兒子為一寸不毛之地屍骨不歸的辛酸。好不荒唐！」

「皇冠哪！」

「你不如災年救活一個孩子的半斗小麥！」

「你不如隻身穿越冰川時煨熱一顆心的半張獸皮！」

「你不如船在怒海沉沒時抓在手裡的一塊跳板！」

「你不如在懸崖上和匪徒們格鬥的一把利劍！」

「你不如三伏驕日下風箱邊鐵匠手上的一杯清泉！」

「你不是能召回逝者與我們歡聚片刻的靈符……」

「你枉稱神器瑰寶，是召集不祥的鬼杯。你在無慾者面前竟是一錢不值的大俗物、大怪魔！」

「據兒乾乾淨淨的手再也摸不上你勢利的狗眼，受不到玷汙。我要把你碎屍萬段！哈哈！痛快！從來沒有人敢摔你，只有我叫你死無葬身之地……哈哈哈！」殘酷的笑聲使人膽落魂飛。

李福想攔阻，又不敢伸手。

司馬遷愁容黯淡：「陛下喪子，請為五千萬兒女安危節哀。只要聖體康寧，亡羊補牢，迴天未晚！」

皇帝恐怖的笑聲驟停，宮殿猶如被頂天的猛士拎著橫梁拔離沃土，懸空晃蕩。一時天坼裂，地塌陷，時間與三個人的呼吸忽而都被猛士的大手截斷。熊掌狙擊倒的猿猴，即將撞折籠子鐵柱的河馬，兀立在崑崙之巔的死鷹，吊在絞架上的強盜……讓太史公把他們的「眼語」加上皇帝的視野，打亂重新編碼，疊印摻和，把切片放大如宮燈，令他同時感受到陌生、神聖、醜陋、邪惡、公平、慈惠、自厭、自憐、怪誕、陰森、冰涼、熾烈，皮膚生出雞皮疙瘩，比他上次親赴刑場還要覺得窒悶。

「為五千萬兒女保重嗎？他們當中幾人認識我？我活著真能為他們添幾張笑口？不幸了，病倒了，死了，成為徬徨雪原上的老乞丐；獨步在冷月下喃喃自語，影子拖成幾丈長的老瘋子；被驚濤拋擲到沙灘上回不到鹽海懷抱裡的蚌殼在苟延殘喘，奔波於紫紅烙鐵板上逃不掉一鍋煮的呆鵝。誰為我長出一條皺紋，為我由衷發一聲喟然長嘆，誰……」

他有目無所見，有耳無所聞，有腦無所思。陷進半被催眠半歇斯底里狀態，靠下意識在信口雌黃，不連貫，超邏輯。可惜《史記》的增補者未曾找到〈今上本紀〉，胡亂抄了一通〈封禪書〉湊數，又榮幸被研究者發現為司馬遷有意這樣做，來諷戲蓋世無雙的漢武帝。損失難以想像，否則僅僅記下這浩瀚場面，就肯定是一篇駭世的妙文！

他昏昏沉沉地見到了司馬遷，就像子長是剛剛進入井幹樓似的。遲疑了一剎那，顫顫巍巍地拾起了破爛不堪又未全部失去分量的皇冠，一閃一跳地抱住太史公長號一聲，像是星月無光的冬夜，驟然送來病狼中箭後淒切的冷嗥：「據兒，皇子呀，爹爹知道你不會面也不見，就長往天涯海角，讓皇父想碎腸、想斷魂……哪個瘟官燒掉兒清清秀秀的鬍鬚？那兩個無辜的皇孫怎麼不敢入宮，怕什麼？怕爺爺還是怕小小門吏？江山還跟我們姓劉，你戴上這頂千千萬萬人爭不到的帽子，把許多煩惱用聾裝回未央宮，整整齊齊堆在窗外。皇父只圖耳目清淨，帶兩名孫子去五柞宮種藥養魚，像三家村老農那般廝守幾年……」

「臣不是太子，是史官司馬遷。」太史公對皇冠是逃避、厭惡，他摘下來遞給了李福，猜想老太監見到自己戴那勞什子的模樣挺滑稽。

「兒是嚇破了膽不敢認父皇，還是委屈未消裝作不願相認出出氣呢？父皇一世對先帝與你祖母賠過不是，請求過恕罪。這回對兒跪下了！多可怕的字眼：寬恕！兒能恕父皇，父皇能饒恕自己嗎？」他像老婦人一樣抽抽咽咽地哭了。

司馬遷幾乎是抱住他的雙腿，舉起皇帝不至於跪倒，連聲喊道：「陛下不可！折煞微臣了！」

「萬歲爺，他是大漢忠良司馬遷，中書令大人。」李福架著皇帝右臂，朝他耳邊叫著。

「哈哈！」他抽了司馬遷一耳光，打得他腮上發青，鼻血從唇角滴到袍襟。「你這惡鬼，想自稱司馬遷，躲掉天地祖宗應給的懲罰嗎？分明是殺子滅孫的劊子手劉徹。不可一世的天子，那身威嚴藏到哪裡去了？你是先帝們的叛逆！蟠在太廟大梁上的妖蛇，被方士們騙過百回沉溺不醒的庸夫，弄虛作假自欺欺人的丑類。什麼大將軍霍去病，跟韓嫣、李延年一樣給你睡過的男寵罷了。汲黯一代國士，李廣才氣無雙；一個投閒置散不用，一個逼得自刎人頭。九名宰相，除了裙帶親便是酒囊飯袋，何等陰險，還侈談仁義，實乃集明君昏君暴君於一體的凶龍！宮室美女之多古今無與倫比。一個司馬遷也妒忌，想用那支筆又唯恐李夫人等尤物看中他，杜周僅僅是你一個指頭。明明摧毀國手天才，厚顏無恥，反說一手造就了他，是非羞惡惻隱之心淪喪殆盡，你……」他那走神的眼仁，不眨不轉，睫毛上圍著小而又密的淚珠，像被一股電波卡住，流不下來。

「大人去請御醫，否則……」李福朝太史公使了個眼色。

「朕要為據兒在此守靈，不許用詭計讓朕走出靈堂一步……」

他再次暈倒。

御醫們很鎮定，只是有意表演著驚忙的姿態。皇帝是受了內傷，但不會致命。

等皇帝睡穩，李福將司馬遷送下高樓，花園裡碧樹高聳，短而密的翠草比地毯柔軟，像褥子一般潔淨。涼風拂面，兩人身心爽快得多。

「司馬先生，您是奴輩一世敬重的學問家。您下油鍋，我怕沾腥氣，沒抽幾根劈柴，還添過一把碎草去討好賣乖，實在有愧！想送您一句話，不說補過，算給自個寬寬心。萬歲只肯讓人見到風虎雲龍，恨天無柄拉不下，恨地無環拎不起的大場面。今天高皇帝顯靈也罷，痰迷心肺也好，出了點亂子，你我見到就當沒見，家裡人外人露出一個字，傳到萬歲耳目裡就有滅族大禍！他老人家可容不得見過他出格模樣的人，就比太子對他還盡忠也白搭。」老太監一掃矜持世故，顯出警惕和人情味，跟街頭巷尾下棋遛鳥的老頭沒有多大差別。

「公公與先父有交往，乃子長前輩。良言苦口，心領不說謝謝，全記在此處。」子長手撫前心，向李福連連欠身，感情很複雜：首先人不是透亮的水晶雕成的，對鍾愛的傳主要找到原有的陰影；其次是刑餘之人淪到貌似「尊寵任職」（《漢書．司馬遷傳》、《鹽鐵論》中亦有類似暗指）實和陰氣彌衍的宦豎為伍；再次，好友賈嘉（誼之孫）、東方朔、摯峻、兒寬，父執唐都、董仲舒、孔安國、馮遂、樊佗廣、蘇建（武之父）一一謝世，任安下獄。多年來落荒避世，幾乎沒有友朋之歡。他是那樣敏感，又渴求理解，視滴水為湧泉。對比平日善良的李福，雖未放棄全部警覺，也近乎了很多。細細端詳他的面孔，才看出李夫人病逝之後，他老得好快啊！

四

普通人遭到意外，大多痛定思痛。

皇帝則與眾不同，痛定必遷怒，一逞為快。

他高踞在金殿上，兩目圓溜溜瞪著，嘴卻不聽話地連連打著呵欠，依舊是飢貓急待捕得小雞，老虎在尋找鹿的神色。大哀被冷凍在心靈邊疆的孤島上。

父子交兵之後，這次朝會很隆重，事先丞相府長史遍告公卿，缺席又未告假者要執行紀律。人們都在期待老形式裡有點新花色。

司馬遷出列拱手：「臣司馬遷請罪！」

「卿有何過失？」

「請看為李壽所下詔書草稿。」

「不看，依昨日杜周所奏，滿門抄斬！」

「臣通宵未眠，前後揣摩，與杜大人所見相反。當年商鞅在城南放一段木頭，告示咸陽庶民：『有人扛往城北者賞五十金。』這木頭能值幾何？竟然懸此重賞，都不信文告所說是真。僅有一人照辦，賞金分文不少。以五十金取信於民，是為上策。臣不取商君權術，然民氣為寶，政無信不立。政出多變，非百姓之福，故請萬歲審定愚見！」

皇帝肅然：「是學東方朔吧？念。」

詔書被皇帝接過，遞與李福，太監念道：「新安令李壽搜捕太子皇孫，釀朕失子喪孫之痛，哀悼不已。然前詔謂搜得太子者賞千金，今從前詔，失信於天下，非朕所願也。」

「司馬遷，你真是個可愛得令人痛恨的硬漢。拿卿哭笑不得！加璽頒詔，朕從善如流！」

「謝陛下！」

「大丈夫該有幾根鋼骨板，不是這種材料不能當中書令！」皇帝不露聲色，懂得臣是水，他是船，水漲船高。至於水可載舟，亦可覆舟的道理，要唐太宗李世民方能說出。

大殿裡嗡嗡一陣細語。

「請丞相宣旨！」皇帝把詔書推到案頭。

劉屈氂擺動肥碩的體軀，提起嗓音得意地高誦：

儲君立而天下安。朕觀幼子弗陵睿智英武，謙和敬恕，堪承大業，可施德於民，特冊封為太子。其母鉤弋夫人教子有方，諸宮懿範，特立為皇后。擇吉日告天祭祖，大赦刑徒，普天同慶。

大殿上下一片山呼。

只有皇帝目光悱惻，是在懷舊還是別有所思呢？停了一會，他才走筆寫了幾行字，看了一眼，立即捲好，壓上銅虎。連司馬遷在內，沒有人注意。

李福報告：「皇后、太子上殿謝恩！」

「免。入宮拜蔡義為少傅，封蔡義為陽午侯，即駐東宮。朕日理萬機，卿多方善誘。若太子不肯上進，無妨嚴責，否則姑息誤事！」

蔡義已七十多歲，扶杖叩頭謝恩。武帝去世，蔡義已升御史大夫。八十多歲後又繼楊敞為丞相，也是百事不問的好好先生，一點不礙霍光手腳。

早有郎官太監扶蔡義出宮，即攜太子弗陵登車去東宮讀書。

這孩子早熟寡言，甚明大義，用人一專到底，霍光才能獨輔大政，百姓日子不斷好轉。

「朕年事漸高，拜原奉車都尉光祿大夫霍光為大司馬大將軍，與丞相共襄軍政機密、百官升降；和司馬遷同閱奏疏，兩千石大吏以下進言者可以審定，朕不再一一過目。」

「臣無經天緯地之才，求陛下另選高賢，如車騎將軍金日磾勇武明察，勝駑臣多矣！」霍光跪在階前，對任命似感意外。

「臣乃下邦之人，若登高位，豈不讓百國笑我大漢無人？」金日磾叩頭辭謝霍光的推介。

「由卿襄助霍光，攜手運籌，莫再過謙。」

「臣愧對隆恩！」霍光還要申述，被皇帝擺手打斷，只得默然受高位。大臣們都佩服武帝的決策。

「丞相請宣詔廠。」

「領旨！……」劉屈氂捧起帛書一看，頓時愣住。

「宣！」

「臣……」丞相兩腿亂顫。

「領過千軍萬馬，為何如此膽怯？」武帝不耐煩地盯著劉屈氂。

劉屈氂用極快的速度平板地讀道：「皇后立即賜死冷宮，所有請求赦免者皆交廷尉論斬不饒。欽此。」

公卿們驚詫得如同面對日從西升。

「丞相再宣一遍！」

劉屈氂照辦。

小謁者馬上把詔書內容傳到朝陽院，鉤弋夫人剛剛下車，還未坐穩，聞言大驚，顧不得整妝更衣，立即登車到殿外，哀求朝見天子，請饒一命。

武帝陰沉無言，上齒咬牢下唇，兩滴淚花奪眶而出。

「陛下開恩！太子年幼……」霍光撩袍下拜。

百官無聲地跪下。

「霍光，你以抗旨報答朝廷恩德嗎？皇后公主皆可處死，爾等比皇后如何？起來！」

文武大員面面相對，交換一下眼神，悄悄起立。

「皇后無罪啊！」宗正劉長是武帝堂叔，年已八十。

皇帝起立，下位扶起劉長說：「皇叔大膽執言，不計生死，國家大幸！朕非不知夫婦五倫之一，宮闈亦有連理之愛。所以一意孤行乃萬不得已！呂后專權，諸呂亂朝綱，幸陳平丞相，絳侯周勃，朱虛侯劉章調來北軍，鋤平逆臣，迎孝文皇帝入長樂宮接璽，漢室轉危為安。史實如鏡，後事之師。今太子才五齡，鉤弋後春秋二十有六，子幼母壯，必有後患。朕甘為無情義之忍人，遭天下人咒罵，亦當心如鐵石，五十年中斷絕宗室、女禍、宦官、權臣、悍將壞我金甌。寧一人蒙冤，勝過禍延子孫百姓！自據兒亡後，朕知浮名匯入歧途，即或司馬遷將殺妻滅子暴行寫入〈今上本紀〉，亦在所不惜。眾卿求朕免刑，朕痛爾等不知朕割愛深意，又慶幸直言者無時無地不有，此即祖宗基業不墮之鐵證，朕多謝列卿！執金吾劉敢率武士將新后縊死！」這是武帝殘酷的明智末次亮相，富於高階英雄喜劇的色彩，讓史論家又佩服，又憎恨。他不是常理可以捆住手腳的浪漫人物，做事每想與平庸絕緣，無論是大愚大智，都要造極。

武帝想站起，腿麻了，有些費力，李福將他攙住，根據慣例，老太監喊了一聲：「退班！」

「司馬遷寫好霍光加封詔書再去。」

「是。」司馬遷走到西牆之下，小太監為他張羅著文具。

殿上僅剩杜周，別人匆匆下了丹墀。

「臣啟陛下：廷尉已將任安一案審明，曾受太子兵符屬實，但未出一兵。」

多日尋找的遷怒對象由杜周送入了虎口。

「腰斬不貸！」

「遵旨！」杜周拱手欲退。

武帝手拈鬍鬚沉吟片刻說：「卿且緩退，另有他事商議。」

「是。」

「陛下！」司馬遷聞聲疾行而來，「臣與任安相交近三十年，知其赤誠天日可鑑，絕無背叛之心。陛下網開一面，臣沒齒不忘聖德！」

「任安老吏，心懷叵測。見兵事起，欲坐觀成敗，太子敗則助朕，太子勝必助太子。故太子喞冤，而任安不冤。蜀中官紳上書告他甚多，皆卿曾批閱。犯下死罪不止一兩回，都是朕饒恕，這回饒不了。且北軍乃朝廷柱石，不能落到懷二心的任安之手！」

「任安昔年尚有戰功，今日邊塞少良將，其忠勇智謀高出趙破奴、公孫敖等輩，亦不弱於貳師將軍。能與之相提並論者，僅率兵御羌人的趙充國！萬軍易得，一將難求，若匈奴挑釁，任安可用！」司馬遷伏地叩頭，額上流血。

「任安將兵，放虎歸山，誰能把他擒回來？」

「任安在益州獨當一面，有天險及兵馬糧草尚未謀反，回長安孤掌難鳴，豈會玩火自焚？」

「卿一介書生，不知權變。念你連月勞瘁，莫再絮叨。起駕回宮，朕已累了。」

「任安……」

杜周隨武帝從屏風右側出了金殿。

司馬遷似受雷轟，兩腿軟癱，挪步吃力。

「太史公！」李福有些蹣跚地走過來，「回家歇著去，女兒等得急啦！」

「任安是社稷重臣！」

「這誰都知道，頂什麼用？當初定大人死罪，是因為您無能還是對朝廷三心二意？這檔子事別問為好！」

「那，人要朋友做什麼？」

「幫自己唄！不能相幫的朋友算交到頭啦。」

「都想朋友幫，誰再幫朋友？」

「你這想法是陳年的舊曆書，不管用！」

「子長不明白！」

「那就糊里糊塗過下去，什麼也莫想！」

「辦不到，掉頭也該為朋友！」

「就怕去了人頭對朋友什麼用沒有！」

「這……」

「你們老哥倆都沒有邪門歪心，誰家高門大宅也不去送禮討好。這些年你們豆腐渣貼竹簡——兩不沾，才過幾天太平日子。」

「官場沒有什麼朋友兄弟、父子夫妻，就那麼回事。」

「子長心中片刻也未和少卿絕交！」

「可長安大街上都那麼傳言。你哥倆從中得的好處大著哪！」

「哦！此話費解……」

「真是書呆子！你們背靠背，上邊才不防範；要抱成團，兩顆頭都割下來啦！你的筆能攪渾多大一條河，他的長矛能扎死多少大兵，上邊都有一本帳，算得比您清楚！你們騎上一匹馬，有筆和長矛做主心骨，能讓弟兄倆都活著大喘粗氣？喲，說多了，失言了，過頭了，罪過罪過！對不住，明天見！」李福右腿關節不太俐落，走上幾十步又順當了。

和任少卿有關的往事，湧到太史公的心間：

上林苑幾回隨駕出獵……

校場比武，司馬遷家後院的較量……

汨羅江畔，彎彎山路，馬蹄蕭蕭……

詔獄喜會，大碗對飲……

邴吉送來了砒霜，他在雨窗後懷念少卿……

割袍斷義時，睚眥俱裂的任安……

燈火昏昏，憂憤滿懷，給少卿回信……

在生命的長夜裡，韓仲子是很快消失的大彗星，任安是時圓時缺似月亮。這種人一生只能碰到一兩個。李福的交友哲學是庸俗的實用主義。人們需要的是同生死共呼吸的稀世真情。李陵不算至交，為他能搭上性命，為少卿必須付出更多。

他的眼睛落在臺階之下左側登聞院的紅牆上，登聞鼓安放在金柱碧瓦的小亭中，直徑近九尺[17]，圓心畫著墨色變淡的八卦。只有緊急軍情或突然事變時，才允許敲擊。自他任郎官至今，從來沒有誰敢來擂響它，早已是皇上關心民瘼、允許大臣龍廷辯訴的裝飾品。他對自己說：「子長，你若豎著進宮，被橫著拖出去，就算天漢二年（西元前九十九年）被斬，這幾年是多活的，是從泉下回來看看女兒和朋輩的活鬼魂，死可以無怨！」

「爹爹曾教誨你，孔子之道的精髓就是『仁恕』二字。少卿乃受屈君子，與之同死是仁者！怯弱獨活不去迴天是恥辱。去吧，子長！」

「書兒，不要怨恨爹爹撇下你和惲兒，多面求全，一事無成……」

[17] 約兩公尺。

他下了三十六層金階轉入登聞院，小吏們不敢阻攔。他跪到鼓架之下，抓過長柄撾[18]，高高舉起，即將落下之前的瞬間，雙腿發顫了，不覺倒吸一口涼氣，戀生的本能讓他後退兩步。抬頭一看，金殿高插雲霄，大大小小的金龍，或繡在錦屏，或繞在紅柱，或蟠在梁頭，或雕在簷下、窗框、門楣、簾邊，每條都雄渾飛動，張著大口在嘲笑他的微小。這是他人聽不到的惡笑，昭示著凶殘、狹隘、勢利、昏庸、靈瑞和殺氣等等。似乎想用笑聲震坍大漢王朝權力的象徵，將他葬在黃金與瑪瑙的廢墟裡。將近正午時，太陽的光雖強，比剛剛出海或正要落山時瘦小，照得自己影子不到兩尺長，因擠縮而失去人的輪廓，宛如一攤潑在地上的墨汁。

「我是司馬子長嗎？還能活一萬年？還能升到大將軍、丞相？有什麼捨不得拋掉？簡直是個小人，哪有一絲英姿正氣？壯起膽昂著頭，拿命做一回賭注去跟自己開個玩笑，展現兩分讀書人的風流！」

於是，他自以為趕走了朝服下邊怕人見到的「小兒」[19]，從皇帝到太監都愛藏著它。一陣心跳臉赤，又一陣輕鬆。

先慢後快，整整敲了二十四下。然後出院穩步重上天階，伏在龍案兩丈開外不動。

是迷信或心理需要待填補，又說不出名目，被慣性驅使，他無師自通地朝鼓與大撾分別躬腰一揖，口裡念念有詞：「命交給二位了，若化凶呈樣，再來拜祭！」

李福、八名持鉞武士圍著武帝急匆匆走到龍案後面。武帝沒有落座，盡量顯示長者的大度，暗中惱怒太史公不識時務。

[18] 撾：鼓的長柄槌。音抓，引申為擊打。

[19] 魯迅〈一件小事〉裡提到「長袍下的『小兒』」。兒，語助詞，非頑童。讀來如北方方言兒化韻中的「兒」字，不讀全字，是前一字的語尾。

「司馬遷，你要找死？」

「萬歲饒了任安吧……」子長淚水涔涔而下。

「李壽一詔，依卿所諫，前後一致。一到任安身上，又要朕朝令夕改，何以自圓其說？」

「臣語無倫次，區區之心，萬歲聖察！」

「知卿為國，朕不計較，回家靜養幾日。」

「前年任安自益州回京，萬歲命他去管北軍之前，臣竭力薦舉。願以身家性命保其不死，哪怕監禁幾年，否則寧一同受刑無怨！」

「朕從不株連無辜！」武帝自鳴得意，忘了司馬遷為株連付出的代價。只蠱惑一案死人十萬！

「自願替死，不是株連。」

「你想替死？」

「出於至誠。」

武帝皺眉而笑，給太監寫了一張便條，大聲叫道：「取鴆酒來。」

「太史公三思，萬歲仁厚，還不謝恩回府！」李福尖聲提示。

司馬遷伏在地上看不見武帝做了些什麼，李福的半女人腔尤其傷害他的尊嚴，便搖頭不語。

「漢子，朕成全你做名義士！有你這樣的朋友，任安太有福氣，不像好些居高位者只有人獻媚，從無友情……」

李福上殿，打斷了武帝的半獨白：「陛下，該沒錯吧？杯子也帶來了。」

「司馬遷平身。」

司馬遷稱謝起立。

「倒酒。」

「是。」李福舉起綠陶罐。

「太多，一半足夠。」武帝倒了些酒回罐，「喝下去就遲了！」

司馬遷心目中是一片空的空間，只有鴆杯越漲越大，皇帝、大殿、御林武士、太監，全被它遮沒。在最後時刻，他沒想到自己能視死如歸，由霎時的自我讚美，跳躍地聯想到才無所遇，臨終身旁沒有親人，有些淒涼。為了完成自我抉擇，女兒、外孫、尚待潤色刪訂的書稿、先人墳塚，與他業已無關。但千萬年後長安大街上還有不相識的行人，昆明城外的險峰上仍有壯士在射白鹿，只是自己永遠消失……不公又無奈。

杯子與肚臍等高，紅柱、龍影在血色的酒中一齊為他發抖或狂舞，無法分辨。但他自豪，至死未失去鑑賞的高雅趣味與置身處境之外史詩詩人燭照一切的目力！

杯子平胸，龍與柱子仍是扭曲的，但已推到背景，畫面中心是人，昂頭在金殿與皇帝之上的巨人！「子長，你欠誰的嗎？」「欠父母的，妻女惲兒的。還有音書杳然又不敢打聽的白鳳，也是一戶大債主。那剛健婀娜的倩影與滇池月色，洱海滄波一樣永恆，至於她的存亡禍福並不重要！杯中的自我乾瘦、冷漠、醜陋，皺紋縱橫似核桃，面泛死亡的鏽色，下陷的腮部，無鬚的尖嘴，使鼻子升高，額頭畸形地閃亮，眼神哀痛，又有點譏諷感。譏諷誰？不知道，也許只能是自己……一切都將付與無有之鄉！」

杯子平著上唇。多漂亮的雕刻作品！底座是簸箕硯，體積小，氣魄宏偉，起落開闊，大而不粗。杯身是三寸長的筆鋒，扎在硯上，角度稍稍傾斜，酒在杯之腹，如筆蘸滿血。而今天已找不到用這支筆寫出長江大河式文章的巨匠，連他司馬遷也不配用它！它沒有筆桿，誰也逮不著把柄，它壓根也沒想讓人用。質地白得流出淡碧，一似中秋夜的長空。酒濃於胭脂，披上綠紗，益發神祕，替死亡展示出誘惑力，那是十七歲女巫美麗而神經質的媚眼！據說博望侯老張騫從西域帶回過西秦大食美女，膚色白皙如杏花，頭髮金黃若籬菊，能在桌上跳舞。他怕人斥為奸佞之臣，未敢送入後宮，又讓西域使臣攜回樓蘭西北上千里的雪原。停會我和張騫、李廣爺，還有老父親都要見面。見就見，無愧就無畏！他看得慢，喝得快。沒有絞腸劇痛，天旋地轉的大風暴，只覺胸口的火苗，從脊梁直竄後腦，鑽進血脈，使眼皮比鉛還重，無論用多大的意志，斥令它們堅持睜開，偏是不聽指揮，讓紫黑色的帷幕徐徐垂落。

「好硬的鋼脖頸，響噹噹，亮光光！司馬談何幸乃有此兒，哈哈哈！聰明的呆子，朕若許替死，是縱容叛逆，枉殺無辜義臣，如何對天下後世交代？國法條條，不是寫賦作詩，突出奇兵致勝。治國如彈琴，弦多亂不得。你是仁者、勇者、文豪，論為政又太幼稚可笑，朕再敬你一杯！」

李福為司馬遷再斟上一杯酒。

武帝從案下取出犀角杯斟滿舉起，喝下之後，行走自如地下了高臺，徑往後宮。

司馬遷喝下第二杯，被小太監用車送回家，朦朧間他看到任少卿躺在大鍘刀之下掙扎著，酒都化為熱淚灑在車墊上……

武帝一覺睡到一更天，用膳之後，聽李福說杜周還在宮裡，就找他來對弈。

杜周曉得如何吊高主上胃口，第一局就大獲全勝，使武帝被動。第二盤打個平手。三四兩局，武帝贏得很艱難，果然勁頭十足。雙方精力飽滿，轉折進退迅速，子擺得快，表面都輕鬆，杜周內衣都汗溼了。

就在歌手品嘗茶點的時光，武帝講到了司馬遷：「人品好，就是迂闊不聽調教，牛性子一上來，讓牧人草料鞭子都降服不了他！」

「臣以為牧人對牛太寬厚、太縱容，會讓牛覺得自己是麒麟！」

「牧人有牧人的苦處，他那樣非常的牛找不著第二頭，要非常的牧人來使喚，撫牠以恩德，感化為上，鞭刑次之，用刀未免太無本領。」

「然牛並不感德，請陛下聽聽牛在發狠呢？」杜周背誦了以下幾段話：

太上不辱先，其次不辱身，其次不辱理色，其次不辱辭令，其次軀體受辱，其次易服受辱，其次關木索，被箠楚受辱，其次剃毛髮，嬰金鐵受辱，其次毀肌膚、斷肢體受辱，最下腐刑極矣……

禍莫憯於欲利，悲莫痛於傷心，行莫醜於辱先，而詬莫大於宮刑。刑餘之人，無所比數，非一世也，所從來遠矣！……夫中材之人，事有關於宦豎，莫不傷氣，況慷慨之士乎？……

若僕大質已虧缺矣，雖才懷隨和，行若由夷，終不可以為榮，適足以發笑而自點耳……

嚮者，僕亦嘗廁下大夫之列，陪外廷末議，不以此時引維綱，盡思慮，今已虧形為掃除之隸，在闒茸之中，乃欲昂首伸眉，論列是非，不亦輕朝廷，羞當世之士耶？……

古者富貴而名磨滅不可勝記，唯倜儻非常之人稱焉。蓋文王拘而演《周易》，仲尼厄而作《春秋》；屈原放逐，乃賦〈離騷〉；左丘失明，厥有《國語》；孫子臏腳，《兵法》修列，不韋遷蜀，世傳《呂覽》；韓非囚秦，《說難．孤憤》；《詩》三百篇，大抵聖賢發憤之所為作也。此人皆意有所鬱結，不得通其道，故述往事，思來者。及如左丘無目，孫子斷足，終不可用，退論書策以舒其憤，思垂空文以自見。……

接下去是一些誅心的分析，竭力挑起武帝震怒，檢討了昔日保此人的盲目，音容悲惋……

「這些話哪來的？」

「臣在他家避難時從舊帛書卷中找到的，像是撕碎的殘稿。」

「還有嗎？」

「沒有了，不全。也夠惡毒！」

「司馬遷有千軍萬馬嗎？」問得和顏悅色。

「唔……那支筆可掃千軍……」

「甘心為朋友而赴死的人沒有長反骨，造不了反。筆，不怕。誰是風流倜儻之人？」

「陛下！」

「別的？」

「眼下是沒有了。」

「還有一個。

「唔……」

「受宮刑很快樂嗎？」

「如果你受了宮刑，斷了兒孫，能高高興興一點牢騷都沒有？說實話。」

「這……」

「臣……做不到。」

「還有一個風流倜儻之人，不在他寫出的項羽、信陵君、李廣乃至屈原之下的是司馬遷！你記著，任何大賢都招人罵，牢騷發得悲壯，就是地嘆天驚、至大至剛的血性文字。把你倒掛在樹上三天三夜，也寫不出這幾句殘稿！後人超過他要費盡吃奶的力氣，外添七牛二虎！朕殺人數十萬，背後多個文豪罵一罵無傷大雅，還顯得有大氣度，管他作甚？罵你杜周的人比罵司馬遷的人要多一萬倍。朕讓你位列三公，有人難為過你嗎？沒有，沒有就好。你說司馬遷這不是，那不是，無非要借朕手殺他，也就殺掉了什麼〈酷吏列傳〉。這是小人所為，君子害羞，賢哲冷齒！」

「臣如聖上教誨，所見淺而微，擔心千秋之後，對陛下不實之詞為聖德之累！」

「逼得妻兒上吊還侈談聖德？司馬遷的話，沒有不實之處，連他的不實之詞、某種文學誇張同樣不朽！如果朕想讓他不朽的話！」皇帝隨手從案頭小碟裡取出一條小絲巾，為杜周拭去額上汗水。

「臣，不敢當！」他慌忙接過絲巾放在左袖內，用手一擦天庭。

「留它做甚？」

「君父之德，要留給犬子延年供奉，提醒臣父子至死不忘國恩。」

「延年穎悟，該拜司馬遷為師，比郭穰、楊敞都有見識。他若是司馬遷之子，能做十五年好丞相，可惜呀！」

明知皇帝說的「可惜」是指他學識不足、教導無方，卻裝憨賣傻地岔開：

「可惜司馬遷不收！」

「時機一到，朕玉成延年。」

「謝主隆恩！」

「為的是大漢江山，莫謝。杜卿，司馬遷何以受宮刑？」

「李陵一案。」

「不對，是你壓下詔書四十一天半，否則以他三朋四友，不至於為五十萬錢毀身！不要發抖，朕不會以卿對司馬遷之道對你杜周。幾年來不肯說破，是要用你這把刀。什麼腹誹之罪？無非生出一千倍腹誹。什麼沉命法？能消除飢民嘯聚走險？都是蛇足。只為當時要消除朝廷異己之徒，用過該停，以德為教化，刑為輔佐而已。爾所做所言，皆在朕耳目之下。」

杜周大驚，臉色似藍靛染過的牛肝，急忙卸下獬豸冠放到案上，叩頭請死。

「司馬遷大才，除朕誰能用他？殺之如拔一小草，那樣做才叫聖德之累，受盡唾罵，反幫司馬遷揚名。這世上有個人跟司馬遷為難，讓他進退不安，吃不香，睡不甜，必置之死地，但非朕與杜卿！你在危難之際，避亂到司馬遷家，他推誠相留，恩怨兩忘。你找到幾句殘稿，羅織罪名，朕為此追究，下獄殺人，一個恩將仇報，一個聽信讒言，開以文字治罪先例，臭名昭彰，何以自處？」

「臣稻麥不分……」

「卿一向何所據而定讞？」

「全靠實證。」

「怕卿刀下冤鬼不少！」武帝忽來奇思，要展現博學與斷獄的準確。

「臣愚闇無知……」

「可憐卿讀書太少！卿所舉司馬遷罪證只能欺矇嗜殺成性的暴君昏君，稍有見識之人都要治你誣告之罪！」

「臣異常惶恐。」。

「司馬遷父子為何授職？」

「皆有史才為陛下所識。」

「史官著文當知史實，怎會差誤連出？」

「這……」

「《易》為文王何時何地所演？史冊無記載。朕閱司馬遷所寫〈十二諸侯年表序〉論及《春秋》，謂『嗅弟子人人異端，各安其意，失其真。故因孔子史記，具論其語成《左氏春秋》』，則左氏《國語》與《春秋左氏傳》原為一書，旨在闡明孔子褒貶史料，不關憂憤；屈原遭楚懷王疏遠，乃賦〈離騷〉。等到放逐，已是頃襄王七年。罪證和〈屈原賈生列傳〉牴牾。又據〈呂不韋列傳〉：『是時諸侯多辯士，如荀卿之徒著書布天下，呂不韋乃使其客人人著所聞集論為八覽六論十二紀』，不韋何曾遷蜀？〈老莊韓非列傳〉內言：『人或傳韓非其書至秦，秦王見〈孤憤〉、〈五蠹〉之書』，韓非未到咸陽即已成文。朕十餘次抽閱《太史公書》，能知綱要。修史一個司馬遷，撰文發牢騷的又是一個司馬遷，彼此矛盾，誰是誰非？這對一代高才過於荒唐草率了！」杜周不敢支吾，垂首低眉。

「臣頓開茅塞！往日臣只知愚忠報國，失察之處罪不容誅……」

「哈哈哈！史官殺不得。再說長安無太史公文章，天地亦會寂寞！今晚傾心而談，當知世無完人。把冠戴正，好好執法，知過必改，御史大夫還要卿當到老邁。若有外心，死期不遠！」

「臣口服心服！」他正在推測，誰向皇帝揭了他的老底。

「為逮狐兔，允許鷹犬吃些肉，只要吃得不那麼凶，獵物抓得不算少，主人就不計較。沒有光抓狐兔不吃肉的鷹，即或有一兩隻，也有野心，該殺。許多人因美德喪身，有的人因惡德而一帆風順。連螻蟻都怕傷害的軟骨頭何以執法。」

「陛下英明！」

「哦，心照不宣，往後不提此事。」

「是。」

「怎麼不動子？下棋呀。是猜誰進宮告你？怕人知道就莫做！」

「臣是在想誰與司馬遷為敵？」

「慢慢去悟得，不可說破。這局只許贏，不許輸！」

「臣勉為其難。」

棋很快進入決戰，武帝拿起一粒白子直繞圈圈，眼盯棋盤，冷場好久，把棋子又扔回瓷罐裡。

杜周受到暗示，試探地問道：「臣受隆恩，無能報陛下。平時與任安素無私交，斗膽進一言：匈奴反覆無常。貳師將軍久無戰功。臣保任安不死，改為宮刑，交與可靠主將帳下，可用可不用。如有怨恨，再殺如何？」

「容朕思之。」

五

看到小几上的酒罐子和菜盒，任安曉得末日已降臨，一點不覺意外。

邴吉穿著古銅色舊袍子，在閃跳的燈光下臉色憂鬱，眉眼擠到一塊，語聲低啞不安，有愛莫能助的惋惜：「詔書已下，邴吉給少卿兄弟送行！」他敬慕地跪下叩頭。

任安扶起昔年的酒友，平靜地說：「七日之前仁兄破例為任安上書，請求從寬發落，邊塞立功。朝廷不報，任安感恩不盡，可惜無從答謝！不能像子長受刑前夜那般痛飲了！」

「萬歲年高，杜周不死，詔獄無寧日。齊魯一帶農人頻頻起事，治國無調和鼎鼐的大才，邊城少足智多謀勇將，搜粟都尉桑弘羊橫徵暴斂，正直小臣憂慮滿懷。」

「仁兄有心人，為國為民，勞神焦思。任安一死了之，空負八尺之軀，慚愧不已！在益州之日，親見吏治腐惡，魚肉百姓，冤案萬計。知仁兄所慮乃有的放矢，就說堂堂北軍，多年少操演，不堪一擊。」

「不能迴天者不憂天，來飲幾杯！」

「任安喝了一世迷魂酒，多承子長賢弟勸告，戒了杯中之物。而今死在眼前，倒想做個明白鬼。仁兄盛意，飲茶一盞代之，就回牢房去也。」任少卿給自己斟茶一甌牛飲而盡，掉頭就走。

邴吉獨自抱起酒罐，狂飲幾口，走到門口叫道：「任少卿大人，邴少卿恭送兄臺！」他再次跪倒。

任安回頭一望，邴吉已將酒罐在牆上摔碎，酒花四濺。

「哈哈哈！兄弟多多保重！」

邴吉以袖掩面，伏地不起。

「任大人，我們家大人從來沒這樣難過！」押送任安的老獄卒說。

「嘿！」任安鼻孔一酸，卻流不出淚水。

回到了司馬遷受宮刑前後住過的院子（這也是邴吉的安排），書兒已在門口跪接。老獄卒鎖門而去。

「任大伯！」

「好孩子，沒想到你來送伯伯！你爹爹呢？真兄弟死也斷不了交！」爺倆在席上落座。

「爹醉癱了！」

「他沒戒酒？」

書兒把小謁者送父親回家時聽到的一切都做了轉告。

「哦！真是人中朱雀，除了兄弟，誰為你大伯告御狀喝毒酒，雖說酒是假的，也鬼哭神驚！陛下不會饒過我！狀告贏了，老命丟了，這些日子才弄清。給你爹寫信的時候還蒙在鼓裡。人們怕死，伯伯也一樣。要你爹薦賢才是藉口，想他救命是真。向你一吐為快，免得錯把俺當視死如歸的硬漢！」

「爹爹的回信是黃連水裡泡過的，苦哇！他只能那麼說……」

「提起那篇洋洋雄文，就是念給石頭聽也會下淚，何況伯伯是血肉之軀？信念了幾百遍，背得滾瓜爛熟，才忍痛燒掉。燒過之後，一天還背十多遍，是怕落到無忌之流手中給你爹再招災呀！剛到這裡，邴少卿就打過招呼，可惜本該傳誦萬年的傑作，沒得到老天爺的呵護……」

「沒事，侄女能倒背如流，才讓牛大叔送來，他在這裡人熟，不會受到搜查。」

「一背信就揍自己的腦門子，大伯原想死得重如泰山，偏偏落得輕如鴻毛，不甘心，又奈何？！早知如此下場，一個推車出身的窮漢，由小吏當到太守將軍，二十年前隨衛青大將軍打匈奴，真該在燕然山之北為國捐軀！」

一陣長長的沉默。

「你爹的書……」

「除了〈自序〉，還有些表缺東西。〈自序〉內容跟給大伯的信差不多，爹寫過片段，夾在手卷裡，兵荒馬亂，又找不到了。全書草稿，是八九不離十。書太大，要校正、改訂、潤飾文句。若他老人家能多活些年，辭官在家，還有文章往書裡添。」

「這樣大伯就高高興興去死！他不是貪活命做官，拿著書做盾牌騙自己。伯伯一了都了，只有對你爹這份心了不了……萬一他再碰上倒楣的事嚇破了膽，把書沒保住，或者把其中若干篇改壞改假了，求好侄女替死去的伯伯用十匹馬的力氣把他拽回到正道上。長別之前，當面拜託！」任安倒下鐵山突然再拜。

「折煞孩兒，父不拜兒女，您老人家沒女孩，也是書兒的爹爹呀！」

「大伯拜的不光是你，還有你爹手中的筆，筆下的書，書裡的鋼骨鐵筋！剛說的話記下了？」

「到八九十歲也記得！」

「寫書是子長的事，書是天下人的書。孩子，知道這，不管碰到月牙打西從南出來的咄咄怪事，都莫慌神。千辛萬苦一口吞，什麼委屈，小菜一碟。」

「是。」書兒倒上一杯酒，跪敬任安。

任安接過來慷慨地說：「伯伯要走，死人沒有難處，就活人不時遇到磕磕碰碰。任少卿有你爹這樣的朋友，有你這樣的女兒，一輩子知足。敬兒一杯，話多，說不出來，都裝在心裡。」

書兒爽爽快快地乾掉，再為任安滿上。

「爹爹、娘，你兒少卿就要來拜見二老。從此往後，不能掃墓祭祖，不孝兒告罪！」他將酒酹在地上。

「大伯！」

「伯伯答應過你爹戒酒，至死不渝！」

「為侄女喝一盅。」

任安想了一想，搖搖頭說：「不破戒，女兒知道來生祭，道遠那小子沒影……」

「伯伯，東方太爺爺把他救到誰也找不到的地方去了。聽說前後腳只差片刻，無忌去抓人撲了空。伯伯可以放寬心！」

「哦，謝天謝地，他日見到東方太爺爺，替大伯多敬好酒，多叩響頭！」

「是。」

「還有一事不可等閒視之，書稿要多抄幾份，分放在幾處，萬一杜周輩要雞蛋裡找釘子，有副稿流傳，不會散失，兒要多長幾個心眼。楊敞做不了大事，千斤重擔在兒一肩……」

三更天，司馬遷從昏醉中驚覺，手按鋪板想要坐起，但覺天旋地動，又摔倒了。掙扎很久，披衣起立，剔亮油燈，腸胃陣陣騷動，幾口乾嘔，吐不出東西，因為未曾進食。酒又走遍筋脈，只覺四肢發軟。幸而小黃驃善解主人心意，他鎖上院門，將牠拉到村街上，跨上鞍子。牠走得穩捷，沒多一會就抵達刑場。

無忌坐堂監斬，見到司馬遷起身相迎。

應酬幾句，太史公向囚車走去。

「把任大人放下來。」無忌吩咐一畢，告辭歸位。

獄卒砸開囚車，任安跳到廣場上。

「少卿大哥！」司馬遷一把抱住五花大綁的任安。

「兄弟，愚兄就知道下刀子兄弟也會來這裡一別。見面挺難得，哭個什麼勁？又不是老娘們。憑這副模樣白鳳公主也看不上呀。哈哈哈！」笑聲飛出任安的大嗓門，把場邊老榆樹杈上的老鴉嚇得亂叫連聲，往天上飛去。

「大哥，子長請罪來了。原指望推薦兄進入北軍能施展抱負，不料事與願違，百口莫贖……」

「知道尿炕一夜都不眨眼珠子！愚兄草草一世，唯一不放心的就是賢弟你瘦成一副骨頭架子，西北風能撂倒，平平安安都活不了幾年，要再哭鬧慪氣，跟自個老過不去——至少有一半為了愚兄，哥在泉下見了老太史公世伯有何臉面？流過的淚收不回眼眶，新淚水莫再淌，哪怕刀架頸脖塌下天，替愚兄和書兒保重，求求兄弟！」任安跪下右膝，目光如小燈，上翹的唇髭，短而蓬亂的鋼髯刺蝟似的張開，灰得發黑的印堂和絳色腮幫反差極大。

「提到我們年輕的時候像昨日一般，沒活出什麼滋味就成了老頭，還有些戀世。提到親友生離死別，人世風霜，如同活過千八百年。遲早要死，死何足惜？莫久待在這裡，回吧，兄弟，愚兄攆你快些離開殺人場！」

「小弟要收殮過兄長再走。停會楊敞送來的棺材是那年替子長預備的，哥睡著走。將來葬在郭解大俠與仲子將軍一塊，逢年過節後輩祭掃方便。」

「到這節骨眼上，任安更信友情貴於細軟和官印，只悔恨這些年誤會阻隔，好些話來不及講就……」

「兄臺一生好酒，今夜送行，為大哥破戒！」

司馬遷從鞍邊取出一支葫蘆，高約九寸，漆成紫紅色，亮得可見人影。他開啟頂蓋，香氣飄溢。

「十年前聞到美酒，喉管裡會伸出一隻小手來抓葫蘆，而今無此豪情。任安不是推車打仗、問案子練大兵的少卿了！」

「子長一身肉早讓憂患撕去下了酒，能回到噹啷官那年月半日也好啊！」他倒滿瓷杯，將葫蘆放到地上，擎酒過頭，跪敬長兄。

「乾了兄弟的酒，糊塗人興許做個明白鬼！要有什麼來世，俺在陰曹等你三四十年，一道投個雙胞胎，種地念書，不入朝房官衙，免得再各自東西。這盟約天地都聽到，月光星星都見到，莫忘了！」

「哪會有三十年？或週年二載，或三五年，萬事茫茫，沒有人算得準。請乾此杯！」

任安低下髮鬠，舌頭一頂門牙，上唇浸入杯裡，將酒吸乾，隨即把杯口咬爛，嘴裡留下一片瓷，嚼得粉碎，再噴出來，仰天長笑，淚雨橫飛。

司馬遷不敢仰視，眼更不願離開少卿。

「子長，腳下步步有暗釘，把幾根老骨頭帶回高門原去守墓吧，祖宗會高興！受了宮刑脖子就是銅鑄的？」

「上過書，沒準。」

「再上，到準告病為止。」

「是。」

「長別了——好兄弟！」任安話沒落音，直奔蓆棚下面大喊：「無忌小輩聽著，看在老天爺爺老地奶奶份上，叫四條大漢把司馬子長從法場架上騾子一趕勁送回家。腰斬可不是百戲，更不是西域小丑變戲法，一點不好看。要是血光飛起，把咱兄弟嚇瘋弄病，你一千個臭腦袋也賠不上一個太史公——大漢朝獨一無二能在太陽月亮上灑一團墨的大手筆！做慢了俺變厲鬼也饒不了你！」

「任大人，臨走這點吩咐晚輩辦不到就太不夠味！」這名殺人狂宛若喪家的狗一樣，衝著任安哈腰。

「要得！要得！龜兒子這句話硬是要得！」

任安，大將雄威，國士正氣，震懾著荷戟的武士、劊子手們，使這些人恐懼莫名，大開眼界：

他不肯穿紅色罪衣，沒有人敢強制，由他穿著雨過天青色便服上囚車；他不肯喝斷頭酒，插上亡魂旗，只好照辦。

無忌是御史大夫衙門炙手可熱的當家長史，誰見過死囚對監斬官下命令，被斥責者服服帖帖？

「兄弟聽愚兄一言，揚起腦瓜子好好活著，堂堂正正，清清白白！誰傷你一根手指頭，任少卿要登門抓他的魂！就怕你自己傷害自己，要養得精氣十足，做成該做的大工作，才不是白挨一刀的傻子，沒嘸氣往墳裡鑽是蟲豸。走開！」

「中書令大人請上尊騎，無忌少禮，接受任大人將令就這一回，敬求寬恕！」

「老大人請！」四名武士放下長戈侍立。

「慢，」司馬遷脫下長袍鋪在鍘刀旁邊的沙場地，「少卿兄，小弟要恭送最後一程，親手包好兄長……」

「再不走愚兄要踢你幾腳，幹麼在這裡擋手絆腳，礙著人家把工作做得拖泥帶水？」

「請！」無忌向太史公行屈膝大禮，再一抖長袖，武士們把司馬遷半推半抬上了小黃驃，他幾番掙扎，氣力太虧，倒在鞍橋上。他圓睜星眼，但見大鍘刀柄上的紅綢，在夜風中嘩啦啦飄閃，宛若血的瀑布，淹沒了空間，頓時天昏地旋，被武士們護送上路。

「好！哈哈哈！」任安不住地點頭，「弟兄們，麻利點！」他左腳踏在鍘刀上，目送司馬遷。

「擂鼓！」無忌整冠升座。

一通鼓響，楊敞和牛大眼策動白馬素車，含淚躦行。

二通鼓響，任安眉宇黯然，嘴唇微微發顫，一股怨氣化作長長的無聲浩嘆，彷彿身後濃灰色雲塊都從他口中噴出，爭先恐後地落在地平線上，對著他羅拜。鼓手像三天三夜沒睡過覺，雙臂乏力，鼓點衰疲如垂危者的心音……

三通鼓剛響，杜周飛馬而來，遠遠大呼：「刀下留人！」

無忌吩咐：「停鼓。」離座相迎。

「任安大人，恭喜恭喜！萬歲聽下官保本，免去腰斬，改為宮刑之後，去酒泉練兵，盼大人早立新功，回朝另有遷賞，毋負皇上厚望！待長孺親自鬆綁，長史取壓驚酒來。」

「是。」無忌一抬下巴，命獄卒跑去取酒。

「少卿大人將才，前程無量！」杜周正要動手解繩。

「慢來，罪臣此生此世不能報答天恩，望闕叩謝，陛下明察！」少卿站起，厲聲喝斥：「杜長孺，往年私自扣壓詔書四十餘天，將一代巨筆司馬子長造成一名太監。今日你馳馬傳詔，賣乖買名，妄想欺矇聖主，再造一名宦豎。少卿寧肯認罪一死，也不讓你陰謀得逞！無忌！今天真痛快！來，請再擂一通鼓送任某登程！」

「萬歲正在早朝，無忌速請邴吉大人入宮奏請陛下定奪。任將軍朝廷重臣，兩千石高位大吏，朝野佩服。萬歲愛將心切，長孺不惜全家生命再保任大人。」杜周伸手揉著後背，又酸又疼。

「不，無忌，聽任某的，不必驚擾邴少卿，找大太監李福轉奏，俺才做不成太監，哈哈哈！」

「杜大人！」無忌進退維谷。

「照少卿大人吩咐的辦！」杜周和顏悅色。

「是。」無忌跨上武士牽來的官馬，登鞍迅馳而去。

獄卒斟滿酒杯，遞給杜周，杜周潑灑於地，親手另倒一杯敬任安。

「誰不知俺任少卿貪杯？今日刀下候旨，只喝自家兄弟的酒，不領杜大老爺的情。」

任安走到司馬遷放在地上的酒葫蘆跟前，雙膝下跪，咬定葫蘆嘴，挺身立起，沉著地走近鍘刀，每行兩步，便一仰脖子，咕嘟咕嘟吞下一口酒。當他躺倒在鍘刀下的時候，葫蘆也沒有鬆口，澄碧的酒泉從他烏紫的唇邊汩汩湧出……

◆附記

〈報任少卿書〉作於西元前九十三年（太始四年），司馬遷年四十三歲。信中所說：「書辭宜答，會東從上來」，指該年春天護駕登泰山，「僕又薄從上上雍」，指十二月隨武帝行幸雍一事。清楚可考。「今少卿抱不測之罪，涉旬月，迫冬季，恐卒然不可為諱。」與任安為戾太子一案腰斬是西元前九十一年（征和二年）對不上號。據褚少孫補的田仁、任安兩人傳略（附《史記．田叔列傳》後面）武帝曾說：「安有當死之罪甚眾，吾常活之，今懷詐，有不忠之心！」做了太子一案的無辜犧牲者。同死的有田仁，小說中把他略去，以便集中寫任安之死，與韓仲子、方正迂兩人之死遙遙鼎峙，想比較出個性。漢去戰國百餘年，義士們輕生重諾言的品格，尚有殘暉照映在現實生活中。友情三重唱，是大膽的嘗試。從司馬遷回信後三秋，安獲死罪被放出，任北軍要職，再判死刑，雖是小說好材料（如司馬遷怎樣為安平反，查清益州官紳誣告等，皆有文章可做），但對完成本書主題意義不大，只好毅然痛割。司馬遷做這些事，不能高過本章之內的行動。作者自知筆力有限，故不寫前次死刑，把回信時間推到腰斬之前，讓情節單純化。但這樣一來，任安從被捕到死為時甚短，未必有興致去侈談薦賢，回信僅勉強對題，但亦無大的紕漏。杜周死於太始二年，他在小說中比歷史上的杜周多活了幾年，人盡其用，形象較完整，免得又要介紹另外兩位與司馬遷無關的御史大夫暴勝之與商丘成。他在子長宅偷去打小報告的內容不可能取自皇帝父子交兵時期。為補救缺陷，讓他說成得自撕去的殘稿，書兒又對任安說〈自序〉有殘稿找不到了，即是此意。好在〈自序〉與回信中有重複之處，這樣處理不算矛盾。

六

石村蝗蟲大旱輪番侵害，百姓生計危苦，烏背斜日一掉到山谷，家家閉門，燈光稀少，人沒有興趣串門子，村街上一片陰寂荒敗跡象。

十多位郎官領著一隊荷戈御林軍突然入村，巡查之後，撒下了崗哨。過了一刻，一輛普普通通的詔車停在東方樸宅子門口。李福先下車，再攙下武帝。武帝一擺手，詔車退回村口石橋畔。

微風送來一陣藥的氣味，原來司馬遷真的病倒。李福伸指叩門，被武帝用目光止住。他來回走了幾步，月色溫柔，樹冠如畫，遠近的村舍剪影，勾起他自稱平陽侯劉大碰上老石匠的一段模糊的回憶。幾個月的風雲突變，使他為數三分之一的黑鬍鬚變得白裡透黃，和人一樣憔悴少潤澤。前些日攬鏡自照，比當年的石匠老得多。他輕輕拍拍銅環。

「誰？」書兒發問。

「平陽侯劉某求見中書令司馬遷先生。」他朝身後一揮手，李福等人都退開數丈。

門閂抽開，書兒一手端藥碗，一手從地上拿起燭臺說：「君侯是獨自前來的？」

「是，這樣簡便。」他插上大門。

「爹爹，有位平陽伯伯要見您老人家。」

「哦，待我迎接。」司馬遷頭上裹著父親留下的寬腰帶，身穿短袂襖，繫著厚圍腰匆匆趕出，一見是武帝就跪倒：「陛下光臨寒舍，臣萬萬不曾想到。衣冠不整，接駕不恭，請求恕罪！」

書兒放下藥碗燭臺隨父下拜。

「平身！卿家臥病，不必更衣。」武帝邁開大步昂然直入書房。

「萬歲請上座，書兒奉茶。」

「卿家莫拘俗禮，一旁坐下。」

落座之後，武帝問過病情，談話直入正題。

「有鼠肚雞腸之輩抄來卿家幾段文字，或系殘稿，想羅織大不敬等大罪。」

「臣一時短見，說了狂言，陛下寬恕！」

「遭小人之忌是卿剛毅嫵媚之處。瞧，把你女兒都嚇壞了，你父女放心，聽信讒言的無道昏君會今夜親訪石村嗎？卿家所寫的是我大漢朝立國以來首屈一指的大文章，好風骨，好氣概！朕未能免俗，若在二十年前看到難免人頭落地，株連親友。就在兩月之前初讀之後，火氣不比卿家寫作時小。多讀下去，竟然忘了九五之尊，為卿赤忱無由表白之幽憤而老淚縱橫！司馬相如在世有此才無此健逸，朝廷還是有大手筆！朕對進讒言者說：『莫告司馬遷，司馬遷就一個，為朕所用，你將殘文拿回家去讀上三天，能寫出來嗎？』只為抑止告密邪風，朕故意說此文用史料失誤比比皆是，豈會出自史官之手？」

「是臣所寫，直稟陛下，生而無恨。」

「知道別人寫不成，告密者升官受賞，人人自危，弄臣如草得春雨，天下必危。為君者當有三分糊塗，天下自安。讀文章要有眼力，若從末節去讀書，天下好文字全被此輩滅絕！此文列舉前賢事跡多不符史實，如孫子臏足之前已修兵法；不韋先請門客著《呂氏春秋》在前，貶蜀在多年之後，非鬱結發憤之作；《詩》，尤其鄭風衛風，未必出於聖賢手筆，大抵是民謠，與李延年手下人蒐集作品一樣，只是四言五言說話習氣不同……然行文貴一氣領先，氣遒則縱橫萬里，沉雄酣厚，不用傍倚，泡沫是小疵，波瀾為大淳，非章句之徒所解！」武帝論到獨得之祕，對自己十分崇拜，儼然反過來又深化言詞，這是他半個浪漫主義的本我，神采飛揚，春風吹嫩柳，生意無極。另一半是嚴謹苛刻的現實主義者，非常妒忌，面色愈安詳暗中更仇視，「現在我還能登泰山，出崆峒，等到大歸之期迫近，必須置司馬遷於死地而後瞑目」。今夜前者稍胖，後者略瘦。偶有消漲，永為一山兩河，在源頭噴瀉出同等的真誠。和他的野心、謀略、愚蠢、自信一致。氣息比秦始皇帝大而自然，何嘗不是人性史上的絕品！

書兒捧著茶甌呆呆地聽入了迷，敬服、詫異，身在夢外，心在夢裡，真極反像假。等宏論暫停，才獻上香茶。

「陛下雲頭著眼，俯視萬類，山鶩河駭，何止三家村腐儒瞠目無從解索！惜臣駑劣，與雄主殷殷期待相去十萬八千，勉之過譽，愧赧不安。寸心耿耿，感佩唯天地察之！」司馬遷聽得心癢難搔，同時又困惑：皇帝微服造訪僅為論文章？其中有何機關？揣摩再三，無跡可尋……

「卿視朕是何等人主？」武帝的目光忽而變得年輕，凌厲不失含蓄。

「吾主氣吞山河。當年若重用汲黯、李廣等人，堯舜大禹之後，無人並肩！」

「說得好！古者富貴而名磨滅，不可勝記，唯倜儻非常之人稱焉。你我皆倜儻之人，遇到一朝一地，如今夜快談就屬非常。當然，才調卓識異常可貴，某些人具有這些，欠缺磨洗終無成就。朕若用庸才，重賦稅，多兵徭，嚴刑法，好大喜功，縱然開疆萬里，乃傷國之財力而苦百姓。卿若僅草詔書，無大著作存世，你我君臣逃不脫常人結局。朕是有所為而來，直說朕甚敬汲長孺何以不拜為丞相？」

「陛下昔日向以非常之君自許，用直言君子，彼輩處處不讓陛下隨心所欲，出兵、求仙、封禪、用酷吏，無不受阻，苦不堪言。小人言聽計從，聞一知二，投主所好，用之其樂無窮。陛下深知古之君王重用小人而君子不能安於位，唯陛下用小人不為小人所惑，近而江充、蘇文、檀何，遠而公孫弘、張湯、趙禹、義縱、王溫舒，直至公孫賀諸相國，或奸詐，或庸陋，無才治國，有志營私。為禍之烈，使陛下多少宏圖落空。臣在詔獄自省，以為吾主不愛聽真話。後來方知錯了，真話可以聽，錯了可以悄悄改，但不喜說真話之人，不愛認錯而已。但願臣一錯而再錯，陛下與大禹相似，聞善言則拜。九五之尊只拜天地列祖，出征拜帥，對臣下納言即可，拜似近於做作……」

書兒早已告退，在樓梯轉彎處傾聽，父親用評歷史人物的口氣來面折君王過失，嚇得她冷汗浹背，又不便制止，急中生智，跑上樓把熟睡的楊惲搖醒，在孩子大腿上狠擰一把，小東西哇哇大哭，頓時把外公的話頭打斷。

後代要活命的提示，使太史公涼水澆頭，隨即匍匐席上說：「臣罪該萬死！」

「卿家無罪，汲黯一死，無人如此直言！」皇帝伸手將其扶起。

「臣告罪！」司馬遷走到樓梯口叫道，「書兒，把惲兒抱到前屋去，快哄哄，莫吵萬歲……」

「卿家，叫女兒把外孫子抱來，朕要一見。」

「不，頑童無知，吵鬧陛下，臣……」

「誰非頑童長大？朕亦愛幼子弗陵，夜間院中風大，抱出會受寒氣……」

「萬歲要看看惲兒！」

「臣妾遵旨！」書兒把孩子抱到樓下，哭聲驟止，黑白分明的大眼睛在燈光下滴溜溜轉動幾下，直奔武帝身邊不慌地說：「太爺爺有長長鬍鬚，外公沒有，爹爹有小小小小鬍鬚。」

「惲兒，你呢？」

孩子搖晃腦袋，甩動小辮子說：「惲兒也有長長長長鬍子，跟娘一樣，在頭上。」

「哈哈哈！」武帝笑得雙手捧腹。

司馬遷想起宮刑前的美鬚還在枕下，陪皇帝乾笑兩聲，鼻腔像灌進一匙陳醋。

「長大幹什麼，惲兒？」

「跟外公一樣，寫多多多多的字。」

「你會寫字嗎？」

「會。娘，惲兒要寫字字。」

「別鬧，上樓去寫。」

「讓他在這裡寫。鋪上一小塊帛，硯裡有墨，寫吧。」武帝把孩子放到几案旁邊。

孩子將帛放在蓆子上，抓過筆蘸點墨，很神氣地寫了四個人字，口中念念有詞：「一個人人，太爺爺；二個人人，外公；三個人人，娘；四個人人，惲兒。」那筆畫如同蚯蚓在毫尖流出，筆上鋥亮的銅錢隨著搖搖擺擺。

「好了好了，上樓吃糕糕去。」司馬遷向女兒一努嘴。

「好，寫得好！」武帝誇獎著，孩子的字越寫越小，把第一個「人」字寫得最大，讓武帝得到滿足。

書兒抱起孩子，奪筆的時候朝父親晃晃銅錢才插上筆架，辭別萬歲，把孩子抱到磨坊去了。

「筆上拴錢是卿父所傳練字祕訣嗎？」

「不是。臣將小小銅錢磨亮成鏡拴在筆頭，時時自照：一言下筆，可有誣枉失真，辜負國恩之處？若有曲筆，就會汗顏，非重寫不可。」

「卿有君子之風！」

「蘇文未誅之日，臣五次起草上書，皆畏禍焚去，羞聞『君子』二字！」

「君子亦有過，能改為大善。朕想拜田千秋為右丞相，卿以為然否？」

「吾主識人，社稷大幸，吾民生養將息有望矣！然膨侯才器兩乏，素無政聲，事事退讓。新風難開，民氣易散。有實政溉民，方可持久。此中關節，陛下權衡。」

「朕當曉諭劉屈氂飲酒騎馬，觀山打獵，諸事不問。對田千秋愈推重，愈有賢名。但千秋未任太守，縣令、司農、廷尉，卿可薦才，與之共輔大政。屈氂孤行，可以廢去。」

「金日磾之德，霍光之穩健幹練，張安世嚴謹，趙過慈和，可共承大任。」

「凡稍有作為人主，殫思竭慮，不能面面明達，留下許多瘡痍。強弓硬弩，拉滿再拉，弓折弦斷。朕為子孫操勞五十年，傷孫折子，乃上天示警，要朕以殘年與民同休。故而託孤只擇平穩守成大臣，不用大才人，以免大起大落傷國家元氣。田千秋相貌堂堂，自知無能老朽，不會與霍光等鋒芒相對而政出多門。同是尸位素餐丞相，朕昔受此害數十載，今必得一利。任安忠勇，與卿皆是大才，朕豈無君臣之義？然霍光為大司馬大將軍，金日磾為車騎將軍，皆未曾帶過一天兵；任安無造反之心，但不聽調遣，足使霍光難堪。衛國守邊有趙充國等，資望有限，不敢抗命，天下方能長治久安。與卿說明，可以釋然。為臣焉知為君苦，提倡善德，反多讓偽善狡猾者得高位；知人性惡，用重典以防範，法嚴民怨，酷吏賣法、玩法而致富享名。不信重臣直臣，讒言不止；過於相信，或迂闊誤事，或為貪直名而專找麻煩……」

「陛下老而益明，史冊先例少。」

「朕來石村要卿草詔，君臣共做倜儻非常之人。」

「陛下允諾讓臣專心治史，草詔之事臣已薦郭穰……」

「此詔卿家必寫無疑，乃是罪己詔，向天下父老謝罪！」

「萬歲！萬萬歲！臣……」司馬遷扯去犢鼻裙及頭上長帶，伏地連連叩頭。把百姓過好日子的希望寄託在武帝身上，士人弱點固然可悲，當時捨此有什麼上策？

「桑弘羊上書說輪臺之東有地四五千頃，可設都尉招募移民墾荒，築城鑿池，以防西域東侵。」

「萬歲聖意？」

「朕自即位以來所為狂悖，使天下愁苦，不勝追悔，自今事有傷百姓、靡費天下者，悉罷之！遣散方士，不再出兵！」

下面是著名的輪臺一詔大意：

前有司奏，欲益民賦三十助邊用，是重困老弱孤獨也。而今又遣卒田輪臺；輪臺在車師千餘里，前擊車師，雖降其王，以遼遠乏食，道死者尚數千人，況益西乎？！乃者貳師敗沒，軍士死亡離散，悲痛常在朕心。今又請遠田輪臺，欲起亭障，擾勞天下，非所以憂民也，朕不忍聞！當今務在禁苛暴，止擅賦，力本農，修馬復[20]。令以補缺，毋乏武備而已。

「未加浮詞鋪張，曉暢剴切，甚得朕心！」

「此詔一下，舉國彈冠相慶，皆為吾主追蹤堯舜文王等聖明而雀躍！求陛下為庶民珍惜玉體，造福綿綿，莫再夤夜屈尊紆貴駕幸野村，臣與百官皆悚怵無狀。」

「依卿所奏，下不為例。」武帝起立，環顧四壁，健步走到院子裡說：「此地雅靜，過於清苦，若有難處當面請求，朕會依從。」

「臣小婿楊敞庸庸碌碌，謹小慎微，蒙大將軍提攜，已盡其才，不應升遷。臣幾年來多種頑症交加，將不久於人世。求陛下另委高賢任中書令太史令二職，放臣還鄉，以餘年守先人墓葬讀書為樂，感恩無盡！」太史公拱手躬身立於道旁。

「這……」武帝憮然興嘆，腦海掠過閃電提示自己：「他為何思故土？難道看破身在朕巨網之內？還是動之以情，穩住這管筆再講。」同時命令自己「要情、情、情」！這部特殊機器內控能力，不因平時言行無所顧忌而降效，「朕改弦更張，無為以息民養富，而為臣者仍重功利，自售其能。害國擾民之處，積重難返。太子幼齡，大臣少威望學術以服天下。檢點失誤，非卿莫屬。長安良醫雲集，不乏良藥，比窮鄉僻壤利於治病。日後重大奏章盡交霍光先閱，擇要上奏。賜卿宅第一所，靜而不大，靠近宮禁。再派幾名宮女，照料晨昏瑣務。卿可潛心修潤書稿。老臣日稀，朕長卿二十二歲，待朕身後，再歸林下未晚。如此書兒可住夫家，常來侍奉，以盡孝思。否則楊敞不悅，則卿心未安；女兒離去，小夫妻不忍。兒童繞膝，吵嚷過久，不利文思。偶享天倫之樂，方是塵世神仙。不知此說可妥當？」武帝眼角溼了，漫天繁

[20] 恢復早年政策：養馬者可免徭役。

星在其中閃爍。他為自己達到的誠摯而陶醉，對後果尤為樂觀。

「謝聖上垂愛。此村多年住慣，鄰里和睦，賜宅請免去。孤身一人，來些婦人，只添紛繁，不如寧靜為宜。楊敞幾番要買僮僕，皆為臣堅拒。只想回高門原，族侄輩奉養，亦能盡心。陛下允求之必得，僅此一求……」

「莫說了，告病不准。冷落一代文豪，刻薄寡恩，人言可畏！」

「臣……」

「平生剛強，從不認輸。夜訪卿家，乃破例向史冊低頭，休得寫入本紀。世上有大是非！然父子君臣之間有說不清的恩恩怨怨。豁達之人哪——哈哈哈！」

李福推門進院，請駕回宮。

武帝笑得讓太史令糊塗，也讓他更聰明。

「恭送陛下！」書兒把兒子哄睡了，下樓來隨父親行禮。

「書兒，你爹爹替你挑的好女婿，辦不成大事，也壞不了事，如同藥中甘草。讓種種藥材和衷共濟，絕不可缺。兒子將比楊敞聰明，事父教子，夠你操持！」武帝點點頭。

「謝陛下賜教！」

「任安還有後人嗎？」

「有一子道遠甚勤於學業。」

「能任何職？」

「新安令李壽被無忌查出貪贓枉法當斬，道遠可以繼任。但不知道遠身在何處？」

「就依卿所奏，命有司寫好文書，交卿派人尋訪，早日到任。」

「遵旨！」

四名郎官打著燈籠來接武帝，路上傳來幾聲馬嘶。

七

征和三年（西元前九〇年），匈奴騎兵南下騷擾邊境。

武帝下詔命李廣利麾兵七萬自五原出塞阻擊，在夫羊句山兩兵相遇，敵騎不過五千，右大都督率部潰逃。廣利乘勝追到舊日邊將之妻范氏出資所築的范夫人城。戰報入朝，武帝反應平平。百官接受了李陵事件教訓，祝賀按例行事，沒有熱烈的贊語，都怕轉小勝為大敗而陷入難堪。

清明節這天下午，司馬遷回到高門原祭祖去了，書兒有些腰痛，未曾同往。忽然有人叩門：「請問司馬大人在家嗎？」

書兒開門，鐵匠拉著仲子將軍留下來的寶馬進入院子。

「俺是您仲子伯伯的義兒韓小仲，以往跟他老人家一塊來拜望過老太公，剛去給師傅掃過墓，來看看大人與賢妹。」

「太公跟爹爹提起過韓大哥，這匹寶馬小妹見過多回，廚房裡泡有豆子，先餵上牠。牠很有一把歲數啦，還挺精神！」寶馬上了槽，書兒獻茶，坐在大樹下敘話。「太公和道遠兄弟好嗎？」

「都好，任公子跟俺學打鐵，跟老爺爺習武，也練石匠手藝。他肯下勁，有出息。」

「牛叔叔說，老人家把他救走的當晚，無忌就帶兵去逮人。也是老天爺有眼，任大伯該留下一支香煙。不知他幾時回京小住幾日，好去任縣令。」

「道遠小弟回不了長安，老太公把尊大人派牛大叔送去的文書撕碎，不許兄弟進衙門。」

「太公高見，自有至理。」

「俺這番求見令尊有緊要事。起恩師過世，俺砍斷左手小指，對天發誓：十年為期，必報大仇。李廣利駐兵五原，不時有將士來找俺打造兵器，偏將小吏路過小店，花些酒菜，送點碎銀子，慢慢有了人情來往。廣利有個家丁李慶，狗仗人勢，霸占邊吏之妻，買肉沽酒，分文不給，舉手打人，非常可恨。俺是別有所圖，跟他打得火熱，不時餵這個無底洞。他奉了主子之命進京送密信給丞相劉屈氂，共謀立昌邑王劉髆為太子繼承大位。俺中午請幾位有頭有臉的人物相陪，擺宴送行，讓他當眾上了陽關大道，晚上騎著寶馬追上此賊，抓進樹林，問明白緣由，捆得結結實實，蒙上眼送到俺丈母娘後院枯井下邊地窖裡，藏下活口，原信帶來。俺打算告御狀，除國賊，報師仇。但不知路該怎麼走？」

「告御狀會讓杜周手下人抓走，十個人闖宮門死十個，狀子也到不了皇帝之手。可惜爹爹病了，起任大伯一去至今衰弱無力，去祭祖墳也是勉強支撐……」

「給妹夫楊敞，讓大將軍霍光大人上奏如何？」

「敞兄未必敢碰丞相，李廣利手下重兵七萬有餘，萬一激起變亂，霍子孟叔叔不敢承擔後果……」

「聽太公說，邴吉為官清正，與令尊是舊交……」

「他見不到陛下，上書得經爹爹之手，要是繞到杜周那裡會捅婁子……」

「天子腳下也難辦事！」鐵匠犯愁了。

「有了，交給郭穰，先從大內文書裡找出李廣利的筆跡，核對之後，皇帝相信。再說他不想巴結權貴升官，無家室之累，有膽子通天。」

「此人賣師求榮，名聲欠好……」

「不能為一時一事把人看死，只要說太公要他做的，不會猶豫泡湯。」

「殺頭坐監俺都想通了，不會連累他。」

「幹麼要掉頭下詔獄？他可以推說下朝回家，屋裡留下密信，找到周圍幾條街巷，不見送信人。無名無姓，查詢幾天，不了了之。再說丞相膽小如鼠，皇上一審，嚇個半死，馬上會招供，想不起來要活口查核。大案一結，李慶的狗命由哥去除掉。快找郭先生，他住在宮牆西邊，大柳巷中只有一株空心老柳樹，緊靠他家小院，牛叔叔去過，沒錯，見面詳細談，小妹算什麼也沒講。」

「將門出虎女，你哥佩服！」

「我爹是豆瓣醬，沒帶過兵馬。除非用筆，才是大將。」

次日，郭穰又從江充遺存的案卷中找出有人控告丞相夫人請女巫祭神，詛咒皇帝。他抽出此狀和廣利原籤一併奏呈，武帝勃然大怒道：「郭穰，誣告大臣要犯死罪！若想升官，理當直說，不能損人利己！」

「臣唯知陛下安危，社稷存亡。草木之身，生死榮辱，從不縈懷。」

「宣劉屈氂！」

丞相上殿，武帝把信狀都擲到龍案之下斥道：「朕與你父一祖兄弟，廣利亦是國戚，皆位極人臣，還想升官攬權，再往哪裡升官？要攬多大權柄？尚謀不軌，叫朕太痛心！」

「屈氂罪不容誅。前番李廣利出征，臣送至渭水橋，他說：『君侯能早請昌邑王為太子，定可永享富貴而無後憂！』臣一時昏瞶，未加駁斥。然迄今尚未奏呈陛下。祈求削職為民，了此餘年！」

「郭穰草詔：劉屈氂縛置廚車，東市腰斬；妻子押赴華陽街梟首示眾；李廣利妻兒絞決！」

侍立門外的李福一招拂塵，四名武士將癱軟在地的丞相拖了出去。

「陛下，李廣利尚在戰場，若將其妻處死，倘生大變，不利於朝廷。不如暫時系獄，日後再由萬歲酌情處置。」

「郭穰，你真不愧為司馬遷弟子，就不怕受宮刑？」

「有罪，殺也無怨；無罪，萬歲不會施刑。」

「哈哈哈！」武帝笑得很複雜。

廣利在軍中得知丞相已死，妻兒遭囚，自己尋思：只有直搗匈奴巢穴，妻兒方得赦免死罪，若單騎回家請罪，只會同時受戮。便重整人馬，誓師北上，先後打敗左賢王，斬了左大將。仍要孤軍猛進，遭到部將反對，其中有長史串聯廣利左右，要將他縛送闕下。不料為廣利親信所聞，長史被斬。廣利不敢戀戰，下令班師，以防譁變。大軍行至燕然山南麓，疲憊不堪，紮營埋鍋造飯一畢，剛剛睡定，匈奴兵突然夜襲，營房四周掘有許多陷坑，漢軍傷亡慘重，胡兵三面火攻，廣利無路可走，下馬請見狐鹿姑單于求降。

狐鹿姑大喜，待為上賓。

邊吏將廣利降敵一事報到漢宮時，武帝憤憤然斬了他的妻兒。株連而死的有公孫敖、趙破奴等老將。

狐鹿姑為安撫廣利，將親女嫁與他為妻，軍隊大酺數日，異常熱鬧。

一年後單于重病，老降臣衛律妒忌廣利，乘機進讒言說：「廣利幾次北伐，得罪了單于祖宗，只有殺他祭祀，單于便能痊癒而長壽。」

廣利做了祭品，刑前大叫：「我死匈奴必滅！」事後連日大雪，牲畜凍死過半，百姓也感染瘟疫。單于病情時有反覆，害怕廣利作祟，下令為他立祠。

太史公在《史記》中的紀事至廣利降胡截止。遲於這一年的紀事為褚少孫所補。

另一降將李陵的後半生也在這裡略費餘墨，搖曳幾筆：

霍光擁帝，權傾當朝，派霍、李兩人的故友任立政出使匈奴，進行策反。

單于設席款待，李陵出席作陪，苦於沒有單獨接觸良機。立政連使眼色，多次手撫刀環，又摸摸靴尖，這是當時民謠中的雙關語，「環」與「還」同音，暗示可以還漢朝。

幾日後李陵回拜漢使，降將衛律又是寸步不離。任立政大聲說：「漢朝已大赦天下，中原安樂，霍子孟大將軍主持政事，十分想念故人啊！」李陵默然久之，摸著頭髮說：「我已改過裝束多年了！」

一會衛律退出，立政說：「子孟要我致意，請將軍回長安同享榮華。」

「回去容易，就怕再受辱！」

不想衛律去而復返，正在門外偷聽，又被李陵覺察，只得大聲說：「李少卿是能幹的大才，不止在一國立下功勞！范蠡離開越國遊遍天下，自號陶朱公，十分富足。由余自戎入秦也曾立功身顯。說什麼話這樣親熱呢？」

散席後立政再問：「少卿有沒有意思呢？」

李陵說：「大丈夫不能再受辱。」

霍光、任立政的謀劃落了空。

李陵好友蘇武，字子卿，持節出使匈奴，被狐鹿姑所扣，屢勸不改節，送到北海（貝加爾湖）濱去牧羊。後來狐鹿姑歿，子壺衍鞮繼位，封李陵右校王，派他去北海說降。蘇武說：「寧死席前，不負漢室。」李陵告知說：「伯母病故，您兄長蘇嘉犯大不敬罪自殺，您大弟被小黃門推下河溺死，您小弟奉旨捉拿凶手，凶手遠逃，無法復旨，服毒喪身。夫人改嫁，何不先納一胡女續嗣？」

蘇武乃權從李陵意，後生一子。

漢昭帝時，兩國修和，蘇武還朝，飽受風霜十九年，離開匈奴時，李陵在宴上作歌相送，淚下數行：

徑萬里兮度沙幕，為君將兮奮匈奴。
路窮絕兮矢刃摧，士眾滅兮名已隤。
老母已死，雖報恩將安歸！

蘇武回國，兒子蘇元相迎，朝野尊尚。昭帝僅封蘇武為典屬國。不久蘇元受上官桀謀反事連累被誅，蘇武遭免職。這時蘇武所納胡女已生一子，得到李陵照應，取名通國，蘇武馳書迎子歸長安，並勸李陵同行。李陵終未南歸。那時宣帝即位十六載，太史公已銷聲匿跡十幾年。

璧沉

時間：司馬遷辭世前一刻

地點：天地大舞臺

對話者：司馬遷、看客、票友

看客：（坐在舞臺中央）戲劇到尾聲了，司馬遷，你怎麼還不哭？不哭一陣怎麼跳黃河？

司馬遷：（立在懸崖上打呵欠）我累了！眼淚忘在家，鎖進夫人保險櫃裡，哭不出來！

看客：我是花錢買了票的，不賣力氣我退票！

司馬遷：（再打呵欠）我在賣力氣！

看客：你在賣力氣地打呵欠！渾身四兩勁也掏不出來！

司馬遷：我只來了百分之四十，哪能釘得住那麼重頭的表演？

看客：還有六成呢？

司馬遷：那……

看客：說呀！

司馬遷：說出來對您不太體面！

看客：我是無私的鐵面，但講無妨！

司馬遷：一半在那邊（指指側幕）！

看客：（找到側幕，見票友在呼呼大睡，踢踢他）醒醒！醒醒！

票友：什麼？散戲了嗎？給我包銀！我要錢錢錢！真不容易熬到這下半夜……一宿吃頭豬，不如一覺呼！

看客：你來幹什麼的？

票友：馬勺上蠅子——混飯吃的。您呢？

看客：大爺正經八百來聽戲的。快上！

票友：導演沒分配角色，就他該演獨角戲！

看客：導演沒來，我花了錢，買了主宰權，分配你笑哇！

票友：笑嗎？張不開嘴呀！憑什麼要笑？

看客：不哭不笑，不戀愛不打不鬧，拿什麼賣錢？你能白拿包銀？

票友：該死的戲還不散，困壞了！（坐地）沒理由就笑不成了精神病？（又打呵欠）

看客：他來了，你怎麼還不來神？

司馬遷：加他才七成數，怎麼來神？

看客：還有三成呢？

司馬遷、票友：對不起，您便是！

看客：胡說！導演沒給我劇本，找他去！

票友：甭找，他……

看客：他怎麼啦？

票友：他死了！

看客：我幹什麼？演什麼？
司馬遷：我演什麼？
票友：櫃檯加後臺，沒一個人知道自個在演誰，該怎麼表演？
看客：那不亂了套？
司馬遷：什麼「套」？一丁點亂不得！
看客：劇本呢？
票友：裝訂顛倒，導演拿回家重新核對頁碼，訂好重排！
看客：他死了，怎麼排？
司馬遷：我們自力更生吧！
票友：也好。
看客：不然得退票呀！
司馬遷：我是司馬遷嗎？也許只是一匹非驢非馬的騙騾子，那匹小黃驃才是太史公！
票友：也成。誰演騾子？
看客：總不能讓我來鑽鍋大反串吧？
票友：敢情是不才的工作囉！這戲幹麼還不散？
司馬遷：我還活著，散不了！
票友：你躺下不就散了！我們舉行打呼友誼賽！
司馬遷：那不太好！不如請二位勒死我，就算執行皇帝的聖旨！
看客：（捂上司馬遷鼻子）這比較省事。

票友：怎麼我也憋得慌？

看客：我也受不了（鬆手）。

司馬遷：哎喲，哎喲！原來我們是一個人！

〔三人抱成一體，劇終〕

一

大海時有短暫休眠，靜若無風的碧野，寸草不搖。在死的預演中孕育新狂飆。

武帝駐蹕龍廷，草詔由郭穰候旨，司馬遷大抵得以謝客撰稿。武帝巡狩，仍須違心地陪著顛簸。

面對專制淫威，悟得一人能主宰的餘地過小，他擎著書稿與自己的首級隨時拋給厄運，卻未曾聽到這位不速之客迫近門楣的獰笑。

殘暑消退，蚊虻匿跡，他的寫作進入金秋。路畔梧桐墜下首批黃葉，書兒請父親暫住太公屋內，她和大眼將書房裡的櫥櫃几案、圖卷表冊、帛書簡牘，一一搬到樓梯間，大眼給四壁抹過攙著碎麻的黃泥，再刷石灰。地面墊著幾層秫稭編的草荐，又鋪上莞蒲蓆子，免得席地久坐的太史公著涼。

北方人的中年來得早，去得遲，三十六七到五十出頭，臉上變動不大，不似南方人那樣中年短暫，老得早而突然。

繁重的勞作，不祥的預感在夢與醒時交替挫擊神經，老在死亡線上跳繩，前額因早衰脫髮而隆起一座黃土高峰，出格地闊亮，稜角盤錯，皺紋密集，猶如板斧砍出來的。錫色疏鬢給腦後頂上仍舊烏黑的小髮髻撒上兩片殘雪，插著紫黑色的木簪，行走中不斷地搖晃。雙耳薄成黃中泛白的象牙色，當他伸著小指塞進耳孔裡搔癢時，書兒竟然從耳後看到一條灰藍色的暗影，躲在廚房裡流過好多淚水。兩腮癟陷襯高了鼻梁，讓它獨自吃力地頂起那麼多的思想。監禁歲月沒有心境去盥洗，什麼皓齒也過早地退役，使下巴醜陋地翹出，向鼻子表達愛莫能助的愧疚。跟著來的是胃大而鬆，脾臟吸收力銳退，腑臟內分泌一一失調，構成綜合性的坐牢職業病，並且是「終身總統」。靠眉稜骨上一條隱隱的長紋，讓人們記起他曾有過黑密細長的劍眉。血絲縱橫的眼籠著黃霧，偶露即藏的幽默感，悲憫的熱情，過來人明哲保身的冷漠，交織著冬天裡的春天，厭棄又不能忘懷的官癮，連連被出賣又欠親人很多的心理失衡……各種形色的光，糾纏、消長、裂變、滲透，匯成複雜的目語。

聖哲與寂寞大都歷練過憎懼、逃避、被迫相安、互相發現美感，進而尋求、玩賞、享受的漫漫長途。最後以大寂寞戰勝寂寞。躺在大徹悟的安樂椅上，墊平靜、枕安詳，蓋上小我之情死而大我之愛生的被子，解析萬花筒般的內外兩界，蒸餾出智慧。

司馬遷對寂寞頗似葉公好龍，相聚稍久，入世熱腸內在的騷動欲抑還揚，餘波何曾止息？他想買一位能歌善舞的小妾，縱無床第[21]之歡，享些溫存與補償又何傷？太監都想異性，男人潛在的希冀閹割不掉。他的地位、財力允許這樣做。輿論上「合理合法」。阻止他實施的原因：一怕書兒表面贊同內心反感，公然抗議她不敢（那樣做也無用）；二怕對不住上官清，出喪慘狀還歷歷在眼；三怕朋友背後搗著脊梁竊竊私議；四不忍妙齡美人守活寡，同時志氣、精力、時光皆受鯨吞蠶食，成為另一種「囚徒」。結果，佳人情未得，女兒與安寧兩敗俱傷。

書兒只吸收冬陽的溫和，極少領略夏日的灼傷力，對父親別的思潮湧退一向不在意。

[21] 第：音子，竹蓆子。

自搬進司馬遷寓所的門邊耳房，牛大眼變得舉止滯緩，少露笑容，行走聽不到聲息，見人就讓路，身子瘦去四分之一。無論父女倆怎麼勸請，他只喝三小杯酒，多一滴不沾唇。他手不識閒，碎石塊被堆到牆角，菜苗被澆得油碧烏青，大樹下挖成環形溝，埋些糞乾豆餅，長得枝繁葉茂，鵝卵石鋪的路上，拾掇得寸草不留，小黃驃餵得惇惇實實，腰似石磙，跑起來毛上流閃著光波，不到個把時辰就送司馬遷到西山憑弔郭解與仲子墓，旁邊還是牛小卿埋骨之所。聽司馬遷在塵土高揚的行程中講述了兩位壯士生平，大眼敬若天神。

「先生，為什麼俺給兒子上墳不再哭哭啼啼？他能給兩位爺爺當個守門童是好造化，全虧先生的謀劃。將來先生百年之後，俺也要在旮旯犄角裡占塊地，做鬼也侍奉先生。」

「大人」、「老爺」、「子長兄」，這些稱呼遭到兩人拒用，「先生」比較緩衝，雙方都接受。

「兄弟想這些事太早，你還有得活！」

「活得大半輩子不高興，死後埋得稱心，總算丟掉一頭豬，拾到一頭羊唄！」

有時，傳主的奇節卓行使司馬遷揮淚行文，對卷唏噓，筆桿上的小錢頑悍地睜開隻眼，似在激勵他：「一時賞罰在權，千秋是非在筆。你寫得情理聲色並茂，不會孤獨，父老後世與你同識！」偶用兩句曲筆，力乏氣浮，銅錢口角扭斜咧出鄙夷的冷齒抨擊他：「爾深負親人至託，對不起耳邊刀在打瞌睡時與砧板之間極短的安穩韶光，是患得患失畏首畏尾的宵小鼠輩！」於是耳根背脊發燙，將廢稿投入火盆，挑燈攤開素絹，重新運腕，達意方休。

一稿殺青，或絲裡藏針，或四兩撥千斤，或惡人俊扮，或雙峰對峙，詳略互映，穿插錯綜而層次井然，或頭緒紛繁，經年累月，難題扭成榆木疙瘩，悶坐連日，一字不得，忽而天外閃電飛來，頓悟帶來飛躍，一氣呵成，文不加點。或正話反說，在讚詞裡把蒙在正文窗戶上的絹帛戳個小洞。他愈讀愈狂奮，寢食皆忘，把不是知音的書兒、大眼拔高十丈，當作對話者、批評者，邊解說邊起舞，弄得女兒點頭晃腦，何嘗了了，大眼鼾聲雷動。他啞然失笑，下次情潮撲來，還是故我依然。可愛，可憫，可悲！

聽太史公哼著山民牧唱，大眼知道先生很自得，便掃淨樹蔭，鋪陳竹蓆；兩葷三素，一碟野味，渾潤的村醪盈壺，飲到中夜，老哥倆俱已半醺。書兒知趣，抱來焦桐古琴，父親正襟長嘯，冰弦叮咚，於是逸客屹立山巔，撫松醉雲，漱雪吟月，志士踞鞍橫戈，率領鐵騎飛越大漠……書稿未了之文，記憶中坎坷遭際，筆外不盡之意，都在揮手之間，託寒指急調，挎在流星肩頭，馳入滄溟，與萬有合一。幾番宣洩，散藻摛華，開鑿血糊裡的小孔，吸入微風，從肺腑抽出長虹，擲於無可奈何之鄉。半解的閨女頻頻斟酒，不解的大眼抱膝側身呆坐，想鑽入琴中一探無涯丘壑，看看為何吐出奇韻雄聲？最後，三人六行淚，感動的緣故、程度不同，真誠則無異。

為排遣幽思，子長專程訪過霍光。子孟已不似昔年，禮法的紗幕遮住矜持和畏縮，佳餚名酒，映出宦海利害的微妙。在一天兵沒帶過的大將軍眼中，一次入獄就不愁第二次，打交道有傳染上政治瘟疫的可能性，對宮刑更具潛在敵意與蔑視。

有兩回擺上棋子，大將軍執黑，步步精到，一局未終，興味索然。在歸途中反而悔不該去做客。但凡人總有弱點，獨處上兩個月，又叫大眼套車去造訪，等到小黃驃行至大將軍官邸、他便說：「兄弟，回！」

「先生，這不是……」

「哈哈哈！人老了就可笑。本來想請大將軍講講乃兄景桓侯霍去病的往事，剛到門口又想起幾條，何必麻煩人家……」內心的獨白是，「受宮刑者想交接高位者是自取其辱。」

這夜，司馬遷來到大眼屋裡，揭去覆蓋在畫像石上的舊衣衫，父親遺容，童年趣事，一一浮上心來。

「太公這番出遊遼東又是一年，高齡遠行無人照料，令我不安。家裡財帛足供養老人家衣食無虞。可惜問遍雲煙，也無下落。會不會……」想到死，他心裡一動，便改口說，「會不會病倒在什麼地方？」

「先生，看您身子骨挺硬朗，讓咱去遼東韓孺子的孫子那裡走一回，找著就接回來，見不到人能問個信回來，好讓先生安心。家中柴已劈完，夠燒一冬，有小姐料理，不會出什麼岔子……」

「老弟待在家納悶，早該去散散心。我讓書兒給預備盤纏，就騎小黃驃去，你少挨累，讓太公看了也歡喜。」

「不，留給先生上朝出去方便，我騎姑爺的菊花青上路。」

「幾個月沒上朝了！」

「說不定明天萬歲要宣先生進宮。」

次日一早，書兒做好湯麵，讓大眼飽餐一頓。她從樓上拿出任安的劍，來到書房對父親說：「大叔出門，帶著防身，免得遇到壞人措手不及。」

「好！」司馬遷抽出凜凜青鋒，脫去長衣，在旭日下舞出幾段劍花，不禁氣喘吁吁，只得自嘲地一笑，把劍納入鞘中，親手繫到大眼肩背上。

「敞兒要給兄弟找個掛名差事，我不肯，要安早就安在太史令手下。你讓人管了幾十年，這回該自個管自身。出門遛多久，花多少錢，不用多想，反正會夠，對肚子莫儉省，人一世不吃喝也成不了財主，身子骨要緊。將來我走了，書兒的孩子還要你照顧，算你半個孫兒……」

「叔叔天不晚住乾淨店上房，太陽二丈高再上路，裌襖衣匾裡縫著一根金條，半兩，窮客人，富盤纏。有沒有結果快回家。」

大眼結巴得厲害：「謝謝……先生小姐保重！都別太累著，大眼去啦！」

司馬遷拉著韁繩，把大眼送到門口，拍拍菊花青的頸子說：「兄弟交給你，好好跑啊！」

大眼接過絲韁，在馬上一躬腰，抽上兩鞭，蹄聲清脆，直奔大道。他想著：等到自己和太公雙騎並轡歸來之日，先生的身子骨會硬朗起來，書也寫畢，可以逗逗外孫，享享閒福了。

大眼在家之日從不進書房，司馬遷不找他交談，他一個勁幹活，努力不去打擾父女倆原來的習慣。今日走了，兩人都有些悵然若失，三個人的喜憂已是渾然無間。

心態既安，一日便長如三日。

太史公身穿著深褐色袍子，長襟大袖，舉止舒展，和往常一樣席地跪坐，面前放著一包綢帕，解開外邊藍紫色兩層，裡面一方是乳白色，蠶絲的顏色已經微黃，銀線繡著的一隻構圖甚簡的鳳凰，比畫像磚刻更活脫。等到鳳帕徐徐開啟，藏著黑亮的鬍鬚，用一束白絲線捆得整整齊齊，猶如長穎盈尺的筆頭。宮刑之後，美髯開始脫落。不僅僅是曾夫子「父母之體膚髮不敢毀傷」的古訓在起作用，還有對冤獄的怨憤、刑前平常日子的留戀、偉岸丈夫形象逝去的惋惜，多種說不清楚的餘情，寄託在他異常珍視的舊物上。所以掉下一根就收起一莖。而今下巴光光，宛如一塊鵝卵石。每當寫完一篇列傳，大聲朗讀到神來意滿之處，右手還會下意識地接觸到頷下，忍不住痛自心來，擲卷長嘆，抱臂跳起，在屋裡徘徊，強迫餘慍平息。

有一回，他又對著鳳帕中的鬍鬚發怔，突然一陣清風拂進窗檻，吹亂了鬚髯。殘陽光線不足。視力凝聚在一點上過久，便產生鬍鬚們起立向他躬身施禮的幻覺，一個陌生而又熟悉的聲音壓得很低地問道：「先生，我們相處十餘年，昔日是尊體的一部分，而今陸續被謫落下來，變得獨立於塵世間，先生有什麼玄言妙理祝福我們？」

「你們活得乾乾淨淨，依舊受到我的親近和撫慰，比我幸運得多，不用在生前再改變本色就享得寧靜，沒有憂患的熬煎，死後不經過腐臭的燻蒸、蛆蟲們的欺凌，直接化為沃土。而我要從漫長的相反途徑，不停地失去本色，滿懷愁思，活得並不乾淨、不安寧，更得不到愛撫。我將帶諸位入墓穴，百餘年後，結成一體，被鋤耙碰碎，或遇雨水又由分而合。今年農人用犁尖從東搬到西，明年被犁鏵再運回東邊，循環往復不已……」他叨念一陣，幻覺消失，才弄清鬍鬚們的「代言者」是爐邊一隻善於歌唱的蟋蟀，被自己用第×意識胡亂破譯出的「語言」。起初是淡然一笑，過了一會，他覺得有一陣恐懼的陰風鑽進周身，每個毛孔都是一張小嘴巴，固執地提出質疑：「先生會瘋嗎？」

「我將學屈原先師那樣，在瘋狂的邊緣建樹精神，揮筆為劍，殺退瘋狂的意緒，把他人未曾說出過的體驗，告知世世代代子孫，一如泥末的分分合合，以至於無窮期！」回答不失風采，平常心並不信策士嘴的高論。

每天，他在枕上都可以看到幾根頭髮，大抵是黑多白少。

有時候，頭髮們提出疑問：「子長先生，您老了嗎？」

一聲悶雷，餘響猶如鐵輪滾過長空。

「胡說，未到半百，怎麼算老？晚上還夢見過與白鳳公主拜堂，還想生倆兒子呢！看，她送的鳳帕還在！」

「哈哈！哈哈！」頂上的殘髮一齊狂舞，門縫、窗樞、碗底、硯中、書卷兩頭、枕頭背面，都傳來惡狠狠的笑聲，「哈哈！哈哈！你受了宮刑，用什麼生孩子？哈哈！哈哈……」

「我不老，我還要寫好書，那就是孩子！」他右掌重重地拍在席上，四面本來幽靜，掌聲擴散開之後更加岑寂。對話只是在他心頭或耳孔裡隱祕地進行。回答還保持了書兒出世前後他獨具一格的氣概。但對內在的叫嚷沒有自信，寫字速度猛減，每到午夜，下半身浸在冰水裡，上床摩挲良久，直到一覺醒來，骨頭裡還往外放冷風。他覺察到自身懷歸情愫日趨濃烈，有時連夜夢見雙親。和女兒講起童年往事口若懸河。這徵兆像秋菊吐蕾，預告進入生的初冬。他打了個寒顫，在唇齒之間用聽不到的小聲忠告自己：「往後不再跟孩子翻舊事。」

昨晚二更，書兒怕他寫作過勞，就把他拉到院子南頭的鍋屋外間，捧出一碟他愛吃的狗肉，還有一小碗青菜湯，要他品味，然後故意找些話題岔開父親的思路。

和女兒聊久了，耳邊響起了自己的心聲：「我能吃能喝，一點不老。再說述往事與老不老何關，不必作繭自縛。真到老境記事不太清楚，說不明白。」

他找出一卷長帛鋪在地上，嘴裡喃喃地念著腹稿片段，怡然地研著墨。

「爹爹！」書兒提著一支酒葫蘆喜滋滋地走進來：「敞兄（她這樣稱呼丈夫，已成積習）從大將軍家討來放過十年的西域美酒，今天您寫完書稿，就可以開酒戒，痛痛快快地一醉。」

「不見得能寫完，這篇〈太史公自序〉很長，要把《太史公書》一百三十篇文字的由來，跟我們家的世代先人，一一記載下來，附在全書之末。爹不想寫那麼快，免得頭痛兩三天，下牙床朝上顎齒前面伸，腦後和耳孔裡裝著成群的知了嗡嗡亂叫，真不好受。總算要放下這副重擔！」

「知道爹累，可這工作別人插不上手。兒勸您通融一下，不管〈自序〉能否竣稿，今天提前開戒，多香！」女兒扭開蓋子，將葫蘆細長的脖子遞到他的鼻端。

彷彿初夏的清晨走過雨後的田野，優雅高貴的香味沁透他的靈與肉，不唯來自酒，整個的空間，給了他遇到什麼小喜事般的振奮。

「不，我拒絕酒的引誘，說什麼也忘不了你少卿伯伯臨刑，要我戒酒於成書之前的遺囑。快把葫蘆收起來，書稿告成，爹要設祭告知祖先和親友們的在天之靈！」

老父眼神裡的哀思，使書兒斂容，將葫蘆送到樓上。

突然，小路上響起了馬蹄和車輪聲。

司馬遷認為是過路的官員，並不在意。想到好友任安，喉頭一陣哽塞。他濡筆蘸墨，用小篆在卷首寫完「太史公自序」五個大字，得意地放下毛錐，朝未乾的墨跡上習慣性地吹著氣。

但嘈雜聲分明進了自家院子，從視窗一望，一輛大馬車排闥而入，四名戎裝佩劍的郎官，八名太監跳下車來，為首的是穿著朝服腰橫錦帶的郭穰。此人眼泡有點浮腫，清朗的臉上沒有長鬍子，看上去細眉挺拔目光澄鬱，其實已過而立之年，沉著的步態和書卷氣，給中等身材新增了分量與威稜。眉心疏細的長紋，印堂蒼暗，似有隱憂。

司馬遷鄙夷地啐了一口，將剛剛寫好引首的帛卷團起，扔到了櫥頂。二十天前的一次日全食，大地昏暗，石走沙飛，他用一塊灰綢擋著目光諦視彤雲翻滾的蒼穹，太陽失去了光焰，影子模糊，十日後河東地震，南嶽天柱山原始森林被雷電焚燒，七晝夜不止。他暗暗盤算：莫非七十歲的武帝要歸天，還是天要降下更大的災禍？史家世代相傳敬畏天命的神權意識，使得他惶恐、焦灼。果然，不祥的九頭怪鳥朝自己俯衝下來，又是人亡家破書毀。怎能過幾天安生日子？他想站起，兩腿猛的一軟，不聽話。這場面百十回出現在想像中，不陌生。意外，雖不歡迎它，又天天在躁動中等候著。

郭穰撩起袍子，進書房就恭恭敬敬地長跪不起：「拜請老師金安！」

司馬遷合攏眼瞼，胸口的起伏加快。

「先生，弟子不能侍奉晨昏，罪莫大焉！」仍是沒有聲息。

老師痛苦地搖搖頭，右拳連連捶打著鎖子骨。

「先生珍愛玉體……」郭穰連連作揖，淚水滴在袍襟上。

「你來做什麼？我不敢高攀，從來沒有教過你這樣的弟子——中謁者令大人！」未老先衰的太史公矯健地兀然起立，轉過身面壁而立，寬袖一抖，筆直地垂到膝部。書兒聞聲匆匆趕下樓，立在郭穰背後，來不及判斷眼前場面的內容，不覺脫口叫出一聲：「穰兄——」

中謁者令肩頭反射地一動，用手拭去淚痕，沒有回頭。

「說，你要做什麼？」司馬遷紋絲不動。

「萬歲以玉珮代旨，先生請看！」郭穰將一方血紅的玉牌雙手擎過頭頂。

「又要押我入詔獄？」面對至高無上皇權，壓低嗓音是形式上的讓步，而語氣的堅定、輕蔑、冷峻，是自我在較量中壓倒恐懼的自豪。

「不……」

「說……」

「先生……」

「快講，不要折磨爹爹！」

「……」郭穰俊靚的臉扭曲了。

「重新羅織我的罪名？」

「要有罪，我替爹爹去領刑，死而無怨！」

「先生無罪，萬歲也沒有降罪，師妹更無從領罪，但此事比下詔獄還傷害先生。陛下要來取書稿，交他御覽，並請幾位大臣參閱，不知主何吉凶？」

「啊？又要抄家搜我的書稿？」司馬遷咬著牙關驀然回首，聲音變得嘶啞、乾燥，是問傳旨者，問皇帝，問時間，還是問上蒼？

「聖旨？」書兒一陣頭暈，不是手扶著樓梯就跌倒在地，「天！」她痛心疾首地尖叫半聲，想到父親又戛然而止。

「先生，弟子迴天無力，愧對您老人家再造之恩……」

「我錯了，錯完了。難道我把漁船上一個飢寒交迫的孤兒收養下來，變成一個缺心少肝的官，不是大錯特錯嗎？抄吧，搜吧，就這一回，別錯過獻功機會！哈哈！哈哈哈！一個太不自量力的凡夫俗子要修什麼史書？白白耗費掉兩代人的心血，好！該罰，受宮刑，太輕；該殺，該千刀處死。還寫什麼，寫什麼？」神經質的慘笑使親人毛骨悚然，比哭還可怕。

「爹爹！」書兒嚇得忘了哀傷。

「老師！」郭穰伏在地上抽泣。

司馬遷一腳踢開硯臺，墨水灑了一地，筆扔出窗外，再把堆在几案上的書稿嘩啦啦一下推倒在地。

郭穰再次高舉起紅玉，司馬遷雙目一閉，平板地說：「臣司馬遷接旨！」

書兒皺著眉峰看看郭穰，又去攙父親。

「在天的爹爹，兒太不孝了……」一聲長號，彷彿箭穿過胸窩，他全身發抖，不能立起。

「中謁者令大人！」大太監早已等得不耐煩，見郭穰沒有動靜，就將手一揮，郎官們衝進書房，將書稿往車上搬送。

一名太監跑得太急，捧的竹簡太多，其中兩篇流落到地上，郎官的皮靴從竹簡上踩過去，連搬書的人也沒有大聲吆喝，空氣沉重如鉛，司馬遷將臉埋進臂彎，一言不發。書兒與郭穰的呼吸同樣吃力。

「學生拜辭，先生保重！」

「爹甭難受，女兒……」書兒正想說什麼，郭穰猛地挺直上身，發亮的眼睛迸射出鐵水一樣熱、冰一般冷的光芒，和書兒的視線恰好相遇。她只能輕輕搖動父親的臂膀，重重地掐著他的手心說：「爹，您要有三長兩短，兒活什麼？看在小外孫惲兒份上莫跟自己較勁呀……」她忍不住大放悲聲。

「郭大人！」大太監催促著郭穰回城，因書已經搬完。

郭穰訥訥地站起，臉龐上淚與汗交流在一起，宛如塗上一層薄薄的油漆。

「中書令大人，咱家和孩子們皇命在身，不能由己，多多冒犯，還請海涵！」大太監無法料到司馬遷的前程怎樣升降浮沉，客客氣氣地為自己留條後路。

「公公，老夫重病，不能款待，書兒看茶！」司馬遷頓時像老了十歲。

「好說好說，大人太見外啦！」大太監對於官場應對並不計較，拱拱手後，向部下使了個眼色。

轅馬剛把轡繩拉直正要奮蹄，楊敞騎著快馬闖進院來。

「敞弟！」郭穰拭過眼角，牽轅馬上前招呼，「老師全仗您和師妹奉待！」

「老公公！」楊敞急忙拴住馬，向大太監行禮，周旋了幾句空話。

「我們隨郭大人來這裡是例行公務。」太監對遷升有望的官員總是很和氣。

「又是你！」楊敞把詞鋒指向昔年的同窗。

郭穰嚥下一口唾沫，點頭無語。

「你太不講天理？」楊敞舉起拳頭。

師兄囁嚅著，痛苦地跪倒。

「敞兄！」書兒連忙抓住丈夫的腕子。

「師妹不必攔阻，打死倒好！」郭穰毫無閃躲之意。

楊敞瞳孔中冒出妒火，回過頭看著書兒，拳頭在空中顫動。

司馬遷的唇齒無聲地翕動幾下，倒在地上。

「爹爹！」書兒鬆開手跑去扶住太史公。

「爹！」楊敞的手臂落下來，吐出一口氣，把岳父攙到屋裡。

「先生，皇天不會辜負您的苦心！」郭穰一頓右腳追到門口。

「還有臉說人話，呸！」楊敞將唾沫吐向師兄背影。

「回宮。」大太監不想延宕，一聲令下，馬車啟動了。他在車窗無心地翻動帛卷，從司馬談的遺稿裡見到一張黃絹符篆，上寫「如意大吉」四個紅字，被風吹出落到路邊。

郭穰對符未加注視，上馬追車而去。

開敞的門被風搖曳了好幾下。

司馬遷坐在炕上，書兒輕輕捶著父親的背脊。楊敞從牛形壺裡倒出溫水，遞給岳父。

「爹……」

「孩子別說話，讓我靜會。」司馬遷喝過水，擺手示意小兩口都坐下。

陽光射進窗戶，照在炕對面一塊三寸多厚的石板上，由東方樸刻著司馬談的遺像，垂著雙髻的司馬遷恭聽父親在談著什麼，背景是線刻的羊群，簡拙有趣。

每當外孫惲兒來到石村，司馬遷總要把他抱到石刻像面前，拿畫中的自己和外孫做些比較，發現越長越像。

幾天前書兒教孩子唱歌，正像他當年教書兒，四十多年前牧童們教自己一樣。四歲，正是生命的萌芽時期。

完全忘了老人熱衷於封禪而成了先知形象。

他更加懷念父親，老先生似乎預見到這一天。

符被吹到房門口，司馬遷斜過眼一望，四個字對他來說成了莫大的譏諷。想起方士們的鬧劇，不免厭惡。

二

即序幕〈焚史〉。

三

曾歷滄海的太史公對悲憤仍未能免疫，不過隱藏在意識底層，強制自己像局外人一樣僵漠。連續幾夜睡不著，便埋頭讀書，愈讀思緒愈紊亂。甚至於在念完《左傳》之後這樣地輕喃：「這是什麼書？怎麼不似出自左丘明之手？」

「爹看那麼多書白傷精氣神！」

「精氣神不能留下來給你和惲兒用，沒有別的事做，老習慣，看不看一樣，誰知道書中說什麼？」他咧著嘴自嘲。

曙光給落了葉的樹梢罩上退了色的火苗，令他憶起飛將軍鐵盔上退成橘黃的紅纓。護城河水面，銀圈套鐵圈，乍滅還生，吐出幽颸。遠處，一株空心大柳樹身後似有跟蹤者在窺探，他已懶得去檢視誰在偷覷。當死神的雙腿夾住頸項，每時在收縮，比枷鎖更令他窒息，恐怖、哀痛，連同快樂全部失重，焉得不木然？

雲雀們橫飛一圈，豎繞半圈，每回憋足勁衝向蒼穹，突破總有限，還有每況愈下的逆行插曲，牠們一日或許相當於人的一月時光，自以為晨光麗日的降臨都是這一家族歌唱旋舞的碩果，全然不看也不解夕陽之後黑暗又將復闢，絲毫未降低頌揚朝暉的熾烈。可惜太史公感應不到這類精誠。

西邊山牆一倒，河伯廟的梁塌下一頭，將腐朽的門僅剩下半個頭的神像的下肢，埋在斷石碎磚和瓦片裡，半隻眼睛盯住和祂處境差不離，還得先行一步的故友。

河伯有靈，也將無盡依依。八年來聽他朗誦過屈原的全部辭賦，看著他三天兩頭提來一小袋糧食撒在河邊、浪裡、廟門口，餵長不大的小野雀，和覓食艱難的昏鴉。宛如餵飽了自己靈魂的一部分。儘管整個靈魂總是飢餓……

「我又多活了一天，朋友！明天未必能再會，今朝就權當末日來拜辭！」他為無話可說、也不用說假話的河伯所處荒涼景象感到酸楚而又慶幸。

「後悔往日沒有修過祢的小廟，一切都太遲……」

烏鴉們紛紛飛來啄食，哇哇地叫著，好似代表精靈們用魔幻的語言提示他：「您的路快到盡頭，別盡想著河神和我們，多想想自己！」

河邊一條若有似無的小路半埋在荒煙蔓草裡。

他對自己和周圍的一切說：

「美德之山，腰纏流雲，我心靈的歸宿，永難跨越的巨大銅鼎！你們為什麼切斷我還算年輕的路？」

「憂患，我的導師！您讓我牢牢關注著民間瘡痛，扶正了我的筆和寫出的每句話，衷心地在這裡稽首！」

「導師，我不能指責您是騙子！如果我叛離了您，走到楊朱門下，為了自己的私慾，百無禁忌，貌似瀟灑，其實拋開了使命感，不負任何責任，與禽獸何異？」

「導師，您是我的財富與刑具，指路明燈，一座慢慢吐出苗焰的火山！讓大鼎日夜煮沸人們的熱血。也許您太善良而矇住我一隻眼。要世世代代的讀書人，千萬倍放大自己，以天下為己任，擔起興亡與道義，勇猛前驅！然而百姓從我、從他、從您真多得了一碗小米、一塊磚、一片瓦、一絲一縷、一個銅錢、一部書？沒有。誰委託這群書生累個精疲力竭為他們做些什麼？還不是替皇帝效忠，賺得官俸、權力、享受與美名?您讓千千萬萬默默無聞的凡夫活得飄飄然,自命為棟梁,其實是讓他們一分分一寸寸提前割盡瘦骨稜稜上乾巴巴的一點點肉,舒舒服服地自殺,幫了皇帝的大忙,造成張湯杜周之流無法造成的作用,這是怎麼回事?」

「聖哲們教誨庶民幾千年,造了監獄、刑罰、刀劍,人並沒有變好;捨棄三千年積得的東西,一無所有。」

「成湯,武王周公,利用虛幻的誘餌煽動人的自私以奪天下;得江山後又滿口道德說教逼人放棄利益。於是一代比一代虛偽。仇恨累積到一定時候,被陳勝項羽劉邦煽動起來,一回回重複,百姓貧困有加,國君們揮霍荒淫如故。我侈談天人之際,因為我不懂這勞什子,只想用它來限制皇權,安知皇帝們不轉手接過去愚弄父老姐妹,跪在地上猶如四蹄捆在一起的羊,剪毛、鋸角、閹割、宰殺、剝皮。死前高高興興,做了祭品,糊里糊塗。也有少量揭竿的抗爭者,成為王,敗為寇,怎麼個個都想當新朝代的帝王,對百姓仍是瞞、騙、殺……」

「『五百年必有聖者出。』我這樣宣告。在洋洋自得的醉後,是夫子自道,而不醉的時候把自身放到古今人物行列中一比,知道我非聖者,皇帝更不是。破碎的神,渾濁的水,遭人詛咒的孝烏烏鴉,軀體甚小歌聲送得很遠的雲雀,能不能告訴我:誰是聖者?哪位聖者奪下過劍鑄為鋤犁,讓泥巴裡只生糧草花樹,不再滋長罪惡,不再吞下血之江,淚之河!」

「子長兄,你是誰?為什麼站在這破廟門前的是你而不是別人?這裡的風物都為你而活潑歡噪,你也為他們而存在嗎?你行將匆匆朽去,他們對你而言已然死去,其實仍在索寞地迎送日月,活生生的人無論聖者凡夫,多麼有德有才,一朝消失得無影無蹤,無知的沙石子可比你長久,這公正嗎?」

「我想痛飲人情的溫泉，求之不得，未失良知，於人無益也無害。我捧著心刻成的巨杯囊括長安，裝滿愛之焰，為什麼沒有誰想呷一口？我的手又燒焦！朋友，你在哪裡？」

「我的一世是自己寫出來的文章。一段如輕帆順水，一段似荊棘擋路，步步艱危，不全通暢，又是前無古人後稀來者的絕唱！儘管我拿著筆，皇帝拿著我的腕子，歷史抓著他的手臂，因襲的力量抱著歷史的腿，一生當中歸我所有，清淡無擾的日子有幾天？只有身外的勢力打盹了，我脫下世俗的長袍，回到嬰孩的皎潔，運用花言巧語，旁敲側擊，裹住雷電，把大人先生們的本質，人類的弱點勾畫出來。我愛項羽的英雄氣，不忘他的剛愎自用，拒納忠言，用才不當，殺人過多；我看劉邦仁厚其外，貪杯好色，裝仁裝義，說盡大話，同時又怕死的流氓態，才是靈魂。對這群逝者瞭如指掌，為什麼看不到身外半步的懸崖，惡人心頭的陷阱？……」

「停止思索，從瘋狂國的城門口回來吧……」

「子長兄，剛去過府上，令愛說您在此。這〈離騷〉早被你背得爛熟，怎麼還躲到這裡來念給河伯聽？」霍光獨自從小路上走過來，面色陰翳，勉強賠笑。

「讀書百遍得味，千遍得神，萬遍得氣。一息尚存，不敢稍懈。刑餘之人，只有每天把嗓音喊啞。」寒暄之後，司馬遷坦然地說，「絕不許喉嚨吐出不男不女的腔調！」

「兄臺太自苦！唉……」子孟把郭穰下獄的經過熱少冷多地描述一通。

像是冰山上見到白蓮，三伏天遇上梅花，即或是真，也假得難以置信。

「好，好，好！子長就此了，了，了！」

「小弟為大漢朝惜才，然而陛下……」

「咎由自取！」

「那天你為李少卿執言，小弟曾推波助瀾，今兄臺大歸之日迫近，弟謬受萬歲顧命託孤，無力相助，能不歉然？」子孟眼角溼潤，「這幾年提攜令婿，正是補過於無形，將來若遇良機，還當全力薦他位冠九卿。區區微意，兄臺與神靈同察！」

「多謝子孟兄！敝兒無才治國，位高必危！」

「他人位高必危，唯有令婿愈高愈安。兄臺淹通經史，當知弟言不誣。」

「庸人多福！」

「反過來說，才大福薄，誰庸誰不庸，很難辨明。小弟比令婿又高在何處？看得太清楚，於人於己都難堪！」此刻，司馬遷細數霍光臉上五官齊全，但總覺少了什麼零件似的。

「皇上神睿未減，有累大將軍為小弟擔待幾日，除去讓陛下龍顏大悅，子長插翅難飛……」

「小弟素來崇尚兄臺品類高潔，焉能無緣無故狐疑君子之交？」

「想去詔獄向郭穰賢契請罪，以免餘憾留在世上」。

「奉陪！前面有車，請！」

「謝謝厚誼！」他折下一根雞蛋粗的荊條，擇盡細茬，掂掂分量，拄在手中而行。

小路比他來背誦晨課時延長了十倍。步伐像踏在沙丘上，軟軟地往下沉，拔出來挺費力。上了官道，他忍不住回過頭來，對曾與自己身心高度契合的景物投以留戀的瞠視，彷彿堆在廢墟上的不是廟的殘骸、秋的遺韻，而是自己的哀愁。

「朋友，不會再來了，你們保重啊！」他在心裡躬身揖別。

豔陽鑽出雲窩窩，平平常常的河邊小景突然一亮，線條異常簡樸有力，尤其是指著藍天的枯枝硬如鐵條，使太史公像在新婚夜與表妹久別重逢一樣，熟悉的一切全然陌生。多讓詩人驚怖的距離美啊！車有些顛動，哀愁分明又在他的胸腔裡歌唱。他心不在焉地為霍光解說了〈周公負扆[22]圖〉，即皇帝要子孟像周公輔佐成王那樣，幫弗陵治理好天下。

四

霍光把司馬遷送進詔獄。

「中書令大人的高足用了刑，這是謁者來轉達的聖意。職務在身，請向郭大人道歉！」

「少卿兄！」司馬遷恭敬地一揖，不想當大將軍的面表示情感。

「中午由令婿來接兄臺回府，告辭！」

邴吉招呼一名老獄卒，陪伴太史公同去，然後送大將軍上車，霍光臨行做了交代。

「卑職按鈞旨辦事，請大將軍放心！」邴吉說著冰涼的套話。

「免送！」霍光的車登程了。

邴吉的腳步和他的情緒同樣持重。

四年牢幾乎等於坐了一世，比入獄前的三十八年還長。重返家園官場的無奈歲月，如追月流火那樣迅疾凋謝。嘈哄哄的人聲協奏著鐐鏈的冷弦，狹長昏黑的甬道，充塞著屍臭血腥，獄神依然猙獰，長明燈碧火幢幢，彷彿提審後回到牢房，沿途熟悉得略感噁心。

[22] 扆，音移，屏風。

嚮過七回大鐵鎖，閉過七次欄柵門，司馬遷進入自己受宮刑的蠶室。地上鋪著麥稭，欽犯比一般囚徒有所優待。

中書令是高官，獄卒為他在牆洞裡點上兩盞燈，還燃上一支燭火，似在夜間。

「兩位大人，失陪了！」獄卒們鎖門而去。

「恩師——」郭穰跪步爬行，撲向房門口。「您又來了？」

「比來坐牢更慘，結局在眼前，停會細說。穰兒，你應是子長老師！老夫向您請罪來了！」司馬遷雙手託著樹枝跪在碎草上，「無論打斷多少荊條，也無法抵消不賢子長給兒帶來的災！先閃躲著穰兒，繼而覓藉口一回回當眾責難羞辱你！多想把丟失的流光找回……逝者如斯，無可諱言的死迫在眉睫，遺憾不盡如大河東去，兒得的關愛太少，對不起漁丈人與你雙親！對不住你，鐵錯已成，其奈天何……」

「恩師，蒼天有眼，讓爺倆於此時此地見面，嫌隙、誤會、是非、得失、成敗……用不著一句解釋，全明明白白，生死了無滯礙。一個漁童，活到百歲也是先生弟子，何況韶光短迫，以時刻計，生死追隨，弟子未做懵懂鬼，十分知足。既然活不成，就死得悠然自在，不折磨自己，不連累別人。弟子速朽融於先生大不朽，按本來面目，各行其道是大快樂，更復何求？」

「穰兒，朝聞道夕死可矣。你說的話即是大道啊！死前多謝寬恕！」

「先生言重了！弟子魯鈍，有一得之愚也是先生厚賜，何敢忘本？」

「兒受大刑了？」

「邴大人上承聖旨，中秉良心。差役打得弟子皮破血流，筋骨一點未傷，勝杜周、無忌等多矣。」

「萬歲不能放心者只我一人，兒或許會被召回宮草詔。我有一難事，不好啟齒……」

「老師但講無妨。」

「我因進直言家破人亡，怎忍心讓兒重蹈我的舊轍……」

「老師要弟子重寫信史？」

司馬遷再次下拜：「孔子以來無信史，秦漢兩朝無專史。兒若倖存，隱於深山，成我未竟之業，以防再遭焚稿滅身之災！」

「弟子才識不及夫子百千之一，量窄氣躁，非良史人選。即無刀斧相加也難當大任。所幸者先生大著雖被焚於九龍寶鼎，盡可以放心而去。」他轉作耳語，「弟子已將副稿陸續抄出，借回鄉祭祖之機藏之名山。先生所草詔書，師妹也有抄件，藏埋於道地之內。」

「哦？！」司馬遷兩眼驟然一亮，哽咽得久久說不出話來。

「先生，先生！」郭穰拍著老師後背，兩人抱頭飲泣。

「穰兒，我的大恩公！為師慚愧！」他推開學生，連連頓首。

「折煞弟子！」

「誰讓你膽大潑天，敢頂風開夜船？」

「先生教誨，還有您筆下的哲人傑士們的卓絕之行，給了後輩力氣。在先生是種瓜得瓜，弟子被點鐵成銅，將來也不成赤金。」

「書兒存的東西除報任大伯等幾封書信，小賦兩則，留示後人。其他違心官文，留下一字是不孝，書兒將依囑而行。楊敞能為官，不能做學問。外孫楊惲，聰明剛烈，他年恃才傲上，說不定下場與我相同。穰兒多多向他雙親提示，時加照應，除此無憂！」

「弟子解得老師苦心，照吩咐去做！」

「書兒明大義，可惜是女流。當初師母短見，以至今日常住在家，似與楊敞相敬如賓，實則對坐無言，大異其趣。我一人禍延三代，連累你已過三旬未娶。當年我有意讓你與書兒成婚，悔之何及……」

「大將軍幾番進言，保全先生至今日，敞弟有功。當時師母病重，急需醫治，為結這門親事，弟子曾向師妹進言，皆不得已而為之……」

門鎖開啟，邴吉走進柵門與師徒二人見禮。

「少卿叔父當年救過我一命，日後代老夫報答厚德！」司馬遷簡略地說了杜周男寵一節。

「叔父對弟子照拂備至，在此叩謝！」

「可惜今日對子長兄愛莫能助！」邴吉扶起郭穰，「賢師徒皆是高士，少卿敬佩。方才小謁者重來傳萬歲口諭：郭賢侄赦罪復官，回宮候旨。倘非子長兄處在危厄，要為賢侄賀喜！」

「復官事何足道，保全性命，應賀喜！」

「子長，彼此心契，恕小弟直率，杜長孺發背疽臨死之前上書萬歲，要抄焚《太史公書》，再次置兄死地，無非怕〈酷吏列傳〉遺臭萬年。往昔以全家性命相保，也為這一己之私。兄的大筆厲害！小人畏如奔雷地火，可惜不得流傳……」

「實不相瞞，《太史公書》有副稿存世，杜周等輩難逃公論！」

「好！好！兄臺為我堂堂大漢做成一件偉業，可安然去矣！小弟恭喜！」邴吉屈膝。

師生慌忙答拜。

「陛下命穰兒入宮，怕要安排身後重大舉措，尚難料想！少卿兄，永別矣！」司馬遷與邴吉執手長吁，淚雨滔滔。
郭穰撲在牆上抽搐。
過了半個時辰，楊敞神色沮喪地來到蠶室小院。
「敞弟！」郭穰主動拱手。
「穰兄，聽說你得赦了！」師兄弟對拜，相依而哭。「小弟無知，一時義憤，打罵過穰兄！」
「可惜四十天前這一拳沒打下來，為兄三日間不思茶飯，兄弟呀，你在官場學會世故！今朝當老師面直話實講，要打個鼻青臉腫，像我們任大伯伯那樣才不愧大丈夫！」
「好，穰兒的見面禮萬金難買！你們從今往後，與昔年一樣親如同胞！」
「爹爹，叔父，穰兄……」
「長史有心事？」邴吉目光炯炯。
「沒有什麼……」楊敞垂頭長嘆。
「說！自家人不用吞吞吐吐。」司馬遷急了。
「剛才大將軍聽到邵伴仙等向萬歲奏言，長安城有天子氣，就在詔獄，請求陛下把數萬名囚犯斬盡殺絕，江山方能固若金湯。萬歲要大將軍調集御林軍和郎官等行刑。大將軍不忍濫殺無辜，無計可施。」
「上天有好生之德，殺人數萬，上干天怒，下遭民怨，後果危矣……」司馬遷急促地徘徊。
「穰侄復職可會與此事有關？」邴吉濃眉下垂，面色鐵灰。
「或許有關聯！少卿兄耿介男兒，豈可見死不救？」
「子長，小弟方寸已亂，請兄想一上策。詔獄中還有陛下親曾孫病已，已故太子之孫，不到五歲。」

「立即送出詔獄，請忠厚百姓家撫養。用錢多少，小弟尚可盡微力。此事透露，必遭不測。其他囚人定死罪者甚少，皆是陛下子民……」

「兩位年輕人也幫太史公想想……」

商議很久，種種對策都有漏洞。

「朗朗昊天，若能吉祥如意，邴某赴死無恨！」

「吉祥如意，死而無怨……」司馬遷沉吟著，頻頻搔著短髮。

「救人，絕不惜死，何況七八萬……」

「萬全之法，沒有。下策可以一試：先讓敞兒勸說大將軍延緩到新君登位，大赦天下，一了百了。若萬歲一再催促，只得借兩件東西來打動皇上回心轉意！」

「哪兩件？」

「一件是邵伴仙的符篆『如意大吉』，楊敞立即回石村去取來。另一件不好借啊！」

「救人急如燃眉，什麼稀世珍物不可以借呢？」

「少卿，休怨子長恩將仇報，要借之物便是兄的人頭……」

久久的無聲。

「人頭可以拿去，小弟自己動手！」邴吉慷慨捋開短鬚，凜然抽出佩劍。

「兄弟有此決斷，或許蒼天賞路。現在不能動刀劍，敢死是為求得活下來，且要死得其所。小弟之意是如此這般……」接著是一串耳語。

「此計甚好。縱然不成，死而無愧！要立於不敗之地，必須得到萬歲身邊一位小人錦上添花，惜乎無門可入……」邴吉納劍入鞘，不住搔著鬢毛。

「叔父說的是李福嗎？」郭穰一語中的。

「爹，送財帛如何？」楊敞此時未躋身於九卿，頗想表現自己，在心理上好與郭穰對等。

「此人不貪財，什麼珠寶他沒見過？據說李夫人生前賞賜不少，他都送給了李家。抄貳師將軍家時查出多件，廣利之妻說是母親遺物。杜周列於清單呈送御覽，和大內有關李夫人生前記載相符。所以難……邵伴仙成天愚弄他，實則瞞不過此公耳目，被他愚弄，一起再愚弄陛下。」邴吉從特殊角度剖視李福。

「此人玩弄權術，只想固寵全身，一副勢利眼，沒有大野心。想打動他，只有從他人身性命和李夫人那邊去想……」司馬遷雙袖蒙著臉，面壁枯坐。往昔行文遇到不暢之處才這樣做。郭穰看著很痛惜。

「太史公高見！」邴吉點頭稱是。

「讓敞弟去見大將軍，保李福在萬歲百年之後不去殉葬守陵，撥給婢僕，到一通都大邑頤養天年。而今他戰戰兢兢，非常怕死，萬歲的性子他太明白……敞弟去勸他不傷筋骨助成大善舉。一計不成，數萬人頭不保，先生叔父固然不免，弟子也獻上區區人頭。叔父敞弟，尤其顧命託孤大臣大司馬大將軍對他利害關係重大，要他三思。」

「穰兄去與之面談，比小弟去更能奏效。」楊敞為師兄的信任所感動，四人之中，唯獨自己風不打頭，雨不掃臉。

「愚兄哪及敞弟背後有大人先生？審時度勢，掂斤簸兩，猜測人與人之間微妙之處，乃他們平生修煉所得，不可小視。」

「還要加上一件禮物：〈佞幸列傳〉、〈外戚世家〉文稿尚在，原想藏在京師之外八里，他若玉成善舉情願交他焚去。」

「那會給爹爹帶來節外枝杈……」

「必死之人，多一條罪，何足道哉？他本人隱情甚多，不會自找煩惱。」

「那是恩師心血，真拿去付之一炬？」

「回家立即抄成副稿，敞兒帶去。事實俱在，焚稿焉能改變？別人騙子長一世，何妨騙老太監一回？哈哈哈！」很多天來，太史公沒有這樣朗朗闊笑過。

五

卯時尾，辰時頭，郭穰在詔獄門外廣場上勒馬高聲呼喊：「聖旨下，邴吉大人接詔書！」

邴吉在小城樓上露出冷冰冰的臉說：「請中謁者令大人回宮上奏：陛下不可以隨意殺人！唯積大德者江山永固，風調雨順，皇族昌盛，百姓樂享太平！」言畢窗門牢閉。

郭穰鎮靜。帶著八名武士、兩名小謁者，隔個把時辰繞大獄一周。不想呼至第三遍，邴吉竟然下令扯起吊橋，鐵門下鎖，再也沒有回答。

「郭大人，這個邴大人是老壽星吃砒霜——活得不耐煩。真像受髡刑的囚人一樣剃光禿瓢，一個勁朝刺棵裡扎，拿豆腐砸石頭。我們回宮上奏！」小謁者絮絮不休。

郭穰高深莫測地一笑，絕不開口。他覺得武帝思路有條不紊，說話中氣稍欠，音量未弱。以昨日在五柞宮進見為例：

「朕命邴吉責打你三十棍，服是不服？」

「臣死有餘辜，口服心服。」

「會說話，風雨不漏。能捱上這幾下子也是你上輩積的善行，自己的造化。打一棍加俸米十石[23]，共加三百石。要小心翼翼，放膽報國，不負朕苦心！若口是心非，含恨在懷，朕有覺察，腰斬不饒！」

「臣謹盡綿薄之力報答聖教國恩！」

「你師司馬遷是大才，若在秦始皇帝或西楚霸王項羽那裡，不出三月，必遭斬首滅門。朕知上天生才世間造才不易，對他這個不聽話的好人是三分討厭，三分歡喜，三分不放心，留下一分不說，還沒想準是什麼。對你既不討厭，也不喜歡，十分放心。你沒有大魄力，惹不出大亂子，也是一種好材料，好比一匹馬，打不打、套不套籠頭嚼口，每日能走三百里，快不了也慢不下來。有長勁！」

「陛下栽培！」

「是司馬遷栽培的，別說好聽的蒙大漢天子！哈哈哈！」

郭穰心裡直打鼓，令他奇怪的是這位武帝不該受矇混，怎麼一見方士和酷吏就滿天雲翳？

「臣師司馬遷……」

「他還是中書令太史令，活著，能吃能讀能寫，挺自在，還為他祈求什麼？草詔書給邴吉……」

「臣師比小臣……」

「比你高明百倍，甭學老太太一般嘮叨。朕要找司馬遷下棋談文章。杜周一死就數他能看三步半棋，只是這幾年來膽子小一點，可不想他這樣……」

[23] 古制三十斤一斛，四斛一石。

郭穰從武帝語調裡聽出糾纏老師的事，勢將危及詔獄和茂陵幾萬刑徒，何況武帝面色霽朗，也許……天快大亮，郭穰一行繞著詔獄跑過十幾圈，獄卒們像熱鍋上的螞蟻，都知道邴吉面臨的是什麼。

邴吉把二百多人叫到樓下，依舊面如秋霜地問道：「少卿平日執法如何？」

「秉公無私。」老獄卒侃侃而答。

「對列位兄弟如何？」

「無親疏厚薄，援例關照備至。受賞者無愧，受罰者無怨。」老獄吏評價人一如斷案乾脆，符合眾人所想。

「聖賢有過失，我輩愚夫，有心無心，好事壞事都做過，否則活不到而今，不應求全。人，大抵皆有憎惡向善之志，即或有的兄弟喝過囚人的血，並不想要他們的命，且自知理虧，見不得日光月光。願兄弟們從此改正，免犯刑律。邴少卿平時有愧對之處，莫積宿怨；有點小惠，更請忘懷。今去面聖駕請罪，十去十死。家中尚有九十祖母、七十母親在堂，兩代俱是寡居，歷盡煎熬。兩兒年幼，拙妻雖能安貧教子，總有婦道人家難處，拜託列位兄弟加以照料。邴某縱在九泉，感恩不盡！」言罷屈膝跪下。

全場寂然，只有寒風吹著被霜花打溼凍成鐵片似的旌旗啪啪作響。

惡人在靈堂劇場流淚，和他們殺人不眨眼並不矛盾。無論是受人格感召或環境傳染，三五人悄悄飲泣，頃刻間便蔓延到整體，包括陽奉陰違很不善良的禁子牢頭，全都跪倒。

血沖上邴吉紫黑臉膛，烏溜溜的雙目和藹如春陽。

「大人，忠良無下梢……」老獄卒扶起熱淚縱橫的邴吉，說出一番體驗。

「列位袍澤諍言，感我肺腑。為眾多人命，不計一家榮枯！此去五柞宮，這裡有天大事由我一人承擔，全推到我一人身上，等我回來再辦，除非皇上另任賢者來接替。留下令箭為憑，以免他人受累。還有寶劍一把，煩老師爺做主代少卿行事：擅開城門者斬！」

「遵令！」老獄卒雙手接過，放在案頭。

「大人……」老獄卒抱著邴吉的腿。

「列位弟兄，少卿赴死，請莫做女兒態消我氣概。閃開！」

「大人義無反顧，小人為您老人家開門放行！」老獄卒頻頻下拜。

邴吉泫然咬著下唇，嘴角滾下血絲：「不能開門，牢牢頂上，違令者莫怪少卿無情義！」

「大人怎麼走？」老獄卒遞上一竹筒酒。

「命都不要了，還怕走不了嗎？」他接過竹筒喝了幾口，掛在腰帶上，推開部下，擦乾眼角，直上城牆，往城河裡一跳，半寸厚的冰被砸碎，他雙手捶推著冰塊，游上岸去。

「送大人！」老獄卒大喊。

「送大人！」城牆上一片啼哭聲。

邴吉受到莫大安慰與鞭策，在緊要關頭，一些他不喜歡的下屬，品格比他預料的好。這種人哭過之後打起囚犯，勒索金錢時不會手軟。變不成牛大眼。

郭穰初聞到哭聲，便帶著部下接著兜圈子，避開見面。

邴吉上牙下齒直打哆嗦，過了壕溝便跑，外衣結了冰，幾口淡酒不具備暖遍周身的火力。前行二百步，路邊柏樹上拴著一匹馬。楊敞膽小，見到他渾身滴著水跑過來，脫下皮襖搭在鞍橋上，悄悄地溜走。

邴吉看到他的背影，脫下袍子，拴在馬後，披上皮襖，把酒喝光，扔掉竹筒，揚鞭催馬，奔上官道。

六

孱弱的春氣悄悄來到宮苑，躲在樹根和牆角落裡聚集力量，好徹底打敗殘冬。武帝的器臟受到一絲鼓舞，死神的鐮刀砍缺了刃，找地方去添鋼淬火。武帝可茍延殘喘到柳眼睜開，再把玉璽交給弗陵。昨晚，他聽了小謁者的稟報，先是勃然大怒，我還健在，邴吉居然抗旨，這還了得！但繼而一想，邴吉十五年未曾加官晉爵，從無怨語，連愛挑剔的杜周至死也沒說過這人不是，用來繼任廷尉或御史大夫，略嫌跳級過多，近於突然，但他總算稱職。現在只好打消此念，任命由搜粟都尉升為大司農的桑弘羊接替杜周。此君為人苛猛，搞了幾年鹽鐵專賣，餵肥了國庫，庶民未得到好處，他跟霍光、金日磾思路不一，有利於互相牽制。一輛車南北皆拴上轅馬，趕起路來不會俐落。他向跪在榻前的邴吉說明了原先的構想。

邴少卿默然，黑溜溜的眼睛灰暗起來。他不是為失去一頂獬豸帽和當丞相的最佳橋梁而悔恨，不安的是想到寡居六十年的祖母、四十載的母親，再也不能盡孝了！同時司馬遷教他的臺詞中，有些近乎肉麻的諂媚語太難啟齒，簡直是莫大的折磨。他憶起同僚們的哭聲，老獄卒帶哭腔的惜別之詞：「人又不是大人要殺的，賣命為什麼？大人若遭腰斬，詔獄來一名貪官酷吏，不做壞事的人待不住，十幾年清廉風氣敗壞無遺，大人忠在哪裡，孝在何處？」

「邴吉，身為執法之臣，說說汝所作所為該判何罪？」

邴吉背上熱得猶如鐵烙，剛才的翻悔是私心作祟，對不起蠶室裡擘畫的太史公師生與大批刑徒。克制著厭惡，把奉承話講成由衷的心聲：「臣自知抗命違旨屬大不敬之罪，輕則腰斬，重則滅族。臣專為請罪領死而來，只想再見陛下一面，且喜龍體轉健，臣將引頸受戮，無所縈懷。」

武帝銀眉一抖：「滿朝文武皆知爾事祖母、母親至孝，還想見過兩位長者嗎？」

「非常想見。拜謝陛下法外施恩，臣還是直赴法場，無顏去見！」

「咦！所為何來？」

「詔獄及茂陵聚集八萬囚人，彼等誰無親人？縱有重刑犯，皆是陛下百姓。其父母教養不嚴，從此親者生死殊途，似覺過重。臣為陛下斷獄，不當殺者受誅，臣已違《約法三章》及孝文皇帝廢株連等大漢刑律，上負陛下聖恩與祖母、母親家教，有何面目侈言『忠孝』二字？陛下一代雄主，改元十一次，表彰六經，尊儒術，興太學，改正朔，定曆數，協音律，拓土揚威，四鄰拜伏，史冊罕見。臣一向少流淚，然讀陛下輪臺一詔百餘次，嘆為千年間所未曾有，雖不欲垂涕而涕淚汩汩而出，其感臣至深者，乃是聖德而非文字。故臣斗膽疑郭穰所傳旨意，非陛下本心。病中有智者千慮之一失，臣死如天地間少一草芥，陛下千秋萬代而後，因臣不據律力爭而蒙異議，臣乃千古罪人，百死莫贖！陛下待方士過於慈厚，彼輩得寸進尺，雖誅欒大等丑類，而言神仙不死藥者不絕。臣知抗旨必死，萬歲不必玷汙斧鉞，乞請方士來將臣咒死，則其言或有據。聖上代天行好生之德，依三尺法重作決斷，臣不再妄議一字。若咒臣而不死，更見方士出語荒誕無稽，陛下英明，未信其言，其罪當斬。臣以赤子愛父母之心乞求放彼等離京師，回鄉與親人團圓，不究其過，示萬歲雅量！臣本無德，非經國碩才，僭居三公高位，反而誤國害民。多謝吾主教化二十餘載，冒死獻上一孔之見，不勝惶恐之至！」

武帝久久沒有吭聲，思索了一會，朝李福一瞪眼，一揮掌，大太監彎腰挪腿而去。邴吉心朝下一沉。選定了路，就決然走到底。

「你和邵伴仙有仇？」

「臣若與他有仇，不會求陛下開脫其死罪，讓他安居故里，憑萬歲多年賞賜，三代四代人吃用不愁。」

「你想另起爐灶，巧立新案，好避抗旨之罪不成？」

「陛下先赦囚人死罪，臣甘就刀斧鼎鑊，凌遲寸斬，以區區蟻命，教訓千秋為臣者恪守正道，即報答天恩，別無僥倖妄圖！」

「哦！」

「臣與方士皆是陛下牛馬走[24]，無恩怨可言。他能見神見鬼，臣肉眼凡胎看不著，從不妒忌。臣不信方士，百姓及同僚要信，一向不管。」

皇帝起身走下龍榻，信步徘徊，視線盯住邴吉，「卿能證實此輩弄虛作假？」

「臣無許多證據一一證其欺君作偽，至少有一事可請陛下明察。」邴吉呈上邵伴仙畫的靈符，長二尺，寬尺半，黃絹上硃筆篆書：如意大吉。

「此符從何而得？」

「三十年前，邵先生尚未經前丞相田蚡引薦給聖駕，在茂陵顯武裡捉妖，兼賣靈符，為人鎮宅闢邪。先父去世，親友代買此符做蓋棺之用，家祖母不信，卷放於舊書之內。去年遷家長安，一直未見。昨夜查書，偶然翻出此符。臣忽然想起：當年封禪泰山，方士指示武士從牛腹剖出『天賜神符』一件，與臣家藏品如出一轍。陛下天縱英睿，任方士狡詐也瞞不過聖上，略加勘定，便知虛妄。茂陵居民中買過此符

[24] 賤僕。

者不止一戶，必有珍藏未失者，命地方官吏重賞徵收，何愁邵伴仙推諉逃遁！」

武帝接過「仙符」一看，頓時了然，無奈已受愚弄，窘了半晌說：「嗯，泰山符篆與此件乃一人手筆，不用核對。後果前因，寧非天意？」

這時李福回到寢宮下拜：「邵伴仙宣到，宮外候旨。」

「李福，你也看上一眼，邴吉家藏三十年舊符是何人所畫？」

「邵伴仙所畫。看來，牛腹裡取出的那一張也是他先餵進去的。奴輩不懂事，方士的話不能全信。邵伴仙剛才從甘泉宮過來的路上說：陛下要依他之見，斬盡刑徒，滅除詔獄裡天子之氣，皇上要重賞他！」

「當然重賞，賞他一條老命。讓大將軍派武士送他回山東。再到長安，定斬不饒！」

「陛下還要請他作法嗎？」

「方士能將人咒死，何用興師動眾去討伐匈奴？邴吉，朕看你一向訥訥少話，想不到還有幾分鬼聰明，差些將朕引入司馬遷的〈滑稽列傳〉！」

「萬歲明察秋毫，早已看得一清二楚，只是不忍心戳穿這些江湖術士而已。」李福說到此處，皇帝一抖袖口，他便緘默了。打擊拍馬正是被拍得舒舒服服的時刻。

「我也不想殺伴仙，有這樣的結局也是一員福將，他做夢也不會想到是邴吉救了他！」李福暗中自言自語。

「朕覺得司馬遷為你出過主意！」

「臣與中書令大人素來井水不犯河水。」邴吉按照司馬遷的請求回話，免得橫生波濤。太史公料定武帝若殺囚人，必殺邵伴仙。讓他活著，便是不再信他的話。可惜這樣絕世大才無用。邴吉為友人不寧，對已然迴天的大案充滿著後怕。

「邴吉卿家，杜周生前也說過你們無私交，可以為證。即是朋友，無可非議。無奈桑弘羊任御史大夫已下詔書，不便更改。念卿耿直無私，升為光祿大夫，仍管詔獄。爾祖母、母親教養有德，賜黃金二斤為調養之需。」

「謝恩！」

武帝打了個呵欠。

李福拂塵一揮，示意邴吉快走。

「臣尚有一事請求萬歲！」

「何事？」

「臣抗君旨，不予重罰，朝廷法令何以雷厲風行？」

「有理，罰俸半載，與郭穰一樣責打三十廷杖，打輕了打死了唯李福是問！」武帝莞爾掩口，連連揮袖。

「奴輩遵旨！」

「司……」邴吉還要執言，又怕武帝變卦要殺囚徒。

「私事公事下回再奏。大人，李福要叫小謁們行杖了！」

「萬歲為百姓保重！」邴吉下了白玉石階，兩次回顧。

「邴卿多多讀書，保持正氣，十年之後當為社稷重臣！」

「臣拜辭了！」邴吉停步轉身叩頭，體悟到一絲垂危者的慈溫。

「宣胖孩進殿！」

「胖孩在甘泉宮，萬歲有何口諭奴輩去傳話，請聖駕歇息，這樣操勞過度，下人們哪能安心？」李福說得懇切。

「要他連夜趕來，朕有要事諭知他去做。」

「遵旨！」

「掩上帳幔，朕睏倦了！」

七

司馬遷扣好羊皮短襖，書兒幫他披上朝服，她對楊敞說：「你這樣哭個沒完老人家受得了嗎？快繫好博帶，外邊太冷，太監們在車上都該等急了。」

「不必管這些勢利的可憐蟲！」司馬遷整冠向司馬談石刻像肅然三拜，「父親大人在天之靈：不孝子長此去若遭不祥，春秋祭祀只有書兒敞兒一家。兒拜謝二老養育之恩，告辭！」

書兒抱來大披風給他圍上：「爹爹當心風寒。」

「這寒氣只怕擋不住！惲兒過於聰穎任性，不能遷就，最好終身為學，不任官職，以盡天年。否則得罪權貴，難以全身，有負為父寄望殷殷……敞兒要剛毅些，生老病死，無人能免，何妨泰然坦然處之！」

「兒陪爹爹進宮。」楊敞把司馬遷送上車。書兒放妥簾帷。

「李公公說，中書令大人今晚宿衛甘泉宮，有我們侍候，楊大人不必前往。」

翁婿倆不便說什麼，車就啟程。

兩個時辰過後，車子停在二道門外，迎接他的是李福，陪同用了晚膳。邴吉難題迎刃而解，給他無上的喜悅。看看氣氛，不像有動刀下獄的跡象。

武帝天一黑就睡著，到戌時末尾才醒[25]，司馬遷例行覲見禮後，見武帝臉上沒有倦容，穿著寬鬆的便服，未戴幞頭，嗓音低，吐字恬朗。「朕遵御醫之囑戒酒，代飲參湯，卿可自斟佳醪，開懷暢飲！」

這是大屋內的一間小房，封閉嚴實，只有一扇小天窗通風。四角放著炭盆，火色純青，司馬遷熱得額角冒汗。

「冬宵苦長，卿先去更衣，再做徹夜長談，不必拘禮。朕初見卿在三十年前，尚且是白面書生，形容修偉，情采翩翩。朕斯時年屆不惑，射蛟獵虎從來不累。而今卿非壯夫，朕亦垂暮矣！」

武帝慨憶甘泉宮打圍等往事，和藹之至。

司馬遷輕裝之後，僅留下胖孩不時入內添些佳餚，招呼過炭火，隨即退出。

「臣棋藝差，自先父棄養即廢此道，不敢獻醜，免得陛下掃興。」

「棋到高境，輸贏兩自得，各盡妙趣。不必逞匹夫之勇，如三河少年、幽燕壯士比刀劍一般！」

「陛下以四海之內為棋盤，驅使百萬大軍如棋子，吐彩虹，摩青雲，閱世深，自省嚴，方有超絕卓見，開天下人茅塞。」

「凡帝王與大臣下棋，大臣雖有國手，只敢讓子，偽裝拚殺，選末路，委屈求輸。唯杜周三棋必得一勝，贏彼二局，甚費思量。明知出手甚低，借棋為戲以觀人耳。若不為人主，早已一敗塗地。此中玄妙講穿，下與不下皆無聊之至。若說世間有人一世愛此道，下一世孬棋，又贏了一輩子棋的，便是我——

[25] 二十一點左右。

大漢天子。是咄咄怪事，又平常稀鬆！所以擺上幾個子，莫當文章做。是人下棋，非棋下人。不受外物指派就是大棋師！」

「警世妙論。臣能知其理，修身功夫欠缺，每每當局者迷，陷入棋眼，達不到超拔自如！」

「天地大棋局，為人一局小棋，似長而短。品出味來，白髮斑斑。一子不慎全盤輸！」

「臣早已輸了！」

「嗯，有點意思！但不盡然吧，邴吉的事你贏了。他沒有智謀，是條剛直漢子，不貪贓枉法，也不得罪杜周，走得不遠不近。靠精細慎微，悄悄罰惡，無顯才取寵之意，但寫不出〈滑稽列傳〉，這是卿家絕無僅有的手藝。近世除東方朔、枚乘、馮唐三人，唯獨卿不驚聲色，突出奇兵，旗分十色，眼花撩亂，井井然不紊，大手筆。朕念卿與邴吉終生誠厚，說一回假話，罩上些薄雲小霧，與汝等相處之日寥寥，佯裝糊塗，不予追究。有利百姓，即不違爾等彼此澄衷！莫再打啞謎，為君之難，卿家上上聰明，終隔一層，無從想見。為臣更苦，朕亦無從細知。大凡君子在高位，八方進讒言，人主耳軟，君子輕則罷官，重則滅族。小人心中有鬼，步步為營，結黨逢迎，必久做高官。自卿為中書令，以清廉朝野知名，百姓不恨，無愧俸銀，若論揚名戀印，排除異己，立親信，上呼下應，六面經營，不留把柄，迎風轉舵，尚未入門。處於危急漩渦之中而不自知，正是書生可愛所在。知卿莫若朕，文章高處即為政短處。讓卿任丞相，處處為善，裹足不前，四海報災，稅收無著。大臣爭相要挾，天下大亂。非不重用，只能用到這般火候，方能保卿身家，保到何時，還當另說。今晚親如一家，百無顧忌，千載一時。卿可明白？」

誠懇，掩蓋了鋒芒，詞鋒仍在。

悟性，加重了理解，理解不偏。

造成破天荒的坦率，使老英雄放棄表演，大文豪從容傾聽，是摸著兩人鼻子的死神在導演，撕破靈襟，直逼本我。繞出舊格，創造意外的活劇。

「陛下推心置腹，臣獲有百千世無與倫比之耳福，不應遮蓋，詔獄一案是臣謀劃，亦是報陛下之德！」

「不，是以德報焚稿殺身之怨，披肝瀝膽者無罪！」

「輪臺詔書一下，為歷朝人主所不敢與不能，臣絕無私怨！唯盼陛下用霍光、邴吉等諍臣，對桑弘羊、上官桀等有所制約。年初陛下染病，忠良賢臣夜不安枕。上官桀身為未央（宮）廄令，乘機玩忽職守，天馬草料皆缺，逐日消瘦。陛下病癒看馬，龍顏震怒：『上官桀，你以為朕再也見不到這群寶馬嗎？』此人狡詐，謂：『聖體違和，臣朝夕憂懼，寢食皆忘，哪有心思管馬？』陛下轉怒為喜，視為忠貞可用，任太僕高位，朝野驚詫。臣少智怕死，容小人得志，羞愧無狀！」

「說得好！朕囑顧命重臣防範。實言告卿：皇帝乃被寵壞之凡夫，把史冊聖賢之主想得過好是讀書人寄望所在，朕不信傳聞，未便指破。堯在位九十五秋，舜三十娶堯女，觀察二十年，攝政二十八春，守堯孝三歲，登極六十一，在朝三十九年而禪禹，何必延宕至百歲再交璽印？禹若不仗勢逼宮，舜何以去巡狩蒼梧，重病駕崩之日，娥皇女英皆未隨行侍奉？想系慘遭放逐，史官諱言，未能自圓矛盾，善讀古史者疑竇叢生。夏桀、紂王或荒暴無道，安知不是成湯周武王篡奪天下，誇大亡國者過失，久訛成真，後世但信筆錄，無人證其真偽。卿文章不讓左丘明，寫高皇帝豁然大度，又似市井無賴。張良、韓信、彭越、英布早年不反，打下江山，偏要造反，一一被殺，張良餓死。功高震主，功即是過。卿有幸遇朕識才，得以成書；又不幸遇朕，書毀人滅。後世不見史料，生時或可考，亡年亡地成了萬古大疑案。舉世滔滔，僅你知我知，可怪耶？可笑耶？可悲耶？誰與評議？為天地永在，爾我不得永在，但有今宵奇特對談事浮一大白！來，為朕斟酒！」

「臣不敢！」

「乾！」

「多少無言之痛皆在『無奈何』三字中！讓卿人書俱存是聖君，朕想那樣做，無自信，做不到；書在人亡，其實書在人即不朽，血肉之軀，無人不亡，此中上之策，弊在不知文字妙處，是為愚君；人在書亡為中下策，時時防之如虎，唯恐重寫傳世。以卿年事精力，尚能辦到。人書俱亡，又不落殺賢者之惡名，是巧偽之舉。朕一世以英雄自許，史書無害於社稷，今日必行下下策，只恨書非朕所著，忌才害才膽怯，朕不得不全輸與歷史，也就是敗於史家之筆！再倒一杯，敬朕才臣直臣司馬遷！」

武帝鼻頭向前一伸，左眼盯著史臣，右眼望著壺杯。

「臣不敢當，不敢當！陛下將萬事如意。」司馬遷兀立不動。

武帝等了片刻，自己提起壺倒了半杯，突然放下酒具，以袖掩口抽抽咽咽地悲從中來，就氣象說是敗得落花流水，連著驕傲的自尊、自信、人格。

久久的無聲。

「嘿嘿嘿！」太史公笑得年輕了十歲。

「咦——？」武帝驚愕地垂下廣袖，意思是：我多麼為自己悲哀，你怎麼笑呢？怪哉！

「臣在下筆為文之際，即知今日結局。宮刑之後，又生僥倖之心。不想大奇者大不奇，輸得一子未剩，足報陛下愛才之心，談棋獨到之智！請勿以臣為念，臣知去處！哈哈哈哈！」堂皇的答言，等於說：

「我知道您為什麼哭。面對必死，還怕什麼？」他笑得輕鬆、冷峭。

「朕對卿不符天理人情。至若國法，朕所思所言即是法。酷刑羅織，百罪皆有，不想借酷吏殺人！」

武帝似有所得。

司馬遷很想說書稿遠藏名山，但他不想再給女兒全家、學生添災禍。棋似輸而贏，武帝若全勝而全敗。除去一條命便無所得！

「臣人棋俱輸得十分痛快！」

「只怕是大贏家披著大輸家外氅退出局外！朕念念不忘卿家所說，史家預知死期，而皇帝只比他多活幾十天！」

「臣一時荒唐所杜撰胡言，陛下不日霍然而愈，聖壽無疆！」

「此即天人之際？」

「臣不懂大學問！」

「卿是我朝乃至兩三千年間的大學問家，否則——你……」

「臣不學無術，陛下明智，是大學問家！」

「英明過，昏昏然過，皆毀在好大喜功、擾民亂法，聽信過酷吏方士。」

「丞相未分擔政務，陛下精力超邁常人多多，但不能巨細俱到。」

「丞相聽話無能，皆朕自選。相強主弱，如劍倒持，授人以柄。無才無過便是政績，辦不成事但放心高臥！聽話有三種人：一種人愚忠，是非不分，無一策可獻，聽話即盡責；若干人裝作唯唯諾諾，實則伺機盜取權位，挾天子以令諸侯；另一類貌似聽話，心中不然，明哲保官。後兩種大臣能亡國，紂王寵費仲尤渾，齊桓公寵易牙豎刁開方，二世用趙高，昏君、暴君以至賢君霸主，皆不能免。卿家不解逢迎之術？」

「陛下賜教！」

「說醜為美，老為少，推愚為智，淫為貞，頌貪為廉，酷暴為慈，賢者側目，庶民騰笑，伎倆無足道。聞者竊喜之主，為此輩喪智。次則似疾惡如仇，有利者敢批逆鱗，無利者閉目塞聽。君命責五十，必打一百，而後請罪，自稱出於義憤，皇帝大臣憎厭之人必加倍憎厭，冒犯律條而在所不惜。此輩僅得小罰，不久即破格擢升，人主以為大忠，豈識奸宄，偽剛真媚，所獻計策皆小巧淺陋，治標害本，殃民禍國，自詡為治世大才。更有蠅營狗苟者，辦事十成九分半，於無關痛癢處必留小疵，供君主大臣喝斥。如草詔書，故意寫一二錯別字，上峰改其小誤，而全文暢行無阻。高位者以為馭下屬森嚴不苟，實為媚術欺矇。小人有功則爭賞，不成則諉過於同朝。若處逐鹿中原分疆列土之際，則棄義賣主。朕知其害，如對方士，未能棄割，防不勝防。為卿吐出，愛諂厭諫或人之通病，卿能跳出樊籬不為所動嗎？」

「臣為郎官急於功名，求售才以媚明主，即以文字末技而論，自改十遍，洋洋自若。人指一字，似由衷感德而暗暗煩其挑剔。吾主論小人燭照人微，但視杜周如何？」

「鷹犬而已，本市井之徒。從張湯、義縱，輕法度而陰窺主意為立案之據，內深外寬，詔獄及長安茂陵諸獄囚人八萬，初入京為廷吏家僅有一跛馬，鞍具不全，為御史大夫十餘歲，家資數百千萬，僮僕數百。有些把柄在朕之手，用之放心，微妙處不必表白即可稱心。卿初聞此語驚詫無措。千年來真面目如此，朕敢表露。而其餘為君者或怯或偽或痴[26]，不敢言亦言不出。卿不致洩此玄機。即轉告親人弟子

[26] 音同「皚」，愚昧，呆傻。

輩，誰信大漢天子如此放肆？忠奸皆殺不盡，善避刀鋒機緣巧合者功成名就，如蕭何、周勃、汲黯、杜周、公孫弘等是。取天下守基業如行舟，均賴操刀為槳，不划必止。刑重系獄多而民怨，暫時少殺用錨即仁政。得仁者名後再殺。一言點明，眾鎖齊開。否則渾渾噩噩，治國治史虛耗時日。難居上座，終為階下囚，忝坐末席即是天存。杜周保卿及任安，探朕意而貪愛賢重才之名，復背進讒言，置之死地而後快。朕如求全，無人可用！斤斤不願失一魚，則貓鼠一家，相契相安。存鼠以保身，恰到好處，主人奈何？非杜周有權謀而久安其位，實朕要其安耳。王溫舒、義縱顯才傷民，朕殺之以平民怨。杜周才低於王、義兩酷吏而善終免戮，隱情不必使人人盡知。」

「萬歲明察，臣佩服之餘，為陛下薦一治國之才，不言則將悔之莫及。」

「何人？」

「酷吏後代，大多遭殺。臣思父為酷吏，子為賢臣，更見聖朝大度。杜周之子延年與乃父為人不同調，曾任職河東，有政聲。」

「好個司馬遷，真有心胸！不薦郭穰而薦仇人之後，可愛！」

「薦人唯才是用。」

「薦得奇怪，想是釣取名譽？」

「名於臣無益。前夜延年來臣家為其父請求寬恕，臣告以〈酷吏列傳〉所書諸事，延年默對久之，爾後下拜，稱臣為良史，不溢美隱惡，有助教化，出語自如。又贈臣白鹿皮一張，臣一口拒絕。延年說兩角之間有箭傷損處，是臣出使西南夷時在大理山中所射，驗之信然。昔年以皮贈昆明太守段護以示友善，太守交愛女白鳳珍藏。聞知臣下獄，段護差白鳳攜皮珍寶至長安見杜周，為臣贖罪。杜周貪財，將述白鳳誘入地道射殺。此女曾託媒求為臣次妻，臣身負皇命，畏譏拒婚，彼終身未嫁。杜周臨死向延年講述白鳳入京原委。延年葬父畢，原物還臣，昭昭具古人風儀，託臣上書乞求罷桑弘羊斂財之策，行孝文先帝舊政，見識犖犖可觀，陛下多多提攜……」

「卿對乃父不計宿怨，徇徇有儒俠之氣。因之節士自刎於前，烈女赴難於後。郭穰捨命，延年還皮。浩氣橫流，輝映河嶽。有臣如此，更有李廣、汲黯、張騫、衛青、霍去病等，朕無憾而去，只是屈了卿家。杜延年將交大將軍考察安頓，留給太子弗陵去用。不能在一夕之間把天下憾事補正。」

武帝扼要補敘了方正迂之死，司馬遷受到深深的震盪，驚愕唏噓一陣想道：「史料無證，我已來不及寫列傳。但他的品格，還該銘記力學篤行，到死前一息。我還能做什麼，在這最後的機會……」

「哎，聽卿申述，朕漸知士人多厄運，不趨奉朝廷無從實現報國富民之抱負；入仕為忠臣，時有滅族之虞。奸賊臭名遠颺，有志者不屑為也為不了。尸位素餐，裝聾啞以待遷升，朝野鄙視，雖生猶死。另闢蹊徑，朕昔年有此魄力與謀略，而今上天不給予歲月，多想改畫輿圖，讓庶民安居樂業，可悲俱晚矣！相逢在宮闕，同為不幸人。惜哉！」

「陛下龍體康泰，臣歡快雀躍。又得細稟三十年間所惑，本不應再有奢求……」

「不，只要不關卿家自身之事，有求必應，你我此世不能重見了……」武帝以袖遮住顎部垂下頭去。

「恕臣狂妄，獄中尚有待決犯五百餘人，臣以為除幾名怙惡不悛、殺人放火通敵者，其餘請改死罪為流刑，或監禁終身，以示陛下悲憫仁恕之懷，為後世君王立下楷模。不唯死囚全家感德，臣亦可安然而去……」

「儒生多尚空談，重利祿，遇事唯唯，最怕引火燒身。司馬子長，你還真不怕死已臨頭……」按當時慣例，在殿上覲見時帝王不稱臣字，只許呼名。武帝太激動而破格。

「臣小小芥子而已！方正迂先生非親非故能捨命進言，臣知而不說，在泉下如何見方先生？萬歲能為人所不敢為，臣方敢祈求。」

「哼，草詔！」

「臣已久不起草詔書……」

「此詔卿非寫不可！」

「臣……」

「從卿所奏，法外施恩，所有死囚，全免死罪，少數該殺不殺，由後世唾罵！朕原有此意，與卿所請巧合而已。不再更改，禁止多口！」

「謝主隆恩！」司馬遷草完赦旨，轉身告辭。

和司馬遷相知、相扶、相關、相妒、相戲、相仇大半生的漢武帝，在雄雞為他人喚來黎明風景之前，顫顫巍巍地立起，伸出細長的雙臂抱住司馬遷。這是他七十年中抱過的唯一大丈夫。他意識到在死的面前，貴賤、富貧、強弱、老幼、功罪、褒譏……達到相對平等，遲遲早早被擲進無涯無始無終的遺忘巨川。

「讓朕回到卿這般年歲，不！用不了，只需一年就可大治，然而皇帝只能得到餵不飽庶民的歡呼。啊……」黃裡透白、白中發青的手真像龍爪，掐人史官後背。

司馬遷忘了疼痛，他抱著崇拜過又嘲諷過的武帝，如一輪殘照墜入沃土，只能乾瞪著眼做宿命的注視，想延長或縮短一呼一吸的時間都無能為力。作為詩人、思想家，深心的悲劇意識——生命的偉大與渺小的雙重感覺，彷彿是萬鈞大錘砸在他敏銳的神經上，腦後嗡嗡亂叫，這是靈感的仙鐘。面對面的漢天子卻聽不見這稀有的鐘聲在廣宇迴盪、衝決。儘管他在拍馬溜鬚者、英雄、美女、酷吏、大儒、賢者、不肖者、罪犯面前都有一隻手擎天，一隻腳埋入黃土，也是不朽的大人物，一生中還著著實實當過幾天出眾的詩人！

猶如父子、兄弟、仇敵，兩張熠熠閃耀過的臉扭曲了，四隻眼睛被籠罩上毛骨悚然的陌生感，對方是那個人——又不是那個人。要忍住淚或流出溫泉都是枉然的掙扎。咧著嘴不能痛快地張開或者索性閉成兩個橫寫的括號：皇帝的弧度向上，是過剩的強項，背後充斥權力榮譽的空虛；史官的弧度朝下，過剩的才華背後堆積著憐憫、清澈、充實。共同架起一條深灰色的虹——孤獨與死的紫焰黑火……

帳幔和瓦片都在顫抖……

兩位人生與藝術的大演員，人類歷史上獨一無二的組合，急於要落幕長眠，都還熾烈地眷戀著神州大地舞臺，被聽不見的掌聲埋到了眉毛，累得咻咻牛喘。

此刻，胖孩入室，用鐵筐子把在外間燒紅、退盡了煙味的炭火續入火盆，給司馬遷的空壺裡注入了益州貢人的美酒。

「胖孩送中書令回府，留在那邊照料起居。」武帝換上標準的官腔，流露出職業的冷漠，不乏華麗得近於濃摯的裝飾音。

「臣有小女照拂……」

皇帝陰沉含蓄地笑了。

「謝恩！」他猜想到胖孩可能另有使命，反而怡然。

四壁在升高、升高。小屋如井，人的身材被壓矮到半尺以下……

八

司馬遷倚在郭穰的左肩，右臂摟著弟子的頸項，女兒架著父親左膀，從小餐室裡走出來。夫子是醉了，腳步拖在地上，涎水漾出嘴角，兩眼紅濁，臉膛上泛著絳紫，淡淡地蔓延到耳根和額頭，呼吸變粗，指頭微微發顫。

颳了一天的北風停止了哮喘，伸得筆直的大樹冠上塗著一抹朱標色的殘照，給院子裡略增暖意，當兩位年輕人的視線觸到一起的時候，都覺得淒切。他倆肩上的詩人用血寫完書稿，瘦得不及史書的一半重量。以至不勝酒力，當年的豪健已不復存留。怎能不心疼與他倆最親近的老父？

司馬遷朝西一轉身，雙臂一收，孩子們幾乎碰到一起，老人的雙鬢貼著年輕人的面頰，投射於東圍牆上的三人剪影多麼和諧、俊爽，都浸潤在短暫的幸福中，閉上了眼瞼。

後輩何曾想到，佇立在晚霞中的雕像極有象徵意味，他倆首次抬起這部心在跳動的大活書，孕著亙古無雙的歷史精神，也是最後一次靈的會合。兩條小河湧進了父愛的大海，可以無所顧忌地靠在一起，沒有害羞、負疚、不安的情愫，甚至連珍惜這平生一刻的想法也來不及湧生。

「穰兄，我要聽你吹笛子。」她在十八歲時如是說。

「不是正在吹嗎？」他在月光下停笛而答。

「不是聽一會，是聽一輩子！」

這會，郭穰的心吹著血管奏出的最強音，高出〈山鬼〉何止千丈！

司馬遷的眼皮上有火在點頭扭腰，踢腿搖尾，一綹委頓的灰頭髮耷拉到右睫毛上，朦朧間有幾條鐵鞭在嫣紅的原野上抽動，癢癢地挺舒服。他的左眼閃開一條細縫，看到了赤綢鋪墊的巨爐裡，一座金山即將消融，摻進了檸檬黃、中黃、鵝黃、狗屎黃、硃砂、榴紅、淺橘、大赤、粉紅、橙紅、紺紫……各種形形色色的顏料，抖動出抽象的具象，靈變的沉鬱。排成秩序井然的浪潮，準備謝幕前最壯偉的和鳴……

「爹爹！」

「爹……沒……醉……乾……」不連貫的句子，頭尾都有鼾聲。

「恩師！」

「……」對皺縮的落日，乾瘦的樹，凸凹不平的院牆，堆得雜亂無章的石塊，都與兒女一樣依依不捨，又覺得它們盡屬於昨日的悲歡，淡漠了，推遠了，不可企及……

「扶老人家歇著去，昨夜在宮裡折騰一宿，累得上氣不接下氣。」

「爹爹只說輸了棋，回來挺歡愉。」

「先生會輸？」

「誰敢贏？」

「我敢！說輸了是假的，真輸了的是皇上。從來沒有昨夜的棋下得那麼宏麗，浩氣磅礡！永……遠不……會重……複……」

「爹爹！」

「先生！」

「……」

脫靴子的時候，老人的腿有點僵直，分明已睡得很甜。

女兒抱過被子。

「我來，為恩師盡孝的機會太少！」

「唉——！」書兒用長嘆做回答，指指樓板，逕自上去。

郭穰放下門簾，跟著登樓。

司馬遷推開被子，雙袖掩面，一隻手堵著嘴，忍不住啞然乾哭。他怕後輩聽到，不住地做著深呼吸，強迫自己平靜。

天空，樓板上，承塵上，地面，車簾，門背後，都掛著棋盤，他的黑子被白子多層圍住，任何狼奔豕突都是枉然，末了棋盤上的墨線擰成絞索，套住他的頸子，他本能地抓住繩套，讓喉嚨喘上半口氣。

左耳裡的我說：「挺住，綳開！不能鬆動，肯定有希望，人世有公道……」

右耳裡的另一個我說：「這麼苦苦掙扎，多喘幾口氣有什麼意思？放手，一死萬事休，希望與公道是井底星星的倒影，看得到撈不著！」

但是手偏不肯有半點放鬆。

樓上送來一個人的腳步聲，他側耳一聽，是郭穰在徘徊，很輕，但比書兒的足音重。跫音向他提示：「你還活著，活著，活著……活，活，活……」

他相信被自己教養大的孩子，不會有任何越軌的行動。但馬上冒出一個念頭：和白鳳僅僅是肉體上保持了純潔，情感並不是那麼回事。幾百次夢迴，摸胸自審又不勝悔恨，若攜她來長安，上官清不會死，宮刑可以贖，說不定生兩個兒子，資質當在杜延年之上，那又有什麼不好呢？所以把精神活動比作一片森林，在一個幽密的樹洞裡，他企盼書兒得到郭穰靈與肉統一的撫慰，尤其得知白鳳的噩耗以後……

他表演醉態，正是想讓可憐的孩子們有一點交流的機會。在晚餐時說：「穰兒過得太沒滋少味，我活著或者走了，都搬來照應東方老太公和牛大叔。書兒要去楊家，常來走動，總是不便啊……」

「恩師莫說這樣的話，也許萬歲……」

「穰兒，這是你的家，太公叔叔都是好樣的長輩……」那個「家」字說得分量太突出，她不大好意思，才用一句人所共知的廢話來沖淡一下。

換得的是爹爹無聲的嘆息。

「恩師開了酒戒，弟子先敬三杯！」

「爹爹往年能喝二斤半，今晚照一斤乾！」

「不，晚上想寫那篇〈自序〉，已然背熟，吐出來這裡空了、輕了！」子長拍拍額頭。

「幾時不能寫？晚上不寫，要不女兒藏起筆，還有那幅寫過題目的帛。就當剛才這一拍全拍忘啦，明天早晨再想起來。」司馬遷愛看書兒抿著小嘴的爛漫笑容，司馬談、母親、上官清、他自己、白鳳，還有小小的楊惲，全都在笑紋漾開時得到疊合與再現。給他殘缺的日子以些許的補贖，較之書稿有泰山鴻毛之別，鴻毛也足以慰情，而書和作者相較，又是泰山見崑崙。

過了一會，促使他寫〈滑稽列傳〉，創造優孟淳於髡優旃等人物的幽默感，如久別的知己突然來訪。他不願窺覷任何人的隱私。樓上也沒有隱私。只想開個小玩笑，告訴親人：「我沒有醉！準備燈燭，停會要寫作！」

他躡手躡腳走到梯子中部拐彎處，抬頭一看，房門大開，視窗浮動著黛青色暮靄，夜的涼氣穿過樓道，使他打了個寒噤。郭穰面窗佇立，在翻竹簡。書兒坐在席上縫補著父親的外氅，早晨下車時不慎被釘劃開一條裂口。

「師妹眼睛真好，傍晚做針線活不扎手。」

「手做慣了，心沒在針線上，全惦記爹爹。他成天說笑話，睡著了哭哭笑笑又嘆氣。我坐在樓梯上聽了三個半夜，他八成有什麼為難事瞞著我和敞兄，你該曉得些線索？」

「除了皇上逼他，怕他重寫史書，別的都不值得他憂愁。」

「皇上找他下了一宿棋，不像要拿老人家下詔獄問罪……」

「陛下的事難預料，我盼他今晚死掉，恩師就躲過這場劫難……」

「噓——！這話讓小耳朵聽到會掉腦袋！」

「長在脖子上，沒勁，砍掉更沒意思。早遲來得及死，不會對別人瞎嚷嚷。」

「怎麼著才有意思呢？」

「遲了，毀了……」

「別講，小妹不糊塗！兄長你說說人幹麼會死？」

「你想讓皇上再坐朝五十三年，明天過了年就五十四載，不死行嗎？」

「我是說像爹爹這樣的好人，還沒到五十就老得縮成個小骨頭疙瘩，可當初俊挺樸茂，說話聲送小半里地！」

「你小，我記得，是挺帥氣。宮女蓮蓮告訴我：李夫人那樣的大美人，見到恩師眼都發直還挺亮！」

「你……」

「放心，你我二人知道，蓮蓮一死沒人再說。」

「最可惜白鳳公主守了一世……」

「她守得值！天下無雙人物！」

「我要能替爹爹去死就好！」

「能替死也挨不上你！」

「曉得你會搶著去死，可爹爹和穰兒都有用，小妹是廢人一個，死了就不傷心！」

「師妹人品文采在愚兄之上，頂半個女太史公，可惜女的不能修史學歷書……」

司馬遷的淚水湧在梯子上，他索性坐在暗影裡，說笑話的衝動雲散煙消，在痛苦的滾油鍋裡，品咂著被後代理解的甘美。他說：「如果書兒是男孩……」「若眼下沒有楊敞……」儘管書兒的女身不可改變，楊敞無罪過……

「想到比千千萬萬人的爹爹都高一大截子的太史公忽然在一夜之間不見，永遠不再有音信，活著就不如死！」

「惲兒呢？」

「敞兄會再娶名門之女，讓後母照料孩子。」

「師母走後你好過嗎？敞弟對惲兒能跟恩師對你相提並論？愚兄做孤兒吃的苦，十輛大牛車裝不下，你想拋開責任就走？書稿還沒有流布！」

「穰兒反詰得好！」老師兩掌無聲地一擊。

「如果爹真離開我們，書稿抄它三五件副稿，藏的藏，傳的傳。太公、牛叔叔也走了，到那一天，這樓下堆滿柴草，小妹邀請穰兄在這裡祭過老父親，兄妹倆碰上三杯酒，點著火一塊走，你敢嗎？」

司馬遷聽得全身一怔。非但沒有怒火，反而欽佩、理會、同情、自豪。雖說他活五百年也嫌太短。

「不敢！」

「喲！你的命就那麼金貴？」

「不辯解！」

「是書兒瞎了眼？」

「確是個膽小鬼，你看走了眼！」

「那你怎敢向皇上請死，也不草傷害爹爹的詔書？」

「就那一會有點男兒氣概，先前沒有過，第二天消磨得片甲不剩。」

「算書兒什麼也沒說。」

「傻孩子，愚兄真是懦夫？」

「那你……」

「恩師一世蒙謗，我是兒子，你是女兒，九死不能報彌天厚恩於萬一。韓仲子伯父、白鳳姑姑、方正迂先生，怎肯為他而死？人品固然在首位，文筆是個緣由。請問：皇上對他又恨又忌妒，因為恩師官大？當朝十名丞相六人死於白刃。受寵的君夫人、御史大夫、貳師將軍、協律都尉……誰不比史官有權有勢有財富？求他不就是怕他一支龍騰鳳舞的大筆嗎？這幫人醜化他、咒罵他，可惜只能拿他乾瞪眼。他不怕死不愛錢不戀權不貪花問柳，還怕誰？愚兄敬師妹如神，心近勝過同胞，不能同日生，有緣同日死，該是拜識恩師、存妥書稿之後另一件天低頭地抽泣的壯舉，求之不得。但我們忍心送藉口給惡人們造謠生事，把汙水潑在恩師臉上、墳上，幾條性命兩代人筆耕而成的書稿上？人，很少的人有幸被捲入正義的偉業，擁有至大至剛、讓兒女之愛變得次要的至情來充實平庸的一世。還有誰比我們更有福、更高峻、更純淨、更貞烈、更質實、更雄邁的情感？咱倆是兩隻小螞蟻，是立在老師靴子的背脊上才比立於驪山絕頂看得高遠。不許妹妹有輕生之念，一般人活易死難，有些人倒過來。老師你我皆是後者。醒醒，好書妹！」

「小妹錯了，謝謝穰兄澆我一頭冷水！」

「這樣說太外氣，下不為例。先生累了，借酒勁好歇歇乏。愚兄要回宮宿衛待草詔。」

「走吧，爹爹那邊莫去辭行。明天我替你請安。小妹不能送你，我怕自己要哭……」

「莫送，免得啼哭，使恩師傷懷。他心裡太亮堂，每回走出家，可能回不來，跟親朋一分手，或者即是永訣。活到這份上夠罕見的！」

弟子所說正是先生所想，連日外來印象僵硬地亂堆在記憶裡，把甄別、提煉、判斷的能力震暈倒了，沒有片刻來冷卻。他悄然走回到臥榻，蓋好被子。

郭穰下樓，書兒兀坐著沒有動彈，她肩頭的重量大大超載，同樣無暇靜思，眼前只剩一片覆蓋著三尺厚雪的荒原，一直延展到淒迷的地平線。

郭穰掀簾諦視，屋裡昏黑悽慘，先生側身睡著，鼻息寧暢。便下意識地嘆道：「能睡一覺也是賺的，不打擾老人家。」

他從馬廄裡要牽出坐騎時，小黃驃盯著他昂頭噴了個響鼻，抖動長尾和拳曲的鬃，好不親熱。他撫摸著牠的耳朵說：「多羨慕你，我的朋友！要能變得和你一樣，供先生代步，那才是福分呀！你知道背上坐的是誰？誰像他那樣喜歡你、看重你、保護你，就因為你跟他的命運太相似。好好為老人家盡心，我感激不盡！」他對小黃驃抱拳一揖，但馬上就覺察情緒表現得欠飽和，右膝很自然地跪倒，久久被抑止的淚水奔溢而出。

小黃驃又「咴，咴」地低哼兩聲，短細的音量迅速鑽入地下。彷彿急於傾吐反響，又怕驚動主人。他立起身來，給槽裡添足草料，四角拌勻，從井裡打來溫水，讓小黃驃和自己騎來的五花驄吃飽飲足。

往事如煙，閃過眼前：

小黃驃出世之前，他奉命去鐵匠鋪打了一把大鍘刀，刃口銼得又亮又薄，扛回草料房，全家歡騰。上官清說：「孩子們，寸草鍘三刀，沒料也添膘。好好鍘，馬上烙肉餅給你們吃。子長，鍘草小心，莫傷了手。」

「不會那麼掉漆，指頭靠著木鍘墩外口，離刀鋒兩寸。起小兒放牧，這點粗工作一摸不燙手。」

「爹，慢！鬍鬚礙事。」書兒把三綹長鬚編個小辮子，塞進父親領口裡，手扶刀把拉了個架勢說：「我來試試新刀快不快！」

「你呀，哼！」上官清在鼻孔裡哼了一聲，「不到黃河心不死！」

「來吧，見到黃河才死心！」子長捋起袖子蹲下續草。

「啊喲！爹放得太多，去掉點。」書兒噘著嘴唇。

「行！挺有勁，三刀鍘過，穰兒來。」

「我還要鍘。」

「別耽誤工夫，你爹還有事，幫我燒鍋，給你的餅子裡多放肉餡，乖，走！」

父親笑得前俯後仰，小辮子從衣領裡跳出來，像條黑蛇在扭腰。

「我來，穰兄續草，先生忙您的事去。」楊敞請戰了。

「敞弟閃開！」那時郭穰從沒想過老師會累著，師兄弟倆唱著、跳著、叫著、鬧著，幹任何重活都不費力。

飯做好了，書兒抓過桑條三股叉子將碎草砌成一道六尺高的外「牆」，平著二梁，裡面堆著草，帶著田野裡的微香，播散著沖和。

兩少年到塘裡去洗澡，楊敞不會游水，呆呆地坐在岸邊淺水中搓著胸口的灰土。郭穰不愧為漁家子，抓著三條魚，楊敞拿來剪刀，剖膛刮鱗的時候，劃破一條魚的膽，讓書兒嘲笑了一場。上官清用醋擦洗兩遍，晚上用飯時，書兒還在誇張地皺著細細的彎眉毛叫苦。楊敞窘得不敢抬頭。那安穩的普通日子似乎太少作料與色彩，就像老師捋著漆黑的長鬚仰天捧腹大笑那般見奇不覺奇，而今伴隨著三後輩的青春，一起讓流星馱著飛往大化之鄉，再也不會歸去來兮！

想到昔日遒拔修偉的形象，與眼前乾癟的面影，無法統一於司馬遷這一名字之下。二者均會永無蹤跡！莫名的恐懼捏住郭穰的五臟，近乎窒息的哀愁驅使他將五花驄拉到院子裡，拴在樹上，回頭反身想再晤一次慈顏，才能甩開周身上不祥兆頭的猛勒。他便拭淨淚痕，放輕腳步，重入產生過許多雄文的書房。銅盆裡的炭火正旺，藍苗抽閃。

他將鐵架放穩，再坐上銅水壺。

「恩師！」

先生安臥，右手貼近左臉，指頭微彎，掌心撫著左肩，雙腿半曲，另一隻手放在膝部，和褐黃的被條一色。

屋裡的光更黯然了，在蒼茫中，空空的書架都似已入睡。小几案上放著一條絹帛，引首五個大字是流暢的小篆，寫正文處一片暗灰透出乳色空白。

他雙膝跪下，匍匐於地，仰視夫子，便是一望無垠的西北大黃土高原，那裡有山岳、大野、平疇、叢林、沙漠、河流，遠古熔岩沖出地殼的火山遺址，埋過無數戰士骨殖的古戰場，開墾著世世代代憧憬過的豐饒年景，也有被冰河雪峰壓得頻頻喘息的風聲。離開歲月、山川、人物，歷史就凌空懸掛，失去立足點。曠漠的世界孕育出襟懷永久曠漠的大師，傳導民族無韻的史詩，奔嘯出仙漿，滋養著巨人們的脊梁……

「恩師！」呼聲比前一回稍重，仍無回應。

不知過了多久，他直起腰桿，把傾訴壓得和蟋蟀的歌聲那般低微：

——恩師，您在思想與軀體兩頭向兒施以不求回報的哺育厚恩，扒開兒心裡的那隻眼，知道除了打魚、種地、娶妻、生子、祭神鬼之外，還有偌大的世界。同輩少年，僅兒一人有此天緣！為恩師養一萬回老，送一萬回終，葬一萬次墳，割下這顆頭，剖去這顆心，抽盡一罐子血，不能報答。或許，大恩都不應該吐出既奢侈又輕於柳絮般的「報答」二字！耿耿此意，皇天后土明察，兒怎能說得清楚？

——恩師，您告訴兒世上沒有公平，頭回聽到，何等悲傷！您說自己也努力忘掉這一真實——幾乎和人要吃飯一樣的鐵鑄事實，我們心照不宣地尋求例外，只好承認我們都沒找到過白烏鴉和黑桃花！

對遇到的一切似不該再計較、思慮、求索，然而做不到：越無人回答的疑問反而越有魅力。碰得頭破血流，怎甘認輸而逃到深山，何況崇山大澤依然是皇家土地，無寸土存身！

——是的，一片紅葉逐風飄，不能再生在枝上變綠！您告訴兒說，瞎子最愛給別人指路，因為他一世未嘗過開拓新途的艱辛！沒有皇帝，天下大亂，沒有寧日；有了皇帝，爭權奪利，更無寧日。你像剝筍，層層深入剝出高皇帝、呂后，都是披著人皮的惡狼！品格低劣，貪婪殘忍，吃人不吐骨頭；項羽要烹劉父，兒子居然要分一杯羹；被頌為文景之治的文帝嗜好男色，對人刻薄，動輒置人死地，勤儉寬厚，盡是偽裝；周亞夫因反對給無功的皇后之兄王信封侯，竟被活活餓死。這些皇帝身上哪有一絲人味？除了您，誰把他們赤條條地拉到豔陽之下？您本該逃出廟廊宮殿做許由、巢父，也許是自欺欺人，自慰慰人，您又把頭伸進門裡教誨我們人生的目的在於行走，路的長短險平，生於足下。不斷完善本我，毋庸細細尋覓後果！跨過假太陽一回回升起，受騙後不失純真大勇，不排斥不虛構希望，達於堅忍。在絕望的大河裡掙扎，荊莽邊砍邊生，要後代免於幻滅虛無。您的命運苦過雞膽，敏銳的詩心又百倍放大了外來的災難。沒有人能讓打破混沌的七竅重新關閉，我的恩師！

——弟子沒有辰光再聆雅訓，向您三拜九叩首，算給您老送上天，因為您幾時動身，自己無法主宰。弟子雖盼望在您彌留之際能臨別一慟，請先生寬諒。弟子一肚子話沒地說，想對您講又怕您悲憫。您也怕拿酸澀的苦果會縮減我本來就欠飽滿的勇氣，謹此拜辭！

夜色幽昏，郭穰看不到老師臉頰枕上的淚痕。走出房門，才見師妹跪在樓梯旁邊，早成了淚人，捂著嘴唇向師兄擺手。他虔敬地向她三拜，她頓首作答，待他將馬牽出大門登鞍，她已回樓咬著袖子哀泣。

司馬遷聽到漸漸遠去的馬蹄聲，他為弟子驕傲，只恨自己無力再扶他在學問上走一段路。他幾乎全部思維都被穰兒帶走了。

輾轉反側良久，緩緩遁入緊張過度的半昏迷半睡眠狀態，似乎自己騎著小黃驃走在海灘上，巨浪咧開一條條雪白的牙齒朝月亮瘋笑。大潮剛剛滾落的沙原半乾半溼，似亮似渾濁，映出人和馬不太清晰的影子。

他低頭一看，沙灘上有許多海洋小生物爬出的痕跡，連成鳥爪、青銅器上的紋樣，非篆非隸，近於圖案。他讓大自然的創造征服了：「真是天之畫，太純樸可愛了！」

看不見的死亡鐵枷，牢牢釘在肩頭，一時無法解釋怎麼會來這裡，皇上沒逼他跳海！

潮頭迅速，雪濤捲到岸上，「天畫」全部消失。他想：「歷史也如斯，沒有良史記載，就要被時光巨浪蕩為平野，不留點畫，無跡可尋。自己的責任重過千鈞，每個瞬間都要如蠶一樣吐出絲來。」

忽然，黑黝黝的波濤裂開一條水巷，又深又窄，一隻海龜大如水牛，兩眼黃得發綠，比燈籠還亮，背上坐著司馬談，神采英發，看上去不足半百，徑朝岸上飛馳。

「莫非是夢？爹爹不是棄養了嗎？」子長正在狐疑。

「怎麼是夢呢，子長兒！爹沒有跳過龍門，變不成龍去興雲布雨。上天念我教子有功，許我騎著巨型贔屓[27]來接你。你已經是龍，五百年來僅你一條小魚成功，要更長時間才有後續者……」

「爹爹！」子長跳下雕鞍，跪在地上相迎。

「吾兒還在戀戀不捨花花世界嗎？」

「……」

[27] 贔屓（音閉喜），古代傳說，龍生九子，其一為贔屓，形近巨龜，每被刻為碑底座，他處罕用。

「兒太執著！多少人才比你高，德較你厚，匆匆而生，悵悵而死，都像你父一樣沒世碌碌無足觀。你遇難呈祥，風雲際會，僥倖完成空前照後的大書，僅僅為了喉嚨管裡一口氣，要拖到皇上震怒，殺身滅族，連老父都要開棺戮屍，書稿也要追個來龍去脈，拖累大批善良無辜之人，於心何忍？」

「叩謝爹爹！兒敬受教！」子長覺得頭髮豎起渾身顫抖。

父親跳下巨型贔屓，伸手按在子長囟門[28]上。

「哈哈！哈哈！」巨型贔屓朝海一笑，火焰從牠齒間飛上星空，大海不復騷動，波平浪滅，在紫色大鏡上，司馬遷看到自己身高十丈，一劍一筆，交叉挎在背後，長髯拂拂，襟袖飄飄，電目揚輝。

司馬談凌風一晃，竟與兒子齊眉。

「哈哈！哈哈！哈哈！」贔屓再次笑出烈火，把海照得紅彤彤。

「遷兒，龍生九子，唯一成龍，贔屓是龍九弟兄之一，愛文好負重，不是龜。對牠行大禮！」

司馬遷遵命施禮。

幾團烈焰圍著司馬遷周身燃燒。他疼痛難忍，就地一滾，想滅掉聖火，但是越滾越旺。

「爹——爹——！」聲似雷鳴。

「兒捨不得您老人家，帶兒入海吧！」

司馬談仰面指著長天淚光瑩然，唇邊帶著玄祕的笑紋，頻頻搖頭，似乎出語未盡由衷。他不無矛盾地騎上贔屓衝向水巷，水巷迅疾被潮水填平。

司馬遷想叫，但已失音，他要追趕父親，借海潮滅火，便一頭鑽入波濤。

[28] 囟門在額頭上，頭頂中部偏前處，小兒們頭骨未長全時，髮下可見此處跳動。

狂飆驟起，黑濤撲雲。雷聲不止，閃電劃著亮圈圈。司馬遷從浪峰底下沖出，已成為長龍，鱗甲上金芒四射，犄角追著流星，直上蒼天。

「不，我要做個凡人！書兒！穰兒！惲兒！敞兒！讓我回去！」

他的呼聲從雲頭發出，離人世太遠，誰也聽不見。

「不，我還沒做夠凡人！人，世上最耀眼的瑰寶！愧我往日未把俗人做好，蒼天！讓我從嬰兒起始再做一回小人物，活出冰峰的凜然，小草的謙卑，雷吼石默的喉嚨，平常無色的麗彩！人……」

這時樓上的書兒才知老人被魘住，連喊：「爹爹——！爹爹——！」

「沒事！」他的眼似被灼傷，額頭發脹，鼻竇酸裂，耳中百輛車子從腦後下行，穿過肺脾，在腸胃裡滾動，軸輪唧唧亂叫，混亂不堪，只得起身在院子裡嘔吐一陣。

書兒端著油燈，下樓來看父親。

「沒吃進什麼不淨的東西吧？」

「你和穰兒都吃了，一點沒吐出來，是我昨夜沒睡，宮中太暖，路上太冷，或許受點小寒，能挺過去。吐過後鬆快多了。反正睡過一覺，再點一盞燈，想寫點文字。」

「明天再寫。」

「明天太多，又太少了。」

「您再歇會可成？」

「好！好！圍上被坐一會。」

「陪爹坐會。」

「不困?」

「天才斷黑。」

「穰兒哪天再來?」

「沒吱聲,再快也要到後日。」

「哦,後日——?」爺倆回到屋裡。

「爹有事找他?」

「沒什麼……沒什麼。」

書兒從銅壺裡倒出熱水,擰條面巾為老人擦了臉,又給火盆添了幾塊炭。

「爹臉乾得厲害,擦點蜜,是做晚飯那會擱在饃籠裡蒸過的,有花香,不黏糊。」

「老了,用不著那些道道子,年輕時候都沒講究過!」

「不許爹說老,還沒到五十,皇上六十多還生個小太子弗陵呢!爹比他硬朗得多……」女兒覺著提到生兒子的事讓父親聯想到宮刑和無子,搭訕幾句就提著木桶到井裡提來清泉,將水壺加滿。

「爹要送兒一樣東西。」

「是什麼寶貝?」

「比寶貝珍貴得多,當年十分惜護的鬍子!」

「爹,您怎麼動這樣的念頭?不挺怪嗎?」

「不怪,臨時想這麼做。」他莞爾微哂,不像在掩飾隱衷,「哪能一言一行都有深意?」

「還是爹留著,君子不奪人所愛,兒也想做知音君子!聽琴,有意思!」

「我兒是君子!」

「不,是君女,君子之女嘛!爹笑了吧?」

「『子』——也可以美稱女的,孔夫子就見過美女南子,讓粗獷的仲子路看不慣,惹得老人家賭咒發誓呢!」

「南子是妖精,不賢惠。我們不說她。」

「不說也好,先取琴過來,很久沒彈過了。」

「兒也想聽,只要您快樂比摔一跤撿到金印還強!」

「是的,金印沒什麼用處,只勾起人的貪念!」

「這琴上的灰不少!」她在樓道裡吹吹灰,撥了弦,回屋裡接著說:「爹也見過南子,有什麼看不順眼的?」

「南子?」他大惑不解。

「李夫人不是當代南子嗎?一個聰明漂亮的副皇后,比南子闊綽得多。」

「皇后還有正副?」

「女兒造的。李夫人沒有皇后名義,比衛子夫勢力大得多,故而說她是副后呀!」

「兒做了四年娘,還跟小時候一樣剛強,好說笑話。」

「不說不笑,家像個廟,沒勁!再說管廟的官不行祭祀的時候也說說笑笑,要不人就憋出了毛病。」

「彈一段〈禮魂〉?」

「彈個快樂的調調,爺爺娘魂都升了天,沒有誰的魂還在漂泊,等著要咱爺倆敬禮無涯的。」

「彈一闋〈龍舟競渡〉。」

「好！」

司馬遷端坐撫弦，其聲脆朗，田野寬曠，阡陌交橫，楡葉梅剛落，秧門初開。路途，擔秧把子送飯酒者絡繹不絕，田裡或健樸農婦，或嬌巧村姑，或鬚眉丈夫，或倜儻少年領唱，農夫們和聲，在兩村接壤處喜對秧歌。接著鼓鳴咚咚，龍舟下水，山神水鬼，燃起野火，祈求豐年。各村龍船匯聚一點，全憑鑼鼓指揮，愈划愈速，舟底劈浪狂飛，犁開一片雪峰，萬眾歡呼……午後，傳來屈大夫自沉訊息，龍船再次出港，拋灑粽子，以飼魚蝦，免傷大夫遺體……

此曲華彩音節在中部，弔祭詩人只是尾聲，追遠雖嚴肅，但不悲哀。長嘯江濤，呼喚來者，歸結於大地山川與不朽者靈的契合，渺渺幽幽，裊裊地逸出雲霧之外。

書兒聽過幾百次，能背會彈，挑撥揉輪，疾徐輕重，了然於胸。藉助音聲，由童年伊始，幾次重大轉折時聞曲的感受，又隨著許多生活畫面的憶起而深入一層，螺旋上升，非單調的重述。人，被洗去俗塵而趨於沉雄；事，有了紗幕的隔開而幻化朦朧。底蘊更汪涵。

父親重按冰弦，節律大變。只有她能聽出，競渡雖還熾烈，只為反襯大大發展了的後文，走出原調，忽起忽落。有哲人既萎，山川為誰而壯麗，父老們打著火把去為屈子叫魂，屈平與許多大師的命運與價值，貫穿著理解者稀有的大哀，彈琴者為前修找不到歷史定位的憤懣，何處宣洩？生死、永恆與無常，幸與不幸，在錯位中對位，扭絞於一體，在廣袤肥碩的荊棘面前質疑：江的第七面岸在何處？怎能觸控得到？夜遙遙，風瑟瑟，等待，沉默，無所為而滅亡。

行動，吶喊，斬荊棘，邊斬邊生出誰能「兩千年夜獨燃犀」，盡頭安在？

詩人積極鼓舞來者走自創的路，但又不全信自己的話，理智情感兩條槳不一般長，划出的漩渦一深一淺，生命之舟漏了……在無法調和之際，弦鏗然斷了兩根，曲子不止而止。

琴被推到身後，女兒撲到父親膝上，他雙掌按在她的耳後，左手冷得發抖，右手熱火燎辣，心抽拉成長繩，遭到死活兩極勢力的拔河。

「把我撕扯開吧！天與地，道和儒，政與史，莊嚴與醜惡……」

餘音跟著簾角鑽進來的風絲在迴旋、奔突，縷縷不絕。

栗炭偶然炸出「劈、啪」兩聲，紅焰自白灰中沖出而騰升。

燈火顫動，明暗反差，層次井然。如人「鬼」之不可混淆。

孩子，做了小母親的孩子，你還沒有意識到這個瞬間，無所祈求的父愛帶著對你無助的歉忱，在為兒注入熱能，好走完該走的行程。

享受這無比貴重的一剎那吧，我的孩子！它就是釘在兒記憶裡直到最後一息的永恆。或許你的器格太小，不能裝進它那些崇閎愷切的厚賜。然而小得乾乾淨淨，淺得明明白白，從不故作高大深邃。自知甚小，而安於小，就有不小的因子。書兒，我同命的小鳥！……你得非所需，所需不可得。心在空中樓閣內遺世獨立，身陷在無窮的碌碌瑣務之間，歲月被蠶食，靈氣被鯨吞，不幸的善良者！可惜東方樸太公年事過高，快耍不動石頭了，又沒有見到這悲劇草圖，否則他會用斧鑿記下這畫面。十指吊在劍樹，皮肉掉進洪爐裡，憎恨人性中的冷漠，盲從權勢，苟且偷生，不重先行者烈士們的血跡。特別健忘，蔑視心靈的獨立和崇高，熱衷內訌，自己是其中一員，不該嘲諷，無力變更，被提前轉正的候補老人在彈奏有呼吸的「琴」。十萬青絲十萬弦！

「爹爹安歇吧，兒要在書房坐一晚守著您老人家，沒有半星瞌睡……」

「老曲調沒偌大提神的勁，莫非……」

「心裡不安，怕……」

「怕什麼？皇帝沒變臉……」

「爹爹，什麼心事能瞞得過兩代史官孩子的眼？起小看到的、聽見的、燻的、學的跟別人家的閨女不一樣。您舍不下先人墳墓和晚輩們，還有許多書跟古物，包括這戰國時代姑蘇名匠造的琴……」

「琴？只是順手多彈了幾句，沒什麼。」

「您有話囑咐兒吧？」

「啊，這……怎麼說呢……」

「別瞞著女兒，爹心事太重，而且想死！」

「誰告訴你的？」

「琴！末了的變聲內含殺機，爹爹不想殺人，連杜周那樣的人都願放過，這殺機只能應在自個身上！」

「哈哈哈！你是爹的好女孩，天地間一等一流的知己！心竅竟藏有一隻鐘子期般的耳朵，有兒，爹沒白活！說真的，想到屈大夫的獨醒獨醉，獨往獨來，為父幾番萌過死念，就是撇不下你和惲兒，還有穰兒。至若敞兒，相信他能活得不差！可這會已然沒有死的念頭，爹爹幾時活夠過？殺頭宮刑都活著，何況……」

「那時候是為書和兒活著，如今書成兒長大，皇上又老瞪著虎眼盯著爹爹，爹再沒有一支會說會唱的線板，把活的勁頭纏在上邊，步步棋下絕，是太想活，活不了才死……」

「就怕兒前腳跟爹後腳走，爹哪敢死……」

「您沒傷劉家天下半根草，是老昏了頭的皇上逼你死！」

「穰兒說的？」

「他不肯說什麼，霍子孟一來，爹就跟以前不一樣。加上穰兒一捉一放，兒能十猜八九準！」

「爹若活不了，兒要為小外孫與沒有流布的書，還有你爹的兒子——你的兄長穰兒而不死！」

「這麼說您……」

「我像要死的樣子嗎？」

「您活著，兒就不孤單。」

「爹死了活著都沒有意外，可眼下還不會死，不會啊！」

「兒做點吃的，穰兒帶來的狗肉再燉一會就好。」

「還不餓，先寫段文字，等臨近三鼓，爹擀麵，兒燒湯好嗎？」

「成，兒給您再點盞燈。」

「拿針線筐來做些女紅陪著爹。」

「寫文章，單槍獨馬快而好。〈自序〉寫到一半就歇著，明天早晨多睡會，下晚齊工擱下別改，晚上有精氣神守歲。後天就是爹爹和許多先生改曆書定下的新年伊始，爹該封筆了！」

「是得歇歇肩了……」

燈光一強，廓清了暗處，乳褐色的四牆似是往後退了兩步。

「在樓上放心?」

「嗯。爹不會撇下孩子!」書兒心想,「真要分手,看得住嗎?」

「知父莫若女,爹還有得活!」

司馬遷的寫作,有時打好腹稿,一朝命筆就如行雲流水。另一種僅有幾根筋絡,細節不甚了了,停停寫寫,總不成章。停筆積以時日,豁然開朗,一發難收,終篇天衣無縫。〈自序〉有父親現存的遺著〈論六家要旨〉和前些日子所作的〈報任少卿書〉墊了底子,不待斟酌,句子排著隊奔赴腕底,走筆矯如遊龍,厚樸飛動的草隸不假雕飾,小大隨意,神態肌理看著順眼,進度突然恢復到鼎盛的三十五歲前後,享受著勞作的狂喜。

頭晚惦記父親入宮後的榮枯,通宵綳緊的弦軫子一鬆,睡意油然而生。書兒縫完大氅便和衣而臥,直到譙樓三更鼓鳴才被喚醒。悄然下樓,從簾縫朝裡望去,父親正襟危坐,燈火在他半邊臉上躍動,紅黑對峙,輪廓凸出。抄家後的瘦損,使眼窩凹陷,上眼泡僅在眉稜骨下露出五分之一,其餘變豎為橫,睫毛離眉的殘影很近,顯得既嚴正,又慈憫寬容。唇緊緊閉攏,鼻溝紋更有稜角。除去書兒熟知的部件,還有一種新的組合令她意外,復活的時空在他的想像裡龍擒虎拿、地坼天崩、風回雲嘯。剪裁、拼貼、過濾,審判與頌揚時而交織,時而分用。她對無數次凝視過的親長所知甚少,尤其是為他歸納演繹的林林總總事件,史家的角度與熱情,竟像隔簾觀星,疚悚的淡霞在她面頰升起。

他的手跟不上飛行的大腦,幾十年的甘苦,七十幾篇皇皇鉅著的成因,僅能用最少的篇幅將主題點明,要力透紙背,又很含蓄,有餘味可嚼。

她怕擾亂父親文思,來到廚房,摸到火鐮火石,將燈點著。狗肉煨在陶罐裡,放在灶膛,四面圍著木柴燒剩的炭火，早已燉熱。便倒出一半在鍋裡，找出麵缸，打算和麵。父親在門口咳嗽一聲：「狗肉香透三間屋。」

「快進來，累壞了吧？」

「挺順當，不累，抬頭見到燈光就來燒火。」

「不忙，麵還沒和沒擀哪！」

司馬遷撲哧一笑：「做好了，瞧！」

女兒順著他指的地方一看，晾籠布的細竹竿上掛著一排麵條，粗細一個樣，沒有一根掉到案板上。

「爹爹您摸黑擀出來的？」

「不管大小事，該做的，就要做精到。這一手跟你爺爺學的，奶奶比爺爺更出眾。荒廢多年，『文章』寫得平平，沒大毛病好挑，也無驚人之句。」

「真服爹爹！」

「藝不壓身，在顛沛流離中不虧待別人，你得這麼去教惲兒，不做官能活出點意思來。」

「是，要老皇帝死掉，八歲的小皇帝坐朝，爹辭官回老家去，準會有意思。」

「對，霍子孟會幫著講句話，好日子快到啦！明天晚點喊我，有點腹稿得趕出來，怕睡一覺醒來全忘掉了。就做這麼一回！」

「就一回？」

「往後日出而作，日入而息。」

「好，今晚讓您寫個痛快，就是兒在四更醒了也不再去吹燈。」

「用不了那麼晚，完稿就睡，再也沒有什麼掛牽了……兒也該好生安歇！」

「兒才不累呢！」她忍不住打了個呵欠。

爺倆用過夜餐，回到書房，一個奮筆疾書，一個調理好盆火，替他沏上茶，坐在旁邊。

「明天除夕，敞兒和惲兒要接爹爹去過年，兒不想去，留他們在這裡一樣過，和敞兒分開謄抄出清稿，讓他初二帶給穰兒，地道裡再放一份，萬無一失。」

書兒照辦。

「全依你，快上樓去養精蓄銳！」

「書架上有酒，給爹倒一杯放在硯臺旁邊，驅驅寒氣。碟子裡有花生糖、炒豆子。」

「兒先喝一盅，暖和暖和，再給爹滿上。」

〈自序〉是一支響徹霄漢的歌，司馬遷撕破夜幕一角，向異代的有識有緣者發出邀請：《太史公書》是一座聖殿，沒有圍牆和影壁，六十九扇側門如作者的思想情感一樣洞開，都可以進入其中痛飲史傳文學的聖泉。周遊將畢，才知側門是落地大窗，真正的大門即此序文。司馬遷高擎著心的爝火，帶著隱憂向人類致意。既是守門者，又是主人。於是，史傳結構突然變為一部子書：《司馬子》。列傳只是素材，贊評只是龍鱗鳳羽，精神全在傳主們得失的豐厚潛臺詞中。多義的歧解讓登寶山者見仁見智，各取所需。因為不便說得太透明，反而容量更閎贍。

此書的主角：民族性格。

此書的主題：往者可鑑，來者可追。人人自我完善，世界便能告別殘暴、陰謀、陷阱、昏迷、貧困、臉色、猜忌，於短暫生命有害無益的災難，讓人與人成為兄弟姐妹，不斷昇華。

如何達到真善美？不知道。它只能在無數次失敗的胎盤裡孕育、修正、壯大、回潮、再濃縮教訓迂迴向前……

草完長文，已是四更之後。夜氣如鐵，星沉雲厚，四面墨黑。

他放筆站起，挑明燈火，再迅讀一遍，充滿不朽的自我陶醉在內心獨語：「一書有許多不足之處，但可以傳之百世。我沒有成龍，至少成了一個人，問心無愧的人！留下暗夜裡最富於人性美人情味的長詩！」

他拉了兩個武術架勢，東倒西歪，四肢不聽大腦使喚。

他做過幾次深呼吸，在樓梯下脫掉氈靴，每上一層，先將腳的外側落到板上，放穩之後，另一隻腳再舉起，輕捷如貓，沒有音響。

他在門外佇立很久，諦聽著書兒的鼻息。

燈盞點燃著一根燈草，光線弱得黃中摻和進微藍，屋裡添了陰氣。盆裡的炭埋進白灰，火力敵不過一晝夜間最冷的大氣溫。

他推簾走入，撥開灰，加上兩塊生炭，彈掉長串燈花，剔過兩根燈草，充實了光源，再立到炕前凝眸：書兒側身抱臂屈膝縮成一團，睡態與童年無異。臉上純和如白絹，與後天塗上的早熟，構成不盡統一的和諧，反映出明澈短淺的閱歷。

「女兒，我恨過你不是光大家學的兒子，多麼可笑！你挑起的擔子比男兒重得多！我去赴死本該了結你的苦難，而這種了結給你的創傷要大於往昔不幸的總和。那些日子盼望父親活下去是你生的原動力，而今而後，還有什麼？上天，要是你和惲兒、穰兒還有厄運，就把它放在父親的肩頭一齊攜走！讓你們過幾天溫飽無罪的日子，雖死無恨！」隔開一尺多遠，他撫摸著書兒的秀髮，最後抱拳一揖，退出門簾。

他倒行到樓梯口，受到看不見的重壓，轉身從簾側的小縫中再凝望女兒一眼。

書兒雙手伸出被子，懸空舉起，低聲呼喊：「萬歲，讓司馬書兒替父親去死，他沒有罪。」下面是模糊的譫語……

「不，我有罪，因為我看到劉邦的厚顏無恥，滅絕忠良！我看到這一群農民、市井小人，打仗還算英勇，漢王朝建立，成了土貴族！農民的自私、無知、狹隘，不關心同僚，不顧百姓存亡，只求自保爵祿，是那般怯弱無能，目光短淺，讓流氓淫婦一個個收拾掉。我揭穿這樣一個沒有德才的利害小圈圈，居然宰割山川，還不該死嗎？我的孩子，你才該活下去……」

他多想喚醒女兒，再做片刻訣別，然而驚碎她的夢又能挽救自己，改變後輩無所企望的將來嗎？

走！早走早出迷魂陣，離開這小小的家。刻薄冷僻大海中小小的島嶼，不許沉沒，莫要炸裂……

他下樓回屋，寫了幾句話，囑咐女兒莫再尋找他，原因追問不得……

當他放下筆之後的剎那間，忽而想到要和自己相伴一世的筆永別，不覺全身一怔。有些抖動的手再次把它抓起，放在燈前仔細審視，如煙舊事浮在眼前。

他記不得五歲破蒙時父親教他如何執筆；六歲之後寫字筆畫如蚯蚓，歪歪扭扭，母親一天給他洗幾回手，指甲縫裡墨汁已乾，留下發亮的黑垢；大約過了八歲那年的十月一日，艱險新年伊始，父親上午把著他的小手開筆練大字，給兒子講完大將蒙恬造筆的傳說，又做些補充：「蒙恬之前幾百年就有筆，究竟誰製造和使用，難做精確考定。」爾後孔安國、董仲舒兩位大儒都說他的字寫得快而易認。尤其任史官後，幾乎是天天離不開此筆記言、記功、著書、抄史料，從未料到彼此分袂如此匆匆！〈自序〉竟成絕筆，雖是事實，總難接受。

他朝著筆一拜，再把它折斷，扔在案几上，昔年的生活像是和斷筆一樣，今後再沒有邂逅的機遇。石硯一角，小水池朝他睜著獨眼，他對「瞳仁」裡的自己說：「你被墨水泡模糊了，我怕惲兒也讓你淹死，願書兒將你和我的衣冠修個假墳，後代有個祭弔的處所，不是忘了東方爺爺賜硯厚恩，全是無可如何。」他反覆撫摸，多麼溫潤下墨的至寶呀！父親的聲音又在耳畔迴盪：「莫再流連，是離家的時刻了，天亮之後諸多不便！」

他在房內巡查一周，枕邊放著父親為數不多的遺物之一，一條大帶。他捧起帶子貼在腮邊，像司馬談的手澤和餘溫還在帶上，陽剛的父愛從未消失。出於語言不便詮釋的原因，解下腰間上官清織的絲絳，換上爹爹的紀念品，汲取安慰的力量去赴死。

來不及把絲絳放到女兒枕畔，只能放在斷筆旁側，他鏟起一些白灰，壓死炭火，再給自己敬酒三杯。

他抓起削竹簡裁絹帛的匕首，割下自己袍子的後襟，放在地上裂為四塊，再將一根捆竹簡的繩子切成四截，來到馬廄，小黃驃把槽裡的食料全部吃光。他又倒上幾碗豆子，提來一桶泉水，讓牠飽餐飲足。

他向神駿拱手祈禱道：「黃驃本是馬的美稱，你是騾子，當年黃口女孩取名失妥，不倫不類，這樣糊糊塗塗委屈地被呼喚了一世，我向你道歉！你本該馱著大將邊塞搴旗斬將，俘獲匈奴首領，向天子太廟獻俘，橫行萬里，立下勒名浚稽山北海的不朽奇功。不幸受我株累，再三遇到昏暴主人，精神肉體慘遭閹割，傷蹄破耳，飽受毒打，遍體鱗瘢。與重軛下父老同命運，和不祥不才司馬子長共鼻吸。你的內心渴望耕盡荒原，遍種糧桑，佐我兄弟姐妹衣食之需。這空想永遠達不到。朋友，你我重逢，面目全非，本當相依度餘生，何忍再分手，怕你淪到更淒涼的下場，盼你比我幸運！末路如晚節艱危，全拜託你了！」

小黃驃咀嚼著豆子似解非解，一如天命難稽。他用衣襟的碎片一一包上蹄鐵，免得吵醒女兒。他將小黃驃拉出大門，拴在樹上，退回過道，閂死大門，進入院子，攀著葡萄架上了院牆，跳落塵埃，跑到門口登鞍。寅時剛過，恰交五鼓，天尚未明，一人一馬，向著韓城故里猛馳。

作為千里駒，終其一世，僅有這回馱負歷史奔向永生的表現良機，其他時光在許多人心目中均是一匹身材矮小毛色花雜黯淡的駑瘸騾子，憑著「良驥三分龍」的超群預感，昂起傷殘的耳朵，掛上病得黃懨懨的太陽，一個時辰能趕一百五十里，仍處於吐氣悠閒的走勢，不帶跑的緊張，使騎者感覺不到疲憊的顛簸。牠那細細的腿猶如精鋼所鑄（漢畫像磚石上馬的造型，昭陵六駿的石刻，唐人韓幹、宋人李公麟、元人趙孟頫[29]畫的細腿馬，無不富有生活依據而達到美的飽潤），御天風，騰塵海，穩如舟車。串串脆鼓，撒下朵朵蹄花。雍容的長勁令子長驚絕驕矜，為牠不平，再由牠而聯絡自己蹇厄的經歷，與太公的判斷力，都有大量的美被埋沒、被荒廢。比起人來，牠更展現天公「大器免成」[30]的悲劇意識！

二百里路下來，太陽沉入鐵灰色的雲壑，蠶豆大的冰粒子，半寸長的細冰針，稀稀散散地落在尚未冬耕的蕎麥穀子茬地裡，疏小的白草瑟瑟地顫抖，房舍、土街、落盡葉子的樹，向司馬遷身後移動得太快，像是紛紛倒下，只有後面傳來脆朗的馬鑾鈴聲時驀地回眸，倒下的一切重新躍起，從馬的腹部兩旁，向尾巴猛擠過來。矮小的追蹤者有一匹高頭大馬，他疑心是胖孩策動宮裡的天馬，偵知自己的去向。身外之事，不想再關切。猜想可能有差誤，如果有人把他的結局上奏，了卻皇帝的掛念也不壞。

[29] 頫，音同「府」。

[30] 摯友黃宗江老先生改「晚」為「免」，包羅深廣。一字之師，由衷敬服！

再馳百里，小而密的雪片隨著寒風鑽入領口、袖筒、褲腳，眼睛瞇到僅能認路躲開行人的程度，仍像抹過辣椒粉似的疼痛。板實的羊皮短襖失去重量，離前後心愈來愈遠，暖氣銳減，缺氧的臉灰裡帶青，如同臥床已久的危重患者，接近油盡燈乾的臨界點，靠意志在行動。

小縣城洽（地名讀「合」，別處音恰）陽街上，小店夥計們在門口叫啞了嗓子，顧客寥落。司馬遷喪失了食慾，喝了一碗熱水，買了些豬頭蹄爪和饅頭，多付二十文錢，討得一方籠布代替包袱，包裹妥當，掛於鞍後，繼續趲行。

雪花飄得更稠，小的似銅錢，大塊像巨觥，攪和在一起。地面鋪上一層雪絮，房頂壓上幾層雪褥，風旋成雪柱、雪球、雪浪，時而橫飛，時而被拋上天空，中途又跌落樹枝上，結成冰花。雲空、遠山披著白紗，一片迷茫……

午時，他已將祭品呈獻於先人墓前。

亭長攜來壯漢四人，幫著守墓人掃清拜臺，給墳上添了好多凍土。

拜祭盡心焉而已，他伏在雪地上默禱，語言過於蒼白，能說明什麼？

亭長恭敬地解釋：「除夕向來無人上墳，中書令大人破例蒞臨，故里增輝。節期家家有點葷菜，請大人到寒家便酌，務必賞光！」

「免！老夫要趕到鄰縣祭奠岳父岳母，馬已疾行四百里，餵些豆料與井水就告辭，下回再來討擾！」司馬遷摸出銀子和幾串銅錢給同宗們，皆大歡喜。

亭長家正磨豆腐，長工們取來泡好的豆子與木槽，令人驚奇的是小黃驃連連甩頭，絕不進食。連牠的主人都大惑不解。

「真是貴重牲口，寧吃城裡草，不嚼鄉里豆。只有大人才配騎牠……」亭長不時找些恭維話說。

「……」司馬遷不自然地一笑，重上征程。

山，起初只有白頭髮白鬍鬚，而今蒙上了一層厚厚的白衣，把瓦灰色的天空襯託得更濁更重，彷彿隨時會陷落下來。

鄉鄰們送到高門原，他把韁繩繞在坐騎脖子上，跟大家話別，最後掏出一錠黃金交與亭長。

「老天爺的家誰也當不了，旱澇病蟲災情插花而來，請幾位老者商量做主操辦。子長敬獻俸銀，買一片地，為祠堂所有。犁耙種收，有煩父老兄弟。所得糧食，請一位先生來辦個義塾，讓村裡多幾個明白人。剩下的糧食，豐年賣掉，培修祖墳，災年賑救全村無糧戶。明年要隨天子巡狩，清明節回不來，家事拜託列公，將來楊敞和書兒面謝！」他挺直上身跪在雪原上。死，給了人力量去戰勝悲痛，說出思量已久的話如同背書，不帶感傷成分。

時間、地點和太史公的做法不太正常，為什麼這般？老人們思索不定。或許是雪與墳使平板的聲音另具效力。大夥也答拜。

「子長叔，您……多多保重！」一位鬚髮皤然的族侄本想提問，想到不會有準確的答話，說到半句，改為囑咐。

「保重！保重！」村民們莊穆的重複誦壓倒風吼。

「請回！大家保重！」他上了小黃驃。

鄉親們各回村寨，沒人吭聲。

小黃驃似解人意，垂下頭來，走得沉緩，從鼻孔中噴出白色氣流。

兩箭地過去了。

司馬遷飢腸轆轆，不想進食。為了禦寒，解開腰帶，重新繫緊。這時，他才想起母親紡織的這根朱標絲帶，已退成古銅色，厚實樸素，橫寫成的「壽」字紋雖被磨平，仍舊很明顯。四十年前，父親接受了娘的祝福，只活了六十幾歲。他自己不足大衍[31]之數，有點諷刺意味。

出於異樣的複雜情懷，他勒轉騾頭，回到童年學習耕牧的山梁子一帶，跑了個大圓圈。在那片開闊地上初晤郭解與東方樸，就是用這根腰帶纏在頭上做盔，把兩頭的流蘇在圓圓的小下巴上打個結，讓它飄下來作為鬚髯，手握一根蘆葦，自稱「項霸王」，被牧童們簇擁著打仗，娶「虞姬」……

一切流逝如煙，又歷歷不爽。

他來到娘浣紗的河邊，捶開薄冰，捧飲了兩掬故鄉的水，很甜，涼氣沁人腑臟。擦擦雙手，向河水一揖，跨上黴鞍。永別了哺育他的一方水土和先人骨殖……

大路上的雪有一尺多深，風聲忽而怒號，忽而呻吟，時而前者主唱，後者幫腔伴奏，龍吟的廣漠，虎嘯的威勢，狼嗥的幽厲，鞭撻著他的頭和上身，雙腿猶如浸在冰窟裡，膝蓋之下受到陣陣錐刺。

這條大道貼近了由北南沖的黃河，水，像退了色的血，竄起燒天的白火。東南一條官路通向華陰，可以遙矚西嶽華山側影，正東是黃河古渡頭，如在晴朝，對岸的名城有永濟、解州，自殷商以來就被開發的大鹽池，都屆山西、河東所轄，中條山蔥蘢起伏，不斷有飢餓的農民去占山剪徑，官府睜一隻眼，閉一隻眼，不願申報，免遭皇帝惱火而罷官。

[31] 五十歲。

他怕小黃驃過累，牠會意地放慢了步伐。

天空不再傾瀉著大片鵝毛，六出小白花，夾雜著未及成形為雪便過早墜地的冰凌雨，摻和一起，比較稀疏。

「爹爹呀——」身後傳來一個年輕女人的啼哭聲，有時明晰，有時為雨雪聲淹沒。

「這會不會是書兒呢？」他的心像是滯留在家中，伴著女兒和外孫，沒有跟他同行。里把路下來，這種懷疑更突出。不能在路上遇到女兒，增加大量麻煩，結局不能更改。

他勒住騾子，跳下鞍鐙，將牠拉進柏樹林，裡邊有一座高過一丈的大墳塚，背後是空地，受到樹的遮護，積雪不到半尺厚。就像寫作時被想不到的靈感打破礙塞，妙語橫生那樣，他從沒有進行過騎兵們對戰馬的訓練，僅想試試騾子的領悟程度，便拍拍牠的頭頂與最靠近鞍子的鬃毛，再蹲下身來拍拍地面。出乎主人意料，牠完全懂得這些提示，先後屈下四蹄，側面臥倒。他朝雪地一坐，伏在牠的頸項上，輕輕拂去耳朵附近的雪粒子，分享牠的體溫，並在心裡說：「你要會說話，將比楊敞還聰明！」

哭聲、馬蹄聲越臨近，看不見的石頭在他的咽喉和肺部壓得越沉。馬上的人頂著白頭巾，身材極像女兒。他知道書兒頗具靈氣，會懂得昨夜無言的訣別是最佳選擇，也不能抑止後悔，應該叫醒她、安慰她，免得她對意料中的突襲不能承受，至於叫醒後如何走出自家門來，反而被省略掉。

「爹爹，你走了女兒怎麼活呀？這年頭太欺負老實人，你才四十來歲，女兒沒盡孝道，走得太匆忙啊……」

柏樹林中雜音少，他可以斷定，哭泣者不是書兒，她將馬拴在路旁，走入對面墳地。

「莫不是要尋短見？」

哭聲更加淒啞。他想：「怎麼我死也死不俐落？」

一匹背脊高過人的大紅汗血馬，上坐一個矮小的人，全身披著蓑衣，頭被長巾包住，只露一絲視線，飛快地從大道上飛馳而過。

司馬遷沒把小騎士放在注目的位置。他已經看明：少婦是來祭新墳的，沒有自盡的跡象。

小黃驃的消化道響起鼓聲，牠又餓了。

「抱歉，朋友！真不該累你又餓你，念在相依的知己，就這麼一回苦差，不再難為你了！」

即或武術家以超眾的輕功在梅花樁上擊劍，腳矯捷如點水蜻蜓，全身處於半飛騰狀態，比起神驥執行也有些遜色。牠的前後雙掌，同起同落快得見不到驃腿，由一朵青雲托起全身逆風飄閃，每條血管每個毛孔都把潛力送到膝蓋以下，於是「彈撥樂」吐出的音符聯成一體，第一聲還剛奏出，第二聲趕過前者，第三聲又「超車」越過前兩聲，造成了弓毛擦在弦上的幻覺，彷彿幾百隻鴨子出水拍動翅膀，瀑布跌進巨潭後正音回聲交錯轟鳴，柔和曼妙，不是死拚活搏、聲嘶力竭節奏明麗沉著、氣息暢和。

司馬遷從未如此享受過騎士的快樂。無怪乎巴基斯坦古代的詩哲把馬背上、酒杯裡、女人胸脯上視為人生三大福境。縱有偏差，也非無的放矢。遺憾的是對勇士項藉、李廣、任安……許多人體驗過的東西，再也不能見之於他的巨筆之下。

「如果大禹不鑿開龍門，黃河穿過北海又向何處？」首次去齊魯吳越遊學之前，他曾上到龍門頂端，心頭蹦出過奇異的閃念。後來書讀多了，這類荒誕的假設大為減少。今天再次掠過腦際，已然不覺可笑，郭穰、楊敞身上，都缺初生牛犢兒不畏虎的闖勁。

走到很高的地方，大河頭尾茫茫不可見，狹窄的河道擠得她喘息著、跳宕著、翔舞著，一股大無畏的衝力就像我們民族嚮往自由的激情那樣不可阻擋。司馬遷身上就奔嘯著道家無為觀念拴不住的亙古詩情，信任人，讚美人，揭示人，歸根到底為了豐富人，找到人在天地間準確的位置，放射出潛能，受到應得的尊重！

恰好眼前有片方丈之地，東面的峭壁擋弱了暴風雪。再向高處攀登，更加險峻。他的背脊和右耳緊緊貼著石牆，小黃驃跪下了，進入了半被催眠境態，閉上兩眼，伸出傷殘的耳朵，似睡非睡地聽著他的心音。他和神駿頓時似乎嵌入了巨碑，兀然屹立，檢閱著大自然的震怒。

雷聲襲山，浪濤撼地，風雪急於逃出悲壯的氛圍，想到天上去喘息……

是與浩然大氣聯體，還是瘋狂前的幻覺？

「子長，我的孩兒！歡迎歡迎！我們等候你三億年了！」黃河咆哮著。

「我們等候你三億年了！來吧，兒子！歡迎你呀！」龍門山苦笑著。

「子長就是你們等了那麼久的假智真愚者？」

「是——呀——！是——呀——！」一切景物都投入了呼喊。

「果真如此，你們值得嗎？我何等的平平常常……」他無法排除猶疑，「茫茫天宇呀，我心中跟你們一樣橫亙著廣袤無垠的大漠，那是大雪晒乾的冷魂，每粒沙子都想飛上另一座星星，又全讓永恆的無名定力所吸引，徒然地淹死在灰白色的長夜裡，誰也動彈不得。它們跟我和萬有一樣無差別，一色一式的累壞了，包括生命與想像力……」

「……」也許聾子才能聽到這命定的回答。就算神駿聽懂了，如何破譯表達呢？

時光的腳步停了良久良久，現實頑強地突顯在太史公面前。

他卸下小黃驃的籠頭與鞍具，鬆開肚帶，逐件拋入黃河。牠伸出舌頭，像幼年那樣舔著主人的肩頭和耳根，甩動牠拖到地上的尾巴，抖動起伏如黃河巨浪般的鬃毛，連聲長嘶。藉助於風的推推搡搡，主人覺得背靠的崖板，足下的石臺均在震顫。

「筋脈互通的朋友！最後的旅伴！我離開人世唯一有靈性的見證，你是真正打抱不平的俠客，哀蹇命運的分擔者！衝鋒陷陣如將軍，不知勢利諂媚為何物的義士，我給你杯羹換得滿月，我應做一次馬，讓你騎幾年。眼下生死殊途，以你的靈氣會識途歸家，女兒將遵照我的叮嚀為你養老。千萬莫要落到壞人手中，讓你拉不完的車，走不盡的坑坑窪窪，殺肉剝皮，抽筋剔骨。我想讓你活得自在，你未必能找到自在！回去，朋友！」他拍拍牠的臉和脊柱，朝山下大路一指。

又是一聲長長的悲鳴，兀立如頑石。

春雷提前大吼，閃電在雲塊間抽旋。雨、冰雹、雪，手拉手，肩並肩，朝苦澀的土地上傾潑……

「去，朋友！」他恭敬地屈下雙膝。

牠將頸項垂到他的肩上，無限踟躕。主人抱著牠的前腿，渾身發抖。

寶驃啊！你何曾曉得：他能扛得起幾千年浩繁的歷史，卻扛不動自己一顆睿智的頭顱！

良久，他伸出雙臂將牠一推。

牠頻頻點頭，奔下陡岡。司馬遷目送牠穿過樹林，朝來路奔去。

他如釋重負地喘息良久。

他又思索，人生，歷史，自然，死……

從石壁上推下一塊石頭，憑最後的氣力把它滾到崖邊，有三分之一懸在空中。

他做得不緊不慢，等於為自己的傳記寫兩句讚詞。沒有任何壓力和恐懼。死，對於無法活的人，有一種誘惑和美感。然而，他已跨越了美醜的尺度與求生的本能，背朝黃水，坐在危石上，任雪欺雨打風凌，沒有反應。

來得及死，莫慌！

他抬起頭，希望雲縫裡能走出屈原的幻影，大詩翁辜負了太史公的企盼。雲片在積聚，弄不清是真是幻：有些彤雲塊貼近金濤在飛，甚至沉下河底；有些雲牆在山腰上忽分忽合，正奇交替，陣勢不可端倪。

他驀然看到：石縫里長出一株小松樹，緊貼石壁，不到二尺高，伸手摸著屈指可數的幾撮松毛，令他憶起楊惲剃去胎毛之後被他愛撫的畫面。霍光任大司馬大將軍之後，皇帝賜給寬大的邸宅，原先的府第給了楊敞使用，孩子就在大屋裡生活。短缺母愛與外祖父的關切，子長很負疚。除了應付勞形的事而外，主要心血用於著書。本想成稿之後接孩子來享天倫之樂，然而……

他不能再多想了，解掉腰帶，坐在地上，把石頭和自己拴在一起，還沒有挽成死結，突然心血來潮：要等一會。等什麼？不曉得！

猛地，他聽到了小黃驃的蹄聲自遠而近。

腰帶鬆開，他縮回懸空的雙腿，倒退幾步，重新立起，打算下行一段，看看有實無名的神驥。若受到公平相待，牠的潛能與死幾千人才換一匹的天馬西極馬無法相提並論，尤其是在逆境中湧發而不可收的道德力量！

小憩後重新調集的活力，使他舉步輕捷，彷彿與宮刑前相去無幾。他直腰背手按著半蹲的兩膝，扭動脊椎與骨盆，不像要散架。其實，他底子好，稍事養練，比司馬談長命。

一氣五十步，走得很穩，小黃驃已來到他面前，略一對視，從牠的鼻孔到肺管響起一陣抽搐聲，熱乎乎的舌尖舔在他的額頭與兩頤，他久久沉醉在最後的愉悅裡。自從馬被馴化為家畜以來，幾人獲得過這種纏綿？

他緊緊抱住小黃驃的頭，右鬢牢牢倚靠著牠低垂的耳朵下邊，四隻視線一同投向東去驚潮，小黃驃的下唇緊偎人的心臟不動。人的表情很獨特：非哭非笑，亦哭亦笑。麻木，夾雜著終於放下了生命重荷的一絲悠閒。四成是劇中人，三成是看客，三成是命運僱用來跑龍套的票友。總之，未能全部進入「司馬遷」這一角色。戲編得太假，太疙疙瘩瘩，前後臺都是盲動力指間的木偶，沒有人知道自己是誰。全憑慣性在運作。他甚至懷疑，小黃驃才是太史公；他不過是一匹非驢非馬的騸騾子……他從嘴角嘗到鹹澀的味，是自己的還是騾子的淚？或許兼兩者而有之，淚囊之間也通靈犀。

「回家去，小黃驃！照顧難友！」輕拍牠的前胸，指著西南角的都城。

「嚁——！」牠一步步後退，眼睛又大又豁亮，無限惋戀……他跌坐在石旁，把腰帶纏繞兩道，繫了個死結……

牠傲然肅立，抬著長鬃如獅髮紛披的騾頭，凝睇半個時辰，分立於河東河西的龍門山合成一尊摩天的巨靈。猛然抽出紅亮的長劍一揮，智慧的頭顱被閃電刎落翻花如沸的黃流……巨靈頓時後悔，撩開黑雲大氅躬腰鑽入濁浪，想抓回從伏羲、神農、軒轅、老子、孔子、墨子那裡不斷拓展的思想，將頭重安在頸子上面。可惜用力過大，為時過遲，巨靈上半身扎入河底，雙腿從兩岸伸出來，夾著野性未馴的大河……

小黃驃不再嘶鳴，轉身背著風雪與早產的閃電雷霆，用瘋狂的飛馳，傾瀉說不出的孤哀。

風，停了。

雪，止了。

雲，散了。

河，靜了。

冒血的晨陽似硃砂染出，舉著七色花冠。

橫跨兩岸的彩虹朝初曙的碧空彎著碩大無雙的巨弓。然而，司馬遷的巨筆折了，箭在何處？

大野披麻戴孝，萬里銀輝。華山、禹門、終南、驪山、中條，頂著白雲頭巾垂首默哀。

整個後半夜，神駿在龍門峰頂肅立。堆在身上的雪凍成纖塵不染的銀氅，像一座玉雕，牠仰視八極，諦聽宇宙無聲的召喚。

長虹投身到牠的瞳仁，牠吐出帶點沙啞的長嘯，往懸崖下一躍，被絳霞托住，落入母親河的懷抱。

波濤漾開金葉銀蕾的超級花圈，獻給人類普普通通的兒子——司馬遷！

餘響

一

聽到李福宣召，胖孩連蹦帶跳上了臺階，一進空曠的寢宮，突然放慢腳步，垂手叩拜如儀，病成了半木乃伊狀的武帝讓孩子很傷痛。

武帝目視大太監，用伸在袖口發青的細細指頭朝外一揮，李福走出帷幔，送來漸遠的腳步聲。屋裡只剩下一老一少，陰氣逼人。

「司馬遷怎麼樣了？」

胖孩拿起武帝手邊的大玉圭，指指粗大的柱礎，表示圭和它一般大，用腰帶捆在自己肚皮上，側身翻了兩個跟斗，再扯下一根長髮，把兩個橘子繫在一塊，摸過大些的指指自己，點過小的，又點點柱礎。兩只一齊投入水壺，攪起水花。他划動雙臂，表演游泳，但圭太重，終於沉淪，挺直了身體，躺在地上。

「他身綁大石頭跳入了黃河，淹死了？」

「嗯。」

胖孩蘸著水，在小几上畫了兩座高山，手代替水從中流過，十分湍急。

「是在龍門吧？寶馬要走大半天？」

「嗯。」

「這事就朕與你知曉，告訴他人，將你腰斬！」

「嗯。」孩子指著天地和自己心口。

「李夫人昇仙了，你還想念她嗎？」

「嗯。」

「朕也要昇天去見夫人！」

胖孩抱住武帝的靴子，淚水像斷了線的珠子一樣灑落西域貢來的羊毛毯上。

「好孩子！你捨不得朕走？過來。」武帝雞爪般的手抱著他的頭，想到少年時代的劉據，十分悲酸；戾太子換為弗陵，說不出是安慰、渺茫，還有一絲對太監的厭惡……「讓你去茂陵白鶴館，天天為朕的長明燈添油，守著朕與李夫人的陵墓……」

「嗯，嗯。」胖孩涕泣不能仰面。

「回去歇息，喊李福來。」此時武帝在淒涼中感到得意：雲土之間只有我劉徹一人能叫司馬遷連著他的大書無聲地消失，沒有任何記載。

一會，李福跪在榻前。

武帝說出對胖孩的處置，補了一句：「給他好吃好穿，走出白鶴館——斬！」

「奴輩去傳旨！」

武帝昏天黑地瞇盹了一刻，睜開老眼有氣無力地問道：「李福，怎麼還沒殺掉你？」

「奴才忠心耿耿，沒犯刑律……」李福嚇得身流冷汗。

「知道的事太多就該殺！韓信、彭越、英布都忠心耿耿，留侯張良為保全子孫財產體體面面地餓死，說什麼『辟穀』。司馬遷是大忠良……忠有何用？」後面四個字未吐出唇，又輕輕扯起呼嚕。

「天！」李福在心中驚呼。

次日天明，武帝醒來，指指厚重的窗簾。

內侍們扯起簾幕，大鐵窗框裡鑽進了旭陽，琉璃瓦上，彩霞騰舞，空氣清新而潮潤。

武帝挺身坐起，揭開狐腋被，李福為他登上便靴，他顫巍巍地站起來，笑容可掬，推開太監們，龍行虎步走到門口，他志得意滿地認為還能做三五年太平天子，集堯舜周公孔子之長於一身，讓百姓們富庶安定，歡慶太平。他挽著李夫人立於七彩雲霓之上，門外羅拜山呼的不再是大漢臣民的伶牙俐齒，而是萬國來朝的國君……

行將沉落的夕陽容易被誤認為是儀態萬方的曙日。百僚朝官們立在霍光後面，以為奇蹟發生，武帝病情緩解，一齊手舞足蹈地狂喊：「萬歲！萬歲！萬萬歲！」

武帝皺眉而笑，他看到路邊還有一盞鶴舞形的大宮燈，衰疲不堪地吐出蒼白的餘焰，陷入包容天地的燦爛光明中，孤獨地陶醉於曾在遙夜裡給過人們小小的溫馨……

「這不是司馬遷嗎？」他帶著輕蔑僵冷的微慍，扭過身軀前行三步，飽吸晨風將它一口吹熄，留下兩縷輕寥的殘煙。

武帝的肩頭一晃，倒在海嘯般的歡聲中，把五十四載的功過交給了歷史。

百家爭鳴的餘火也跟著他同時圓寂！

二

催花雨，落花風，打打鬧鬧，匆匆一夏又一冬。

葡萄藤迅速地繞著木架爬滿了四圈，胖篤篤的葉子堆成一條碧廊。

書兒怕楊惲沾染紈褲子弟劣習，父親出走後半年，攜他回到了大司農楊敞的深宅。東方樸每年有一半時光不在家，只剩下牛大眼一個人灑掃屋宇庭院。書兒送給他一匹代步的寶馬還在養著，鍘草就得僱個短工。

樓上書兒臥室，樓下書房，收拾得窗明几淨，圖書放得有條不紊，似乎主人到村店去小酌幾杯，或入城訪友，馬上就會回來寫作。

常來翻閱老師藏書的只有被人們遺忘的郭穰，抄了一套又一套《太史公書》，其中的一部由楊敞獻給了皇上，被霍光指定為金櫃祕笈藏於石室，保存者還是郭穰，沒有引起任何是非。〈報任安書〉早已傳誦開來。

有一回，郭穰在朝房遇到光祿大夫邴吉，這位好獄官慨嘆地說：「令師子長先生若還健在，可以翩然歸來。想當大官，皇帝、大將軍十分歡迎，不做官姑爺也供養得起。過個安穩日子，修訂擴充舊作，也是快事！」

「少卿老叔，可惜老師沒有訊息！」

「唉，李少卿、任少卿都完了，我這個少卿也垂垂老矣！」

「老叔不老，還要做許多造福蒼生之事！」

「不說這些，留下這個就不錯啊，賢侄還是一個人過嗎？」邴吉拍拍後腦勺，笑得恬靜。

「嗨！……」談話算結束。

始元二年（西元前八十六年）清明節，太公宴請楊敞一家、郭穰，牛大眼、書兒下廚房。

太公說：「子長離家三年，若在人世早已回來，雖說我們老小幾代都盼望他還活著，盼望未必是事實。老朽之意：在家鄉買一塊大墳地，把子長的衣冠舊筆，還有老朽送他父子兩代人用過的硯，裝口棺木下葬，供後人憑弔。他真回來再扒掉也不費事！」

「太公的教誨說到了後輩心裡，沒有老師——我還不願稱先師，哪有郭穰？小子甘心出錢買地，修個墓廬，欠點錢慢慢還。」

「敞兄，此事不宜穰兄獨力為之。你的俸祿比他高，我們拿錢理所應當！」

「師妹所說甚是！穰兄奇節卓行大白於天下，眾人皆尊敬。子然一身，又時抱貴恙。小弟樂於出全資，由太公擘畫。」

楊敞的話除了師兄，一致贊同。

「穰兄本是我們家一口人，他……就是爹爹的兒子，快些告老搬這裡來，侍奉太公，照應牛叔叔。這樣異姓骨肉相依，小妹一朝去了也放心……」在場的人都比她年長，誰也沒有重視無意間吐出的思維跡象。

「該，該當如此。師兄本對仕途淡漠，眼下辭官，小弟長兄為師，能盡菽水之歡。岳父書稿，有微言大義，千餘年掌故，加以注釋集解，師兄當仁不讓。今日當著長輩之面一語為定！」

「敞弟，」郭穰起立拉住楊敞，「兄弟身在官場，仰承大將軍鼻息，小兄一向同情，又不以為然！今日剖心自白，令愚兄豁然開朗。弟弟還和小時候一樣懦弱善良，謝謝！先敬一杯酒！」

「不必，同門人該同敬子長，你弟兄望空一拜！」太公倒滿雙杯。

師兄弟酹酒於塵埃，跪在地上緊緊相抱，涕淚交流，人性中的好東西得以突顯。

太公說：「今天五人飲酒五個姓，坐到一塊，每人一條路，多不易呀！孩子們，有好開頭不算什麼，好到底才是君子之交。所謂淡如水是恩怨兩忘，永不計較。否則以恩報恩，以怨報怨，就血比水濃，還淡個什麼？什麼親人比我們還親近，敞兒出了官場是個無用的好人，有個小心眼，出了這屋咱不管，到這裡來一筆勾銷！錢你出，牛大眼操辦。咋操辦？聽老朽的。穰兒蓋墓廬，守墓到死是義士，就這麼板上釘釘！」

雨水買好地，到了芒種，墳與石廬一道齊工。雖然簡陋，借得山水之勢，甚為壯觀。下葬之日，書兒夫婦、郭穰披麻戴全孝，霍光、邴吉等故舊隆重送出橫門。街道兩面不少百姓擺著香案恭送，書兒一一答拜。

忙了幾天，楊敞、郭穰休沐日[32]已過，便帶著書兒乘車返回京師。

鄉村人睡得早，二更天，太公、大眼各自上了床。到三更敲過，高齡人已經醒來，想到與子長家四代的交往，難再入夢。過了一會，似聽得十多丈以外有人在抽泣，嘴被什麼東西捂住，出聲很細弱。太公掀被而起，來到外屋一看，牛大眼床上沒有人，便順著哀音找到太史公衣冠新塚面前。

大樹上掛著一根繩子，牛大眼伏在墓前哭得很傷慟。

「先生，大眼要算到您有芝麻大危難，咱早早晚晚會像影子一樣守著您。也許山不轉路轉，有個岔道

[32] 即假期。

就熬過來了，總不像這樣沒個聲響就不見了。先生一去，俺活著沒勁，願到九泉去侍候您，不然還有幾十年，總不能吃白食呀……」

「大眼，你別胡來！子長巴望你活得久，做個對別人有用的漢子。我這一大把年紀都不尋短見，賊官惡吏活得挺自在，你就該死？」

「路越走越窄。」

「你天天出力幹活，吃誰的白食？我活著你就餓不死，子長、子長學生女兒也該報答你呀！活下去，等我死過後住到這裡來，給子長修個祠堂，郭解、仲子的墳也要有人問事，不能全扔掉。做石頭活，老朽眼力不濟，塑個泥像不費力。孩子，祠堂就該你管。你老了，司馬家同宗後代還有幾百口子，再說你抬腿就走，撇下我上百歲的人多孤單？」老人落下別人罕見的淚水。

「爺爺，大眼一時拐不過彎，對這骯髒世界看不慣，錯了，我做您子孫，將來也會有後生跟俺相依為命，像我跟爺爺一樣。」

回到石村，東方樸試用石頭為子長造像，刻到眉毛就砸豁了眼，大師也有力不從心的時候。泥塑很傳神，書兒說供奉在父親書房裡，可以時常來拜謁，將來再挪到韓城去。她還沒死心：苦苦等著爹爹回家。

三

小皇帝八歲登基，二十一歲去世，史稱漢昭帝。他與民休息，國庫充盈。楊敞由大將軍府長史、搜粟都尉、大司農、御史大夫升到丞相。大政由霍光主持，他僅僅虛在其位，安享尊榮。弗陵十四歲時，上官桀要刺霍光篡位被族誅，楊敞知情未立即告發，有霍光擋風，不影響遷升。這年杜延年由諫議大夫升遷太僕，政聲頗佳。

國不可一日無君，經大臣研究，奏請十五歲的小太后（霍光外孫女）批准，命光祿大夫邴吉等去昌邑迎接李夫人之孫，劉髆之子劉賀入朝繼大統。不想劉賀是一名罕有的昏君坯子，沿途搶民女，入宮終日奏樂宴飲，亂召宮女伴寢，隨行屬吏三百餘人，廚師樂工隨便封官。至長安二十七日，下詔一千一百二十七次，大失帝王身分，擾亂祖宗制度，眼看漢室江山要亡於旦夕。直臣龔遂、王吉上書進諫，劉賀不理。

霍光憂心如焚，夜不安枕，便召親信的舊部下大司農田延年、車騎將軍張安世商議對策。

「將軍為大漢柱石，今嗣主荒淫誤國，徜不奏白太后更立賢君，何以固社稷？」田延年首先發難。

「前朝有此事例嗎？」霍光不無猶豫。

「昔日商朝聖人伊尹為相，曾將昏君太甲流放於桐宮，宗廟得安，百姓歡呼。大將軍何不做大漢朝的伊尹？」牽強附會的根據比全無根據更有利於行動。伊尹能使太甲在流放中悔過，霍光辦不到。且據野史《竹書紀年》，伊尹終於被殺。

霍光命延年來給楊敞打個招呼，試試他對廢立的態度。

田延年來到相府客廳，說出原委，楊敞口中如銜個蘿蔔，支吾唯唯，雖在三伏天，止不住冷汗橫流。田延年到鄰室去更衣，書兒從廂房走出說：「敞兄，大將軍已有成議，使大司農來報，你同意與否皆是箭在弦上，稍一遲疑，視為異類，便將滅門！」

「這……」

此時延年歸座，書兒來不及迴避，便坦然相見說：「大將軍以社稷萬民為重，對我們一家恩澤匪淺，願敬奉大將軍教令！」

次日朝會，百官雲集，霍光曆數昌邑王淫昏，問眾公卿何處置。大家諾諾，莫敢仰視。田延年按劍而起：「孝武帝以大將軍為託孤大臣，今國事垂危，若不立大計，坐令江山滅亡，將軍有何面目見先帝？今日共議良策，應聲落後者，延年請求奮劍斬首不貸！」

此刻霍光已請張安世、田延年寫好奏議，以楊敞為首一一署名。霍光引導百官至長樂宮稟明小太后，她只說一個「可」字。

昌邑王被送回原來封地，除龔遂、王吉二賢者外，狐群狗黨全部斬殺。

邴吉向霍光提出劉據之孫病已年滿十八，好學有德，可承大業。霍光會同楊敞等在太后那裡走一過場，擁立新主，即比較英明又忌才的宣帝。

邴吉懂得劉家天子以刻薄為傳家寶，未呈報自己對皇帝的救命之恩，幾年後多虧流落民間的宮婢叩宮門請賞，說明真相，宣帝才封他博陽侯，食邑一千三百戶。那時他已升御史大夫，主張慈寬治獄。後來還做過丞相，是一代賢臣。

宣帝擇吉日登位，霍光攝政，楊敞仍居相位，封了安平侯。

他喜滋滋地下朝回到官邸，兒子楊惲報知說：「母親給外祖上墳回來了。」

「唔。」書兒常去祭祀父親，楊敞哼了一聲，全沒在意。等走到臥室，才見枕上放著書信，開啟一看：

君侯尊前：

妾苟活十有四載，苦待父歸，因遺著未流布，惲兒甚幼也。今父仍無音書，遺稿及副本藏於諸大邑，兒亦成年。新君立，恩禮益隆，兄德已報，妾得從長者於泉下矣。兒下筆千言，有外祖遺風，教以韜光避讒，守拙讀書，他復何慮……

楊敞閱畢，急呼楊惲一起上後樓，兒子揮劍劈落門鎖，但見司馬書兒倒在床上，身無傷痕，額角已涼，或系吞金辭世。

楊惲頓足長哭，痛不欲生。楊敞嘆息連聲，兩月後病故，喪事極有排場，死前還給兒子留下一位新娶的後母。

楊惲未從母教，入了仕途，因預告霍光後人謀反，在西元前六十六年封通平侯。他通《春秋》，是一流散文家，對《史記》的流傳是功臣。他居官廉正，仗義疏財，唯喜面折人過失，評譏大臣。被太僕戴長樂上書檢舉為誹謗不道，免官為百姓。據《漢書》所載：「惲為中郎將，罷山郎，移長度大司農，以給財用。其疾病、休謁、洗浴，皆以法令從事。郎、謁者有罪過，輒奏免。舉薦高第有行能者至郡守、九卿。郎官化之，莫不自勵。絕請謁貨賄之端，令行禁止，宮殿之內，翕然同聲。」可見楊惲是一位愛才執法、堵死後門的直官，政聲斐然。賦閒後問心無愧，依舊賓客盈門，宴飲連日。友人孫會宗寫信勸他莫置產業，杜門謝客自省。惲在回信中將會宗反駁得痛快淋漓。西元前五十四年五月日食，有人舉告楊不法，方有日食之警。孫會宗呈獻楊惲回信，皇帝厭惡楊惲給「中興盛世」的黑暗腐朽曝了光，本來就忌才，聽了吏人分析，認為大逆，欽定腰斬，家眷流徙酒泉，在朝親友盡行免職。作為罪證的〈報孫會宗書〉成為〈報任安書〉的姐妹篇至今傳誦。從此一套完整的文字獄技術代有嫡傳，不斷發揚光大。在清代集大成，至「文革」而登峰造極。

帝王們為了掩飾社會衝突真相，對百姓們總是製造矛盾，各個擊破，分而治之。知識者依附自己憎恨的統治者，卻主動響應號召，同室操戈。一部分人練出了打人絕招，以滿足官位名利私慾；另一部分人專會捱打，幻想委曲求全達到主人賞識，實現富民強兵的抱負。兩套功夫消耗了大量智慧與財富。陳詞濫調再花樣翻新，難對地球宇宙做出多大貢獻，養育不出巨人！

四

院牆角落裡一棵平平常常的老棗樹枯萎後，剩下還挺結實的乾枝挺立在秋風中，自有一種死而不倒肉朽骨存的硬氣，剪影在夜間託著星星，尤其傲岸。

太公從邊地回來，每天午後都要坐在房北簷下對它出神。這一陣老人精力不足，吃肉便吐，酒也忌了。

「大眼，砍了它，不能開花結果，就莫再占塊土，遮住小樹小草的陽光，白費雨水露滴，太丟醜啊！」

「它矗在那裡幾十年，對老朋友，怎忍心動斧頭？」大眼不以為然，「將來郭穰嫌它礙眼的工夫再伐不遲。」

老石匠笑得挺寂寥。

「快到重陽節，爺爺一百一十一歲大壽，該熱鬧兩天，我得張羅一下。」

「甭忙，那天不在家，約定與郭穰一道上華山。以後再上也難……」

「那也得操辦，等您回來再開壽宴，反正不請外客。」

「嘿，我也快成那棵棗樹，該伐了！」

「不，您有得活呢！」

「嘿……」

初七動身，兩日才走到山下，老人把大驢寄養在客店，給自己砍了一條藤杖，扶著它指探隨意，牢穩又輕便。沿途走不到二十里，東方樸就要坐在草地，倚著大樹合上眼就扯呼嚕，片刻就醒來，再走上一段又睏倦了。第四天才爬上玉女峰。遙觀南峰落雁最高，與西峰蓮花、東側朝陽峰，似三足鼎倒立，下為一體，危崖峭壁，雲霧蕩漾，壑深不見底，眾峰圍拜於膝下，氣象森羅。正午的烈陽自東峰反照過來，無際的松林送來碧色氣流撲人鬚眉，天地罩著綠紗，讓松針寸草，一一畢現。老人伏在老松樹的矮枝上發呆。前行三步，便是懸崖百丈，幾隻禿鷹在崖下盤旋，兩翅不動。老人扭著下唇，打了個悠長的口哨，牠們的眼緊隨哨音凝望著老俠。

「太公活得比兩個秦始皇還長，再勞碌風塵，還忙些什麼？」

「殺貪官汙吏，幫窮人。」

「越殺越多！」

「活一天殺一天，殺不盡別人接著殺！」

「殺五個壞東西，十個又爬上來，能救黎民出水火？」

「我也窮，誰救老朽？做點小事和百姓干係甚少，只圖自個良心快活罷了。」

「游俠會被朝廷殺光嗎？」

「不會，你們書呆子但知朱家郭解那樣小俠。墨子不讓楚國侵犯宋國，魯仲連排難解紛，不承認強秦為帝王。他們不會武藝，才是大俠。像施小惠買大名交接官府的朱安世之流，不過地方豪強而已，老朽不取。」

「太公高論，撥雲霧而見青天，可惜上哪裡去找大俠？」

「沒有大俠，俠行永在，萬世受人景慕。老朽為什麼活到今天還沒有死？」

「這……高壽！舉世寥寥的大壽翁！」

「因為能動彈。等到這棵老樹快要枯死，像人得了腸癰之類絕症就該了掉此身，不能坑累後輩活不痛快！」

「您活二百歲我們也舒心，怎會受累？」

「不說這個。你們念書人為什麼活著？」

「老師在詔獄裡賜教：士人為質疑而生。悠悠萬機，合理中有悖理處，不合理中有合情理所在。破小疑小進，解大疑大進。不疑則盲從，無據而妄疑流入虛無。疑而有得，便當提出質問：天命，倫常，開國名君名臣，英雄豪傑……他老人家在《太史公書》裡都有剖露。質問即為庶民仗義執言，百死無悔。否則讀書再多何益？」

「你可以疑，我不許你質問皇帝大官富商，沒有人回答，白白送命。不如留下有益之身為百姓辦些小小好事，寫出好書。子長之誤在執，專找不講理的皇帝講理，哪知玉璽即是非，權柄即至理！我勸他，他不聽，知其不可為而為之，是別人不可及處，可敬可愛。活到今日才到花甲，正是收莊稼的好季節！死了，世上幾個人還在叨念這個好史官？他不該受冷落，嘿……」

「老師永垂不朽！太公看人能見五臟！」

「也是個偏執老朽！記得子長曾薦任道遠為新安縣令，那孩子能給百姓做些正事，老朽偏要道遠跟韓小仲做游俠，將任職文書撕個粉碎，後來又把子長訓一頓。他不生氣，老朽想起來不安，對不起任少卿和道遠啊……不過很快就要改正此病。怎麼改？請拿竹筒子到泉邊替我取點水來喝，回來再細對你說。但人跟人不一樣，你不能踩著老朽的腳印走。」

「請退後幾步，這樣站著，看在眼裡發怵。」

「行。」他退後十幾步。

郭穰下了石級，但聽老石匠大笑：「鷹們飛得真高，老夫想比你們飛得更高……」

等郭穰取得泉水回來，老人已無蹤影。他只能是跳下了大壑！郭穰在紺紅的雲光中，看到東方樸的汗巾，掛在樹梢飄動……

郭穰到雲谷中尋覓，未見太公遺體。在崖頂跪守二夜一晝，米水未嘗，聽著啄木鳥丁丁的啄蟲聲，此外四野寂寂。後來牛大眼說：「太公是做神仙去了……」於是種種傳聞，遍地開花。

郭穰獨身活到八十歲，已稱病致仕三十多年，一直守著先師故宅過著清貧日子。他原想把司馬遷對皇權惡性膨脹的隱憂，呼喚政簡刑輕、君主與民生息、和賢臣分權、用才樹德則久安，專斷孤行、巨細管死、窮民以縱慾富國則必亡——以此大義為軸，輻射於《史記》的注釋之內。以闡明為君、為將、為相、為學、為大小吏、為文、貨殖、安民、直諫等等法則，其體大，其思深廣。至若挾山岳湖海之氣，潑墨烘彩畢現世代風雲，以兵法謀篇，用細節勾勒傳主閃光與陰影，疑天疑命的參與熱情，迂迴疏宕，還有漏洞、矛盾、玄虛、殘缺、重複，明眼人自知，都不重要。他有捨生取義之勇，全節保身之謀，未能完成此一工程，除了多病，怕說得太直反而惹得皇帝注目，危及書的存在，或是主要原因。[33]

太史公泥像遷至墓廬，由老而彌健的牛大眼守護著。

五

感謝民風純樸，交通閉塞。雖說兩千五百年來，全國無戰爭的時光只占五分之一，司馬遷的祠堂還是得天獨厚，被保存下來，無數次劫火都被拒絕於山門之外。

出韓城市南門二里，即古夏陽縣舊址。嵬東鄉高門村埋葬著太史公先人，古碑尚巍立村口。下韓塬南行十公里，芝水上曾有石橋，兩頭立坊，竣工於十八世紀末，毀在一九二〇年代初。留下坑坑窪窪的土路，使我們憶起橋毀之後，中國走向科學、民主、獨立、自由的艱辛歷程。一九三六年楊虎城撥款重修了芝陽橋，可行汽車。不遠便有兩柱一頂的簡易木坊，挑梁，無料拱，上書「漢太史司馬祠」。建於光緒十二年（西元一八七三年），猶如一本古書的題籤，展示了古建築群的吸引力。入門是韓弈坡，初建於戰國，大石塊依山鋪成，為去長安要道，因風雨剝蝕，車馬損傷，坎坷不平。

踏過層層磴道，漸入佳境，三開間祠堂大門，唐代建築，由城內東寺於一九七七年遷建於此，平臺上陳列當代名人書法的展館，為禹王殿舊構，碑刻多而具獨立審美價值者寥寥；接待室原系彰耀寺大殿。《史記》版本陳列廳本是三聖廟獻殿，三座元代古物均稀有國寶，一九七八年遷入此處。書法館外立有河瀆碑，由河瀆靈王廟移來，這方五公尺高，一點三公尺寬的宋代名碑，不幸在運輸途中折斷。路北

[33] 國人不乏慧眼，李世民是善讀《史記》的明君。此公運用「司馬子」的論述為明鏡，推動了貞觀之治。子長做了一次實無名的帝王師。在記載李世民治世的《貞觀政要》一書內有些跡象。周天先生所著《文人的悲哀》（北嶽文藝出版社版）裡尤有發現。

小廟祀司馬談，雖不起眼，已近千歲高齡。再攀若干級，進入「高山仰止」木門坊，用料拱裝飾，穿插工整，掩巧於拙。坊偏北向，重建於明嘉靖十五年（西元一五三六年），初建年代不詳。坊額為一九四四年強漢山先生所題，運筆鋒芒內斂，穩固可觀。門右側立著小碑亭，坊腳磚砌，扎實、沉穩。橫幅標明司馬遷在世界史學上的極高位置，又抒發了巡禮者共同的心聲。

康熙七年至十三年（西元一八六八——一八七四年）縣令翟世琪發動村民將原南泥土運至祠前，墊成十平方丈臺基，外圍砌灰磚加固，並造磚階九十九級顯示崇閎，另造磚坊「河山之陽」，翟世琪題額及旁聯：聖人光道統；漢史競經文。首次尊子長為聖者，《史記》媲美《六經》。和皇帝玄燁拒贈司馬遷謚號對映成趣，皆見之碑記。磚坊比山門及坡下木柵門略高，造型敦實，它標出地處黃河梁山之南。和〈太史公自序〉所述身世吻合，書法平正寬博。大門上有光緒時縣令王增棋手書「太史祠」就立於磚階盡處，懸山捲棚頂，其色土朱，五彩繪。院子占地面積頗小，但擘畫者大處落墨，以深代闊，雍容自如，無狹窄擁擠之感。

明萬曆三年（西元一五七五年）芝川人張士佩任南京戶部尚書，捐銀二十五兩，司馬坡下水田二畝半，募人守墳，累積三十載得資修成獻殿。殿為敞廳，是寢殿的大鼇，內列自宋迄清石刻六十四方，記載著歷次維修的數據。寢殿五架四楹，與獻殿為「復屋」，前後簷僅隔數尺，幾乎連為一體，前明後稍暗，懸山頂，兩山博風做懸魚，灰陶瓦，增添了肅穆感。前庭空闊，垣牆高聳如小城環護，側院稍矮，主次分明。石級左右有深深的山溝，便於排水，把主體建築與次要配角們割裂開來，形斷意不斷。山門兩殿保存了宋代建築遺範。治平元年（西元一〇六四年）、元豐三年（西元一〇八〇年）、元祐五年（西元一〇九〇年）三次大修相隔時間僅為二十六載，大約是祠墓的一段興旺歲月，奠定了基調。後來大修十次左右，損益無多，又是罕見的木結構，審美情趣高潔，在建築史上價值很高，同類作品寥寥。

現存太史公塑像紅袍束帶，烏髻高聳，修髯濃眉，表情持重溫煦。碑文說：「宣和七年（西元一一二五年）爍子始官韓，尋遺訪古，得太史公之遺像焉。」宋代原非中國雕塑的黃金時代，氣格劣於漢唐甚多。後來哪個朝代加固維修，就滲入哪個年代的風尚與弱點。跟人們設想中的清雄形象不無距離。清代以來作品的人文格局更小，宋塑已彌足珍貴。像上有一九四六年橫額：文史祖宗。辭或過譽，足見欽仰之情。

大圓塚立於小平臺上，墓壁砌於元代，樸拙靜雅。磚上有八卦及其他圖案。管理者稱為「衣冠塚」，沒有依據。古柏一株，分開五指齊指蒼穹，遠望如青峰的沖天怒髮，枝杈虬挺，鬱勃多生機。小山高僅百餘公尺，相對地孤立擎霄，總體形象偉岸突兀，踏頂峰俯瞰黃河天外飛來，一出龍門百來公尺寬的狹谷，沖積出大片良田，東岸中條青痕一發，令人心曠神爽。加上南麓芝水東去，東部滹水直下，皆奔向巨川。除去帝王陵墓，只有中山陵在氣勢上可以抗衡，世界上諸多藝術大師的墓葬都未享如此雄渾博厚的地利。

古建築群最早見之《水經注》：「子長墓前有廟，廟門有碑。永嘉四年（西元三一〇年）夏。陽太守殷濟瞻仰遺文，大其功德，遂建石室，立碑樹柏。」晉代紀念性古墓原址不明，早已蕩然無存，墓地誰選，為何選中此處，墓中有無子長遺物，無可稽考。從山門牌坊的「瘦小」看，小得恰如其分就成為不小。小畫蓋個大圖章，圖章突出了，畫被破壞，失去整體效果。量體裁衣是美，還可以證明鄉里人士集資建祠的艱難。素淨可親的布衣風格無比曼妙，看不出皇家及達官顯貴的參與，正是司馬遷的大幸！

這裡大中見大，黃河，山陵闊野；大文豪，大膽質疑擔當的凡人，向星花小草的眷念低迴，對獨夫民賊的諷刺，奔騰不息如大江的浪漫主義激情，天人合一的東方睿智，做了大手筆的發揮。把大塊文章留於後世。

這裡小能見大，山是大墓，墓亦小山。有限空間，將一部無聲史詩獻給無言的大地，展示生命、創造、青春三不朽！如作於宋代的刻壁詩所說：「荒祠鄰后土，孤塚枕黃河！」

這裡大中見小，把自己放到大自然、社會、文化的巨大存在中去咀嚼個體的分量，為人類當一個合格細胞，無愧於前哲後代，搖醒人的曾經是人的記憶，去呼吸巨人傷口流出的清芬，超出妨害子孫精神成長的塵囂，分享太史公的一分寧靜……

這樣，天聲離我們並不遙遠。

別了，太史公！（代後記）

一

七歲上小學，黃雨銑老師教我們臨摹常見的顏真卿《麻姑仙壇記》，他仔細講了顏字間架結構及行筆特色，但我的兩眼老盯著窗外草地上的一隻黑色大蝴蝶，半句也沒聽進去。與我同桌的孩子的父親開炒坊，卻一錢如命，讓兒子習字用的紙是他用極低價格收購進來包花生瓜子的古書。老師走到我的桌邊重重地咳嗽一聲，提示我應該正襟危坐地練習懸腕。

「罪過罪過！這是太史公著的《史記》呀，怎麼翻過來訂成習字本？」

「柯文輝！」

「有！」我拘謹地站起，以為偷看蝴蝶的事被先生發現，出氣變粗了。

「把本子裁開，給他一半，他把古書給你帶回家，讓你爹爹買二刀毛邊把史書換回去，老人家準會高興！」

也是天緣太湊巧，我照先生的指示去做了，父親居然得到雖不珍貴也有些學術價值的明代刻版，康熙元年重印本。我所以能記住這個年號，是因為父親有一部《康熙字典》，炒坊小開得過天花，臉上有幾顆不太打眼的白麻子，和康熙皇帝同病，孩子們都用「康熙麻子」來稱呼小老闆。

父親研了一點明礬粉，攙在細麵粉裡打了糨糊，把一條藍底白花的舊被面子託上兩層毛邊紙，刷在門上，幾天後揭下來剪成書面，將《史記》重新裝訂成兩函二十冊，貼上宣紙籤條，請他的老師潘希正爺

別了，太史公！（代後記）

爺題了書名，蓋著紅印。書忽然變得年輕。

「兒子，這部書是中國最好的文字，瞧瞧牆上福建書家汪甸侯寫的聯語：『諸子以南華為絕妙；列傳唯太史得沉雄！』兒還太小，不知東南西北，將來書念多些才會懂得。上蒼有眼，黃老師有心，我有幸細看世界一流傑作。前面添上五頁白紙，因為書裡沒有收進《報任少卿書》，潘老師為我抄全，訂在卷首。卷末多一頁，有我抄的一篇小賦……」父親目光炯炯。

「您說些什麼呀？」我只能向他翻白眼。

「唉——我……說早了十五年！」他笑得很掃興，等於自我解嘲。

此後陌生的司馬遷著作成為家中的一員。只要父親碰上不快之事，書都成了傾訴對象，有時我一覺醒來，他還在苦讀——正確地說是一種無名憤懣的宣洩。他不會飲酒，想喝好茶又嫌貴，梁飲和茶葉店老闆照顧老顧客，給他留著價廉物美的高階茶葉末，邊讀邊飲，也是貧困失業歲月裡的一點奢侈的享樂。寒家不時斷炊，我不得不在十三歲便到一家洗染店去幫工。老闆朱治平先生手藝出色，愛唱幾句黑頭，嗓門亮堂，還會拉自製的雙筒胡琴，上面竹筒子是京胡，下邊六角木琴筒子是二胡。半個世紀過去了，我從來沒有把店主看作剝削者，維持一妻二子，還有帳房先生胡嵩伯叔叔，加上我這半大孩子，一年付兩塊袁大頭，還算過得去。我做完夜工總在十二時，摸回陋巷，百公尺外就見樓上父親的小屋開著窗子，藉助電工師傅的好心，把路燈就安在窗前，我一見燈光就如同見到雙親慈祥的眸子，心頭猛地一暖。抓住窗下一條棕繩抖兩下，父親就會乾咳一聲為我開門，母親端來一碗稀粥，我進食，父親讀書，書裡說什麼，聽老人講了也是一盆糨糊。但能朦朦朧朧地感覺到其中有個美好奇特的天地，離我很遠，卻異常有吸引力，讀書聲低沉微啞，含著難以言喻的沉痛，給我以淡淡的歡欣，放下了一天的勞累，能大口吐吐氣，並不曾意識到此乃平常日子裡的幸福。

炮火迫近了江城。我一家五口被攆到樓上的斗室，下邊的房子被一位傷兵醫院的院長所占據。此人的祖母是武術世家，小腳，九十高齡，還能提得起兩大桶水——在百斤以上。她說：「小男孩長大可不能去俺老家青島，那邊的女孩太漂亮，每朝皇帝都派人去選娘娘妃子，你要上俺家見到滿街的美女，就驚得倒在石板大街上再也起不來。」少年時不知皇帝選妃的年月，青島僅是幾個小漁村。她的重孫女一點不標緻，那故作詭祕的語氣與表情，比她那天天剋扣伙夫飯菜的狗官孫子可親。

解放軍圍城二十天後，柴火糧食日趨緊張。伙夫開始偷鄰居的家具做飯，不久狗官開始吃起窩邊草，竟光顧起父親的藏書。首當其衝的是《史記》。

父親忍無可忍，把我推進房內，反帶好門扣上鐵鎖，拉過兩把椅子擋住書架說：「大砲在吼，人各憑良心，積點德也好！木器燒掉拉倒，書不能動！」

那廝喪心病狂地大笑：「椅子和書都得燒！」

「不行！」父親伸手奪過夾在木板裡的古書。

「啪！」那廝舉手就給父親一拳，血從老人嘴角溢位。

「你們不能燒太史公的書！」遇事持忍讓哲學的父親一反常態，奮不顧身地撲過去給了狗官一耳光。

那廝居然摸出手槍：「老子斃了你這老刁民！」

「爹爹！」我急得像油鍋裡的小魚，從門縫朝外凝視，心懸在半天空，為父親和全家不安。

不等狗官抬手，一支銅酒壺從屋裡飛出來恰好擊中此人右腕，槍噹的一聲掉在樓板上。

「畜生！向老先生跪下賠罪！」膠東老太太一個箭步衝出門簾猛按狗官的肩膀，後者臉孔一陣痙攣，

別了，太史公！（代後記）

身不由己地扭過身板面壁跪下了。

「你欺侮老百姓，孬種才燒書！留著大頭（銀元）不買柴幹什麼？再要無禮俺下你手臂，總不能把俺也斃了吧？」

「對不起大叔！」狗官不再抖威風。

「先生恕罪，他是渾蟲！」老太太熱淚盈眶。

「老太太快請坐下！」父親給老太太遞上一杯茶。

風波總算平息。

「兒子，這位老婆婆就是太史公〈游俠列傳〉裡的人物，不然要遭大難啊！」父親事後這樣對我說。他劈開兩只肥皂箱釘成小櫃專裝《史記》，放在承塵的葦席上，彷彿是層小樓供子長公隱居。

江城老百姓迎來了解放軍。

狗官參加了起義，被編入教導隊，天天學習。

「大叔，馬上要開訴苦大會，鎮壓反革命，看在俺奶奶面上，您老高高手讓侄兒過去……」

「哈哈哈哈！從前焚舊書的一頁翻過去了，好好替老百姓做點事吧！」

即使是自己家人，也不可能事事溝通。代溝橫在生的棋盤當中，楚河漢界分明。父親竟沒有一次悠閒的機會來給兒子講一篇太史公的著述。至今念起，抱憾終天。

一九五四年，父親去世。「狗官」在醫院當了大夫，全家回到青島，在諸多的政治運動中再無訊息。

這套《史記》比父親多活十三年，沒有逃脫火刑。我的文化太淺，又在十五歲離家外出，竟不曾精讀過父親手澤仍溫的古書。

「名篇要高聲朗誦千遍才得其味，萬遍才得其神！讀，讀，讀……」父親的遺訓未敢忘卻，在「十年沉思」中開批鬥會時，總是躲在後排，一遍遍無聲地背誦司馬遷的書信，磕磕碰碰，記不周全，念不順暢，認識膚淺。

離二〇〇一年只剩二百天，我頑愚如故，只有對父親的懷念和對那部化為灰燼的古書，自己想像中的太史公形象，糾纏不清地扭成一條永遠吃不完的大麻花，橫亙成記憶中的一條大山脈……

黃老師活到八十多歲，飽受鄉里尊崇，想不到在一九九八年的大水災中滅了頂。

二

這部小說的寫作為時約五個月。從動念到草擬這篇札記，前後竟達二十年。

一九七九年夏末，我住在上海永福路一家招待所，照顧劇作家呂宕住入胸科醫院做二尖瓣膜狹窄手術。黃梅戲《天仙配》老導演李力平兄來滬看望老呂和我，國慶之夜一起在黃浦江畔漫步，我提出與老李合寫個戲曲劇本《司馬遷》，草稿很快完成。他又請老作家彭拜兄添了些主角受宮刑前的獨白，潤色了唱詞。老李耐心反覆加工，刪掉了司馬夫人出喪的一場戲。這部作品命運多舛，直到一九九〇年才有幸發表，上演則十分渺茫。李克戰勝了癌症，已將八旬，還未封筆。老呂在一九九七年辭世於馬鞍山。老而彌健不斷以佳作震動文壇的只有彭拜，他風格清超，不肯在劇本上署名，令人欽敬。

我又和老友陳仲的兒子金沙、孩子的同學朱抗美講過太史公的故事，每次所講不盡雷同。他們也坦率地講了些設想，讓我得到的朝氣與教益，跟從老年人那裡所得的仙乳不同。友人們的碩德長才，不斷鼓舞我與自己的失誤和幾番停步不信能走完這條小路的惰性較量，愧悚即是鞭策。

別了，太史公！（代後記）

一九八七年十月，借住在大慧寺友人梁智開弟慷慨讓出孩子住的房屋，勸我安心筆耕。約在二十天內草成〈出獄〉、〈焚史〉、〈殺廟〉、〈宦海〉四章。接著在南京古林公園南邊小土山上寫完〈晨帆〉，從南京藝術學院圖書館借得有關司馬遷與《史記》論文三十篇，形象逐漸清晰。得以續寫成〈歷險〉、〈驟魂〉、〈郎中〉的下段。因為無法解答漢武帝用什麼方法讓司馬遷死得不留隻字史料，只好擱筆。以上手稿全存放於好友李少文兄家，迅速忘記了，手邊僅有個影印稿，改得自己也難辨認。

次年春節陸陸續續寫完全書，反覆審讀，深感乏味。出於對自己絕望的心情，把稿子一卷卷地燒去，決心拋開力不勝任的工作。

一九九四年偶住天壇，少文說稿子的一半還在他家，批評我不該畏難焚稿，越改越差。書中人物繡像已經四易其稿，畫出兩年了。寫作應善始善終。另一位至交戴志秋弟說：「三年見一回面，老聽你說司馬遷，再說不聽了，拿出書來看！」他們鞭闢入裡地剖析了我的好高騖遠，要堅忍不拔地量體裁衣。我草完〈郎中〉前半章，無奈積習難改，又擱下了。這一章讓王宏韜兄讀過，他一時興起，為王好為導演改成兩集電視片劇本。終因機緣不巧，他的勞動落了空。

良朋益友能使乾涸多年的河道復活，獲得第二次第三次生機，度過許多無法想像的心靈危難與外部千鈞一髮的險途，以無私的光熱驅散四面湧來的誤解和非議，慨然給以由衷的持久信賴。平生若有什麼可以自慰自豪的地方，就在於得到過也付出過真摯的情誼，否則人都不存，藝術又將焉附？

一九九八年春天，我蟄居在墨爾本郊區，與當地居民語言不通，很少借到合乎胃口的名著，閒極無聊，每晚十時，外孫小蹄子小尾巴入夢，萬籟俱寂，多年難題，迎刃而解。便用二十多個長夜，寫出〈廷辯〉、〈璧沉〉、〈尾聲〉。遷到維多利亞大學附近，兒子兒媳白天上班，我把自己鎖在屋內，草出〈宮刑〉。

這時我到塔斯馬尼亞島上去訪書法家張大我，為期一週。在大學的別墅區，我邂逅了大我的好友劉吉祥教授，他是寫過《宋教仁評傳》的近代史專家，又教了三十年中國歷史，尤嗜讀太史公妙文。談到小說內容，一拍即合。劉先生想把太史公的故事英譯給海外華人及關心東方文化的人們。大我說：「這是最適宜的人選，西方人要譯此書太費力。我也盡一臂之力，為小說校訂末兩章打字稿。」

回到兒子寓所，順利地寫了〈壯歌〉，我才自覺地想到莎士比亞式的人物內心獨白。可惜太遲，木已成舟。

這段日子很特別，牆上掛著吳祖光先生的書法：「生正逢時」。午夜後病態的興奮令我不能闔眼，陽臺長簾的縫隙裡瀉進和祖國一樣的月色，鄰人開夜工的燈光，兒時影事撲上心來。上不若父母，下不如子女的慚愧固足以使我背熱耳根發燒。和父親一樣，我也沒給孩子們講過一回古文。這部書算保存了一點思維的軌跡與火花。慰情聊勝於無。其實，書也是一個孩子，醜相如歪瓜癟棗也是農夫投入許多勞作才長成的。它即將「出嫁」之際，既盼望它們得到為數眾多的畏友、諍友、摯友，又未能脫開父性的自私，覺欠了它許多心債，再也還不清。

記憶力衰退，寫作時間拖得太久，我的思維空間離漢代太遠，對那時的社會形態很無知，和焚去的三十萬字舊稿相比，細節刻劃有所削弱，所幸尚有詩情激盪於胸臆，句子競奔腕底。可惜手不從心，一些吉光片羽略一閃現就飛逝了。記得初次坐火車時是那樣狂喜，把揣在小揹包裡的一斤多油菜種子不斷撒入窗外的田野，今天怎能把它們找回來？

三

「小屁孩，怎麼不喊我媽媽？」老太太雙手叉腰，歪著一頭稀稀拉拉的灰白頭髮，咬著一支長長的旱煙袋向精瘦烏黑的放牛娃喝道。

「你這個無賴的老妖婆逼得我爹發瘋上了山，把我娘關在什麼地窖子裡，找了幾年也見不到雙親的影！你霸占了俺爹娘的草棚和大牯牛，還有河沿半畝夜潮土。真恨你這個一輩子吹牛逞強的女光棍！」

「兒子，莫要不服氣！你剛說的那些話全是跟俺學的。俺就靠這一手心想事成。就算俺是一條狼，你也是喝過幾年狼奶才長到四尺半高，想罵倒俺也得換一套罵人經。」

「這……別的我不會！」

「不會？那你還得老老實實吆喝俺媽媽！」她仰天大笑。

我崇尚現實主義的表現方法，也不反對吸收浪漫主義及其他健康的現代手段。但心胸狹隘，抗拒白水之外的一切飲料，無力洗淨表現主義反現實主義的病毒。就像上述民間故事裡牧童與妖婆的關係一般。力與願違，對我是莫大的諷刺。

所以，在岸上游泳的三十年過去了，左腳跨上了尚在升高的山頂，右腿依舊陷入正要沉淪的泥潭。雲間，一個樸素親切的聲音在召喚：「莫流連惰性的沼澤，把小插曲看成一部史詩！騰躍上來享受一下正常藝術的美與溫馨，時光有限，不奮發晚程要給腐朽的東西殉葬！正確的自信不是自大，就如謙虛不是假客套一樣！」

「我先天不足，後天營養失衡。情緒偏枯而欠恆溫，只怕補救弊病不成，反而……」

「拚搏一下，怕什麼？等著沉淪不如試試新的攀登方式？」

「能指示得具體些嗎？」

「我未曾體驗過你的身心旅程，也許只是個善良的空談家……」

「不！為了答謝長者的慈愛，我大幹一場！」我把全身的力氣運到左足，狠命一抽右腿……

蒼山慳吝地把夕陽收進肩上的褡褳。

「對不起，孩子！」長者不住地浩嘆，「這……」

「不要緊，來日方長，我從零開始……」泥淖淹沒了我的宏誓。儘管，我從來不宿命。

四

我尊敬的當代優秀詞人，無名大畫師吳藕汀先生教誨我說：「不客氣地講，你不會看戲！老強調什麼生活氣息！沒有它固然不靈，但它只能是從客體裡蒸發出來的外在之物，足以讓淺嘗輒止的顧曲家過過癮。大師們在臺上（包括在歷史舞臺上）表現活生生的人在具體時空中的掙扎與感受。譚鑫培、老三麻子、楊小樓、余叔岩、王瑤卿、梅蘭芳、程硯秋、筱翠花、何桂山，乃至錢金福、劉奎官、劉斌昆等等，都有這類自覺去自塑塑人。不太自覺又苦苦追求此境的主角是葉盛蘭，小生絕品演員。論武打翎子功不及徐梠仙；唱工蒼涼未若程繼仙、朱瘦云；儒雅書卷氣不及俞振飛。然龍虎鳳三音齊全，創境有小生名家們未到之外。唱腔之剛勁何讓金少山，更勿論裘盛戎與袁世海；婉妙處不弱於荀慧生、黃桂秋；威猛勝過高盛麟、王金璐。觀劇要種好熟地，不停地開生荒！」

「我連熟地都種不好，哪有餘力去墾殖？」

別了，太史公！（代後記）

「哈哈哈！好自為之吧！」

記得父親教導我欣賞時講過：「讀書、讀書畫、聆曲、觀劇，神品、妙品、逸品極少，要善於抓住。所謂精品近乎刻，能品甜熟，只是鄉願而已！」

這些話都過深，久久吃不透。

若把虎音代表陽剛美，鳳音代表陰柔美，龍音可是指變化極盡自由之能事？

吳翁未闡明，查了些書，隔霧看花。

葉先生的唱法對本書的寫作頗有教益，我用的語言是不折不扣的「三合水」：皇帝、高官、知識分子用崑曲京劇韻白，近似《三國演義》的通俗文言。不太難懂，也不太通今日之俗。「千斤話白四兩唱」，高手演來易於營造歷史幻境，低手演來千人一面而公式化。《四進士》、《拜山》裡套話不少。馬連良、周信芳、楊小樓、郝壽臣則演得個性畢露。

推小車出身的將軍大吏任安、市井出身的李廣利做了張飛牛皋式三花臉處理。韻白為主，京白為輔。司馬遷、武帝、方正迂（此人代表在野知識分子風範）的心理獨白用無韻而節奏強烈的詩意散文，每句音步大致相等，樂感鏗鏘、形式靠近莎劇，更擁抱生活，不給人以假嗓唱高八度那樣背離真實。

白鳳、牛大眼、書兒，說小丑花旦（閨門旦，貼）式的京白。市井角色皆享此類待遇。

作者的敘述避開長句偶句，洗練而書面化，接受白話小說、「五四」後散文及外國小說影響多。

東方翁、郭解，是司馬遷嚮往游俠的種子。

方正迂保留中國義士捨生取義的氣質。

韓仲子介乎上述兩種人之間，又多些李廣式的行伍氣，用來對比襯託李廣利、李緒之流。

郭穰是在朝的方正迂，更接近司馬談，是未長成型的太史公袖珍本。

楊敞仰慕霍光式人物，庸懦善良。

書兒似在是郭穰白鳳之間，膽略過之，文采武藝不及。

蘇武、李陵、司馬遷——立德立功立言三類悲劇角色。

仲子、正迂、牛大眼——促成史記誕生的真、善、美。

美由醜轉化而來。蘇聯國家安全委員會搜查索爾仁尼琴的《古拉格群島》手稿時，有人自殺切斷線索來抗議。《史記》比索氏非小說文學的文化意義高出太多，有人赴死呵護助產，才顯示炎黃子孫的磊落耿介。

杜周、李福、李廣利甚至邵伴仙，都有臉譜化傾向，反不及稍具粗糙美的邴吉任安有活氣。

李陵、楊敞、書兒失之浮泛。

司馬遷夫人按照《鹽鐵論．周秦篇》說：「今無行之人，一旦下蠶室，創未癒，宿衛人主，出入宮殿；得由受俸祿，食太官享賜，身以尊榮，妻子獲其饒。」顯係指遷。中書令職設於武帝時，遷有可能為首任。據此，遷夫人比小說中人物多活了幾年，是一位頗俗的官太太。作者自慚筆力稚弱，書中人物愈少愈有發揮空間，也不忍讓坎坷一世的文學大師再受一世女人的窩囊氣，這樣，書中的命運感、生活真實感、日常言行的史詩化方面大為減色，只乞讀者們諒解！表現力如醇酒，一兌水就完全變質。家的功過非本書副主題，奈何？

出場機會多不等於人物的環境色明豔，容易性格凸出。上官清書兒楊敞面孔反而不及李夫人、方正迂清晰。二十年來想到的漏洞很多，知道不等於可以補救。否則批評家讀者太有智慧，作者何其愚也？

別了，太史公！（代後記）

找莎劇弊病很容易，超過此老，難而又難。

「五四」後的三十年間，除少量學者型人物的筆能駕馭文言文，但大多數都能讀懂古文，講解史料。中短篇歷史小說取得尚在被時間篩選的成就。魯迅、郁達夫、馮至、郭沫若、鄭振鐸、茅盾、沈祖棻、曹聚仁、孟超、聶紺弩等貢獻了名篇。此後的三十年，陳翔鶴、黃秋耘等人的響箭無大軍後續，歷史小說除個別幸運者有產品，總體受制於特定尺度，害怕「借古諷今」鐵冠而告沉寂。幸運者的鉅作又為幸運付出了藝術代價，在春色復甦的大花園中失去獨占風情的地位，雖說其中不乏出色篇章。看來借古頌今拔高人物堆砌史料亦非坦途。但願倒洗澡水時留下孩子吧！

近二十年來長篇較多，徐興業、彭拜、顧汶光、凌力、霍達、林鵬……（名單很長，從略）人才濟濟，正在各獻鐵肩搭造雲梯，讓異日的天才登上崑崙，笑對星群。

歷史小說作家的成長，比描繪現實的作家走的路更漫長而艱峻。一九八〇年代震動文壇，餘光尚在閃耀的作家群中，當不上大地主角的「小右派」，與當上主角的老知青功勞卓著，影響深遠。在表達一個民族的幸與不幸上傾吐出與父老姐妹一致的體驗，說話的空間比上一代人廣闊。其中戰勝自身侷限而藝術生命長久者會成巨匠，被流光拭擦出無負於時代苦苦培育成的光焰。無力重新整理二十世紀文學成就的大多數作家，原料用盡，開拓力有限，書齋功夫，歷史眼光兩欠缺，作品的哲理性與道德文明之美蒼白，語境離開了詩境，難免跟我一樣消逝於忘川。上述兩類作家長於歷史題材者不多，反過來證明歷史小說家需要過人的膽量，見人所未見（包括古人心裡丘壑），過硬的詩外詩內累積，更豐厚的修養，還要超越過拜金潮權勢欲的定力，以苦為樂的恆心，與世界文化接軌勇於向西方名流以作品決雄雌的寬博襟懷，沸騰又不失冷峻的豪情。學術界、親朋友生、家庭、圖書資料部門等多方供給的電源。更難者還得向教育界「定購」大批審美趣味高潔的讀者，識貨又敢餵千里馬的出版家。精神相對安靜的寫作條件。總之，只有全民對非原創性的消費文化興趣淡化，對一些大而空的禮品書、古籍校譯、大叢書有了透視力，為數不多壽命較長的歷史文學作品便會走出國界，走出追星味頗濃的媒體以及華而不實的廣告與書評，去參與普通人的生活。

放棄實驗，急於求成，依賴評獎，都不利於做好實事。坦率地說，把五十年來獲獎之作印成叢書只能營造短暫的氣氛，半數離千家萬戶的書架頗遠。

一個自立於世界民族之林的群體，必須有獨特的、不斷豐富又相對穩定的審美觀。百多年來時隱時現的文化侵略（讓人流血與「舒舒服服」的兩種方式），片面向西方尋求真理，造成民族審美力的衰退。

美育滿足於非原創性的轉播，貢獻給世界的獨特成果有限。

復古是死路，大部分同胞乃至文藝工作者讀不懂文言文，未必是喜事。

視照片為立體、古畫為「平面」、民間雕塑為「不科學」，要用西方落後僵化的院體藝術來加以改造的沉痛史實未引為教訓（二百年後有可能被視為國恥，不管造成「國恥」者何等的愛國）。

對東方先秦與民間文化，西方希臘羅馬的文化源頭，極少藝術家去刨根究底。傳授藝術輕學術而重技術，藝術家行列中學者寥寥，只需看看當代人的畫跋詩詞印跋，名人自傳，一目瞭然。

我們的文藝無疑要借鑑西方。但借鑑一失去炎黃子孫的主心骨，便為殖民地文化開道。對於西方因科技施用不當的麻煩；描摹、割裂現實給藝術帶來的精神貧血症，推廣寫意思維去加以解救，何嘗不是東方學人的天職？

從美育開始，為寫意藝術培養師資、欣賞者、讀者觀眾。底氣旺盛後自然湧出大批巨人。

按老譜走下去也享有高度自由。

知古而出古，通西又出西。把遺產中文論、畫論、詩話、詞話，藝術品中能推進民族文化發展的活東西變成大眾財富。東方人才有自己不同於西方人的路。

書寫失敗了，毫不意外；若它完美，倒是咄咄怪事。

書，命運一如他的作者，生無益於大千世界，走得和某些文戲中的龍套一樣暗下。沒有歡欣，也沒有悲痛。

書中人言行打動了讀者，靠史料及讀書人的創造力。絕不會貪老天與親友之功為「獨創」。

世人對書的要求只講品質。作家生平何等幸運或坎坷；治學創格及抵禦流行色的默化何等困苦；是關於×朝的第一部小說或第一千部故事；如歌德寫《浮士德》費時六十載，《馬賽進行曲》作者僅一夜天才……均微不足道。

讀完書稿的友人給我很多鼓勵。大我君譽為史詩，過於溢美。董三白說：「史家據事實製鏡，鏡子年久發昏，史論家是磨鏡人，恢復亮度。本書出色完成雙重任務。但白鳳遊離題外，雖出色亦宜割愛。」曹野說：「這部戲劇小說是紀念碑式的傳世佳作，人物似浮雕，言行皆活脫。富於生活氣息，功力深厚。唯剪裁未能簡繁照映；白鳳筆力千鈞，當補寫一章使之完整。我讀到劉徹摔皇冠時，驚心動魄，覺得已登絕頂，再也找不到另外的雲梯升入另一層天空；然而太史公辭世的幾段意外地異峰突起，我幾乎是十分快樂地大哭一場，沒有一絲害羞。藝術的魅力是拿生命換來的！很多朋友笑呵呵地奉獻上生命，連我在內，沒有換得那境界！」齊效斌說：「本書為長篇小說平添一道新景觀。以既傳統又別開生面的姿態，向其他類型小說挑戰。我不禁為之動容叫絕，有一種填補歷史空缺的滿足感。是一部傑作，使讀者經受一場感情衝擊，一次人文關懷的洗禮！它是全景式小說，是充滿莎士比亞味的戲劇，又是新的心理小說、詩化小說。詩情畫意的結合，以感化的語境，消解了歷史小說慣用的情節化方略，堪謂比德布西的《海》還豐富多彩的精神海洋。」

將史料及多種文學樣式綜合運用自如，對我而言是小鳥搬山。溢美有害，歡迎有心猛士從我肩頭跨過，去墾拓東方文學新疆域。我欣然把習作推出蝸居去領受應得的冷遇，書輕如塵埃，命短若蜉蝣，不意味著這條路與找路的苦衷皆是蛇足。

我畫出的太史公一身是病，無力治好。無論有多少歉憾，只能分袂，擔子太重，我的肩頭腫了！

別了，司馬遷！真捨不得你……

附錄

司馬遷的生年

司馬遷的生年曆來有兩說，一說根據張守節的《正義》，在〈太史公自序〉「五年而當太初元年」下有「按遷年四十二歲」，由此上推遷生於景帝中元五年（西元前一四五年）。鄭鶴聲作《司馬遷年譜》，王國維、梁啟超、王伯祥、游國恩賢師徒，四家皆同意此說。張唯驤認為司馬遷享年僅四十二歲，不失為一家言，但把二十八歲定在太初三年，應生於元光六年（西元前一二九年）則欠妥。

另一說出處仍是〈自序〉，司馬談「卒三歲而遷為太史令，紬史記石室金匱之書，五年而當太初元年」。在「太史令」下面，司馬貞的《索隱》引《博物誌》：「太史令茂陵顯武裡大夫司馬遷年二十八，三年六月乙卯除六百石也。」談死於元封元年，元封三年遷二十八歲，當生於建元六年（西元前一三五年）。若持前說，則「二十八」應是「三十八」（游氏說：「疑今本《索隱》所引《博物誌》『年二十八』，張守節本作『三十八』，三訛為二，乃事之常；三訛為四，則於理為遠。則史公生年當為孝景中五年，而非孝武建元六年矣。」用什麼來證明《索隱》錯了呢？誰也舉不出實證）；如依後說，則四十二當為三十二之誤。

據李長之先生考定，《索隱》是對的，主要理由是：

一、〈報任少卿書〉遷自稱「早失二親」，二十六歲喪父母較相吻合，大十歲則欠妥。

二、〈報任少卿書〉謂「僕賴先人緒業，得待罪輦轂下二十餘年矣」。信作於太始四年，遷二十出頭南遊歸來即任郎中，恰好二十年，若依《正義》則當為三十餘年，與遷說不符。

三、孔安國在元光、元朔年間為博士，元朔元年是西元前一二五年，遷十歲，與信中自言「十歲誦古文」一致。如早生十載應是「二十誦古文」，遷不會如此健忘。

四、如遷二十多歲噹啷中，到三十六歲才出使西南，十五年間未見有其他活動，減去十載則較合理。

五、〈自序〉說：「太史公既掌天官，不治民，有子曰遷，遷生龍門。」司馬談任職在建元、元封之間，生子當在此時，再早十年，談未做史官，與〈自序〉矛盾。

六、〈自序〉中寫到父親彌留之際的教誨，是對青年人說話口氣，若子已三十六歲，似不全熨帖。

七、郭解在元朔二年（西元前一二七年）去世，遷十歲時在故鄉可以一晤。若已十九歲，則早已至茂陵，在父親身邊讀書，無法見到郭解。

八、李廣自殺六十幾歲，遷與其孫有交往，如為十七歲，比二十七歲更近情理。

九、王靜安先生說《索隱》引文與敦煌漢簡格式一致，「本於漢時簿書，為最可信之史料」。若《索隱》可靠，王梁等家改二十八為三十八便無必要。

這些論據說服了我，漢時四十八歲已屬老人，這種年紀受宮刑與壯年的三十八歲不同。《史記》行文極有瑰奇跌宕的青春氣息，情感沉鬱，諷刺尖銳，是無韻史詩。雖然「烈士暮年，壯心不已」，一位當代詩人說「烈士無暮年」，司馬遷永遠不會衰老遲暮。

人的性格總是變中有不變，不變中有變。基調穩定，若非重大災變刺激，情調氣質行為依據與年齡關係至大。本書採《索隱》說及長之先生論定，與自己的設想更為吻合。

司馬遷之卒年，迄今無任何史料。為思索武帝怎樣讓太史公自行消失而未留下隻字記載，小說寫作中斷十多年之久。讀者對此事視為無關宏旨，但作者必須合理交代，含糊不得。這點艱辛非親歷者不知。小說非歷史，允許藝術虛構，自由度較大，但不可失去藝術真實。真是善與美的基礎。查《高祖功臣侯者年表》，序中言「至太初，百年之間，見侯五」。表中第一行謂「建元至元封六年，三十六，太初元年至後元二年，十八」。表中寫太初之後涉及征和者兩處，書後元者一。故目前寫法在史料上還不是全屬子虛，選擇除夕夜讓司馬遷辭世，因我們民族有在這天全家團聚的傳統，氣氛更強烈。當然，在司馬遷的晚年，歲首由十月改為正月為時不到二十載，除夕守歲等風習尚不濃厚，但已開始施行。表中有關後元文字可能系褚先生所補，亦未嘗不能視為司馬遷自己手筆。是與不是皆無旁證。如全接受張唯驤說，連〈報任少卿書〉皆不可信，風格與全書一致的李廣利降匈奴文字亦非司馬遷作，許多地方難自圓其說，而報任安一信從來無人指為偽作，儘管和〈自序〉兩文引用史實皆不全貼切。

讀史時有所疑，而今存古書未必皆是原貌。以武王伐紂為例，〈周本紀〉和〈齊魯世家〉有出入；東漢章帝命楊終將《史記》刪去五分之四，後人訪求文獻，盡力恢復舊貌，傳抄翻刻，每多失誤。讀書重在求古人主導精神，參考相類著述，比較貫通，體悟原著風骨即可。考訂字句章節是專家的事。如〈刺客列傳〉謂：「始公孫季功，董生與夏無且遊，具知其事，為餘道之如是。」這個「餘」若是司馬談，死時六十左右（元封元年），離荊軻刺秦王已一百一十七載，當事人夏無且等皆享高年，勉強可以接得上。假如「公孫季功」是「公孫季公」之誤，公孫弘名季，歿年八十餘，司馬遷約十五歲，有無聽到第一手材料機會，頗為可疑。此處行文稱「公」，弘本傳不稱「公」，似有牴牾。視為父作子訂正，或稍合邏輯。

附年表：

年號	年	起訖（西元前）	事略	章名
建元	六	一四〇—一三五	建元六年遷生	
元光	六	一三四—一二九		
元朔	六	一二八—一二三	元朔二—四年，遷八至十歲	晨帆
元狩	六	一二二—一一七	元狩四年，遷始壯遊；	
			元封元年遷二十五歲出使	郎中
元封	六	一一〇—一〇五	西南夷，父病死。二十七歲，	歷險
			再登泰山，堵黃河缺口	
太初	四	一〇四—一〇一	太初元年修歷書。	
天漢	四	一〇〇—九七	天漢三年遷三十七歲入獄	廷辯
			四年三十八歲	宮刑
太始	四	九六—九三	太始元年遷四十歲	出獄
				殺廟
				驟魂
				宦海
征和	四	九二—八九	征和二年，遷四十五歲	壯歌
後元	二	八八—八七	後元元年十二月底遷死，四十八歲	焚史
				璧沉
			二年春，武帝死	餘響
			在位五十四年，七十一歲	

千秋青史一片丹心——讀柯文輝先生《司馬遷》

後人寫歷史總比前人要豐富生動，所以顧頡剛先生說：「古史是層累地造成的」。歷史小說比歷史更為豐富生動卻又不等於歷史，它雖有著一副歷史的骨架，包裹著時代的皮囊，但是卻長著一雙作者自己的眼睛。正所謂「博考文獻，言必有據」；「只取一點因由，隨意點染，鋪成一篇」。所以說，歷史小說能夠彌補正史的缺憾，透過人物塑造，走入人物內心，從性格、情感等方面去剖析歷史人物，從而把握歷史重大事變的前因後果，進而對歷史做出評價。從這一點說開去，歷史小說也許比歷史更真實，甚至能超越歷史，猜透歷史背後的玄機。

柯文輝先生《司馬遷》一書，是一部歷史小說，但又是一部非同尋常的歷史小說。非同在什麼地方呢？在於它以歷史脈絡為經，以人物關係為緯，圍繞司馬遷這個中心，縱橫交織、敷衍故事。相較一般歷史小說而言，它更像是為太史公寫的一部傳記，一篇銘誄。小說洋洋五十八萬言，以跨越時空的視角和不落俗套的筆調將太史公的一生娓娓道來，完成了對司馬遷形象的「復原」與重塑。其思想豐富複雜，情感昂揚激盪，非是一篇短文所能說盡。本文就其思想價值進行一些探討。

◆一、史家絕唱與文人選擇

中國文化實際就是史官文化。五帝三皇之時，灼龜見兆、圖像結繩以為行事之準、記事之本，此乃記史之濫觴。自有文字以來，「史官」一職應時而出，記取當時之事，裁汰世風人言，成書以垂範後世，成為時代的見證者和歷史的傳承者。古語云：「夫以銅為鏡，可以正衣冠。以史為鏡，可以知興替。」三代以來，治史修史皆為史官立身之本，亦乃國祚綿延之根。後世易代修史，已成定制，歷代因循。及至司馬子長撰寫《史記》，述志發憤，《春秋》之後，一人而已。其書立史家之例，開紀傳之先，運春秋筆法，發大義微言，足以彪炳青史，流芳後世。故人云「諸子無出於南華，史家無過於司馬」，可見一斑。

然而脫離這部史家絕唱，拋開存世的片語只言，後世關於司馬遷的記載，不過是藝文志傳中寥寥數語，是文思卓絕與經緯天地，是耿諫直言和半生坎壈。也許正是他充斥著悲情色彩的人生際遇和遭逢危難時的堅忍品格，使他名垂千古，感染、激勵了無數來者。所以後人提及司馬遷，多慨嘆他命途多舛，又敬仰他才華超世，尤其是立下不朽之功。故將「史界太祖」的大名壓在他頭上，把他捧上「史聖」的神龕。然而對於他的生平經歷卻有意無意地不談或少談。當中自然有史料缺失、文獻貧乏的原因在。想來連他的生卒年都不可考，更遑論透過歷史的重重煙幕去還原一個真實人物。此外，也因他的名頭太盛，一切有損於聖賢光輝的言論都會受到抨擊，是以人們對他的著作許有微詞，但對他這個人的評價卻大體論調一致。這也是為何談起他的生平，無過於受業遊歷、因罪下獄、毀身不用繼而發憤著書之類。可以說，有關於司馬遷和《史記》的評價，已然內化為一種心靈符號，烙印在這個名字背後。後世再有言及司馬子長也無脫窠臼。

世間摒棄固見不易，絕聖棄智更難。然柯文輝先生用筆卻不墜於平庸之調，他站在歷史之外，以縱貫古今、穿越時空的眼光去書寫司馬遷的一生。他筆下的司馬遷，不再僅僅是歷史長河中一個虛空的影子；也不僅僅是故紙堆中風燭殘年兩鬢蕭疏的模樣，而是有著自己的少年、青年、中年、老年，從出生到死亡，是一個鮮活飽滿的形象。柯先生從星散的文獻中抓住了司馬遷的魂，完成對他生動形象的塑造；在乏善可陳的史載基礎上，敷衍出一本鴻篇巨製，這無疑是困難且浩大的工程。

所有的歷史小說都要有一個落足點。柯先生寫《司馬遷》，與其說是他的個人決定，不如說是千古文人的共同選擇。自古以來，文人本就命運相連，無一不是心繫廟堂又嚮往山林，心中入仕建功與妄圖擺脫塵囂韁鎖互相牴牾。心存江山社稷，卻無力扭轉乾坤，便只能退而求其次，於立德、立功、立言中尋求最末，於是苦守書齋，用一支禿筆寫盡胸懷，發憤著書以期能在歷史上留下一筆色彩。

司馬遷是千古文人的典範，作為歷史上最負盛名的史官，與他的千秋名著一道，早已成為文壇上的一座豐碑，後世著史罕有能與之比肩者。因此，歷代文人對司馬遷和他的《史記》念念不忘，多有評論，千載流傳。加之他的為人，又太過符合中國士人「立心、立命、繼絕學、開太平」的行為準則，所以將他作為標榜和吟誦的對象，實在無足為怪。柯先生不是第一位寫司馬遷的人，也不會是最後一位，但他的《司馬遷》如同太史公的《史記》一樣，承上啟下，亦有開創，獨樹一幟，自備華光。既不會被前代著作所淹沒、掩蓋，亦無法被後人複製、模仿。

◆ 二、精神帝國與心靈激盪

柯先生的開創出新主要表現在他對人物精神世界的塑造上。在《司馬遷》中，作者筆端出現兩個帝國，即現實中的大漢帝國與太史公的精神帝國。

在現實帝國中，漢武帝是至高無上的君主，掌握著生殺予奪的絕對權力，無所不能，世間一切都匍匐在他的腳下。在他面前，司馬遷不過是他無數臣屬中的一個，命運前程都捏在他手上。而與現實大漢帝國相對聳立的，是精神帝國。在那個世界中，一切現實的權利和財富都成虛名。就連漢武帝也淪為普通人，任精神世界的主宰者對他評頭論足，剖開他的內心，肢解他的靈魂，將他一切恥於呈現人前的隱祕和背地裡的陰謀公之於眾。

作者這樣刻意地構建出兩個帝國，又似乎無意地模糊著兩個帝國的界限，或許也是給在現實帝國中受苦的人們以解脫，為現實中的司馬遷尋求開慰。畢竟現實帝國是短暫的，甚至是虛幻的，它將隨著時光的流逝很快地消隱於歷史的黑洞中。而精神的帝國是永恆的，甚至是絕對真實的，存在於這個帝國中，能穿越古今。在這個精神帝國中，司馬遷就是王者。一旦遭他貶斥，將淪入萬劫不復之淵，千秋罵名，永無超脫。這種超現實的寫法，以戲劇的形式和文學的語言，對所有皇權崇拜者發出歷史的猛喝。這對於身處現實泥潭中的人而言，可能是唯一快意的事。

作者藉助司馬遷這個人物，提出了一個「文權」的話題。這個話題，實際繼承了中國歷史、文學的傳統，並且上升到一種新的哲學高度；用深邃的目光，對皇權與文權進行了重新的詮釋。甚至帶有一種絕對宗教式的儀式感，讓人相信，冥冥之中似乎有著一種因果循環，時時告誡「抬頭三尺有神明」，人在做，天在看。於是，真理與謊言，權力與人格，施虐與忍受，醜惡與美好，似乎都變得凝重起來。作者將現實世界無法解決的疑難，賦予精神的評價與審判。現實帝國中，一切發生在司馬遷身上的不幸，通通交給未來，交給精神帝國去處理。這不是一種無奈的迴避，而是一種深刻的隱喻，是作者的一片良苦用心。既然明知歷史與現實無法改變，不如去往精神世界，這是古代士人常用的一種自我開解手段；是司馬遷從苦難中逃出的心靈洞口；亦是作者為歷史、為他筆下人物尋找的一條出路。從現實到精神，由精神又回歸現實。作者讓這兩個帝國以一種奇怪的交叉方式，迎頭相撞，產生巨大的歷史迴響，留下一地碎片，也給讀者留下震撼的餘音。

現實與精神，可以看作是《司馬遷》中整個時空的縮影。它涵蓋著物質與思想、肉體與心靈。具體到司馬遷本人而言，現實世界就是施加在他肉體上的枷鎖，現實的閹割使他的肉體變得殘缺不全，面對這種非人的折磨和恥辱，他唯有尋求心靈的出口。於是他摸索歷史，記載當下，追憶逝去的、活著的人物，揣摩他們的言行，窺探他們的內心。撰寫《史記》成為他擺脫肉體桎梏，跨越心靈籬障的最佳途徑。

而同樣，對於柯先生而言，在現實世界中，他與司馬遷有著兩千年的時空跨度，想要超越歷史去追溯當時，無疑是困難的。但所幸心靈間總有相通，所以作者才能夠穿越時空，以心靈的激盪挽起時代的狂瀾。

柯先生以一支鐵筆刺破一個時代繁華錦繡的皮囊，深深扎入大漢王朝的心臟，庖丁解牛一般將筆鋒劃過歷史的每一寸肌膚、骨骼，層層剝離掉附著在筋肉上凝固的溢美與頌揚，剔除掉三綱五常搭建起的血脈和經絡。於是千古士人積鬱於胸的那些話語終於噴薄而出。平頭百姓與將相帝王，聖賢文士和英雄草莽，這些遊離於歷史之中人物的魂魄，也在這一刻得到解脫。筆鋒過處，靈魂已經昇天。於是所有崇高、神聖、君威、尊嚴，一切卑微、怯懦、陰晦、黑暗都隨之煙消雲散。最後只留給我們一根挺直的脊梁。

三、命運拷問與人性詰難

「文章憎命達，魑魅喜人過。」歷史總是驚人的相似，命運的車輪喜歡從那些擁有才華、心懷壯志、充滿血性的文人身上碾過。司馬遷亦如是，只不過他的才華得到了統治者的認可，卻沒能幫他避免災禍。他的一生，既有輝煌，也有坎坷，憂鬱於世，卻名垂千古。這樣的曲折複雜，在作者筆下便化作一個個離奇波詭、驚心動魄的故事，這些故事環環相扣，連貫成司馬遷一生的命運軌跡。

從後世評價來看，司馬遷是幸運的，甚至遠比那個給他帶來不幸的君主要幸運。但是對於活著的司馬遷來說，他又是不幸的，他的不幸如同屈子、賈生一樣，是時代造就的，是君主賦予的，更是自身導致的。

柯先生在書中不斷探究人物命運的根源，他對帝國制度的構建發出了叩問。因為沒有制度，帝國就無以存在，帝國的存在，反過來又催生了制度的嚴酷，從而形成人們共同的桎梏。人們在孜孜以求中設立並構建起來整個封建制度，其結果是造就了一個巍巍帝國，造就了皇權的至高無上、強大無比。但同時帶來的卻是無一人倖免，無一處安全的局面。不獨是司馬遷，對於所有人而言，上至貴胄、權臣，下至宮人、小吏，甚至是遠離朝堂的百姓，都隨時面臨著不虞之災，他們的生命隨時可能如落葉一樣飄逝。

絕對的權威，扼殺了一切自由呼吸的空間，使得所有人都成為虛幻的不真實，也就是人性的異化。身處那個時代，真話便成為一種時代的奢侈。這是司馬遷的悲劇，也是所有人的悲劇，即便是漢武帝也無法擺脫時代的魔咒。書中，他間歇性發狂，他的喜怒、善惡交織在一起，支配著他，使他在人性與魔性之間痛苦而無力地掙扎，這是他的帝王宿命，又未嘗不是封建制度的宿命呢？

時代與社會造成了他個人的膨脹，他的喜怒哀樂於他人命運意味著隨時死亡。這是極荒謬的現實，也是活生生的存在。於是，一方面人們嚮往權力，另一方面又高唱隱歌。這難道就是「制度」的理想或者是理想的制度？這難道就是皇權或是忠於皇權的理由？作者用冷酷而精細的筆觸，一絲不苟地刻劃出一個強大時代、偉大皇帝光輝籠罩下的社會迷茫。這一個沉重的話題，早已超出司馬遷一個人的命運範疇，成為困擾著許多人、貫穿了千年的思考。

人在事中迷，雖可作為一個藉口，但縱觀歷史，史家的鐵筆又肯輕易放過哪些人？這足以讓後人驚醒。從這點上看，司馬遷悲劇的根源，或許正是他史家之心在作祟。因為史家「不虛美，不隱惡」，太過真實。所以無法做到視而不見，不能忍受良心的譴責，於是奮不顧身，發出一聲高喊。他不是時代唯一清醒的人，但卻做了許多清醒之人不敢做的事。明知赴死地而不旋踵，這是司馬遷命運的「悲哀」，卻也是他偉大人格所在。他的行為閃耀著人性的光輝。

如果說酷苛的制度、暴戾的君主是外因，那麼人性選擇便是關乎書中人物命運的內因。所以書中充斥著對人性的詰難。面對君主的垂青與仕途的誘惑，面對強權的恫嚇和死亡的威脅，你會何去何從？是要死得其所還是要苟且偷生，是要錦繡前程還是要身後賢名？歷史丟擲的無數個難題，在柯先生筆下得到了一一回答。他以靜觀歷史的姿態，將千百年來世人所做的選擇濃縮在書中。

比如面臨危難，司馬遷選擇了耿直不肯低頭，寧願忍受酷刑的苦楚。而郭穰選擇「出賣老師」，背負罵名，從而完成承繼師業治史修書的重任。又比如，面對宮刑，司馬遷選擇忍辱負重完成他作為史官肩負的使命，而任安卻選擇為全尊嚴只求一死。你不能說誰比誰高貴，也不能妄斷誰比誰偉大。

再比如，面對強權，一大批自詡傲骨錚錚的士人，也不得不向現實低頭。當中有些「聰明」者會選擇迂迴的套路，藉助委婉的勸諫、比喻來傳遞自己的心聲。在漢代，最具代表性的漢賦便是「勸百諷一」，但你不能將漢賦一概論為官樣文章，也不能說賦作家只會阿諛逢迎。身處一個時代，那是當時士人安身立命的手段。只不過相較於他們，司馬遷顯得有些不合時宜、不識時務。他的不幸與其說是命運使然，不如說來自他的人性。然而那些「識時務」的士人就能免於命運的捉弄嗎？答案也是否定的，因為只要他們的人性仍在，一些人便需時時忍受良心的責難，求存是人們的本能，向上是人們的天性。但短暫的安定過後，訴求若仍得不到回應，人性便會被喚起，心中壓抑的鬱憤與不平就會破骨而出，或宣於文字，或表於言行，最終為他們帶來命運的悲劇。

「人都是渺小與偉大、卑微與崇高的統一體。」只是有的人讓理性戰勝了慾望，而有的人任憑慾望壓倒理性。《司馬遷》中沒有涇渭分明的惡與善，因為柯先生深知，沒有一個人可以是真正的黑白分明。所以書中沒有徹徹底底的壞人，也沒有完完全全的好人，有的只是人性的暫棄與回歸。

◆四、人物輝映與靈魂碰撞

一部小說的成功，離不開成功的人物形象塑造。柯先生筆下圖繪了一個宏闊的時代，將太史公的一生化作筆底波瀾。他所塑造的司馬遷，不再高踞神壇，而是沾染上世俗的煙火氣，帶著凡人的喜怒哀樂甚至是缺點。無論是〈晨帆〉中的少年心性，〈廷辯〉時的義正詞嚴，〈下獄〉時的愁腸百轉，〈壯歌〉裡的飲恨難言，字裡行間，嬉笑怒罵皆躍然紙上。

除去司馬遷，書中的諸多人物，無一不鮮明生動，性格、言語被刻劃得入木三分。當中尤屬武帝形象最為出彩。

司馬遷與漢武帝，如同璀璨於當時的兩顆明星，命運糾纏卻又無法掩蓋彼此的光輝。可以說沒有漢武帝，也許成就不了司馬遷；而沒有司馬遷，武帝時代也會失色不少。歲月流逝已經證明，司馬遷與漢武帝同樣偉大。這是歷史的力量，人心的力量，文明的力量，也是人類嚮往理想社會的力量。他們一個是漢帝國雄才大略的皇帝，被歷史供上了祭臺；一個是肩負使命著書傳世的文臣，被文化推上了靈臺。柯先生的《司馬遷》就在祭臺和靈臺之間，仰望這兩顆耀眼的巨星，發出了歷史的長嘯。

他在塑造武帝時，既沒有文過飾非，也沒有刻意醜化。在他筆下，武帝仍是那個活在歷史中心懷天下、有勇有謀的君主，但同時也是一個有血有肉、心思複雜的凡人。他有金屋之誓，有衛后之封，有李夫人之幸，亦有鉤弋之寵，他看似多情，然一旦當後宮可能成為動搖前朝的隱患，那麼一切溫情皆蕩然無存。他屠戮后妃、誅殺親族，因巫蠱之禍逼死太子，為立儲君去母留犢。似乎一切皆為了皇權永固，但實際上不過是為了暫撫源自他內心的敏感多疑、猜忌無度。深陷權謀爭鬥的漩渦中心，使他整日生活在一種不安全的氣氛當中，不信任任何人成為他無法治癒的心病，造就他的冷酷無情，步步為營。他可以前一刻對臣子委以重任，給他們至高無上的榮耀，也可以轉過身對那些立下汗馬功勞的忠臣良將舉起屠刀。青眼有加、風頭無兩，在武帝這裡只是曇花一現般的短暫現象，更多的人落得被棄不用、身死族滅的下場。猜疑與憂慮伴隨著他有生之年，也伴隨著他的靈魂；並且這種心病具有無法克服的遺傳性，將一代一代傳遞下去。書中武帝對劉弗陵的一番話就說明了這一點。他告誡兒子要殺掉霍光的子孫，還要滅掉長安城中一切災異。他既憂現實，也憂未來，是一個「生於憂患，死於憂患」的、永遠不可輕鬆的人。他的太子、他的子孫，也將繼續承受這種難以言傳的痛苦，直至終了。

這種猜忌和憂慮扭曲了他的人性，所以偶爾的人性回歸更會使他內心備受折磨。書中武帝聽信讒言認為太子謀反，卻又在太子自縊後，捫心自問發出孤獨無力的悲嘆。他深知這一切是他殘暴多疑釀出的苦果，他終於像一個年邁老父失去愛子那樣肝腸寸斷，也終於開始痛恨他手中的權勢、頭頂的皇冠，甚至於悲痛中生出狂癲。在他將司馬遷錯認為劉據，對著他自陳「罪狀」時，武帝重回了一個普通人的本性，甚至「變本加厲」地悔恨自責。正是這種矛盾的心理和巨大的反差，使得武帝形象更加豐滿。

此外，《司馬遷》還塑造了才情橫溢的上官清，放誕任俠的郭解，敢愛敢恨的白鳳，忍辱負重的郭穰，以鐵杖碎首的仲子，吞金而死的書兒，自宮求為司馬遷僕人的牛大眼，寧肯腰斬而不願受辱的任安等等，每個人物都獨具特色，不會因故事龐雜而使人淩亂混淆，也不會因出場短暫而讓人難留印象。一個個人物串聯起一個個故事，跌宕起伏，峰迴路轉，不到最後一刻，都不能對這個人有一定斷。即便到了結局，轉過頭再回味，那些人似乎沒有預想的好惡之別，亦沒有絕對的正邪之分，有的只是人類本能和理性的較量。可以說《司馬遷》熔鑄了柯老對人生的感悟，他寫活了書中的人物。

信史從來不是一個人的歷史。「史家之絕唱，無韻之離騷」的完成，來自司馬遷的家庭薰陶，來自他的史家良心，來自他的學養積澱，更來自他所處的偉大時代和無數耀眼的時代人物。《史記》的偉大之處不僅在於承載歷史，更在於其中記錄著一個個屹立於歷史之中的形象。同樣的，《司馬遷》的成功，亦在於作者生動刻劃的一大批人物，是這個群體支撐起了整部書。

人物是故事的靈魂，但故事的圓滿又不獨在人物，更在情節，而情節的昇華又離不開矛盾的製造。這種矛盾，不單指為推動故事情節發展而製造的戲劇性衝突，更來自人物之間的針鋒相對和鬥智鬥勇。柯先生在書中塑造了一個個形象鮮明的人物，這些人物之間不可能「秋毫無犯」、各不相干，勢必「狹路相逢」、靈魂碰撞，共同將故事推向高潮。

以武帝和司馬遷為例，柯先生筆下的武帝，是霸主，卻不是仁君，他愛司馬遷的才情，但又不能寬宥其過錯，所以才有了司馬遷苟潔一身，卻遭逢不幸的結果。面對亂世昏君，終古象摯尚能攜書出奔；然而身在太平盛日的司馬遷，卻無從選擇自己的去路，那種無奈透過面對君權的無力傳遞出來。李陵之禍，請斬昭平君，為仁安乞情……兩人的一次次對峙博弈掀起故事迭起的高潮，透過與司馬遷的矛盾衝突，武帝作為君主的殺伐果斷、心思複雜被刻劃得淋漓盡致。兩人的碰撞也使整部書更加生動、圓滿。

◆五、歷史懷悼與情感投射

《司馬遷》的主體是歷史小說，其間又有戲劇形式間隔。這種小說與戲曲結合的形式，實在是一種全新的創造。這種形式的創新，象徵意義十分明顯，即歷史是一場永遠不會落幕的大戲，司馬遷和與之相關的諸多人物不過是演員。這是一種比喻，也是一種影射，曲終人散時戲劇終要落幕，也許不等演完，一場新的大戲又已緊鑼密鼓開演。

《司馬遷》是柯先生對太史公的緬懷，也是對歷史的追悼。歷史上的司馬遷「忍辱苟活」，以期「藏之名山，傳之後世」，這是他精神的支柱，也是他忍辱的動力。為了完成他的使命，甚至不惜做了歷史的殉道者。柯先生的《司馬遷》讀懂了司馬遷的這段話並在書中給予回應。他以後人懷悼歷史的方式來證明太史公的使命已經達成。

小說不時用輕鬆調侃的語調，將現代語言與歷史故事重疊起來，透過不斷強調著《司馬遷》這部小說的現實意義，告訴人們：人只是世間過客。山河不改，人世蒼蒼。史有所輕，人有所忘。所以史家記敘歷史，所以後人懷悼歷史。

柯先生語言頗具莎翁風格，文風老辣，用筆純熟。更難能可貴，他能站在當世眺望當時，從個人體悟出發與兩千年前的靈魂對話，做到既不成為完全冷漠的旁觀者，亦不頭腦過熱地摻雜過多私人情感，這種高深的功底實在令人欽佩。他用生動的筆觸，深刻告訴人們，歷史需要信史，史家必須真誠。然而人類歷史上能擔得起「信史」的史書究竟有幾部？柯文輝先生要寫一個真實的司馬遷，他想還原歷史上的司馬遷。於是，在書中他採用夢幻手法，在「作者的夢」中，竟然虛構自己與司馬遷相會，且有一番精彩的對話，司馬遷說：「希望別人理解，你就錯了，因為你也不了解他人。失望從過頭的希望裡分泌出來。」作者說：「陰影可以增強畫面的立體感。我想寫人，寫出人身上的神和鬼的搏鬥。」

不可否認，書中可能存在一些遺憾。如對武帝殘忍一面的塑造上，作者用筆過於克制，使得武帝形象略顯臉譜化、符號化。又如，書中一些配角形象鋒芒太盛，反而弱化了主角的光輝。相反，對反派人物的描寫就顯得有些單薄，這或許是歷來創作者本身的精神「潔癖」使然。這種對人性完美追求和人格的理想化，無疑會影響到文章的現實主義精神，使之成就受到侷限。如〈壯歌〉篇中，作者特意安排了漢武帝與司馬遷的一段對話，借武帝之口讚揚《史記》是骨氣奇高，頗具氣概的好文章。這種安排便展現了作者的一種理想，甚至是幻想，他憧憬著武帝能為真實而感動落淚。他借司馬遷訴說著好文章能傳世的希望。

有人說，柯先生能跨越千年鴻溝，寫出這樣的力作，其根由恐怕源自他自身的經歷坎坷，故而在心靈上與太史公有著某些契合。所以他寫司馬遷，更像是兩個靈魂的碰撞與交融。所以他說「苦恨無人識」，說的那樣情真意切，字字帶血。

仰面觀之，《司馬遷》無疑是成功的。至於箇中故事是否完完全全符合事實，或是七實三虛，抑或三實七虛，這是小說特徵決定的，所以沒有必要去計較書中的司馬遷與歷史上的那個有幾多相似。柯先生刻劃的司馬遷鮮活生動，契合了歷史上那個偉大靈魂。這便已經足夠。

李小白

李小白（一九九一—），女，河南洛陽人，鄭州大學二〇一七級中國古典文獻學在讀博士，主攻漢魏六朝文學與文獻學研究。

司馬遷（壯年至晚年）：
潛心修史，遺世巨作，史聖終歸寧靜的生命續篇！

作　　者：柯文輝
發 行 人：黃振庭
出 版 者：崧燁文化事業有限公司
發 行 者：崧燁文化事業有限公司
E-mail：sonbookservice@gmail.com
粉 絲 頁：https://www.facebook.com/sonbookss/
網　　址：https://sonbook.net/
地　　址：台北市中正區重慶南路一段六十一號八樓 815 室
Rm. 815, 8F., No.61, Sec. 1, Chongqing S. Rd., Zhongzheng Dist., Taipei City 100, Taiwan
電　　話：(02)2370-3310
傳　　真：(02)2388-1990
印　　刷：京峯數位服務有限公司
律師顧問：廣華律師事務所 張珮琦律師

定　　價：599 元
發行日期：2024 年 01 月第一版
◎本書以 POD 印製
Design Assets from Freepik.com

國家圖書館出版品預行編目資料

司馬遷（壯年至晚年）：潛心修史，遺世巨作，史聖終歸寧靜的生命續篇！/ 柯文輝 著 . -- 第一版 . -- 臺北市：崧燁文化事業有限公司，2024.01
面；　公分
POD 版
ISBN 978-626-357-880-7(平裝)
857.4521　　112020737

電子書購買

臉書

爽讀 APP